너네
아빠
어딨니?

듀나
데뷔 30주년 기념
리뉴얼판

북스피어

너네 아빠 어딨니?

너네
아빠
어딨니?

1

아무리 가난뱅이들과 부자들이 같은 행정구역에 산다고 해도 그 사람들을 가르는 경계선은 분명히 있기 마련이야. 삼X동에서 그 경계선은 삼X 초등학교였어. 이 길쭉한 남향 건물 북쪽으로 조금만 올라가면 새로 지어서 아직도 기름기가 번들거리는 백화점, 레스토랑, 패션샵들이 줄지어 늘어서 있는 쇼핑가가 있고 그 위로 조금만 더 올라가면 역시 그만큼이나 번들거리는 최신식 고급 아파트 단지가 있지. 하지만 초등학교 남쪽으로 조금만 내려가도 재개발을 코앞에 둔 낡아빠진 주공 아파트 단지와 폐품처리장, 이 년 전에 문을 닫은 낡은 섬유 공장, 그리고 지저분한 판잣집들로 산기슭이 덮인 삼X산이 나와. 삼X 초등학교의 교가가 아무리 '삼X산 정기 받아 피어난 우리 어쩌고저쩌고'로 시작해도, 정작 초등학교 북쪽에 사는 아이들 중 삼X산 근처에라도 가 본 애들은 서너 명도 안 될걸. 그만큼이나 삼X 초등학교는 남쪽의 지저분한 풍경을 가려 주고 길까지 차단해 주는 완벽한 병풍이었단 말이지. 심지어 그 학교에는 출입구까지 나뉘어져 있었어. 서쪽에 있는 정문으로 들어오는 애들은 대부분 북쪽에 새로 생긴 부촌 아이들이야. 남쪽에 난 후문을 통해 오는 애들은 삼X산의 판자촌이나 주공 아파트에 사는 아이들이고. 그걸 보면 좀 어이가 없지. 십 년 전까지만 해도 지금 후문이라고 부르는 데가 정문이었단 말이야.

몇 년 동안 비교적 안정적으로 유지되었던 이 두 지역의 균형은 사실 깨지기 직전이었어. 주공 아파트 재건축이 시작되고 소송으로 묶여 있는 공장 터가 정리되면 다른 출구 없이 산으로 둘러싸인 그 지역이 어떻게 변할지는 말할 필요도 없는 거지. 당시의 상황이나 분위기를 내가 애써 정리해 줄 필요는 없다고 봐. 그 지역에 살고 있는 사람들에게는 절실하기 짝이 없지만 정작 글로 쓰고 보면 지루할 정도로 뻔한 그런 상황이었거든.

그러니 그건 그냥 넘어가고, 이쯤에서 이 이야기의 주인공을 소개하는 것이 좋을 것 같아. 우리의 주인공 이름은 새별이야. 황새별. 이 이야기가 시작될 무렵엔 초등학교 육학년이었고 삼X동 판자촌에서 같은 학교 일학년인 동생 새봄이 그리고 아빠와 함께 살았지. 앞의 문장에서 난 새별이의 말투를 그대로 흉내 냈어. 걔는 누가 가족에 대해 물으면 늘 이렇게 말하곤 했거든. "동생 새봄이가 있고요…… 그리고 아빠랑 살아요."

이런 식의 한글 이름들을 단 아이들은 부모의 사랑을 듬뿍 받고 자랐을 것 같지 않아? 땡! 틀렸어. 이 이야기에서는 그렇지 않아. 애들의 엄마 아빠는 결코 이상적인 부모 소리를 들을 만한 사람들이 아니야.

새별이와 새봄이의 엄마는 새봄이가 두 살 때 가출해서 지금까지 돌아오지 않았어. 동네 사람들 말에 따르면 엄마가 가출한 뒤로 새별이는 한 달 넘게 울음을 멈추지 않았다고 해. 하지만 지금은 괜찮아. 이제 그 애는 엄마의 얼굴도 제대로 기억하지 못하는걸. 아빠는 엄마가 집을 나간 뒤 엄마 사진들을 모두 없애 버렸어. 새별이가 몰래 하나를 빼돌려 방구석에 숨겨놓긴 했지만, 달랑 사진 한 장 가지고는 온전한 기억을 유지하기 어렵지.

그렇다면 아빠는? 만약 어떤 사람이 새별이에게 "아빠랑 어떻게 지내니" 하고 묻는다면 그 애는 별것 아니라는 듯 "괜찮아요"라고 대답할 거야. 그건 사실이야. 하지만 그건 아빠가 자기랑 동생을 구타하지 않는다는 뜻도 아니고 갑자기 정신을 차려서 사람 비슷하게 굴기 시작했다는 뜻도 아니야. 그건 단지 새별이가 몇 년 동안 그런 아빠와 살면서 적절하게 흐름을 타는 방법을 익혔다는 말에 불과해.

새별이 아빠는 위험하고 쓸모없는 인간이었어. 물론 무한한 인내심을 갖고 그 사람의 출생 환경과 유전자를 분석해서 성격과 행동의 원인을 규명한다면 변명의 여지가 생길지도 모르지. 하지만 그렇다고 해서 그가 툭하면 아내와 아이들을 구타하고 심할 때는 더 끔찍한 짓을 저질렀다는 사실은 바뀌지 않아. 어디에서 어떤 과정을 통해 나왔건 쓰레기는 쓰레기인 거야.

얼핏 보면 그냥 평범하기 짝이 없는 초등학생에 불과해 보이는 새별이의 가장 괴상한 점은 그 애가 그런 상황 속에서도 평범하기 짝이 없는 초등학생처럼 보였다는 거야. 아빠의 무심하고 무자비한 학대에 시달리는 아이가 그렇게 완벽한 평범함을 유지하고 있다면 그건 뭔가 심하게 잘못된 거잖아. 만약 관찰력 뛰어난 전문가가 새별이의 일상을 자세히 들여다봤다면, 그냥 무난하기만 한 그 아이의 행동과 외양이 처음부터 끝까지 연기였다는 걸 알아차렸을 거야. 다른 아이들에게는 그냥 일상이었던 게 새별이에겐 피투성이 생존투쟁과 위장의 결과였던 거지.

그렇다고 새별이의 행동이 몽땅 거짓이었다고 말할 수는 없어. 실제로 그 아이는 가끔 벼락처럼 떨어지는 아빠의 폭력 속에서도 놀랄 만한 평정심을 유지하고 있었어. 새별이는 아빠를 증오하지 않았어. 그 아이에게 아빠는 냄새 나고 불쾌하고 종종 굉장히 위험한 자연 현상이었어. 새별이는 기상청 직원들이 일기예보를 하듯, 아빠의 기분을 예측하고 그에 따라 적절하게 대응하는 방법을 익혔어. 종종 술에 취해 들어와 방에 엎어진 아빠의 바지 주머니에서 지갑을 꺼내 들키지 않을 정도의 돈을 훔쳐 저금하는 여유도 있었지. 물론 완벽하지 않아서 여전히 아빠가 휘두르는 주먹에 얻어터지는 날이 한 달에 한두 번은 있었지만, 그때도 그 아이는 자신의 피해를 최소화하고 그 과정에서 발생한 상처를 교묘하게 감출 줄 알았어.

새별이가 정말로 걱정하는 건 단 하나, 바로 동생 새봄이었어. 새별이는 어차피 기형적으로 낙천적인 아이였으니, 그 애가 만약 외동딸이었다면, '까짓 거 육 년만 더 참고 말지'라고 생각하며 그냥 버텼을 거야. 하지만 동생을 두고도 그럴 수는 없었어. 새봄이는 새별이처럼 눈치가 빠르지도 않았고 상황에 그처럼 노련하게 대처하는 방법도 몰랐거든. 새별이는 어떻게든 자기가 습득한

처세술을 동생에게 전해 주려 했지만 별 소용이 없었어. 새별이가 약아질수록 새봄이는 아빠의 폭력에 더 쉽게 노출되었어. 아마 그 애가 언니보다 가출한 엄마를 더 많이 닮았기 때문에 그랬는지도 모르지. 종종 아빠는 술에 잔뜩 취해 집으로 들어와 가출한 아내의 이름을 부르며 새봄이를 찾기도 했어. 그때가 되면 정말 큰일 나는 거야. 새별이에게도 다른 방법이 없었어. 그냥 동생 손잡고 아빠 눈에 걸리지 않는 곳으로 달아나는 수밖에. 덕택에 자매는 동네의 구석구석에 굉장히 밝았어. 동네 교회에서부터 문 닫은 공장, 폐품처리장 마당에 버려진 낡은 닭장까지 모르는 데가 없었지.

새별이의 조금은 독특한 문화적 취향도 이런 환경 속에서 형성되었어. 그 아이는 '해리 포터' 시리즈는 손도 대지 않았지만 에블린 워의 『다시 찾은 브라이즈헤드』나 조지 엘리어트의 『플로스강의 물방앗간』은 읽었고, 슈퍼 주니어와 SS501은 이름만 간신히 들어 봤으면서 캐슬린 페리어와 이언 보스트리지의 팬이었어.

도대체 어쩌다가? 그냥 그렇게 된 거야. 새별이는 아빠 때문에 집 안에서 진득하게 텔레비전을 볼 수 없어서 주로 책을 읽었는데, 그것들은 주로 근처 폐품처리장에 폐지로 팔려온 옛날 책들이었거든. 새별이는 자기 자리로 잡은 낡은 닭장 안에서 주로 번역된 외국 고전 소설들을 내용도 잘 이해하지 못하면서 닥치는 대로 읽었고, 맘에 드는 책이 있으면 소아성애 성향이 있어서 은근히 어린 여자아이들에게 친절했던 직원인 권씨 아저씨에게 몇백 원을 내고 사거나 훔쳤어. 거기서 발견한 책 중엔『열려라, 클래식 5000!』이라는 제목의 클래식 음악 가이드가 있었는데, 그걸 이불 속에서 수백 번쯤 읽고 나자, 새별이는 수십 년 동안 클래식 음악을 들은 음악팬처럼 유창하게 음악가들의 이름을 주워섬길 수 있었어. 음악을 듣기 위해 가지고 있었던 건 오래 전에 카세트와 CD기능이 고장 나 라디오만 간신히 들을 수 있는 미니 컴포넌트 하나밖에 없었고, 자기가 유창하게 제목을 읊어 대는 작품들의 반의 반의 반도 직접 들어 보지 못했는데 말이지. 다행히도 언제까지 허풍만 떨 필요는 없었어. 그 책을 훔치고 나서 육 개월쯤이 지났을 무렵, 잠시 이웃집에서 자취하며 살다가 새별이의 허풍에 홀딱 속아 넘어간 근처 고등학교 음악 선생이 이민을 떠나면서 자기가 가지고 있던 20기가짜리 3세대 아이팟을 새별이에게 물려주고 갔거든. 꽉 채워 충전해도 두 시간만 지나면 방전이 되는 구닥다리였고 집에 컴퓨터가 없어서 아이튠즈와 연결도 불가능했지만, 여전히 그건 새별이에게 생애 최고의 선물이었어. 하긴 내용이 충실하기도 했어. 믿음직한 연주자들이 연주한 필수적인 곡들이 완벽한 태그를 달고 20기가 하드 안에 꽉 차 있었지. 학습보조용으로 쓰던 것이라 선정이 지나치게 교과서적이긴 했지만 그렇다고 불평할 이유는 없었어.

남은 이야기가 있나? 음…… 대충 다 이야기한 것 같아. 이 정도면 본론에 들어갈 준비가 됐어.

2

그래도 그럭저럭 유지되던 새별이네 집의 균형이 깨진 건 200X년 9월 28일이었어.

시작은 괜찮았지. 아빠는 뭔가 돈이 들어올 일이 생겼는지 며칠 전부터 싱글벙글했고 딸들에게도 비교적 친절하게 굴었어. 그게 구체적으로 무슨 일인지는 새별이도 몰랐지. 사실 새별이는 아빠의 직업이 뭔지도 몰랐어. 누가 아빠 직업이 뭐냐고 물으면 "자영업을 하세요"라고 대답하긴 했지만, 그게 구체적인 직업을 가리키는 단어가 아니라는 건 그 애도 알았어. 아빠의 기분이 좋아진 이유가 며칠 전에 가져와 집 안 창고에 쌓아 둔 종이 상자들 때문일지도 모른다고 짐작은 하고 있었지만 그렇다고 그것들을 몰래 훔쳐볼 만큼 호기심이 당기지도 않았어. 새별이가 관심을 가지고 있는 건 아빠가 종종 발산하는 폭력의 징후였지, 아빠라는 인간 자체는 아니었어.

그날은 새별이에게도 그럭저럭 잘 풀리는 날이었어. 학교 과학행사에서 만든 페트병 물로켓은 대성공이었고 집으로 돌아오는 길에는 오천 원짜리 지폐도 한 장 주웠거든. 아이팟에서 흘러나오는 비제의 교향곡 1번 1악장의 멜로디를 흥얼거리면서, 새별이는 만날 이 정도만 운이 좋았으면 좋겠다고 생각했어.

밖에서 저녁을 먹은 아빠가 집으로 들어오고 새봄이가 잠자리에 든 뒤에도 조용히 유지되던 집안의 평화는 갑자기 아빠가 전화를 받고 허겁지겁 뛰어나간 뒤에 희미한 금이 갔어. 그 행동 자체는 어떻게든 해석될 수 있지만, 새별이는 긴장했어. 아무리 작은 자극을 받아도 이 아빠라는 인간이 얼마나 험악하게 변할 수 있는지 경험을 통해 배웠기 때문이지. 새별이는 벌써 잠이 든 새봄이의 옆에 요를 깔고 누워 앞으로 일어날지도 모르는 파국에 어떻게 대처해야 할지 걱정하다 깜빡 잠이 들었어.

새별이가 다시 깨어난 건 열한 시 가까이 되어서였어. 새별이를 가장 먼저 자극한 건 냄새였어. 술 냄새. 분명 아빠는 술에 취해 들어온 거야. 귀를 기울이자 아빠가 내는 끙끙거리는 소리와 무언가가 쿵쿵 부딪히는 소리가 들렸어. 새별이는 눈을 뜨고 이불 밖으로 머리를 내밀었지만 아무것도 보이지 않았어. 불은 여전히 꺼져 있었던 거야. 전등 스위치는 방 맞은편에 있었기 때문에 새별이는 아이팟을 켜고 그 화면 불빛을 소리가 나는 쪽으로 들이댔어.

아빠는 겁에 질려 신음 소리도 내지 못하는 새봄이의 몸 위에 올라타 있었어. 입으로는 중간 중간에 엄마 이름이 들어가는 욕을 중얼중얼 씹고 있었고 떨리는 손으로는 발버둥치는 동생의 잠옷을 벗기고 있었지. 이미 아이의 파자마 바지와 속옷은 벗겨져 있었고 아빠의 손가락은 피로 얼룩져 있었어.

뭔가 탁 하고 끊어지는 기분이었어. 지금까지 새별이를 지탱해 왔던 방법론과 세계관은 순식간에 박살났어. 뭔가 엄청난 일이 일어나고 있었고, 더 이상 새별이는 자기 몸을 아끼며 방어만 할 수는 없었어.

허겁지겁 이불에서 빠져나온 새별이는 아빠의 어깨를 잡고 뒤로 잡아당겼어. 성이 잔뜩 난 아빠는 정말 짐승처럼 으르렁거리며 큰딸을 뒤로 밀쳤어. 엉덩방아를 찧으며 뒤로 나자빠진 새별이는 재차 아빠에게 덤벼들었지만 아까와 비슷한 모습으로 다시 나자빠졌어.

지금까지 거의 본능적으로 행동했던 새별이의 머릿속에 희미하게 이성이 돌아오기 시작했어. 목표는 분명했어. 어떻게든 아빠가 새봄이를 해치는 걸 막아야 해. 하지만 이렇게 맨손으로 덤벼들어서는 아무런 소용이 없어. 뭔가 무기를 찾아야 해. 새별이는 허겁지겁 부엌으로 달려가 아직도 대야 안에서 파 찌꺼기를 묻힌 채 뒹굴고 있던 식칼을 꺼내 들고 돌아왔어. 그리고 그 아이는 아직도 막내딸 몸 위에 올라타 헐떡이고 있던 아빠의 뒷목을 칼로 찔렀어. 아빠가 비명을 지르며 꿈틀거리자 새봄이는 그 틈을 노려 밑에서 빠져나왔고 새별이는 연거푸 아빠의 등을 찔렀어. 분수처럼 피를 뿜으며 어기적거리던 아빠는 새봄이의 이부자리 위에 큰 대자로 쓰러져 헐떡거렸어. 한동안 눈을 부라리며 자기를 올려다보는 아빠를 바라보던 새별이는 조용히 아빠 옆으로 다가가 식칼로 아빠의 목을 그었어. 끔찍한 일이었지만 그만큼이나 타당한 행동이었어. 이 일이 있은 뒤로 아빠와 자매 사이엔 어떤 종류의 휴전도 존재할 수 없었어. 누군가가 죽을 수밖에 없었단 말이야. 다행히도 이 경우는 죽은 쪽이 아빠였던 거지.

아빠가 숨이 끊어진 게 분명해지자, 새별이는 뒤처리에 들어갔어. 그냥 경찰을 불러서 아빠가 죽었다고 말할 수는 없었어. 존속살인범이라는 게 들통 나지 않더라도 십중팔구 고아원에 끌려갈 거고 더 운이 나쁘면 동생과 헤어질지도 모르는 거잖아. 어떻게든 빨리 시체를 치우고 시치미를 뚝 떼는 수밖에 없었어.

여기서 새별이네 집 구조를 설명해야 할 것 같아. 그 집은 원래 ㄴ자형이었어. 길쭉한 모양의 안방 뒤에 부엌 겸 다용도실이 붙어 있었지. 화장실은 밖에 있었고 말이야. 나중에 아빠는 부엌 옆에 엉성하게 벽을 쌓아 창고를 만들었고 안방과 창고를 연결하는 문을 뚫었어. 창고는 시멘트 마무리 없이 맨 흙바닥이 그대로 드러나 있었어. 가끔 물건들이 들어오면 시멘트 벽돌들로 작은 대를 만들고 그 뒤에 쌓았지.

새별이의 계획은 단순했어. 아빠의 시체를 창고에 묻고 상자들을 그 위에 쌓는 거지. 아직도 다리 사이에서 피가 흐르는 새봄이가 걸레로 피투성이 방바닥을 닦는 동안, 새별이는 창고 옆에 있는 삽을 꺼내 들고 야트막한 무덤을 팠어. 아무리 맨 흙바닥이라고 해도 새별이 또래의 아이에겐 결코 쉬운 일이 아니었지. 나중에 새봄이가 작은 모종삽을 들고 와서 언니를 도와주긴 했지만 그래도 새벽 세 시가 돼서야 무덤다운 무덤을 팔 수 있었어.

무덤이 완성되자 자매는 아빠의 시체를 끌고 와 그 안에 던져 넣고 흙을 덮었어. 자매는 종이 상자들을 바닥에 내리고 시멘트 벽돌들을 무덤 위로 옮겨 대를 만든 뒤 다시 상자들을 쌓았어. 남은 흙을 바깥에 버리고 바닥을 발로 다지자, 새별이의 눈에는 썩 그럴싸해 보였어.

방구석에서 서로를 끌어안고 꼬박꼬박 졸던 자매는 아침이 되자 학교로 갔어. 수업중에도 새별이는 걱정되어 미치는 줄 알았어. 아직도 방에는 핏자국이 남아 있었고 피가 묻은 이불보와 옷들이 뒹굴고 있었어. 만약 집 밖에도 단서가 남아 있다면? 새별이는 〈C.S.I.〉를 본 적이 없었지만 낡은 문고판으로 손다이크 박사가 나오는 단편집은 읽은 적이 있어서, 어떤 작은 물적 단서라도 살인사건의 진상으로 연결될 수 있다는 걸 알았어.

다행히도 그날은 토요일이어서 오후 수업이 없었어. 점심급식 이후 허겁지겁 집으로 돌아온 새별이와 새봄이는 나머지 증거들을 은폐하는 작업에 들어갔어. 아이들은 이불보를 조각내어 아궁이에서 태웠고 세제로 방 구석구석을 다시 한 번 꼼꼼하게 닦았어. 그런다고 혈흔이 완전히 지워지는 건 아니었지만, 그래도 맨눈으로 보면 방은 멀쩡해 보였어.

청소가 끝나자, 새별이는 아빠의 물건들을 정리했어. 아빠의 지갑에는 지폐로 오만이천 원, 십 원짜리 동전으로 구십 원 그리고 신용카드 하나가 들어 있었어. 장롱 서랍을 뒤지자 이십이만 원의 현금, 칠백여만 원이 든 통장 그리고 현금카드가 하나 나왔어. 그밖에 알 수 없는 숫자들이 잔뜩 쓰인 노트도 한 권 있었는데, 새별이는 그게 뭐에 쓰는 물건인지 알 수 없었어.

새별이가 가방 안에 몰래 숨겨 놓고 다니던 돈까지 포함하면 자매가 당장 쓸 수 있는 현금은 삼십사만 원 정도였어. 새별이는 헛갈리기 시작했어. 제대로 된 용돈 따위는 받은 적이 없고 늘 훔친 돈으로 아슬아슬하게 생활하던 그 아이에게 삼십사만 원은 엄청난 돈이었어. 하지만 새별이도 이 돈이 두 자매가 생활하기엔 그리 많은 돈이 아니라는 것쯤은 알았어. 어떻게 비밀번호를 알아내어 아빠 통장의 돈을 꺼낸다고 해도 그게 얼마나 갈까? 과연 언제까지 이러고 살아야 하는 걸까? 한참 고민하던 새별이는 결국 포기하고 잠들었어. 마음이 심란해서 깊은 잠을 잘 수는 없었어. 꿈자리도 뒤숭숭했고. 아빠가 새봄이를 다시 괴롭히거나 형사들이 들이닥쳐 시체를 파내는 따위의 내용이었거든.

한밤중에, 새별이는 이상한 소리 때문에 잠에서 깨어났어. 그 애가 눈을 떴을 때 처음 본 건 아빠의 뒷모습이었어. 아빠는 자고 있던 새봄이 위에 개구리처럼 쪼그리고 앉아 알아들을 수 없는 헛소리를 늘어놓고 있었어. 처음에 새별이는 어제 일을 다시 겪고 있다고 생각했어. 그다음엔 정신이 조금 들어서 혹시 꿈을 꾸고 있는 게 아닌가 생각했지. 하지만 둘 다 아니었어. 지금 아직도 잠에서 덜 깬 새봄이 위에서 끄르륵 소리를 내며 침을 흘리는 흙투성이 괴물은 바로 어제 그 애가 칼로 찌르고 베어 죽인 아빠의 시체였어.

뻔뻔스럽게도 그 시체는 어제 있었던 일을 그대로 반복하며 살아 있는 사람 흉내를 내고 있었어. 하지만 아무리 그럴싸해도 흉내는 흉내일 뿐이었어. 사후경직 때문에 시체의 동작은 뻣뻣했고, 입에서 기어 나오는 문장들은 단어들의 부조리한 나열일 뿐, 어떤 의미도 없었어.

정신을 차린 새봄이는 비명을 지르며 시체의 품 사이에서 빠져나와 언니에게로 달려갔어. 아이가 달아나자, 시체는 로봇 춤을 추는 것처럼 어색한 자세로 일어나 자매들을 향해 돌아섰어. 새별이는 들고 있던 아이팟 화면 빛으로 시체와 부엌문을 번갈아 비추었어. 시체는 문과 가깝긴 했지만 아주 가로막고 있는 건 아니었어. 빨리 움직이면 그쪽으로 달아나지 못할 것도 없었어.

시체가 자매들을 향해 걸음을 옮기는 바로 그 순간, 새별이는 새봄이의 손을 잡고 부엌문을 향해 달렸어. 시체가 다시 방향을 바꾸기 바로 직전에 새별이는 문을 열고 동생과 함께 부엌으로 뛰어들었어. 얼이 빠진 새봄이가 부엌 한가운데에 우두커니 서 있는 동안, 새별이는 전날 깨끗하게 닦은 식칼을 뽑아들고 안방으로 돌아갔어. 그냥 달아나도 되었겠지만, 그래서는 안 될 것 같았어. 저게 만약 밖으로 나가기라도 하면 누가 책임을 져야 하는 건데?

새별이가 방으로 돌아갔을 때, 시체는 안마당으로 연결된 문 앞에 서서 서툰 손가락으로 문손잡이를 돌리려 하고 있었어. 새별이는 다짜고짜 시체의 등을 칼로 찔렀지만 이번엔 입고 있는 옷 때문에 칼날이 미끄러졌어. 시체가 고개를 돌렸고, 새별이는 칼을 잡은 채 두 발짝 뒤로 물러섰어. 시체가 방향을 바꾸어 딸을 향해 걸어오기 시작하자, 그 애는 잽싸게 앞으로 달려가 시체의 발을 걸었어. 시체는 팔도 제대로 놀리지 못하고 푹 쓰러졌어. 새별이는 칼로 시체의 목을 그었어. 벌어진 상처에서 쏟아져 나온 건 피가 아니라 끈적거리는 진흙탕물이었지만, 결말은 전날과 같았어. 시체는 새별이를 노려보며 꿈틀거리다가 다시 죽었어. 흙탕물이 묻은 식칼을 들고 한동안 부들부들 떨고 있던 새별이는 힘없이 바닥에 주저앉았어.

부엌문이 살짝 열리고 그 틈 사이로 새봄이의 조그만 얼굴이 삐져나왔어. 새봄이는 언니와 시체를 번갈아 바라보더니 방 안으로 콩콩거리며 들어와 흔들거리는 창고 문을 활짝 열었어. 새별이는 힘없이 목을 꺾어 창고 안을 들여다봤어. 종이 상자들은 넘어져 있었고 시멘트 벽돌들은 흩어져 있었어. 어떻게 된 일인지 알 수는 없지만, 시체는 무덤에서 되살아나 자매에게 돌아왔던 거야.

다음 날 밤 열두시, 새봄이를 재우고 창고 안으로 들어온 새별이는 구석에 앉아 아빠를 기다렸어. 아이는 이제 무장을 하고 있었어. 폐품처리장에서 슬쩍한 야구방망이, 식칼, 삽이 손닿는 곳에 깔끔하게 정리되어 있었고 무릎 사이엔 낡은 손전등이 놓여 있었지. 편리하게도 다음 날이 개교기념일이라 일찍 일어나는 걸 걱정할 필요는 없었어.

새별이가 〈음악의 헌정〉의 '왕의 주제'를 웅얼거리면서 손가락으로 무덤에 총 쏘는 시늉을 하고 있는데, 무덤 위의 종이 상자들이 갑자기 꿈틀거렸어. 새별이는 야구방망이를 움켜쥐고 천천히 일어나 아이팟으로 시간을 확인했어. 열두 시 이십사 분이었어.

상자들이 우르르 무너졌어. 무덤 주변의 시멘트 벽돌들이 떨리기 시작하더니 이내 쿵쿵거리는 소리가 났어. 삽으로 다져졌던 흙이 일어나 구멍이 생기고 거기서 더러운 손이 삐져나왔어. 잠시 뒤, 시멘트 블록들을 밀어내고 흙투성이 머리가 기어 나왔어. 아빠의 시체가 상반신을 일으킨 바로 그 순간, 새별이는 머리를 야구방망이로 후려쳤어. 시체가 머리를 잡고 비명을 질러 대는 동안 아이는 방망이를 버리고 칼을 집어 들어 아빠의 목을 그었어. 흙 속에서 아물었던 상처들은 또 터지고 그 틈 사이로 끈끈한 갈색 고름이 피처럼 흘러나왔어.

한참의 가혹행위를 당하고 아빠는 다시 죽었어. 새별이는 시체를 무덤 속으로 밀어 넣고 무덤을 덮고 시멘트 벽돌들을 쌓고 종이 상자들을 올려놨어. 마무리가 끝나자 그 아이는 잠을 자러 방으로 들어갔어.

며칠이 지나자, 새별이는 자명한 귀납적 추론을 거쳐 한 가지 결론에 도달할 수밖에 없었어. 아무리 밤마다 아빠를 죽여도, 밤 열두 시 이십사 분에는 다시 무덤에서 기어 나와 자기랑 새봄이를 공격할 거라는 것 말이지.

도대체 왜 이런 일이 일어나는지, 새별이는 알 수가 없었어. 왜 아빠는 안 죽는 거야? 집터가 안 좋은가? 하긴 산기슭 달동네 터가 좋아 봐야 얼마나 좋겠어. 하지만 터가 안 좋은 곳에 죽은 사람들을 묻는다고 그 시체들이 전부 좀비가 되어 살아나는 것도 아닐 거 아냐? 도대체 왜 아빠만 계속 살아나는 거야?

해답이 무엇이건, 새별이에겐 별다른 선택의 여지가 없었어. 매일 밤 열두 시에 창고를 지키고 앉아 있다가 아빠가 나오면 그 때마다 죽이는 수밖에. 이제 새별이는 종이 상자들로 무덤을 눌러놓지도 않았어. 상자들은 다른 데에 옮겨놓고 시멘트 벽돌들만 올려놨지. 시체가 벽돌들을 밀고 올라오면 새별이는 야구방망이로 머리를 때렸고 칼로 목을 찔렀어. 시체가 죽으면 블록들을 치우고 시체를 밀어 넣고 흙을 덮고 다시 블록을 쌓는 거지. 며칠이 지나자 새봄이도 이 새로운 일상에 동참했어. 언니의 야구방망이와 칼에 맞아 아빠가 죽어 가면 들고 있던 송곳이나 과도로 마무리를 하거나, 나중에 시체 묻는 걸 도왔던 거지. 새별이는 처음엔 동생이 이 일에 말려드는 걸 별로 좋아하지 않았지만 그 애의 고집은 꺾을 수가 없었어. 새봄이는 이 가족 행사에서 따돌림당하고 싶어하지 않았거든.

이러는 게 너무 지겨워서, 새별이는 다른 대안을 찾아봤어. 한 가지 방법은 시체를 보다 깊이 묻는 것이었어. 아무래도 무덤이 너무 얕았단 말이야. 지금까지는 아빠의 시체를 이불처럼 살짝 덮는 정도였거든. 조금 더 깊이 묻으면 흙 무게 때문에 시체가 못 올라오지 않을까?

새별이는 결국 그 계획을 행동에 옮기기로 했어. 어느 토요일, 새별이는 거금 오천 원을 주고 폐품처리장에서 사 온 낡은 곡괭이를 쇼핑 카트에 싣고 돌아왔어. 언제나와 마찬가지로 밤에 아빠를 처리한 새별이는 다음 날 아침이 되자, 시체를 끌어내고 손발을 포장용 노끈으로 꽁꽁 묶은 뒤, 무덤 안으로 들어가 곡괭이와 삽으로 흙을 파냈어. 새봄이는 흙이 담긴 양동이를 들고 돌아다니면서 언니를 도왔어. 오후 다섯 시쯤 되자, 상당히 깊은 구덩이가 생겼어. 깊이가 거의 어른 키 정도는 되었어.

그래도 멈출 생각이 없었던 새별이가 곡괭이를 찍어 댔을 때, 괴상한 일이 일어났어. 갑자기 곡괭이로 찍은 부분의 흙이 허물어졌고 거기서 상투를 튼 남자의 흙투성이 머리가 튀어나왔던 거야. 그는 하얗게 센 턱수염을 기르고 있었고 왼쪽 눈에는 은장도가 자루 바로 밑까지 박혀 있었어. 어이가 없어진 새별이가 입을 딱 벌리고 있는 동안, 시체의 머리는 꿈틀거리다가 멀쩡한 한쪽 눈을 확 뜨더니 새별이를 바라보며 걸걸한 목소리로 외쳤어. "이 미친한 년들이 나를 어찌……." 물론 그의 문장은 끝까지 이어지지 못했어. 무엄하게도 새별이가 중간에 말을 끊고 곡괭이로 시체의 머리를 찍어 버렸거든. 곡괭이 날은 푸석푸석한 두개골을 깨고 뇌를 통과한 뒤, 입천장에서 튀어나와 영감의 혀를 뚫어 버렸어. 몇 번 더 찍자 얼굴은 완전히 부서져 목에서 떨어져 나오고 말았지. 바깥에서 잠시 놀고 있던 새봄이가 소리를 듣고 달려오자, 새별이는 한숨을 내쉬며 동생에게 말했어. "오늘은 여기까지 파는 게 좋겠다."

유감스럽게도 새별이의 새로운 계획은 실패로 돌아갔어. 그날 밤에도 아빠의 시체는 언제나처럼 무덤에서 기어 나왔거든. 단지 흙을 뚫고 나오느라 한 시간 가까이 늦어졌을 뿐이야. 결국 깊이 묻는 계획은 포기할 수밖에 없었어. 다시 묻을 거면 얕게 묻는 게 낫지. 덜 기다려도 되고, 어차피 자매는 모두 이 일상에 익숙해진 터였어. 손발만 잘 맞으면 일 분 안에 아빠를 죽이고 오 분 안에 시체를 묻은 뒤에 잠자리로 돌아갈 수 있었어.

정말 이 방법밖에 없었을까? 시체를 조금씩 토막 내어 다른 데 버리는 방법도 있잖아. 하지만 새별이는 아직 그러고 싶지 않았어. 아무리 아빠의 시체를 잔인무도하게 훼손해도 열두 시 이십 분이 되어 기어 나오는 시체의 상처는 늘 회복되어 있었는걸. 그렇다면 손이나 다리를 잘라도 다시 자라날 게 뻔한 거지. 게다가 잘게 잘라 다른 데에 버린 시체 토막들이 감자처럼 싹을 내 아빠 좀비들을 더 만들면 어떻게 해?

3

여기까지 읽은 사람들은 아마 아빠가 죽은 뒤로 두 자매가 아주 힘겨운 나날을 보냈다고 생각할지 몰라. 하지만 아니었어. 오히려 둘은 아빠가 살아 있을 때보다 훨씬 편하고 즐겁게 지냈어. 물론 아빠가 무덤에서 기어 나오던 처음 며칠은 무서웠지. 하지만 일이 어떻게 돌아가는지 알게 되자 그건 설거지처럼 다소 귀찮은 일과에 불과했어. 아빠가 밤마다 살아나자 살인을 저질렀다는 죄책감도 없어졌어. 나머지는 모두 좋은 일들이었어. 아이들은 더 이상 얻어맞지 않았고 아빠 눈치를 보며 스트레스를 받지 않아도 되었어. 텔레비전을 멋대로 볼 수 있게 된 건 물론이고, 식비가 넉넉하게 들어가자 애들 건강 상태도 좋아졌어. 공부와 숙제에 집중할 시간 여유가 생긴 새별이의 경우는 학교 성적도 올라갔어. 가끔 아빠가 감투를 쓴 위원회에 속해 있는 마을 사람들이 집으로 찾아왔지만 그럴 때는 그냥 지방에 내려갔다고 말하면 됐지. 마을 사람들은 그냥 믿었어. 아이들이 밤마다 우는 이유가 엄마가 그리워서이고 새봄이의 팔다리에 상처가 나는 것이 애가 서툴러서라는 아빠의 설명을 믿었던 것처럼.

걱정이 되는 건 돈이었어. 새별이가 짜임새 있게 운영하긴 했지만 돈은 계속 줄어만 갔어. 현금 카드로 아빠 통장의 돈을 꺼내려는 시도는 실패로 돌아갔어. 잘못된 비번들에 짜증이 난 동네 은행 ATM 기계가 아빠 카드를 꿀꺽 삼켜 버렸을 때 새별이가 느꼈던 좌절감에 대해 꼭 이야기해야 할까?

그러던 어느 날, 아이들에게 기적이 일어났어.

10월 11일 오후였어. 학교에서 돌아온 새별이가 아이팟으로 브람스의 2번 교향곡 4악장을 들으며 안방에서 숙제를 하고 있고, 새봄이가 얼마 전 폐품처리장에서 구출한 곰 인형과 방 안에서 뒹굴고 있는데, 갑자기 밖에서 "황 사장 계신가?"라고 외치는 굵직한 남자 목소리가 들려왔어.

새별이가 문을 열고 나가니, 촌스럽고 투박하게 생긴 중년 남자가 박아놓은 말뚝처럼 마당 한가운데에 우뚝 서 있었어. 그는 새별이에게 "아빠 어디 계시니?"라고 물었고 아이는 언제나처럼 일 때문에 지방에 갔다고 거짓말을 했지. 하지만 그 남자는 다짜고짜 방 안으로 들어가더니 방 한가운데를 떡 차지하고 앉았어. 새별이가 '지방 출장' 카드를 다시 들이밀어도 소용이 없었어. 그제야 새별이는 자기 거짓말이 통하지 않을 거라는 사실을 알았어. 하긴 새별이의 거짓말은 구멍투성이였어. 거짓말을 잘 하려면 거짓말의 대상에 대해 잘 알아야지. 하지만 새별이는 아빠가 무슨 일을 하는지도 잘 모르잖아? 남자가 왜 아빠를 찾는지도 모르고. 십중팔구 그 남자는 아빠의 일에 대해 자기보다 더 잘 알고 있을 거야. 도대체 왜 새별이는 종이 상자 안에 뭐가 들었는지 확인하지 않았던 걸까? 왜 새별이는 아빠의 휴대전화를 단 한 번도 확인하지 않고 서랍 안에 넣어두기만 했던 걸까? 거기에 다 대답할 필요는 없겠지. 아무리 약아도, 그 애는 어쩔 수 없는 어린애였으니 말이야.

바깥은 서서히 어두워졌지만 남자는 나가지 않았어. 그는 마치 자기 집이라도 되는 양 편안하게 퍼질러 앉아 텔레비전을 보고 있었어. 걱정이 된 새별이는 저녁을 준비하러 부엌에 갈 수가 없었어. 남자에게 저녁을 차려 주는 건 상상도 할 수 없었고. 다행히도 새별이는 고민할 필요가 없었어. 여덟 시가 되자 남자는 알아서 중국집에 전화를 걸어 아이들 몫까지 한꺼번에 시켰거든. 삼십 분 뒤, 요란한 메뉴의 중국 음식들이 새별이네 집에 배달되었어. 짜장면, 짬뽕, 만두, 탕수육이 아는 중국 음식의 전부였던 새별이는 그것들의 정체가 뭔지도 알 수 없었어.

저녁을 다 먹자, 새별이는 남자에 대해 은근히 관대해지고 싶었어. 남자는 아빠처럼 아이들을 괴롭히지도 않고 욕하거나 협박하지도 않는데다 나중엔 맛있는 것까지 사 줬잖아. 목 뒤로 삐져나온 뱀 문신이 지저분해 보였고 씹어 대는 혼잣말 반이 욕이었지만 그 정도는 참아줄 수 있었어. 하지만 아무리 남자를 좋게 봐도 그가 계속 집에 버티고 남아 있다면 일이 커질 수밖에 없었어. 도대체 이 남자는 언제까지 버티고 있을 생각일까? 왜 집으로 돌아가지 않는 거야? 열한 시 넘어서까지 소식이 없다면 그냥 집으로 돌아갔다가 내일 다시 찾아오는 게 예의 아냐? 여자애들만 둘이 있는 남의 집에서 도대체 뭐하는 짓이야? 새별이는 점점 조바심이 났어.

남자가 나가길 기다리던 새봄이는 그만 곰 인형을 끌어안고 구석에 고꾸라져 잠들었고 시곗바늘은 열두 시를 향해 달려갔어. 멋대로 장롱에서 베개를 꺼내 와 큰 대자로 누운 남자는 아이들에게 "나 신경 쓰지 말고 그냥 자라"고 말했지만, 그 말을 듣고 편하게 잘 사람이 어디 있겠어?

결국 열두 시 이십사 분이 됐어. 모르려고 해도 모를 수가 없었지. 혹시나 해서 맞추어 놓은 자명종 시계가 요란한 소리를 내며 울렸거든. 새별이는 허겁지겁 자명종을 껐지만 벌써 습관이 된 새봄이는 눈을 비비며 일어났어. 새파랗게 질린 새별이는 어리둥절해하는 동생과 뭔가 이상하다고 생각한 남자와 자물쇠로 걸어 잠근 창고 문을 번갈아 바라봤어.

이십오 분이 지나고 이십육 분이 지났어. 새별이의 귀에 무슨 소리가 들리는 것 같았어. 아빠 좀비가 무덤 속에서 몸을 뒤집고 흙을 긁어 대는 소리. 무덤 위의 시멘트 벽돌들이 하나씩 밀려나는 소리. 아빠 좀비의 머리와 몸이 흙구덩이에서 빠져 나오는 소리. 하지만 과연 그 소리들이 정말로 문을 뚫고 여기까지 전달되는 것일까, 아니면 지난 며칠 동안 밤마다 들은 소리가 새별이의 머릿속에서만 반복 재생되는 것일까?

전자가 맞았어. 남자가 창고 문을 가리키며 새별이에게 "저기 뭐가 있지?"라고 물었던 거야. 새별이는 순진한 표정을 지으며 고개를 잘래잘래 흔들었지만 이미 늦었어. 벌써 무덤에서 기어 나온 아빠 좀비가 문가까지 다가와 잠긴 손잡이를 잡아 흔들고 있었단 말이야. 새별이는 "거긴 아무것도 없어요. 들어가지 말아요!"라고 외쳤지만 벌써 남자는 창고 문 앞에 서 있었어.

찰칵 하는 소리가 나며 문이 열렸고 그와 함께 쿵 하는 소리가 들렸어. 남자가 문을 밀자 뒤에 서 있던 아빠 좀비가 뒤로 나자빠진 거야. 남자는 창고 안으로 들어가 벽을 더듬으며 전등 스위치를 찾았지만 소용이 없었어. 새별이가 깨진 백열전구를 갈긴 했지만, 스위치는 전등에 달려 있었거든. 포기한 남자는 주머니에서 휴대전화를 꺼내 그 불빛으로 앞을 비추며 문 뒤로 걸어갔어. "황 사장, 안에 계신가?"라고 웅얼거리면서 말이야.

그리고 비명 소리가 들렸어.

한참 머뭇거리며 창고 안에서 들리는 쿵쾅 소리를 듣고만 있던 새별이는 마음을 굳게 먹고 창고 안으로 들어갔어. 그 애는 창고 바닥에 놓여 있는 손전등을 찾아 들고 소리가 나는 방향에 비추었어.

새별이가 본 건 캐스팅이 아주 형편없는 게이 포르노의 한 장면 같았어. 아빠 좀비는 마치 겁탈이라도 하는 것처럼 오른손으로 남자의 상의를 벗기며 목을 빨고 있었고 왼손으로는 아직도 버둥거리는 남자의 왼팔을 더듬고 있었어. 튀는 피는 예상외로 많지 않았어. 다 아빠가 전기청소기처럼 쪽쪽 빨아 마셨으니 말이야. 더 이상 피가 나오지 않자 아빠는 목의 살점을 뜯어 먹기 시작했어.

한참 멍해 있던 새별이는 그제야 자기가 할 일이 무엇인지 생각해 냈어. 그 아이는 야구방망이를 잡고 아빠 좀비의 머리를 마구 내려쳤어. 보통 때 같았다면 서너 번 맞은 것으로도 충분히 뻗었겠지만 아빠 좀비는 예상외로 오래 버텼어. 남자의 피와 고기를 먹은 것 때문에 어느 정도 기력을 회복한 게 분명했어. 하지만 사태는 여전히 새별이 쪽이 유리했어. 갑자기 너무 많이 먹어 배가 출렁거리는 아빠 좀비의 동작은 결코 빠른 편이 아니었거든. 결국 아빠 좀비는 새별이의 공격을 견뎌내지 못해 쓰러졌고 새별이는 언제나처럼 칼을 가지고 와 아빠의 목을 그었어. 아빠 좀비의 목에서는 갈색 고름과 피가 반씩 섞인 얼룩덜룩한 액체가 흘러나왔어.

새별이와 새봄이는 시체 묻는 작업에 들어갔어. 시체가 둘이었지만 전에 같은 자리에서 한 번 무덤을 깊이 파서 흙이 부드러워져 있었기 때문에 두 사람을 한꺼번에 묻는 건 그렇게 어렵지 않았어. 어려운 건 벽에 묻은 피를 닦아내는 것이었어. 아무리 걸레로 박박 문질러도 핏자국은 지워지지 않았어. 결국 아이들은 미술 시간에 쓰는 물감들을 가져와 그 위를 회색으로 덧칠해 버렸지.

잠들기 전에 새별이는 남자를 묻기 전에 주머니에서 꺼낸 물건들을 검토했어. 열쇠고리, 현금 이십이만 원과 온갖 종류의 카드들이 빽빽한 지갑, 휴대전화, 담배 반 갑, 일회용 라이터 하나, 볼펜 하나. 이십이만 원의 여유가 생긴 것만으로도 새별이는 좋아 죽을 지경이었지만 그것으로 만족하지는 않았어. 분명 남자는 그냥 오지 않았을 거야. 근처에 차를 주차해 놨겠지. 그 안에 뭔가 더 있을지 누가 알아? 참, 주민등록증과 운전면허증에 따르면 남자의 이름은 이장원이고 거주지는 경남 통영이었어. 새별이에겐 아무 의미도 없는 정보였지만.

다음 날 아침 동생과 학교에 가기 전에, 새별이는 집으로 올라가는 계단 근처의 공터에서 남자의 차를 찾아냈어. 검정색 미니밴이었어. 남자의 차 열쇠를 밀어 넣자 문이 열렸어. 새별이는 누가 볼까 싶어 잽싸게 문을 닫고 학교로 갔어.

집으로 돌아온 새별이는 드디어 아빠가 가져온 종이 상자들을 열어 봤어. 열어 봤지만, 새별이로서는 왜 그것들이 그렇게 중요한지 알 수가 없었어. 위의 두 상자에 들어 있는 건 포장도 뜯지 않은 중국제 저가 MP3 플레이어들이었어. 가장 무거웠던 마지막 상자에는 서류철들이 들어 있었는데, 새별이는 아무리 읽어도 그게 무슨 의미가 있는지 알 수 없었어. 포기한 새별이는 상자들을 다시 쌓아놨어.

날이 어두워지자, 자매는 계단 밑으로 내려가 차 안으로 들어갔어. 와, 차 안은 정말 온갖 물건들로 가득 차 있었어. 옷이 가득한 슈트케이스, 위성과 연결된 작은 디지털 텔레비전, 페인트가 묻어 지저분한 쇠파이프들, 공구 상자, 수갑 여덟 개, 노트북 컴퓨터, 그리고 알루미늄 가방 하나. 자매는 낑낑대며 이 모든 물건들을 다 집으로 가져갔어. 미니 밴이 완전히 털리자, 새별이는 운전석 문을 활짝 열고 열쇠를 문에 끼우고는 자리를 떴어.

집으로 돌아온 새별이와 새봄이는 알루미늄 가방을 열었어. 세상에. 그 안에는 백만 원씩 묶인 돈다발들과 자기앞 수표 묶음이 반쯤 차 있었어. 새별이는 허겁지겁 그 돈을 세어 봤어. 지폐만 세어도 칠천이백만 원이었고 자기앞수표까지 포함하면 구천삼백만 원이었어. 그 아저씨는 저녁에 중국 음식을 시켜 주는 것으로 모자라 자매에게 거의 일억이나 되는 돈을 남겨 주고 죽은 거야. 그것도 위성방송과 연결된 작은 디지털 텔레비전까지 덤으로 끼워서. 새별이가 창문 밖에 접시 안테나를 달고 셋톱박스를 집의 텔레비전과 연결하자 백칠십여 개의 채널이 자매의 코앞에 신천

지처럼 열렸어. 새별이와 새봄이는 입을 다물 수가 없었어. 다물려고 해도 할 수가 없었어.

그날 밤도 자매는 창고로 가서 무덤을 지켰어. 열두 시 이십사분이 되자 언제나처럼 무덤이 솟아나고 썩은 손들이 삐져나왔어. 단지 저번과는 달리 이번에는 손이 네 개였고 머리가 둘이었어. 그 남자도 아빠와 마찬가지로 좀비가 되어 되살아난 거야. 둘을 다 죽이는 데에는 시간이 좀더 걸렸지만 그렇다고 걱정할 필요는 없었어. 수갑이 있었으니까. 아이들은 두 시체를 서로 등을 돌아보게 해서 눕힌 뒤 수갑 네 개로 손발을 묶었어. 이렇게 하면 쉽게 무덤에서 빠져나올 수 없을 거고 무덤에서 빠져나온다고 해도 이전보다 쉽게 제압할 수 있겠지.

다음 날 아침, 자매가 학교에 가려고 계단을 타고 내려갔을 때 남자의 검은 미니 밴은 사라지고 없었어. 그 동네에선 당연한 일이었어. 그때쯤이면 벌써 근처 폐차장에서 해체되었을 거야.

토요일 오전 수업이 끝나자, 새별이와 새봄이는 후문 대신 정문으로 나갔어. 아이들의 목적지는 일 년 전에 새로 생긴 동네 할인매장이었어.

새별이가 엄마가 떠난 뒤 단 한 번도 할인매장이나 백화점에 가본 적이 없다고 말하면 사람들은 믿을까? 믿기지 않겠지만 그건 사실이었어. 새별이는 언제나 동생 옆에 있어야 했기 때문에 동네와 집에서 멀리 떨어져 있을 수 없었어. 짬이 나서 간다고 해도 거기서 쓸 돈이 없었고. 새별이와 새봄이의 생활 반경은 극도로 제한되어 있었어. 그 애는 버스나 지하철도 거의 탄 적이 없었고 패스트푸드점이나 영화관에도 간 적이 없었어. 그 모든 건 그 애들에겐 엄청난 사치였어.

할인매장 안에 들어섰을 때, 새별이는 거의 경련을 일으켰어. 사방에 쌓인 물건들 자체에 감동했다는 건 아니야. 그 아이가 감동한 건 그 애에게 그 물건들을 구매할 힘이 있다는 사실이었어. 새별이의 가방 안에는 백만 원이나 되는 현금이 들어 있었어.

처음엔 그 아이도 자제를 했어. 동생과 자기에게 꼭 필요하다고 생각하는 새 옷과 신발을 조금씩 샀고 미장원에서 머리를 다듬었지. 집에서 먹을 소시지와 참치 통조림도 조금 샀고. 하지만 사다 보니 멈출 수가 없었고 조금씩 애들의 손도 빨라졌어. 장난감 매장에 들른 아이들은 새로 나온 레고 세트와 곰 인형을 태울 장난감 유모차, 켈리 인형과 병원 놀이 세트를 샀어. 새별이는 PSP도 사고 싶었지만 참았어. 지금만으로도 의심받기 딱 좋았거든. 다행히도 새로 사 입은 옷과 깔끔하게 다듬은 머리 때문에 직원들은 새별이와 새봄이가 북쪽 아파트촌에서 온 버릇없는 아이들이라고 믿어 주었어.

새로 산 장난감들과 옷을 유모차에 싣고 나온 자매는 근처 패밀리 레스토랑에서 저녁을 먹었어. 주문한 음식은 솔직히 그렇게 맛있는 편이 아니었고 양도 너무 많았지만 새별이는 불평을 할 수가 없었어. 그 아이는 생전 처음 느껴보는 소비의 쾌락에 중독되어 있었어.

이래서는 안 돼, 이래서는 안 돼. 집으로 돌아오면서 새별이는 속으로 중얼거렸어. 아무리 일억이 큰돈이라고 해도 이렇게 쓰면 곧 없어질 거야. 어딘가 숨겨 두고 꼭 필요할 때만 써야 해. 적어도 어른이 되어 직장이 생길 때까지 육 년은 버텨야 한단 말이야. 하지만 아무리 다짐하려고 해도 손 안에서 돈이 빠져나가고 물건들이 들어오는 그 멋진 느낌은 잊을 수가 없었어. 그 때문에 집에 돌아올 무렵 아이는 아까 세웠던 야무진 계획을 약간 수정할 수밖에 없었어. 그래도 천만 원 정도는 따로 두고 막 써도 되겠지?

그날 밤, 새별이는 전날 자기가 한 작업의 결과가 어떤지 확인했어. 등을 뒤로 하고 서로의 팔다리에 묶인 좀비들이 전보다 둔해진 건 사실이었어. 하지만 이렇게 느리게 움직이면 좀비들을 죽일 수가 없잖아. 일단 죽여야 마음 편하게 잠을 잘 수 있는데 말이지. 결국 기다리다 짜증이 난 새별이는 삽으로 무덤을 파서 아직도 밑에서 버둥거리는 좀비들의 머리를 방망이로 후려갈기고 목을 그은 뒤 다시 묻고 방으로 돌아갔어.

다음 날, 아이들은 동네 멀티플렉스에 놀러 갔어. 둘이 볼 수 있는 등급의 영화는 말하는 동물들이 나오는 3D 애니메이션 영화 하나밖에 없었어. 특별히 대단한 걸작은 아니었지만, 새별이와 새봄이가 극장이라는 곳에 들어온 게 그때가 처음이었으니 작품의 질 따위는 중요하지도 않았지. 중요한 건 극장이라는 신비한 공간 속에서 영화를 본다는 행위 자체였어.

사람들이 다 나간 뒤에도 멍하니 앉아 엔드 크레디트가 올라가는 걸 바라보고 있는데, 누군가가 새별이의 등을 툭 쳤어. 놀라서 돌아보니 안경 쓴 여자애가 뻣뻣한 표정으로 그 애를 바라보고 있었고 그 아이 옆에서는 삼십대 중후반으로 보이는 예쁜 여자가 방글방글 웃고 있었어. 안경 쓴 여자애는 새별이네 반 반장인 윤진이었어. 여자는 그 아이의 엄마였고. 척 봐도 분위기를 짐작할 만했어. 뒷좌석에 앉아 있던 윤진이가 영화가 끝난 뒤에 새별이의 존재를 알아차리고 엄마에게 같은 반 아이라고 말했겠지. 그걸 들은 엄마는 인사하라고 딸을 내려 보냈을 거고. 둘 다 조금씩 불편했어. 윤진이와 새별이는 같은 반이지만 서로의 얼굴과 이름만 알고 있을 뿐 거의 대화가 없었거든. 둘 다 어떻게든 이 난처한 상황에서 빨리 벗어나고 싶었어.

일은 아이들 소망대로 풀리지 않았어. 윤진이 엄마가 갑자기 아이들 모두에게 프로즌 요구르트를 사 주겠다고 제안했기 때문이지. 모든 게 일사천리로 흐르는 분위기라 아이들은 도저히 거절할 수가 없었어.

윤진이 엄마가 아이들을 데려간 곳은 근처 프로즌 요구르트 전문점이 아니라 멀티플렉스에서 거의 한 블록이나 떨어진 백화점의 식당 층에 있는 작은 카페였어. 윤진이 엄마가 자기 멋대로 주문한 프로즌 요구르트를 기다리는 동안, 아이들은 의자에 앉아 다리를 덜렁덜렁 흔들면서 시선이 부딪히지 않도록 노력하고 있었어. 윤진이는 안경을 벗어 안경알이 닳아 없어질 정도로 꼼꼼하게 닦았고, 새봄이는 거기까지 들고 온 켈리 인형을 테이블 위에 올려놓고 걸음마를 시켰고, 새별이는 윤진이 엄마가 생글생글 웃으면서 던지는 별 의미 없는 질문들에 기계적으로 답변하고 있었지. 속으로 '저 성격이라면 쓸데없이 오지랖 넓다고 뒤에서 욕 많이 먹겠구나'라고 생각하면서 말이야.

한동안 정신을 놓고 있던 새별이는 윤진이 엄마의 마지막 질문에 잠시 놀랐어. 그 아줌마가 이렇게 물었던 거야. "그 곡이 뭔지 아니?" 그제야 새별이는 자기가 카페에서 흘러나오는 음악을 콧노래로 흥얼거리고 있다는 사실을 알아차렸어. 허겁지겁 정신을 차린 아이는 음악에 집중했어. 저게 뭐지? 맞아, 쇼팽이야. 연습곡인가? 아니, 전주곡이야. 몇 번이지? 〈빗방울〉은 아니고…… 그 뒤에 나오는 곡인데? 오 초 만에 잽싸게 생각을 정리한 새별이는 대답했어. "쇼팽의 17번 전주곡요."

"맞았어. 피아노 배우니?" 감탄한 윤진이 엄마가 말했어. 그래도 새별이의 사정을 조금은 알고 있는 윤진이가 엄마를 슬쩍 째려봤어. 윤진이 엄마도 뒤늦게 그게 무슨 뜻인지 알아차리고 머쓱해했지만 새별이는 그다지 신경 쓰지 않았어. 아이는 "아뇨. 그냥 음악을 좋아해요"라고 대답하고는 막 도착한 프로즌 요구르트에 티스푼을 찔러 넣었어. 맛은 좋았어. 처음 먹어 보는 것이라 다른 프로즌 요구르트와는 비교할 수 없었지만 말이야.

그 뒤 며칠 동안 새별이는 윤진이 엄마에 대해 까맣게 잊고 있었어. 그랬는데 목요일 급식시간에 갑자기 윤진이가 새별이에게 다가와 이랬던 거야. "오늘 우리 집에 놀러 올래?" 새별이가, '얘가 뭘 잘못 먹었나' 생각하고 있는 동안 윤진이는 "엄마가 한 번 놀러 오래"라고 성의 없이 덧붙였어. 결국 새별이는 수업이 끝난 뒤 도서관에서 그림책을 읽으며 언니를 기다리고 있던 새봄이를 데리고 윤진이네 집으로 갔어. 뒤에서 따라오는 윤진이 친구들의 시선 때문에 가는 동안 등이 근질근질했어.

윤진이네 집은 백화점 길 건너에 있는 주상복합아파트 삼십층이었어. 안은 너무 넓고 깔끔해서, 사람 사는 집이라기 보다는 백화점 가구 매장 안에 들어온 기분이었어. 거실 안에는 윤진이 엄마 말고도 비슷한 나이 또래의 여자 두 명이 더 있었어. 그중 한 명은 케이스에서 꺼낸 바이올린을 만지작거리고 있었는데, 새별이가 그 악기를 직접 본 건 그때가 처음이었어.

처음부터 새별이랑 같이 놀 생각도 없었던 윤진이가 자기 방에 들어가 새봄이에게 자기 장난감들을 보여주는 동안, 새별이는 아줌마들과 함께 거실에 남았어. 새별이는 어색한 자세로 서서 아줌마들의 시선을 반쯤 외면하며 그들 등 뒤에서 말러를 노래하는 늘씬한 뱅 앤 올룹슨 스피커를 훔쳐보았어.

그때 윤진이 엄마가 말했어. "여기 새별이도 클래식 음악을 좋아해. 얘, 이 곡이 뭔지 아니?"

뭐야. 제목 맞히기 퀴즈 쇼를 하려고 여기까지 불러온 거야? 새별이는 마치 관중들 앞에 선 재주 부리는 물개라도 된 것 같았어. 하지만 그렇다고 그냥 물러나기엔 자존심이 너무 강했지. 아이는 천천히 음악에 귀를 기울였어. 아까도 말했지만 말러였어. 5번 교향곡. 3악장이 끝나고 4악장이 막 시작되고 있었어. 그 정도야 누구나 알지. 꼭 클래식 광이 아니라도 답변할 수 있는 거야. 그런데 이 느려터진 템포와 거칠거칠한 실황 연주와 거의 구식 영화 음악처럼 과장되고 산만한 정서는 뭐지? 새별이의 아이팟에는 이 교향곡이 존 바비롤리/뉴 필하모니아 버전으로 들어 있었고 새별이가 직접 귀로 들어서 아는 연주도 그것 하나밖에 없었지만 상관없었어. 『열려라 클래식 5000!』에 따르면 이런 녹음은 세상에 단 하나밖에 없었으니까. 새별이는 승리감에 찬 미소를 살짝 머금고 느릿느릿하게 말했어. "구스타프 말러. 교향곡 제5번. 4악장 아다지에토. 레너드 번스타인. 비엔나 필하모닉. 1987년. 도이치 그라모폰."

아줌마들은 마치 말하는 원숭이라도 본 것처럼 소파 위에서 일제히 굳어 버렸어.

4

지금까지 나는 무대가 되는 달동네를 새별이네 가족만 사는 텅 빈 공간처럼 그렸어. 정말 그 동네가 그런 곳이었기 때문이 아니라 그냥 다룰 이유가 없었기 때문이지. 이야기라는 게 원래 그래. 흐름에서 벗어나 있는 정보를 억지로 중간에 끼워 넣을 이유는 없는 거야.

그들은 정말 새별이와 새봄이가 어떻게 살고 있는지 몰랐던 걸까? 그렇지는 않아. 많이들 어느 정도는 짐작하고 있었어. 단지 아빠가 애들을 때리는 것까지 참견할 생각은 없었던 거야. 그 사람들 생각에 따르면, 결국 그건 집안일에 불과하고, 엄마가 달아나고 없는데 아이들을 그 정도 키우는 것만 해도 대단했던 거지. 그들은 가끔 뒤에서 새별이 아빠를 흉보고 욕하기도 했지만, 대책 위원회를 세웠을 때 따로 감투를 씌워줄 만큼 새별이 아빠를 믿기도 했어.

새별이는 자기의 '지방 출장' 카드가 먹혔다고 생각하며 안심하고 있었고 실제로 그게 며칠은 통했어. 하지만 한 주가 지나고, 두 주가 지났는데도, 늘 중요한 일 때문에 얼굴을 마주했던 수다스러운 이웃이 나타나지 않으면 아무래도 다들 수상쩍어 할 수밖에 없는 거지. 전화를 걸어도 통화가 안 되고 주변에 소문을 들은 사람도 없는걸. 게다가 애 아빠가 애들만 남겨 두고 몇 주 동안 안 보이면 뭔가 잘못된 거잖아. 왜 그렇게 오래 자리를 비우고 있는 거야? 혹시 무슨 일이 생긴 거 아냐? 만약 일이 생겼다면 무슨 일일까?

동네 사람들은 드디어 새별이네 집에 조금씩 관심을 가지기 시작했어. 새별이네 집에 들러서 아빠 소식이 없느냐고 묻는 사람들이 한 명씩 늘어났고 새별이도 '지방 출장' 카드만 들이밀 수는 없었어. 어쩔 수 없이 조금씩 대답의 수를 늘려야 했지. "아. 얼마 전에 전화 하셨는데요." "어젯밤에 왔다 가셨는데요." "며칠 동안 바빠지실 거라던데요." "일 때문에 전화번호를 바꾸셨대요." "아뇨, 새 전화번호는 저도 몰라요." 다행히도 사람들은 새별이가 거짓말을 하고 있다고 생각하지 않았어. 거짓말을 하는 사람이 있다면 그건 아마 그 아이들의 아빠겠지. 아이들이 무슨 이유로 그런 말들을 만들겠어?

그러다 보니 눈치 빠른 사람들이 다른 단서들을 잡기도 했어. 새별이네 집에서 조금 떨어져 있긴 하지만 그래도 가장 가까운 이웃인 용태네 집 사람들은 아이들이 전에는 본 적 없는 새 옷을 입고 새 장난감을 가지고 노는 걸 알아차렸어. 자기 돈으로 샀을 리는 없고 분명히 새별이 아빠가 사 준 거지. 애들 장난감처럼 쓸데없는 물건에 그만한 돈을 퍼부을 정도라면 분명 엄청난 돈을 만진 게 분명해. 하지만 그 친구 능력으로 어떻게?

어느 순간 사방에 던져진 질문들은 하나로 수렴되었어. 맞아. 방한영이야.

갑자기 튀어나온 이 이름의 주인은 원래부터 동네에서 악명이 높았어. 군납업자들에게 뇌물 뜯어먹다가 들통 나 불명예 제대한 이 배불뚝이 전직 하사관이, 사람들이 막연히 '회사'라고 부르는 곳에서 보낸 다른 험상궂은 남자들보다 특별히 더 사악하거나 무서웠기 때문은 아니었어. 진짜 이유는 원래 그가 이 동네 사람이었고 심지어 잠시 동안 '위원회'에 소속되어 있다가 나중에 '회사'에 붙었기 때문이지. 동네 사람들에게 그는 유다였고 이완용이었고 다스 베이더였고 모든 악과 불운의 근원이었어. 어떻게 보면 그는 동네북이고 허수아비였어. 그의 사악함과 비열함은 동네 사람들의 욕설에 구체적인 이름과 얼굴을 달아 주기 위해 종종 과장되었어.

하여간 어느 순간부터 방한영이 새별이 아빠를 어떻게 했다는 소문이 돌기 시작했어. 맨 처음엔 방한영이 새별이 아빠를 매수했다는 내용이었지. 하지만 그것만으로는 새별이 아빠의 수상쩍은 행동이 완전히 설명되지 않았기 때문에 다음 설명이 추가되었어. 새별이 아빠는 잠시 매수되다가 나중에 잘못을 뉘우치고 '위원회'로 다시 돌아오려고 했는데, 그걸 알아차린 방한영이 뭔가를 했다는 거야. 물론 방한영이 새별이 아빠를 매수해서 무엇을 하려 했는지, 그 '뭔가'가 무엇인지 정확히 말할 수 있는 사람들은 한 명도 없었지만 말이지.

그러던 어느 날 밤, 새별이 아빠가 드디어 동네 사람들 앞에 모습을 드러냈어.

10월 17일 새벽 한 시 사십 분쯤이었어. 동네 아줌마 한 명이 친정에 잠시 머물다가 돌아오는 길이었는데, 한참 동네 앞 계단을 오르다가 문득 이상한 느낌이 들어서 뒤를 돌아보니 새별이 아빠인 게 분명한 한 남자가 정체를 알 수 없는 어떤 남자와 함께 계단 밑에 서 있었대. 가로등에 비친 새별이 아빠의 얼굴은 무척 아파 보였고 얼굴 군데군데에 상처도 나 있었대. 이상한 건 새별이 아빠와 그 남자가 수갑으로 서로의 손목에 묶여 있다는 것이었어. 아줌마는 아는 척을 하고 싶었지만 아무래도 분위기가 이상하고 밤이라 좀 무서워서 허겁지겁 집으로 달아났어.

그날 새별이 아빠를 목격한 사람은 그 아줌마뿐만이 아니었어. 새벽 두 시 십삼 분, 위원회 부회장의 인터뷰를 담던 다큐멘터리 공동체 소속 학생 한 명이 찍은 영상의 배경에 새별이 아빠와 그 친구인 것 같은 사람의 모습이 희미하게 잡혔던 거야. 얼굴은 분명히 찍히지 않았지만 수갑을 찬 손목을 잡아당기며 앞에서 걷는 남자는 암만 봐도 새별이 아빠처럼 보였어.

목격담은 이것이 끝이 아니었어. 새벽 두시 반인가에 술에 취해 동네 근처를 어슬렁거리던 동네 아저씨 한 명이 역시 마을 근처의 산등성이에서 새별이 아빠와 그 수상쩍은 친구를 봤어. 술에 떡이 되어 정신이 오락가락했던 아저씨는 새별이 아빠를 보자 별 생각 없이 "황사장, 오래간만이야!"라고 외쳤대. 그러자 새별이 아빠는 한참 조용히 그 아저씨를 쳐다보다가 "아파요"라고 한마디 하더니 쑥 사라져 버렸다는 거야.

이 정보들이 모두 수집된 건 그날 오후 네 시 무렵이었어. 저녁 식사가 끝나고 동네 공터에 모여 상황을 해석하려 시도하던 마을 사람들은 결국 새별이네 집으로 우르르 몰려들었어. 집에 들어가 보니 애들 표정도 이전과는 달리 잔뜩 경직되어 있었어. 사람들은 분명 새별이네 아빠에게 무슨 일이 일어났고 애들도 그 사실에 대해 어느 정도는 알고 있다고 결론지었어. 아저씨 한 명이 새별이의 어깨를 잡아 흔들면서 물었어. "새별아, 너네 아빠 지금 어디 있니?"

맨 처음에 마을 사람들은 분명한 확답을 들을 수 없었어. 새별이는 그냥 “몰라요”를 반복할 뿐이었거든. 갑갑해진 마을 사람들은 유도 심문을 시작했어. “새별아, 어제 아빠가 왔었니?” “아빠가 혹시 방한영 아저씨 이야기 하든?” “아빠가 누구한테 맞은 것 같더냐?” “아빠가 혹시 다른 친구랑 함께 오지 않았니?” 겁에 질린 새별이는 도리질을 하는 것도 아니고 끄덕이는 것도 아닌 어색한 동작을 반복했고 사람들은 그걸 모두 “네”라고 믿어 버렸어.

그 결과 순식간에 상황이 정리되었어. 새별이 아빠는 방한영에게 잡혀갔다가 같이 갇혀 있던 동료 한 명과 함께 간신히 탈출했지만 다시 잡혀간 거야.

물론 다른 가설도 있긴 했어. 사람들이 본 새별이 아빠와 그 친구가 사실은 귀신이라는 거지. 새별이 아빠만 귀신이고 뒤에서 따르던 남자는 저승사자라는 소문도 돌았어. 사실 그 인터뷰 영상에 찍힌 걸 보면 귀신설을 더 믿고 싶어지긴 했어. 걷는 품이 아무리 봐도 살아 있는 사람 같지 않았거든.

그래, 살아 있는 사람이 아닌 건 맞았지. 새별이 아빠는 좀비였으니까. 그런데 그날 밤은 정말 어떻게 된 걸까? 어떻게 새별이 아빠와 이장원은 창고에서 탈출할 수 있었던 걸까?

상황을 한 문장으로 간단히 정리하자면 이래. 창고 밑에 묻혀 있는 동안 좀비들은 서서히 변해 가고 있었어.

가장 주목할 만한 변화는 좀비들이 더 이상 쉽게 죽지 않는다는 것이었어. 이전엔 열두 시 이십사 분에 깨어나 자매들이 죽이면 다음 날 열두 시 이십사 분까지 그냥 죽은 채로 있었어. 하지만 이장원이 새별이 아빠의 밤참이 된 뒤로 사정이 조금씩 변해 갔어. 그들은 머리를 맞고 목이 베이면 움직이지는 못했지만 완전히 죽지는 않았어. 그냥 맥없이 시체놀이를 하다가 열두 시 이십사 분이 되면 사람 고기를 먹기 위해 무덤에서 기어 나오려 발버둥 쳤던 거지. 며칠이 더 지나자 새로운 습관이 시작되었어. 좀비들은 오후 무렵부터 깨어나 지렁이처럼 흙을 먹고 흙똥을 싸고 그걸 먹었어. 그러다가 열두 시 이십사 분이 되면 다시 나오려고 발버둥 쳤고 말이지. 이십사 분 이전에도 그들은 깨어 있었어. 그들이 나가지 못하는 이유는 순전히 눈을 해치는 전등 빛 때문인 듯했어. 이제 창고 바닥은 거의 동네 놀이터 모래밭처럼 부드러웠어. 새봄이가 지적했듯, 창고 바닥 전체가 '좀비똥'이었어.

새별이도 변하는 사태를 그냥 바라보고 있지는 않았어. 집에 돌아오는 길에 동네 폐품처리장에서 쇠사슬과 자물쇠들을 사 왔지. 몇 년 만에 꺼낸 성경책을 읽으며, 아이들을 건드리지 않고 그냥 멀리서 바라보면서 야한 상상만 해도 지옥에 떨어지는지에 대해 고민중이던 권씨는 새별이가 내민 자기앞수표를 아무 질문도 하지 않고 받아 주었어. 집에 돌아온 새별이는 좀비들을 때려잡은 뒤 그들을 사슬로 묶어 자물쇠로 채우고 무덤을 덮었어.

새별이의 대책은 이치에 맞는 것이었지만 빈틈이 있었어. 지난 며칠 동안 무덤에서 발버둥 치고 뒹구는 동안 좀비들의 관절이 아주 유연해졌던 거야. 10월 17일 새벽에 일어난 소동도 그 때문에 발생했던 거지. 무덤 속에서 쇠사슬을 풀어 버린 좀비들은 자정이 되기 전에 땅굴을 파서 창고 밖으로 빠져 나갔던 거야. 열두 시 이십사 분에 새별이가 창고 무덤을 팠을 때 그들은 이미 뒤뜰에서 기어 나오고 있었어. 무덤의 빈자리에 있던 건 그 구멍을 타고 들어온 쥐들뿐이었어.

그때 새별이는 그냥 포기하려고 했어. 창고 안에서 좀비들을 때려잡는 것과 집 밖으로 나간 좀비들을 사냥하는 건 사정이 다르잖아. 하지만 시민의 의무감이 그 아이의 머리를 콕콕 자극했어. 사람 생살을 뜯어먹는 버릇이 있는 괴물이 동네를 돌아다니고 있는데 그냥 방치하는 게 옳은 일이야? 일단 나가서 찾아보는 거야. 정 안되겠다 싶으면 동네 사람들의 도움을 요청하는 수밖에.

공구상자에서 꺼낸 장도리 두 개로 무장한 새별이가 마을을 뒤지는 동안, 아빠와 이장원 좀비는 아직도 손목이 수갑으로 묶인 채 산 속을 방황했어. 그러다 간신히 마을 입구로 빠져나오니, 마침 친정에서 돌아온 그 아줌마가 계단을 오르고 있었지. 아줌마의 살 냄새에 구미가 당긴 두 좀비들은 아줌마를 따라 계단을 올랐지만 손발이 영 맞지 않아서 계단 꼭대기까지 오르는 데 거의 이십 분이 넘게 걸렸어. 간신히 마을까지 올라와 먹잇감을 찾던 그들은 다음에 다큐멘터리 팀과 마주쳤는데, 역시 사람 고기는 당겼지만 밝은 조명 때문에 도저히 가까이 접근할 수가 없었어. 어쩔 수 없이 다시 동네 밖으로 도피한 그들은 거기서 술주정뱅이 아저씨를 만났지. 이번엔 정말로 아저씨를 뜯어먹으려 작정한 그들은 아직도 정신이 오락가락하는 아저씨에게 천천히 다가갔는데, 바로 그때 새별이가 그들을 발견했던 거야.

아빠 좀비가 주정뱅이 아저씨의 목을 물려는 바로 그 순간, 새별이는 아빠의 머리를 장도리로 내리찍었어. 주정뱅이 아저씨가 쓰러져 횡설수설하는 동안 새별이는 다시 몇 발짝 물러나 아빠를 불렀어. 아직도 머리에 장도리가 박힌 아빠는 아무런 의미 없는 단어들을 기계적으로 읊어 대며 딸을 쫓아갔고 아빠와 손목으로 연결된 이장원 좀비도 함께 질질 끌려왔어. 새별이는 간신히 창고 안으로 그들을 불러들였고 그들은 창고 안에 들어가자마자 새별이가 미리 걸쳐놓은 쇠사슬에 걸려 넘어졌지. 새별이는 기다리고 있던 동생과 함께 쓰러진 좀비들을 곡괭이로 때려잡았고 그들이 조용해지자 쇠사슬과 수갑으로 묶은 뒤 빠져나가기 어렵게 쇠파이프 두 개를 가위 모양으로 옷 속에 찔러 넣고 무덤을 덮었어. 한 달 전까지만 해도 불가능한 일이었을 거야. 하지만 지난 몇 주 동안 새별이의 머리와 몸은 이 피투성이 작업에 익숙해질 대로 익숙해져 있었어. 좀비를 잡는 데 힘은 그렇게까지 필요하지 않아. 더 중요한 건 숙련된 동작과 타이밍이야.

5

이장원 아저씨가 좀비가 되어 창고 밑으로 사라질 때만 해도 새별이는 미래에 대해 낙관적이었어. 아빠는 죽었고 손에는 수천만 원의 현금이 들려 있었잖아. 당시 기분으로는 그때 페이스만 꾸준히 유지해도 충분히 육 년을 버티고도 남을 것 같았어.

하지만 세상일이 그렇게 만만한 게 아니지.

11월이 되자, 새별이는 점점 지치기 시작했어. 아무리 규칙적인 일과가 되고 낮잠으로 모자라는 잠을 보충한다고 해도 한참 잠이 필요한 아이들에게 자정마다 일어나 좀비들을 때려잡는 게 쉬운 일일 리가 없잖아.

아빠가 실종된 건 이제 공식적인 사실이 되었어. 가끔 마을 사람들은 나름대로 호의를 베푼답시고 아이들을 찾았는데, 그럴 때마다 새별이는 신경이 박박 긁혀 나가는 것 같았어. 형사들도 찾아와 아이들에게 별 쓸데없는 질문을 하고 돌아갔어. 지금까지 새별이에게 거의 신경을 쓰지 않았던 학교에서도 자꾸 뭘 물어보거나 수상쩍은 양식을 작성하라고 불러 댔고.

윤진이 엄마의 꾸준한 관심도 불편했어. 이 아줌마는 도대체 왜 새별이에게 그렇게 관심을 가졌던 걸까? 음악 퀴즈 좀 맞혔다고? 아빠가 실종되었다고? 하여간 윤진이 엄마는 학부모회의 감투를 핑계로 툭하면 학교와 집에서 새별이를 불러들였어. 그 때문에 전에는 있지도 않았던 반장과의 관계는 정말로 서먹해졌어.

동네 분위기도 좋지 않았어. 험상궂은 '회사' 사람들은 더 자주 눈에 뜨였고 떠나는 사람들도 조금씩 늘어만 갔어. 수도는 끊겼고 곧 전기도 나갈 거라고 했어. 아무리 새별이 아빠 실종사건이 발목을 잡는다고 해도 자매의 집이 통째로 사라지는 건 시간문제였던 거지. 그럼 밑에 묻혀 있던 좀비들은 어떻게 해?

게다가 좀비들의 수는 점점 늘어나고 있었어. 10월 중순만 해도 겨우 두 명이었지. 11월 초순엔 네 명이었어.

세 번째 좀비의 경우는 정말 애들도 어쩔 수 없었어. 좀비가 된 건 바로 방한영이었어. 한밤중에 애들이 막 좀비를 때려잡으려고 하는데, 몰래 집으로 숨어들어 왔으니 무슨 일이 일어났을지 말하지 않아도 뻔하지 않아? 나름대로 사람들 시선을 피해 아이들에게 뭔가 물어보고 싶었던 모양이었는데, 그래도 자정 넘어서 애들 둘만 있는 집에 멋대로 쳐들어가는 건 도리가 아니지. 놀란 아이들이 방심한 틈을 타서 쇠사슬에서 빠져나온 이장원 좀비가 방한영의 투실투실한 배때기에 상처를 내고 그 속에 머리를 쑤셔 박은 건 당연한 결과였단 말이야. 아이들이 그의 죽음을 방치했고 심지어 어느 정도 가속시킨 건 사실이지만 그렇다고 그 아이들을 비난할 수 있겠어?

네 번째 좀비는 사정이 좀 복잡했어. 여기에 책임이 있는 건 새별이가 아니라 새봄이었어. 11월 6일 밤이었던 것 같은데, 새별이가 뒷마당에 앉아 좀비들이 빠져나가지 못하고 쥐들이 들어오지 못하게, 폐품처리장에서 가지고 온 물건들로 커다란 덫을 만들고 있는 동안, 앞마당에서 곰 인형과 놀던 새봄이가 우연히 이웃집 할아버지와 만나게 된 거야. 암으로 살날이 며칠 남지 않았고 최근에 다소 수상쩍은 사고로 아들을 잃은데다가 곧 집까지 날려버릴 지경에 빠진 할아버지는 우연히 만난 동네 꼬마아이에게 "늙으면 죽어야지"라는 한마디로 요약될 수 있는 신세한탄을 장황하게 늘어놓은 거야. 아이가 그 문제에 대한 나름대로의 해답을 가지고 있다는 걸 모르면서 말이지. 새봄이는 할아버지를 창고로 데려갔고 삽으로 무덤 위의 흙을 가볍게 긁어 오목한 부분을 만든 뒤 할아버지에게 누우라고 시키고 불을 껐어. 할아버지가 눕자, 흙 밖으로 좀비 팔들이 사방에서 기어 나와 제대로 비명도 질러 대지 못하는 노인네를 땅속으로 끌어들였지. 새별이가 새 덫을 가지고 창고 안으로 들어왔을 때, 그 집에서 키우는 좀비는 네 마리로 늘어나 있었어.

좀비들을 사슬로 묶고 밤마다 때려죽이는 것만으로는 문제를 해결할 수 없다는 건 이제 자명해졌어. 하지만 어떻게 하면 좋을까? 무슨 방법이 없을까?

근처 PC방에서 아무리 인터넷 검색을 해도 쓸 만한 답을 찾을 수 없자, 새별이는 정말 하고 싶지 않았던 최후의 선택을 할 수밖에 없었어. 근처 점쟁이를 찾아갔던 거야.

공장터 근처에 트레일러를 하나 세워놓고 거기서 칠 년 넘게 점집을 운영하던 그 점쟁이 이름은 도라지 도사였어. 새별이의 흐릿한 기억에 따르면 그들이 나눈 대화의 내용은 대충 다음과 같았어.

새별이: 궁금해서 그러는 건데요. 혹시 파묻은 시체가 다시 살아나서 돌아다니는 경우도 있나요?

도사: 터가 나쁘면 그럴 수도 있지.

새별이: 그냥 돌아다니는 게 아니라 마구 사람을 물고 그래요. 죽여도 다시 밤마다 살아나고요.

도사: 터가 정말로 나쁘면 자정마다 기어 나올 수 있다니까.

새별이: 자정이 아니라 밤 열두 시 이십사 분인데요.

도사: 그게 이 동네 자정이지. 한국 표준시가 왜놈들 시간이라는 거 모르냐?

새별이: 아, 그렇구나. 그럼 어떻게 해야 시체들이 완전히 죽나요?

도사: 봐야 알지. 거기가 어딘데?

새별이: 그건 저도 말씀드릴 수 없거든요. 그냥 적당히 듣는 방법은 없나요?

한참 불만스러운 얼굴로 이 버릇없는 아이의 얼굴을 쏘아보던 도사는 한숨을 내쉬더니 부적 두 장을 그려 주었어. 시체들이 살아나는 걸 막을 수는 없었지만 적어도 그걸로 자기 몸을 보호할 수는 있다는 거야. 새별이는 영 믿음이 가지 않았지만 그래도 이만 원을 주고 샀어. 근처 문방구에서 부적들을 코팅해서 큼직한 목걸이 두 개를 만든 새별이는 하나는 자기가 걸고 다른 하나는 새봄이에게 주었어.

그 뒤 며칠 동안 새별이는 보다 다급한 문제를 해결하느라 바빴어. 가장 중요한 건 어떻게든 법적인 보호자를 찾는 것이었어. 새로 머물 집도 필요했고 중학교 배정 때문에 학부모는 꼭 있어야 했어. 하지만 아무리 아빠의 노트와 휴대전화에 입력된 전화번호를 뒤져도 친척들은 찾을 수가 없었어. 충주 어딘가에 산다는 고모는 도대체 어디 있는 건지. 이름은 뭔지. 아직 살아 있긴 한지. 아니, 살아 있었던 적은 있었던 건지. 가끔 오는 형사에게 물어봐도 되었겠지만 아무래도 찔려서 그럴 수는 없었어.

그러던 어느 날, 이 좀비 사건의 모든 진상이 밝혀졌어. 적어도 새별이의 생각에는.

11월 13일 화요일 오후 여덟 시 이십 분이었어. 오후 두 시부터 시작된 시위 때문에 동네는 시끄러웠고 혼잡스러웠어. 뉴스가 된다고 생각한 방송국에서도 기자들을 보냈어.

그날도 새별이는 머리를 쥐어짜며 앞일을 고민중이었고, 새봄이는 텔레비전을 보며 뒹굴고 있었어. 동생이 계속 채널을 바꾸는 통에 정신을 집중할 수 없자, 새별이는 일어나 동생의 손에서 리모컨을 빼앗았어. 그리고 막 텔레비전을 끄려고 하는데…… 갑자기 아이의 시선이 화면 한가운데에 확 박혔어.

텔레비전에서 방송되는 건 홈쇼핑 채널의 인포머셜이었어. 뭔가 숫자들이 잔뜩 쓰인 배경 앞에서 깔끔하게 차려입은 아줌마가 엄청 빠른 어조로 이렇게 쏘아 대고 있었던 거야. "지금 저희가 소개하는 원적외선 벨트형 황토 찜질팩은요. 질 높은 국산 황토만을 사용하는 고급품이에요. 일단 이걸 차시면 온몸이……."

새별이는 리모컨을 집어던지고 허겁지겁 창고 안으로 뛰어 들어가 창고 바닥의 누런 흙을 손으로 집어 들었어. 황토였어. 그래, 이제 모든 걸 알겠어. 아빠가 되살아난 건 집터가 나빠서였어. 하지만 아빠를 비롯한 좀비들이 밤마다 땅속에서 기운을 차리고 상처가 아물 수 있었던 건 바로 황토가 발산하는 원적외선 때문이었단 말이야. 좀비들이 그렇게 흙을 먹어 대고 발랐던 것도 이제 이해가 됐어.

해결책은? 원적외선을 차단하는 뭔가로 좀비들을 감싸야 해. 하지만 그런 게 뭐가 있지? 시멘트 같은 걸 부으면 될까? 그런 걸 어디서 팔지? 팔면 얼마만큼 팔지? 배달도 해 주나? 아무래도 폐품처리장의 권씨 아저씨는 알고 있을 것 같았어. 지금쯤 퇴근했겠지만 그 아저씨가 어디에 사는지는 알고 있었지. 새별이는 허겁지겁 외투를 주워 입고 마당으로 튀어나왔어. 죄책감에 못 이긴 권씨가 바로 다섯 시간 전에 창고 구석에서 목을 매고 자살했다는 건 까맣게 모르고 말이야.

운동화에 발을 끼워 넣고 느슨해진 신발끈을 다시 매려고 하는데, 갑자기 새별이의 머리 위로 그림자가 졌어. 새별이는 고개를 들었어. 나들이옷을 입은 삼십대 중반의 여자가 눈물이 글썽한 채로 아이를 내려다보고 있었어. 그 뒤에는 사람 좋아 보이는 비슷한 나이 또래의 남자가 싱겁게 웃고 있었고.

새별이는 일어나서 "누구세요"라고 말하려 했지만 그럴 수가 없었어. 여자는 갑자기 새별이를 끌어안고 울기 시작했거든. 새별이는 여자의 품에서 빠져나와 뒷걸음질 쳤어. 비로소 아이는 그 여자의 얼굴을 제대로 보고 그 사람이 누군지 알아차릴 수 있었어. 바로 몇 년째 소식이 없었던 엄마였던 거야. 한참 두 사람이 말없이 서로의 얼굴을 노려보고 있는데, 새봄이가 문을 열고 나와 언니에게 물었어. “저 아줌마 누구야?”

한참 동안의 두서없는 수다 끝에, 새별이는 엄마에게 그동안 일어났던 일들을 간신히 정리할 수 있었어. 엄마는 가출한 뒤로 정말 온갖 일들을 다했어. 밤무대 가수나 마술사 보조로도 일했고 유원지 아르바이트도 했어. 그러다가 지금 뒤에 서 있는 남자 친구를 만났고 전도사인 그를 통해 예수님을 영접하게 되었어. 종교의 힘으로 마침내 용기를 낸 엄마는 당장 아빠랑 정식으로 이혼하고 아이들을 되찾을 생각으로 돌아왔던 거지.

새별이는 이 사실을 어떻게 받아들여야 할지 알 수 없었어. 새별이가 어렸을 때 품었던 엄마에 대한 감정은 사라진 지 오래되었어. 지금 그 아이가 느끼는 감정은 낯설음과 불편함, 당혹감뿐이었어. 때맞추어 나타났으니 편리하긴 했지만 창고 안의 시체는 어떻게 하지? 아직도 가방 안에 들어 있는 돈은 어떻게 하고? 벌써부터 엄마는 아이들의 짐을 챙기고 있는데 말이지.

엄마가 분주히 움직이는 동안 사방은 점점 더 시끄러워졌어. 시위가 점차 거칠어지고 시위대가 조금씩 가까워졌던 거지. 방송국 기자들이 사방에서 질러 대는 고함소리들은 더 요란했어. 계단 아래 공터에는 벌써 철거장비들이 들어서고 있었어. 그들 틈 사이에서는 캠코더를 든 다큐멘터리 팀 사람들이 분주하게 움직이고 있었어.

갑자기 전화가 왔어. 새별이는 한쪽 귀를 막고 전화를 받았어.

전화를 건 사람은 윤진이 엄마였어. 윤진이 엄마는 고아원과 법적 후견인과 중학교에 대한 뭔가 중요한 이야기를 의기양양한 목소리로 지껄이고 있었지만, 새별이는 엄마와 시위대가 내는 소음 때문에 도저히 그게 무슨 소리인지 알아들을 수가 없었어. 그 애가 나중에 전화를 걸어줄 수 없겠냐고 더듬더듬 말하려는데, 이번에는 엄마가 어깨를 확 잡아당겼어. 엄마는 손가락으로 알루미늄 가방 안의 돈을 가리키면서 저것이 뭐냐고 외치고 있었어. 새별이는 그냥 어깨를 으쓱했어. 이제 새별이의 머릿속은 텅 비어 있었어. 생각을 하려 해도 할 수가 없었어.

새별이가 정신을 놓고 있는 동안 창고 안에서는 진짜로 엄청난 일이 일어나고 있었어. 방 안에서 얼쩡거리던 엄마의 남자친구가 화장실을 찾다가 그만 창고 문을 열고 안으로 들어가고 만 거야. 화장실이 아닌 건 알았지만 호기심이 당긴 그 남자는 문을 닫고 안으로 들어갔어. 종이 상자에 든 물건들을 슬쩍 들여다보던 그는 아무런 생각 없이 천장에 매달린 백열등을 가볍게 손으로 밀었어. 그 순간 원래부터 아슬아슬하던 백열등은 픽 꺼졌고, 땅 밑에서 기회만 엿보고 있던 좀비들이 우르르 기어올랐지. 여전히 그들은 쇠사슬에 얽혀 있었지만 전도사를 넘어뜨리고 목살을 뜯어먹지도 못할 정도는 아니었어. 전도사는 비명을 지르고 기도문을 읊어 대며 도움을 청했지만 워낙 안팎이 시끄러운 터라 아무도 그의 목소리를 듣지 못했지. 전도사의 생살을 뜯어먹고 기운을 차린 좀비들은 쇠사슬을 풀고 그들이 지금까지 덫을 피해 파

놓은 땅굴을 통해 밖으로 나갔어.

땅굴을 통해 나간 건 좀비들뿐만이 아니었어. 지난 몇 주 동안 좀비들과 동거동락하며 종종 그들에게 잡아먹히거나 반대로 살을 뜯어먹었던 수십 마리의 쥐들 역시 그들을 따라 세상 밖으로 나갔던 거야.

6

넌 어떤 식으로 이 이야기가 끝났으면 좋겠니? 장중한 파멸, 매서운 권선징악, 가슴 따뜻한 해피엔딩, 쿨하게 열린 결말. 어떤 것이어도 괜찮아. 다 들어줄 수 있어. 결국 어디에서 이야기를 자르느냐의 문제니까.

나는 어떠냐고? 해피엔딩. 언제나 해피엔딩이지. 네가 괜찮다면 그냥 해피엔딩으로 가자.

화사한 가을 오후의 삼X동 번화가를 상상해 봐. 정확히 말하면 200Y년 10월 1일이지. 하늘에는 예쁜 조각구름이 떠 있고 공기는 시골처럼 맑아. 지난 몇 개월 동안 도시에 깔려 있던 스모그는 몇 차례의 비로 말끔하게 청소되었어. 아직도 군데군데 차가 서 있기는 하지만 이 도시에서 작동하는 내연기관은 손가락으로 꼽을 정도지. 서울은 이제 유령 도시야. 아니, 꼭 서울만 그런 건 아니지. 좀비들 때문에 격리 조치된 지역의 넓이는 천이백 제곱킬로미터가 넘으니 말이야.

새별이네 집에서 나온 좀비들이 동네 사람들과 경찰들과 회사 깍두기들의 살을 뜯어먹고 동료 좀비로 만들었을 때만 해도 일이 이렇게 커질 줄은 아무도 몰랐어. 달동네 좀비들은 모두 출동한 인근 군대에 의해 확실하게 처리되었고 연구용으로 국과수에 끌려간 몇 마리들만 빼면 전원 소각처리 되었거든. 하지만 사람들은 중요한 걸 잊고 있었어. 동네가 불타고 주민들이 격리된 뒤에도 수십 마리의 좀비 쥐들이 아무런 제재도 받지 않고 서울 시내로 퍼져나가고 있었어. 일주일 안에 좀비 쥐들은 수만 마리로 늘었고 그 쥐들에게 물린 사람들이나 동물들은 모두 좀비로 변해갔어.

그때까지만 해도 상황은 어느 정도 통제할 수 있을 것 같았지. 좀비들은 햇빛을 견디지 못했고 동작도 둔했으니 말이야. 하지만 전염과정 중 돌연변이를 일으킨 좀비들이 생겨났고 그러는 동안 그들은 천천히 진화했어. 햇빛에 조금 더 잘 견딜 수 있게 되었고 동작도 조금씩 빨라졌으며 뇌가 부패한 뒤에도 멀쩡한 사람 흉내를 내어 주변 사람들을 안심시킬 수 있었지. 봄이 되어 황사가 날아들면서 좀비들의 기세는 점점 더 심해져 갔어.

좀비들과 몇 달간의 피 튀기는 전쟁을 벌이던 정부에서는 4월 17일에 소거 명령을 내렸어. 이미 서울 시민의 오분의 일이 좀비로 변해 있었고 그 수는 점점 더 늘어날 판이었어. 어떻게든 위험지역을 격리시키고 전염 위험성을 줄이는 수밖에 없었어. 먹이가 떨어지면 좀비들도 잠잠해지겠지. 그리고 그건 어느 정도 사실이었어. 살아 있는 먹을 것이 떨어지자 그들은 서로를 잡아먹기 시작했으니까. 당혹스러운 건 그럼에도 불구하고 좀비들의 수가 급격하게 줄어드는 티가 나지 않았고 격리 지역을 회복하려는 시도는 모두 실패로 돌아갔다는 거지. 9월이 되어도 4월에 선포된 격리 지역은 여전히 격리 지역으로 남아 있었어.

다시 삼X동으로 돌아갈까? 누군가가 다섯 시 삼십오 분쯤에 그 지역을 위성으로 훑었다면 작은 자동차 비슷한 것이 쇼핑가를 느긋하게 누비는 게 보였을 거야. 그 탈것의 정체는 할인점 창고에서 쓰던 화물 운송용 전동 지게차로 이제는 새별이의 전용차였어. 점심시간이 끝나면 그 아이는 늘 그 차를 몰고 나가 필요한 물건들과 자가 발전기에 넣을 가솔린을 수집해 오곤 했지. 처음엔 몇 번 벽을 박기도 했지만, 지금 그 애는 거의 전문 운전사처럼 수월하게 그 차를 몰고 다녀.

'참, 용하게 살아남았구나!'라고 생각할지 모르겠네. 하지만 그렇지 않았어. 좀비들이 부글거리는 텅 빈 유령 도시에서 살아남는 건 새별이와 새봄이가 지금까지 해 온 것들 중 가장 손쉬운 일이었어. 좀비들은 아이들을 건드리지도 못했을 뿐만 아니라 보지도 못했어. 모두 도라지 도사가 준 부적 때문이었지. 그렇다면 도라지 도사는 자기가 만든 부적을 이용해 살아남았을까? 아니, 아마 죽었을 거야. 살아남았다면 정부에 자기가 만든 부적을 납품해서 떼돈을 벌었을 텐데, 아직까지 그런 소문은 들려오지 않거든.

하여간 그래놨으니, 아이들이 어른들을 따라 피난해서 고아원 같은 데에 감금되는 대신 삼X동에 남기로 결심한 것도 당연한 일이지. 이건 정말 엄청난 기회였어. 지금까지 새별이와 새봄이는 텅 빈 서울 시내에 남겨진 물건들을 마구 쓰면서 사치를 누려왔어. 아이들은 그냥 물건들을 쓰기만 했던 것도 아니지. 지금까지 새별이는 서울 시내를 돌아다니면서 칠백억 원이 넘는 현금과 거의 그만한 가격의 귀금속과 보석들을 챙겨 마흔두 덩어리로 나눈 뒤 시내 곳곳에 숨겼어. 나중에 그것들 중 하나만 회수할 수 있어도 자매는 평생 돈 걱정하지 않고 살 수 있겠지.

그래, 새별이는 이 좀비 천하가 언제까지 계속될 거라고 보지 않았어. 그 아이도 좀비들의 생태에 대해서 알 만큼 알았으니까. 바로 그렇기 때문에 새별이는 좀비들이 바깥 과학자들이 생각하는 것보다 훨씬 오래 버틸 거라는 것도 알고 있었어. 뇌가 덜 썩고 좀비 육체의 생리에 대해 잘 알고 있는 엘리트 좀비들이 일을 꾸미고 있는 게 분명했어. 그렇지 않다면 백화점과 할인매장에서 황토 제품들만 조직적으로 강탈당하는 일이 벌어지는 건 어떻게 설명할 수 있을까? 시간이 조금만 더 주어진다면 황토팩으로 무장한 똑똑한 좀비들이 중국으로 밀항해 황하를 정복하려 시도할지도 모르지.

그래도 새별이는 별로 걱정하지 않았어. 아무리 똑똑해도 좀비는 좀비지. 도라지 도사의 부적이 있는 한 그들은 새별이를 볼 수도, 냄새 맡을 수도 없었어. 지금도 지게차가 내는 소음을 듣고 서너 마리의 좀비들이 길거리로 몰려나왔지만, 그들 중 쓰레기 봉지와 집게를 들고 차 밖으로 나온 새별이를 주시하는 좀비들은 단 한 마리도 없거든.

쓰레기 봉지를 들고 길거리를 훑던 새별이는 마침내 찾던 걸 발견했어. 그건 맨홀 뚜껑 밑에 깔려 아직도 부들부들 떨고 있던 좀비의 왼팔이었어. 새별이는 집게로 그걸 집어 올려 봉투 안에 넣고 입구를 단단히 막은 다음 차에 올랐어. 팔은 여자 것으로 아직도 비싸 보이는 다이아몬드 반지를 손가락에 끼고 있었어. 새별이는 그게 윤진이 엄마 것이 아니길 바랐어. 좀 재수 없게 굴긴 했어도 그 사람이 진짜로 새별이를 위해 뭔가 하려고 했던 건 분명했으니 말이야. 그게 뭔지는 영영 알 수 없겠지. 아빠가 중국산 저가 MP3 플레이어들로 무엇을 하려 했는지, 이장원 아저씨가 왜 자기 물건들을 몽땅 미니 밴에 싣고 통영에서 달아나 아빠를 만나러 왔는지, 방한영이 왜 갑자기 사람들을 배신하고 회사 쪽에 붙었는지, 권씨 아저씨가 자매에게 어떤 욕망을 품고 있었는지 영영 알 수 없는 것처럼.

새별이는 몇 달째 머물고 있는 가구 전문 쇼핑센터 앞에서 차를 세웠어. 좀비들에게는 보이지 않는 건물이었지. 새별이가 복사한 부적들이 벽에 잔뜩 붙어 있었으니까.

자매는 원래는 보통 아파트에서 머물고 싶었지만 여건이 되지 못했어. 대부분 전기가 없었고 수도도 나오지 않았거든. 하지만 쇼핑센터엔 자가 발전 장치가 있었고 지하수도 나왔어. 물론 이

걸 정상화하기 위해 새별이는 며칠 동안 건물 내부를 탐사하고 설계도와 해설서를 읽고 기계 작동법을 익히고 주유소들이 어디 있는지 알아내야 했어. 하지만 결국 해냈지. 이제 쇼핑센터는 자매의 작은 성이었어. 여전히 불편한 점들은 있었지만, 달동네에서 몇 년간 단련된 아이들에겐 불편이라고 할 것까지도 없었어.

새별이는 좀비 팔이 든 쓰레기 봉지를 들고 사층으로 올라갔어. 사층 침실 전문 매장에서는 공주처럼 차려입고 어릿광대처럼 메이크업을 한 새봄이가 침대 위에 누워 DVD를 보고 있었어. 자매가 애완동물 가게에서 구출한 일곱 마리의 강아지들과 네 마리의 고양이들이 방 이곳저곳에서 꼬박꼬박 졸고 있었어.

새별이는 그들을 가로질러 창고 쪽으로 걸어갔어. 그곳엔 좀비가 된 엄마가 황토로 가득 채워진 반신욕 욕조에 쇠사슬로 묶인 채 꺽꺽 소리를 내고 있었어. 새별이는 봉투를 풀어 좀비 팔을 꺼내 엄마에게 던져주었어. 쩝쩝 소리를 내며 좀비 팔을 뜯어 먹는 엄마를 남겨두고 새별이는 창고를 떠났어. 아직까지 새별이는 엄마를 버릴 생각이 없었어. 새봄이가 원하는 한 엄마는 계속 그곳에 있어야 했어.

아직도 새봄이는 DVD에 흠뻑 빠져 있었어. 텔레비전 화면은 보이지 않았지만 스피커에서 울려 퍼지는 해럴드 앨런의 달콤한 멜로디만 들어도 동생이 지금 보고 있는 것이 〈오즈의 마법사〉라는 것쯤은 알 수 있었어. “I hear a beat, how sweet. Just to register emotion, jealousy, devotion and really feel the part.......”

발끝에 걸린 페르시아 고양이를 한 마리 주워 들고 서남향으로 창문이 나 있는 복도로 나간 새별이는 스트라빈스키의 〈풀치넬라〉 서곡을 흥얼거리면서 창틀 위에 놓인 상추 화분들과, 슬슬 아가씨 티가 나기 시작하는 그 애의 작고 파리한 얼굴이 비치는 창문과, 깨진 창문들이 하나둘씩 늘어가는 맞은편 건물들과, 몇 달 전 좀비들에게 뜯어 먹힌 특공대원들이 길게 남긴 핏자국이 아직도 아스팔트 위에 선명한 텅 빈 차도와, 슬슬 밖으로 기어 나와 적당히 잡아먹을 수 있을 정도로 쇠약해진 동료들을 고르는 좀비들과, 한동안 동네 전체를 붉게 물들이다 서서히 꺼져 가는 저녁 노을을 바라봤어.

'예뻐라'라고 그 애는 생각했어.

거울
너머로
건너가다

1

난 여러분에게 진심으로 내 엄마의 이야기를 들려주고 싶다. 삼십팔 년이나 되는 세월 동안 따분한 편견과 얼굴 없는 집단의 무덤덤한 악의에 의해 끊임없이 고통받은 여자의 이야기를. 그러나 여러분은 아마 이 이야기를 좋아하지 않을 것이다. 이 이야기엔 부당한 고통을 받은 선한 사람과, 드라마가 시작되기도 전에 죽어 버린 초라한 악당과, 둔한 신경과 편견을 가진 것 이외엔 대단한 잘못을 저지르지도 않았으면서 결국 하나로 뭉쳐 늘 거대한 악을 행사한 평범한 사람들과, 성폭력의 결과물로 태어나 언제나 엄마의 사랑을 갈구하면서도 늘 엄마에게는 진홍색 낙인과 같은 존재로 남을 수밖에 없었던 사생아가 등장한다. 제대로 된 이야기꾼을 만난다면 이 이야기는 감동적일 것이다. 정직한 이야기꾼을 만난다면 이 이야기는 교화의 기능을 수행할 수 있을 것이다. 그러나 어느 쪽이라고 해도 일관성 있는 결말은 필요하다. 나는 누군가가 그 결말을 제공해 주길 바란다. 덤으로 부탁한다면, 난 그 이야기가 해피엔딩이길 바란다. 난 여자 주인공이 스스로의 힘으로 어리석은 주변 사람들로부터 벗어나 정신적 안정과 경제적 독립을 획득하고 마지막으로 고통 없이 딸을 사랑할 수 있길 바란다.

그러나 나는 여러분에게 그 이야기를 들려주지 않을 것이다.

그 이야기가 주제에 걸맞은 무게를 획득하기 위해서는 삶의 진실성이 필요하다. 하지만 나는 내가 지금까지 진실이라고 생각했던 것이 도취적인 환상에 불과했다는 걸 안다.

내가 지금 여러분에게 들려주려고 하는 건 전혀 다른 이야기다. 내가 들려주고 싶은 엄마의 이야기보다 하찮고 우스꽝스러우며 덜 고통스럽다. 나는 이 이야기가 여러분에게 감동이나 교훈을 줄 것이라고 생각하지 않는다. 그러나 이건 내가 거짓 없이 할 수 있는 유일한 이야기다.

2

내 이야기는 엄마의 병실에서 시작된다. 아마 내가 시치미를 뚝 떼고 엄마의 이야기를 책 한 권 분량으로 꾸며갈 만한 배짱이 있었다면 그 부분은 클라이맥스나 1부의 끝이었을 것이다. 결국 우리는 사람들의 성화에 못 이겨 셋집을 떠날 수밖에 없었다. 그 일이 일어났을 때, 나는 엄마와 함께 병실에서 이틀째 숙식을 하고 있었다.

새벽 한 시였다. 병원 매점의 음식은 부실했고 나는 배가 고파 잠을 이룰 수가 없었다. 한참 배를 잡고 뒤척이던 나는 결국 소파에서 일어나 엄마 지갑에서 동전 하나를 꺼내 병실을 나왔다.

복도는 어둡고 습하고 더웠다. 천장에 매달려 불안하게 껌뻑이는 백열등은 곧 픽 하고 나가 버릴 것만 같았다. 다행히도 먼지투성이 창을 통해 들어오는 달빛은 충분히 밝았다. 나는 구름다리를 지나가는 자동차들이 내는 소음을 들으며 자판기가 있는 일층으로 내려갔다.

자판기에서 밀크 초콜릿을 하나 꺼내 막 포장지를 벗기려고 하는데, 뒤에서 인기척이 들렸다. 나는 겁에 질려 천천히 뒤를 돌아보았다. 복도 끝에 누군가가 서 있었다. 간호사는 아니었다. 환자도 아닌 것 같았다. 내가 볼 수 있는 건 보통 키의 여자처럼 보이는 그림자에 불과했지만 그걸 바라보던 나는 혼이 다 빠져 나가는 것 같았다. 그 때문에 그림자가 천천히 나에게 다가올 때에도 나는 손가락 하나 까딱할 수 없었다.

그림자는 나에게 가까이 다가오는 동안 이전의 무시무시함을 잃어 갔다. 가까이서 보니 그 사람은 평범한 외모의 중년 여자에 불과했다. 평범하지 않은 건 그 여자의 복장이었다. 여자는 반짝거리는 느낌이 전혀 없는 회색 점프 슈트를 입고 왼손엔 양쪽에 크기가 다른 금속 구들이 달린 구부러진 막대를 들고 있었다. 하지만 정말로 이상한 건 그 여자의 복장이 아니라 표정이었다. 여자는 마치 내가 길거리에서 우연히 만난 영화배우라도 되는 것처럼 내 얼굴을 뚫어져라 노려보고 있었다. 얼굴은 안에서 부글거리는 감정으로 시뻘겋게 달아올라 있었고 눈에는 눈물까지 고여 있었다.

여자는 나에게 다가오더니 무방비 상태인 나를 끌어안았다. 콧물과 눈물과 가래로 범벅이 된 목소리는 알아듣기 어려웠다. 내가 분명하게 알아들을 수 있었던 건 반복되는 마지막 말들뿐이었다. "가엾은 아이! 가엾은 아이!"

간신히 진정된 여자는 내 손을 잡아끌며 현관 쪽으로 걸어갔다. 겁에 질리고 어리둥절해진 나는 생각 없는 인형처럼 여자를 따를 수밖에 없었다.

내가 조금 더 노련한 이야기꾼이었다면, 이 이야기를 시작하기 전에 병원의 분위기를 먼저 묘사했을 것이다. 시장 구석의 구름다리 옆에 세워진 길쭉하고 낡은 칠층짜리 회색 건물. 아무리 창문을 꽉 닫아도 근처 정육점에서 올라오는 고기 냄새와 자동차 소음을 막을 수 없고 군데군데 천장에서 물이 뚝뚝 떨어지는 그런 곳 말이다.

현관에 가까워지는 동안, 나는 그 익숙한 세계가 조금씩 바뀌고 있다는 사실을 알아차렸다. 고기 냄새는 서서히 사라져 갔다. 자동차 소리도 더 이상 들리지 않았다. 현관 밖의 가로등은 더 밝아졌고 이상하게도 흔들리고 있었다.

여자는 현관문을 열었다. 나는 잠시 머뭇거리다 바깥으로 걸어나왔다.

더 이상 시장과 도시는 존재하지 않았다. 내가 서 있는 곳은 이상한 모양의 회갈색 나무들이 빽빽하게 차 있는 정글이었다. 바람에 흔들리는 수많은 나뭇가지 끝에는 하얀 빛을 내는 열매 비슷한 것들이 달려 있었다. 지금까지 내가 구름다리라고 생각했던 건 아치 모양으로 구부러진 거대한 나무였다. 병원 건물 역시 바꿔어 가고 있었다. 얼마 전까지만 해도 재미없는 회색 콘크리트 건물이었던 것이 서서히 늙은 나무의 옹이진 껍질을 드러내고 있었다. 병원 사방엔 아직도 완전히 사라지지 않은 회벽의 찌꺼기들이 남아 있었다. 이 갑작스러운 변화에 비하면 병원 앞에 기우뚱하게 서 있는 달걀 모양의 우주선과 그 주변에서 분주하게 움직이는 회색 점프 슈트를 입은 사람들은 오히려 정상적으로 보였다.

나를 끌고 온 여자는 뭐라고 계속 떠들어 대며 나를 우주선 안으로 끌고 들어갔다. 잠시 뒤, 두 남자들이 아직 파자마 차림에 잠이 덜 깬 엄마를 데려왔다. 어리둥절한 우리가 서로를 껴안고 있는 동안 우주선은 하늘로 날아올랐다.

3

여기서부터 길고 장황한 설명이 필요하다. 그날 밤, 영문을 모른 채로 잠자리에 든 나는 다음 날 아침에 일어나서야 어떻게 된 사정인지 들을 수 있었다. 나에게 이 이야기를 들려준 사람은 나를 병원에서 끌고 나온 바로 그 여자로, 이 우주선의 선장이었다. 선장과 일행은 엄마와 나를 구출하기 위해 지구에서 일백칠십팔 광년이 넘는 긴 거리를 날아온 것이었다.

선장의 말에 따르면 내가 당연히 지구라고 생각했던 곳은 지구가 아니었고 우리 역시 지구인이 아니었다. 우리가 지금까지 살았던 곳은 지구인들이 '바바야가 IV'라고 이름을 붙인 외계 행성이었다. 지구인들은 십오 년 전부터 바바야가에 식민지 건설단을 보냈지만 그들은 모두 이유를 알 수 없는 병과 사고로 몰살당하고 말았다. 살아남은 건 인공지능으로 움직이는 기지의 시스템과 로봇들뿐이었다.

그때 지구인들은 아주 이상한 사실을 알아냈다. 지금까지 평범한 식물이라고 생각했던 바바야가 IV의 나무들이 정글 형태로 뭉쳐 서로와 연결되면 거대한 뇌와 같은 시스템이 형성된다는 것이었다. 그 시스템은 의식적인 자기개발과 수정이 가능했으며 거의 전지전능한 능력을 가지고 있었다. 어느 정도였냐면, 맘만 먹으면 공중 위에 즉석으로 버킹엄 궁전을 지을 수 있을 정도였다. 정글은 자신의 욕망이 그대로 방치되게 둔 적이 없었지만, 다행인지 불행인지 정글에겐 대단한 욕망이 없었다.

증거는 없지만, 선장은 지구인 식민지 건설단을 몰살시킨 게 정글이라고 생각했다. 분명, 식민지 개발자들은 정글에게 위협이 되었을 것이다. 그랬다면 그건 정당방위였을 것이다. 슬픈 일이지만 정글을 욕할 일이 아니다.

지구인들에게 재미있는 일들은 그 뒤에 생겼다. 지구인들이 모두 죽자, 정글은 건설단이 남긴 집과 기계, 도서관들을 연구하기 시작했다. 특별한 목적은 없었다. 정글은 단지 심심했을 뿐이다. 시간은 남아돌았고 할 일은 별로 없었으니까. 생존자들을 다양한 방식으로 조용히 죽이는 것도 재미있었겠지만 오래

끌지는 못했다.

정글은 기계의 원리나 자연 과학 따위엔 별 관심이 없었다. 정글의 관심은 순전히 실용적이었다. 그런 종류의 지식은 건설단의 기계를 작동시켜 도서관을 열 수 있는 정도면 충분했다. 정글이 관심을 보였던 건 알려면 자기 힘으로 얼마든지 알아낼 수 있는 그런 종류의 지식이 아니라 지구인의 삶에 관한 것이었다. 그것도 자극적이고 노골적이고 단순할수록 좋았다.

정글의 취향은 약간 아줌마 같았다. 정글은 미국과 라틴 아메리카의 소프 오페라, 홍콩과 대만의 이십 세기 멜로드라마, 십구 세기 이탈리아 오페라와 같은 것들에 푹 빠졌다. 그중 가장 좋아했던 건 부당한 사회의 억압 속에서 고통 받는 아름다운 여자 주인공들이었다.

도서관의 모든 연애소설들과 연속극과 영화들을 독파하자, 정글은 자신만의 이야기를 만들고 싶었다. 정글은 자기 품 안에 도시를 만들었고, 홍콩 배우 이려화와 임대를 반쯤 섞은 외모를 한 여자 주인공을 만들었다. 여자 주인공은 원치 않은 아이를 낳고 밤무대에서 가수로 일할 수밖에 없었는데, 그게 당시 홍콩 영화 멜로드라마의 공식이었기 때문이다. 정글이 만든 무대에서 의식을 가진 존재는 그 여자 주인공과 딸밖에 없었다. 나머지의 의식은 정글의 관심 밖이었기 때문이다. 영화를 보면서 엑스트라들이 무슨 생각을 하는지 신경 쓰는 관객들이 있을까?

건설단의 모든 기계들이 앤시블 네트워크와 연결되어 있었기 때문에, 지구에서는 정글이 무슨 일을 하고 있는지 모두 꿰뚫어 볼 수 있었다. 정글의 멜로드라마는 모두 녹화되어 앤시블 방송을 통해 전 우주에 중계되었다. 이십 년 동안 정글의 멜로드라마는 마흔일곱 개나 되는 행성의 시청자들에 의해 감상되었고 재편집되어 수많은 독립적인 영화들을 낳았으며 복고 유행을 이끌었다.

이십 년 동안 신나게 놀자, 정글은 이 멜로드라마에 질리기 시작했다. 이제는 이려화식 수줍은 멜로드라마보다 더 자극적이고 폭력적이고 야한 미국식 소프 오페라를 즐기고 싶었다. 서서히 1960년대 홍콩을 모방한 세트들은 사라져 갔고 대신 2150년대 LA를 무대로 한 새로운 세트가 지어졌다.

지구의 팬들은 그들이 이십 년 동안 사랑했던 드라마의 주인공들이 그 와중에 사라지는 걸 원치 않았다. 우리를 구출하기 위해 구조대가 날아온 건 그 때문이었다.

4

지구에서 우린 스타 취급을 받았다. 그들은 우리에게 일급 호텔의 영구 투숙권과 특급 소비권(지구엔 더 이상 돈이 사용되지 않았다)을 주었다. 수많은 사람들이 우리의 얼굴을 알아보았고 의무적으로 방송 출연도 해야 했다.

나는 좋았다. 지금의 지구는 내가 지금까지 살았던 가짜 지구보다 훨씬 근사했다. 공해는 없었고 환경은 깨끗했으며 가지고 놀 첨단 장난감들도 많았다. 나는 사람들의 시선도 좋았다. 적어도 지금까지 내가 받은 구박보다는 이런 환영이 더 좋았다.

하지만 엄마에게 지구는 또 다른 종류의 지옥이었다. 엄마는 이들이 생각하는 것처럼 영화배우가 아니었다. 엄마는 처음부터 끝까지 비극적인 주인공이었다. 이려화는 쇼 브라더스의 세트 안에선 비극적인 여자 주인공을 연기했지만, 집에서는 편안하게 보통 여자로 살았을 것이다. 하지만 엄마에겐 그런 사생활의 영역이 없었다. 있을 수가 없었다. 이십사 세기의 지구에서 엄마는 갑자기 마법으로 고양이가 된 물고기 같았다.

어떻게 나는 엄마보다 쉽게 적응할 수 있었을까? 전문가들은 내가 조연이기 때문이라고 설명했다. 처음부터 끝까지 드라마에 몸을 바쳤던 엄마와는 달리 나는 상대적으로 빈 시간이 많았고 내가 주인공이 아니라는 사실을 인식하고 있었다. 그 결과 나는 상대적으로 더 많은 자유의지를 가질 수 있었다.

사람들은 우리를 가지고 실험했다. 우리의 몸은 스캔되었고 분석되었다. 엄마는 연구소에 있을 때만 조금 행복해 보이는 것 같았다. 과학자들과 의사들은 이 친절한 행성에서 엄마에게 학대 비슷한 것을 베푸는 유일한 사람들이었다.

엄마와 나 사이는 점점 더 멀어져 갔다. 엄마는 왜 내가 이전의 연극적 발성을 접고 보통 사람처럼 이야기하기 시작했는지 이해하지 못했다. 엄마는 왜 내가 이전처럼 우리에게 닥쳤던 불운을 진지하게 생각하지 못하는지 이해하지 못했다. 엄마는 내가 왜 지금까지 계속 나를 짓누르고 있었던 죄의식에서 갑자기 해방되었는지 이해하지 못했다. 엄마는 바보가 아니었지만 이성적으로 이 상황을 따라갈 수 없었다. 아무리 논리를 충실하게 따라가도 막판엔 주르륵 미끄러져 다시 이전의 고정된 생각으로 돌아갈 수밖에 없었다.

고통스러운 건 나도 마찬가지였다. 나에게 엄마보다 더 많은 자유의지가 부여된 건 사실이었다. 하지만 그렇다고 해서 내 평생을 좌우했던 엄마에 대한 나의 사랑이 사라진 건 아니었다. 나에게 엄마를 사랑하는 것 이외의 다른 존재 의미가 있다고 생각하는 것도 어려웠다. 단지 불가능하지는 않았을 뿐이다.

5

엄마는 지금 내 곁에 없다. 지구에 도착한 지 오 개월 뒤, 엄마는 훔친 수면제를 마시고 스스로 목숨을 끊었다. 우리 몸의 내부 구조가 인간과 전혀 다르기 때문에 안심해도 된다고 믿었던 의사들은 바보들이었다. 우린 처음부터 끝까지 상상력의 산물이었고 상상 속에서 살았다. 엄마가 독이라고 믿고 마시면 맹물도 독이었다.

엄마의 장례식은 성대하게 치러졌다. 수많은 팬들이 화장터를 찾아왔고 흐느꼈다. 엄마의 몸이 타 버리고 압축되어 작은 다이

아몬드 조각이 되자 사람들은 탄성을 질렀다. 내가 그 다이아몬드 목걸이를 거는 장면은 지구에서 뉴스 이미지 인기 순위 2위였다.

팬들은 은근히 엄마의 죽음을 즐기는 것 같았다. 하긴 엄마는 지구에서 별 쓸모가 없었다. 그들이 원하는 건 더 이상 지구에 존재하지 않는 비극적이고 아름다운 구식 여자 주인공이었다. 엄마의 자살은 그런 드라마의 완벽한 종결이었다.

장례식이 끝나자 나는 심각한 공황 상태에 빠졌다. 지금까지 엄마는 나에게 삶의 전부였다. 지구에 도착한 뒤로 잠시 엄마에게 집중하지 못했던 건 사실이지만 엄마에 대한 사랑은 결코 사라질 수 없는 것이었다. 그건 떼어낼 수 없는 내 존재의 일부였다.

처음에 나는 고향으로 돌아갈 생각도 해 보았다. 하지만 바바야가 IV엔 더 이상 내가 살았던 세계는 존재하지 않았다. 내가 살던 도시를 밀어내고 그 위에 새로 지어진 세트 위에서 시작된 미국식 연속극은 새로운 팬을 얻어 가고 있었다. 나는 바바야가로 돌아가 그들에게 정글의 정체를 밝히고 자유를 찾으라고 외치고 싶었지만, 그들이 엄마보다 특별히 나을 것 같지도 않았다. 결정적으로 내 소비권에는 우주선 사용권한이 포함되지 않았다. 지구인들은 내가 지구를 떠나는 걸 바라지 않았다. 난 관찰하고 연구해야 할 외계인이었다.

수많은 바바야가 멜로드라마의 전문가들이 나를 찾아왔다. 그들은 구체적인 사건들을 예로 들며 당시 나와 엄마가 무엇을 느꼈고 무엇 때문에 그런 행동을 했는지 꼼꼼하게 질문했다. 가끔 나는 토크쇼에 출연했고 팬클럽 사람들을 만났다. 지겨웠지만 한동안 나는 그들의 질문과 요청에 충실히 응했다. 그건 내 고향에 가까워질 수 있는 유일한 길이었다. 바로 몇 달 전까지만 해도 "영원히 쓰레기 속에 묻혀 버려라!"라고 외치며 침을 뱉고 저주했던 곳에 향수를 느끼다니 내가 생각해도 어처구니없었다.

마음이 어느 정도 안정되자 나는 이십사 세기의 삶에 나 자신을 통합시키려 시도했다. 나는 직업교육을 받았고 역사와 문화에 대해 배웠다. 그러나 아무리 자유의지를 잔뜩 뻗어 이 세계의 삶을 배우려고 노력해도, 나는 완벽하게 적응할 수 없었다. 이십사 세기의 지구에서 나는 이십 세기 지구인을 모방하는 외계인이었다.

내가 할 수 있는 유일한 건 이십 세기 지구인에서 이십사 세기 지구인으로 모방의 대상을 바꾸는 것이었다. 그건 어려웠다. 나에게 이십 세기 지구인은 모방의 대상이 아니었다. 모방을 인식하는 건 내가 아니라 정글이었다. 이십사 세기 지구인을 연기할 때는 모든 예술적 책임을 내가 다 질 수밖에 없었다. 나는 어쩔 수 없이 가식적인 연기를 할 수밖에 없었고 서서히 그런 나 자신을 혐오하기 시작했다.

6

여기서부터 이야기의 또 다른 반전이 일어난다. 이 국면전환이 여러분의 맘에 들지 난 모른다. 이것으로 이야기가 충분하다고 생각한다면 그냥 여기서 멈추시길. 그러나 그런다고 해서 여러분이 앞으로 나에게 일어날 일들에 대해 영원히 무지할 수는 없다. 그러니 그냥 읽으시길. 지금까지 내가 쓴 신세한탄과는 달리, 이 부분은 여러분에게 어느 정도 유익한 정보를 제공해 줄 수 있다.

내가 지구에 온 지 꼭 삼 년째 되는 날 밤이었다. 나는 팬클럽이 마련해 준 파티에서 혼자 돌아오는 중이었다. 호텔까지 걷는 동안 나는 팬클럽 회장이 한 말을 되씹고 있었다. 그 사람은 이렇게 말했다. "어쩜, 삼 년 전이랑 달라진 게 하나도 없네요."

그건 사실이었다. 나는 여전히 열다섯 살이었다. 나에게 성장과 노화는 생물학적 현상이 아니라 내가 선택할 수 있고 언제나 역행시킬 수도 있는 하나의 단계였다. 그리고 지구에 온 이후로 나는 성장의 의무감을 느끼지 못했다.

삼 년 동안 과학자들은 나의 육체에 대해 많은 걸 밝혀냈다. 그들에 따르면 나는 기본적으로 동물의 흉내를 내는 식물이었다. 광합성 기능은 없었다. 하루 세끼를 먹고 배설도 해야 했다. 하지만 그건 나중에 외부에서 추가된 디자인이었을 뿐, 원래부터 이렇게 태어난 건 아니었다. 나는 호텔 앞의 공원을 가로지르며 내가 다시 나무로 돌아갈 수 있는 길은 없는 건지 생각했다. 생각하지 않는 나무로 돌아간다면 지금 내가 느끼는 불편함은 사라질 것이다. 그러나 그건 의미 없는 공상에 불과했다. 바바야가의 나무들은 생각을 했다. 그래서 내가 태어났고 생각을 할 수 있게 된 것이다.

그렇다면 나 역시 바바야가 정글의 힘을 물려받은 것이다.

갑작스럽게 다가온 영감에 놀라, 나는 걸음을 멈추었다. 당연하기 짝이 없는 일이었다. 나는 태어날 때부터 바바야가의 정글과 연결되어 있었고 언제나 시스템의 일부였다. 물론 난 일백칠십팔 광년 떨어진 행성에 있었다. 그러나 앤시블과 마찬가지로 바바야가 정글 시스템은 거리의 영향을 받지 않았다. 적어도 지구 과학자들의 연구 결과에 따르면 그렇다.

그렇다면 지금도 바바야가의 정글은 나를 바라보고 있는 걸까? 나는 사절인가? 탐험가인가, 아니면 정복자인가?

그 순간 나는 온몸에 힘이 충전되는 듯한 느낌을 받았다. 말 그대로 내가 원하는 건 뭐든지 할 수 있을 것 같았다.

나는 눈을 감았다. 그리고 엄마를 생각했다. 잠시 뒤 눈을 떴을 때, 엄마의 상반신과 거의 비슷하게 생긴 반투명한 풍선 비슷한 것이 내 눈앞에 떠 있었다. 그것은 허공에서 서서히 굳더니 결국 자기 무게에 못 이겨 잔디밭에 떨어져 깨졌다.

나는 허겁지겁 호텔로 돌아왔다. 옷을 갈아입고 침대로 올라간 나는 이불을 뒤집어쓰고 눈을 감고 다시 정신을 집중했다. 이번엔 단순히 엄마의 외모만을 상상하는 짓 따위는 하지 않았다. 나는 엄마의 존재와 존재감 그리고 지난 십오 년 동안 내 머릿속에 새겨진 엄마와 관련된 모든 기억들을 떠올렸다.

이불 속에서 서서히 따뜻한 육체가 형성되기 시작했다. 그리고 그 육체는 서서히 내가 지난 삼 년 동안 끔찍하게 그리워했던 엄마의 형체를 갖추기 시작했다. 단지 새로 만들어진 엄마는 더 이상 고통스러워 보이지 않았고 더 젊고 아름다워 보였으며 눈에는 사랑을 듬뿍 담고 있었다. 나는 엄마를 끌어안았다.

7

나는 아까 여러분에게 유익한 정보를 제공해 주겠다고 약속했다. 지금부터 그 약속을 지키기로 하겠다.

지난 삼 년 동안 지구에서 무슨 일이 일어났는지 아는가? 나는 그동안 먹고 배설했고 숨을 쉬었고 미용실에서 머리를 깎았고 집에서는 손톱과 발톱을 깎아 버렸다. 지구의 과학자들이 검역에 조심했어도 그들은 아직 바바야가의 방식에 대응이 되어 있지 않았다. 그들이 걱정한 건 기껏해야 미지의 미생물들뿐이었다. 내 육체에서 쏟아지는 찌꺼기들에 대해는 상대적으로 무관심했다. 그리고 그들이 방심하는 동안 내 육체의 자잘한 조각들은 미립자의 형태로 전 세계에, 아니 전 우주에 퍼져 나갔다.

그리고 나는 지금 그 대부분과 연결되어 있음을 느낀다. 내가 새로 만들어 낸 엄마의 육체가 어디에서 왔다고 생각하는가? 이미 호텔은 내 몸에서 떨어져 나와 번식하며 시스템을 구축한 바바야가 정글의 미립자로 가득 차 있었다. 더 기가 막힌 게 뭔지 알려줄까? 음식과 공기를 통해 흡수된 미립자들은 수천억 지구인들의 몸에 기생하며 그들의 뇌와 신경을 통제할 수 있다. 지금까지 스물여덟 개의 행성이 내 시스템 안에 들어왔다. 손가락을 까딱해 그들을 나에게 복종시키는 건 일도 아니다.

그러지 말아 달라고? 어쩌면 좋은가. 이미 늦었다.

여러분은 아마 어제 태평양 한가운데 갑자기 떠오른 이상한 섬에 대해 들어 봤을 것이다. 내가 한 일이다. 나는 그곳에 고향 도시를 재건할 것이다. 지금까지 나와 엄마를 괴롭혔던 사람들도 만들 것이다. 일부는 엄마를 안심시키기 위해, 일부는 그들에게 맞는 처벌을 하기 위해. 그래서 어느 정도 만족한다면 이제 지구와 우주 식민지들을 개조하기 시작할 것이다.

난 당신들의 공물 따위는 필요 없다. 나를 우주의 여왕으로 떠받들라는 요구 따위도 하지 않겠다. 지금 내가 원하는 것은 약간의 변화이다. 삼 년 동안 나는 이십사 세기의 세계에 적응하려고 노력해 왔지만 먹히지 않았다. 그러니 어쩌겠는가. 세상을 바꾸어 볼 수밖에. 저항해도 소용없다. 당신들에겐 이미 자유의지는 없다.

최종 계획은? 그런 건 아직 없다. 나는 일단 내 불만부터 해소하는 것으로 일을 시작하려 한다. 그다음에 최종 계획을 만들고 진행시켜도 늦지 않다. 바바야가의 정글도 아직은 그런 계획에 어울리는 욕망을 갖추고 있지 못하다.

상관없다. 우린 곧 그 욕망을 만들어 낼 것이다.

천국의 왕

1

민서가 죽었다.

교통사고라고 했다. 목동 현대백화점에서 친구 생일 선물을 사 가지고 오목교역 근처 횡단보도를 건너고 있었는데, 갑자기 승용차 한 대가 빨간불을 무시하고 달려들었다고 한다. 차는 민서를 치고 그냥 달아났다. 그녀는 이대 목동 병원으로 옮겨졌지만 도착한 지 십오 분이 지나기도 전에 숨이 끊어졌다. 정확한 사망시각은 여덟 시 이 분이었다.

그리고 내가 그 소식을 들은 건 그날 밤 아홉 시 사십 분이었다. 전화로 소식을 전해 준 사람은 민서의 언니들 중 한 명이었다. 언니의 목소리는 뜻밖에도 담담했다. 아직 충격을 어떻게 감당해야 할지 모르는 모양이었다.

전화를 받는 동안 나는 벽시계를 바라보며 시간을 계산했다. 내 경험에 따르면 돌이킬 수 없는 치명적인 부패는 사망 후 열다섯 시간에서 열여덟 시간 사이에 일어난다. 한 시간 사십 분 전에 사고가 일어났고 그게 밤이었다면 시간은 충분했다. 하지만 어디부터 찾아야 할 것인가? 목동의 사고 현장이나 집? 신촌의 대학?

병원부터 가 봐, 봉 대령이 말했다. 학교는 내가 아이들을 시켜 찾아보지.

아마 거긴 없을 거예요. 내가 대답했다.

왜? 공부벌레였다며. 그런 애들은 죽은 뒤에도 늘 도서관이나 독서실에 가 있더라.

민서는 학교를 좋아한 적이 없어요. 둘은 종종 별개죠.

그래도 머릿수는 많을수록 좋았다. 내가 탐사용 랜턴을 챙기는 동안, 봉 대령은 수색대를 구성했다. 새 영체로 갈아입은 건 대령까지 포함해 여덟 명이었고 그 정도면 충분해 보였다. 나는 그들에게 민서의 사진을 보여주고 그녀의 말버릇이나 습관을 확인시켰다. 봉 대령은 그중 두 명을 끌고 신촌으로 날아갔고 나머지는 내 차에 탔다.

여의도를 가로질러 목동으로 달려간 나는 오목교역 근처에서 두 명을 내려 주고 이대 목동 병원으로 갔다. 나머지 수색대를 병원 곳곳에 푼 뒤 나는 민서네 집 사람들을 찾아 나섰다. 그들을 찾기는 쉬웠다. 그 건물에서 가장 목소리 큰 남자들을 찾아가면 됐다.

그들은 언제나처럼 좌우대칭이 어긋난 내 얼굴과 절룩거리는 왼쪽 다리를 언짢은 얼굴로 쳐다보았다. 민서의 남동생은 뒤에서 대놓고 '병신새끼'라고 중얼거리며 키득거렸다. 그 녀석에겐 그 별것 아닌 욕이 나에겐 직설적인 기술이라는 사실이 누나의 죽음보다 더 세게 다가온 모양이었다.

그들과 인사를 나누고 그들의 시선을 감당하는 건 힘든 일이었다. 나는 그러는 동안 그럴싸한 표정도 유지할 수 없었다. 난 그저 그들이 내 다급해하는 표정을 슬픔과 당혹감으로 이해해 주길 바랄 뿐이었다.

형식적인 인사를 마치고 주차장으로 돌아온 나는 차에서 기다리는 수색대와 만났다. 민서는 병원에 없었다. 오목교 역 앞에 내려 민서네 아파트와 현대백화점 앞을 수색했던 두 명도 빈손으로 돌아왔다. 그들은 민서는커녕 온전한 모습을 한 유령들도 찾지 못했다.

안양천을 뒤지자고 제안한 건 김 목사였다. 타당한 이론이었다. 죽은 사람들은 흐르는 물에 매료되는 경우가 많았다. 강이나 개울 주변엔 늘 썩어 가는 유령들의 잔해가 깔려 있었다. 사고 현장과 이대 목동 병원은 모두 안양천 근처에 있었다. 특히 이대 목동 병원에게 안양천은 하수도와 같았다. 병원의 폐수가 하수도로 쓸려나가는 것처럼 병원에서 죽은 사람들의 유령은 안양천으로 휩쓸려 들어갔다.

우리는 안양천으로 내려가 근처 자전거 길을 뒤졌다. 내 랜턴에 비친 안양천은 도레가 그린 단테의 지옥 같았다. 육체와 함께 정신의 온전함까지 잃어버린 유령의 잔해들이 폭격으로 토막 난 시체들처럼 자전거 길과 수풀 곳곳에 깔려 있었다. 다만 시체들과는 달리 이들은 사지가 조각난 뒤에도 여전히 꿈틀거리며 움직였다. 그들은 영체가 태양의 자외선을 받아 미립자로 분해되어 사라질 때까지 그 꿈틀거림을 멈추지 않을 것이다.

새벽 네 시에 우리는 상수동의 집으로 돌아왔다. 모두 빈손이었다. 집에 돌아오는 동안 봉 대령의 수색대를 만났지만 그들도 민서를 발견하지 못한 건 마찬가지였다. 내 머리는 혼란스러웠고 계획은 떠오르지 않았다. 그리고 시간은 계속 흐르고 있었다.

차를 주차시키고 마당 안으로 들어왔을 때, 나는 수돗가 옆에 서서 나를 똑바로 응시하는 민서를 발견했다. 민서의 봄옷은 깔끔했고 피는 묻어 있지 않았다. 민서가 교통사고를 기억하지 못하고 있다는 뜻일까? 아니면 벌써 그 사고를 극복했다는 뜻일까? 내가 확신하지 못하고 주저하는 동안 민서는 나에게 다가왔다.

늦었구나. 그녀가 말했다.

2

민서는 내가 만들어 준 새 영체가 맘에 들지 않는 모양이었다. 그녀는 온몸이 근질거린다고 했다. 시각과 청각을 빼면 그녀가 느낄 수 있는 건 간지러움밖에 없었다. 그 간지러움은 긁어서 사라지는 종류도 아니었다. 아니 긁는 것 자체가 불가능했다. 긁으려고 손톱을 간지러운 부위에 가져가면 손톱이 피부를 뚫고 안으로 푹 들어갔다. 2세대 영체는 1세대 것보다 다루기가 훨씬 까다로웠다. 하지만 얻는 게 있으면 잃는 게 있기 마련이고, 2세대의 영체를 통해 얻을 수 있는 건 잃는 것보다 훨씬 많았다.

그냥 익숙해질 수밖에 없어. 내가 말했다. 네가 느끼고 있는 건 진짜 감각이 아니야. 감각의 환영이지. 곧 통제하는 법을 익히게 될 거야. 네가 지금 영체에 옷의 기억을 투영할 수 있는 것처럼 말이야.

언제쯤? 민서가 물었다.

하루나 이틀. 더 짧을 수도 있어.

너 너무 서두르는 거 아냐? 그냥 다른 사람들처럼 병 안에 들어가 익숙해질 때까지 기다리는 게 더 낫지 않았을까?

내 말을 믿어. 그건 네가 생각하는 것보다 훨씬 불편해.

내 말은 거짓이 아니었다. 아버지의 고객들도 병에 대해 알고 있었다. 죽음과 소멸에 대한 공포에 휩쓸리지 않았다면, 그들은 결코 그 컴컴한 감옥 안에 자발적으로 들어가지 않았을 것이다.

우린 그 불편함을 줄여 주기 위해 최선을 다했다. 그들에게 새 감각을 주고 훈련도 시켜 주었다. 케이블과 위성, 인터넷이 도입되면서 죽은 자들의 삶은 조금 편해졌다. 그러나 그들이 감옥에 갇혀 있다는 사실은 변하지 않았다.

종종 아버지는 그 불편함을 역으로 이용했다. 수많은 아버지의 적들이 죽은 뒤에 병 안에 감금되었다. 그들에겐 스피커와 마이크 하나밖에 허용되지 않았다. 그들은 아버지가 만족할 때까지 자신의 어리석음에 대해 한탄하고 아버지의 우월함을 찬양해야 했다. 아버지가 만족하면 그들은 풀려났다. 그리고 햇빛과 바깥 공기 속에서 부패되어 사라졌다.

영혼은 영원하지 않았다. 불멸의 영혼은 사람들의 소망성취 환상에 불과했다. 영혼은 육체의 산물이었고 육체보다 약했다. 죽은 육체에서 떨어져 나온 영혼은 그 즉시 부패되기 시작했다. 사후 세계에 대해 그처럼 말도 안 되는 이야기들이 떠도는 것도 당연하다. 운 좋게 자기 이야기를 살아 있는 사람들에게 전달해 준 영혼들 중 정신이 온전한 자들은 하나도 없었다.

보호장 없이도 자유롭게 바깥 활동이 가능한 영체는 아버지의 마지막 목표였다. 적어도 아버지는 자신이 죽기 전까지 그 일을 끝마치려 했다. 아버지는 나를 믿지 못했다. 나 역시 나를 믿지 않았다. 아버지가 가지고 있는 지식은 나도 전부 알고 있었다. 하지만 나에겐 아버지의 동기와 에너지가 부족했다. 대신 아버지는 병 안에 감금된 채 발버둥치는 죽은 엔지니어들을 프로젝트에 동원했다.

아버지가 죽기 몇 개월 전, 첫 번째 견본이 완성되었다. 여전히 자외선은 치명적이었지만, 새로운 영체는 이전의 어떤 실험물보다도 강하고 유연했다. 주변 사물을 움직이는 것은 불가능했지만 독자적인 감각을 가지고 있었고 자유롭게 이동했다. 새 영체는 질량이 거의 없었기 때문에 마음만 먹는다면 광속에 가까운 속도까지 가속할 수 있었다. 영체의 우주여행을 막는 장벽은 속도가 아니라 내구성이었다.

사후세계에 대한 우리의 지식은 에드워드 필립스 퍼스보다 특별히 더 우월하지 않았다. 그리고 우리는 퍼스의 후반 연구에 대해 아무것도 모른다. 퍼스는 완벽한 영체의 개발에 성공했을까? 죽은 뒤에 그는 지구를 벗어났을까?

3

에드워드 필립스 퍼스는 1871년 4월 1일에 레딩에서 태어나 1943년 4월 2일 런던에서 죽었다. 그는 물리학자였으며 영매였다.

다행히도 퍼스는 이 괴상한 조합이 비교적 덜 괴상해 보이는 시기를 살았다. 그가 과학자로 활동했던 당시는 현대 물리학이 혁명적인 발전을 이룩한 시기이기도 했지만 진지하고 영향력 있는 과학자들이 심령술과 초과학을 믿었던 시기이기도 했다. 이 두 흐름의 타이밍이 조금만 달랐어도 세상은 바뀌었을 것이다. 하지만 내가 알기로는 그 타이밍이 정확하게 일치한 지점에 서 있었던 과학자는 퍼스밖에 없다.

아까도 말했지만 그는 영매였다. 그는 유령들을 볼 수 있었고 그들과 대화할 수 있었으며 몸 상태가 좋을 때는 유체이탈을 했다가 돌아올 수도 있었다. 상식과 과학적 지식으로 초자연현상을 부정하기엔 그는 그 세계에 대해 너무 많은 것을 알고 있었다. 한동안 심령현상에 매료되었던 동료들이 사기꾼들과 엉터리 과학, 성과 부족에 실망해 다시 현실 세계로 돌아온 뒤에도 그는 여전히 그 자리에 남았다.

1902년, 퍼스는 심령학의 경험 지식과 물리학을 결합하는 지점을 수학적으로 설명하는 짧은 논문을 썼고 그 논문은 다음 해, 어느 신지학회 모임의 팸플릿에 수록되었다. 당시 이 논문을 제대로 읽은 사람은 한 명도 없었지만, 퍼스는 신경 쓰지 않았다. 그는 다른 사람들의 인정을 받을 생각이 없었다. 곧장 말하면, 세상엔 그를 제대로 인정할 만한 자격이 있는 사람들이 없었다.

사실 그는 아무도 그 글을 읽지 않은 걸 다행이라고까지 생각했다. 그는 독실한 침례교 신자였다. 그는 영생과 천국과 신과 예수의 부활을 믿었다. 하지만 연구가 거듭되면서 이 모든 것들이 허상이며 넌센스라는 것이 증명된 것이다. 그는 그의 발견이 정식으로 발표된다면 인류 문명에 나쁜 영향을 끼칠 것이라고 생각했다. 비록 그 자신은 믿음을 잃었지만 믿음의 유지는 사회의 안정을 위해 중요했다. 적어도 그는 오 년 정도 그렇게 생각했다.

퍼스가 발견한 곳에는 신이 없었다. 영원한 천국이나 지옥도 없었다. 영혼도 없는 것이나 마찬가지였다. 모든 초자연 현상은 그가 에테르라는 이름을 고집한 수상쩍은 물질의 움직임으로 설명이 가능했다. 인간의 정신 활동은 살아 있는 동안 에테르에 흔적을 남긴다. 그 사람의 육신이 죽은 뒤에도 에테르에 남아 있는 기억과 자아의 흔적은 어느 정도 살아남는다. 학문적으로 거의 고립된 그는 자신이 에테르라고 부르는 물질의 정체가 무엇인지 죽을 때까지 알아내지 못했지만, 그 지식을 활용하는 기계를 만들 수 있을 정도의 실용적인 지식은 충분히 뽑아낼 수 있었다.

그 뒤 어떤 일들이 일어났는지는 아무도 모른다. 기록에 따르면, 퍼스는 1908년에 그가 '천국'이라고 불렀던 영혼 보존 장치를 만들었다고 한다. 수많은 사람들이 그의 발명품에 관심을 보였고 자신의 내세를 위해 퍼스에게 투자했다. 한동안 퍼스의 기행은 뉴스거리였지만 제1차 세계대전의 발발과 함께 잊혀졌다. 전쟁이 끝났지만 그의 이름은 다시 떠오르지 않았다. 그는 그냥 사라진 것이다. 그가 만든 천국과 함께.

4

아버지가 퍼스에 대해 알게 된 건 1972년 어느 여름날이었다. 술이 한잔 들어가 기분이 좋아지면, 아버지는 늘 그때 이야기를 하곤 했다. 그리고 그 말을 들어줄 수 있는 사람은 나밖에 없었다. 내가 이 이야기를 몇 번이나 들었던가. 삼백 번? 사백 번? 천 번?

1972년이었어 — 이야기는 늘 이렇게 시작되었다 — 네가 태어나기 꼭 팔 년 전이지. 날짜도 기억 나. 7월 11일이었어.

난 그때 무슨 학회 때문에 한국에 온 허버트 필딩이라는 영국인 영감탱이의 통역 노릇을 하고 있었어. 필딩은 그 학회에서 꽤 중요한 연사였고 주최 측에서도 돈을 엄청 들였지만, 정작 자기 자신은 그 따위엔 신경도 쓰지 않았어. 한국에 있는 동안 필딩은 술에 절어 있었어. 취해 있거나 숙취에 시달리거나 둘 중 하나였지. 다른 상태로 있는 걸 본 적이 없었던 것 같아.

바로 그랬기 때문에 필딩은 맨 정신이었다면 하지 않았을 온갖 소리들을 나에게 다 늘어놨어. 짜증나는 이웃에 대한 불평부터 전처에 대한 욕지거리까지 별별 이야기를 다 들었지. 한심한 인간이라는 생각이 들었지만 그래도 재미있긴 하더라. 그런 이야기를 듣는 게 재미있어서 난 일부러 그 사람에게 술을 먹이기도 했어.

필딩이 싱가포르로 떠나기 전날 밤의 일이었어. 여덟 시였던가. 하여간 집에 돌아와 밥을 먹고 있는데, 그 양반이 내 자취방으로 전화를 했어. 뭔가 엄청난 걸 보여주겠다고 고래고래 고함을 지르면서 말이야. 어차피 마지막 날이고 호기심도 당겨서 나는 먹던 밥을 구석에 밀어두고 호텔로 달려갔어.

내가 호텔방에 들어오자 필딩은 키들키들 웃으면서 가방에서 뭔가 묵직한 것을 꺼냈어. 그건 전자 장치와 건전지가 달린 길쭉한 병이었어. 교과서에서나 봤던 라이덴 병 비슷하게 생겼더라. 이상한 건 병 한가운데에 들어 있는 초록색 빛 덩어리였어.

이게 뭡니까, 내가 물었지. 필딩은 숨이 넘어갈 정도로 요란하게 웃다가 대답하더군. 그게 말이야, 미스터 최, 이 팅커벨이 내 아버지라는 말씀이거든!

그 뒤로 필딩은 두 시간이 넘게 장황한 이야기를 했어. 술에 취해 조리가 없었고 같은 소리를 계속 반복하긴 했지만, 그래도 알아들을 만은 했어. 퍼스의 천국은 오래 전에 없어졌지만 그의 테크놀로지는 몇몇 주변 사람들에 의해 계승되었고 필딩의 아버지도 그들의 고객이었다는 거지. 필딩은 일 년 전에 그 사실을 알았고 그 뒤 십 개월 동안 삼십 년 전에 죽은 아버지의 영혼을 찾아 다녔다는 거야. 그러다 오슬로의 목사관에 숨겨져 있던 아버지의 영혼을 발견한 거지. 필딩이 그렇게 술에 절어 있던 것도 당연해. 너 같으면 어떻게 하겠냐? 그 병을 죽을 때까지 들고 다니겠냐, 아니면 깨버리고 모른 척하겠냐? 어느 쪽이건 쉽게 내릴 수 없는 결정이거든. 게다가 그 망할 놈의 병 때문에 말년에 갑자기 망가진 세계관은 누가 책임을 질 거야?

한국을 떠나기 직전에 필딩에겐 영감이 떠올랐어. 책임 회피를 하자는 거지. 필딩은 내가 여러 군데에 관심이 많은 과학자이고 심령학에 대해서도 태도가 열려 있다는 걸 알았어. 요샌 그런 소릴 하면 동료들한테 바보 취급을 받지만 70년대만 해도 심령학이 유행이었거든. 게다가 술에 취해 있는 동안 나한테 온갖 못 할 소리를 다 지껄인 것도 기억났겠지. 해결책은? 자기 아버지의 영혼이 들어 있는 병을 나에게 선물로 주는 것이었어. 그리고 정말 그 사람은 그렇게 했어. 다음 날 아침 필딩은 나에게 인사도 하지 않고 싱가포르로 날아가 버렸지.

그 뒤 난 틈이 날 때마다 퍼스의 병과 천국에 대해 연구했어. 지금처럼 인터넷으로 검색하면 뭐든지 나오는 때가 아니었지만, 예상외로 퍼스의 자료는 구하기 쉬웠어. 오히려 그렇게 유명하지 않아서 더 쉬웠던 것 같아. 그냥 편지를 보내 자료를 요청하면 아무런 의심없이 보내주는 경우도 많았으니 말이지. 심지어 천국의 설계도 복사본을 구하는 데도 일 년밖에 걸리지 않았어.

물론 설계도만 가지고 퍼스의 천국을 복원하는 건 어려웠어. 퍼스의 이론을 먼저 연구해야 했지. 그냥 이론을 이해만 해서 되는 일도 아니었어. 퍼스의 마지막 논문과 천국의 설계도 사이엔 몇 년간의 갭이 있었어. 그동안 그 사람은 뭔가 더 발견한 것이 분명해. 그리고 퍼스의 패러다임이 가장 진실에 가깝다는 법은 어디 있니? 일반적인 물리학이나 전자 장비에 대한 지식은 네 아버지가 더 많이 알고 있었다 이거지.

천국을 만드는 건 어려운 일이었지만 결국 나는 해냈어. 단지 필딩의 아버지는 그 단계를 견뎌내지 못했어. 기계의 메커니즘을 이해하려면 어쩔 수 없이 병을 분해해야 했거든. 영감은 병뚜껑을 열자마자 모기처럼 윙 하고 달아나더니 햇빛 속에서 분해되어 버리더군. 물론 관측 기기에 따르면 그렇다는 거였지, 내가 그걸 직접 본 건 아니야. 사실 병 안에서 반짝거리는 팅커벨도 영혼 자체는 아니었어. 보호 장치의 영향을 받아 병 안의 영혼이 만들어내는 아우라였을 뿐이지. 영혼을 직접 보고 관찰할 수 있으려면 특별한 능력이 있어야만 했어. 다행히도 네 엄마는 그걸 가지고 있었지.

5

어머님도 영매셨어? 민서가 물었다.

엄만 영혼을 볼 줄 알았어. 퍼스처럼. 내가 대답했다.

작년 여름이었다. 우린 아버지가 병원에 간 사이 몰래 지하실에 내려와 있었다. 민서는 우리 집 지하실에 내려온 최초의 외부인이었다. 집이 세워지고 지하실이 천국이 된 지 이십 년의 세월이 흘렀지만 그때까지 지하실에 들어올 수 있었던 사람은 우리 가족과 고객들뿐이었다.

천국은 그렇게 매력적인 곳은 아니었다. 어떻게 보면 포도주 창고와 비슷했다. 차갑고 어둡고 눅눅했고 벽장에는 맥주캔 크기의 작은 유리병들이 차곡차곡 진열되어 있었다. 병들은 모두 전원을 공급하는 전선으로 연결되어 있었고 병 안에는 메인 컴퓨터와 연결된 안테나 역할을 하는 필라멘트가 달려 있었다. 지하실에 감금된 영혼들은 모두 필라멘트에 달라붙어 쇼핑 채널에서 방영하는 란제리 패션쇼를 보고 있었다. 멀리서 보면 그들은 촉수가 낮은 백열전구처럼 보였다.

왜 하고 많은 방송 중에 저런 거야? 유령들도 이런 걸 보면 흥분하나? 모니터로 방송 내용을 확인한 민서가 재미있어하며 물었다.

못할 것도 없지.

어떻게? 몸도 없잖아.

몸과 감각에 대한 기억은 가지고 있거든. 영혼들은 그걸 언제나 되살릴 수 있고 그걸 자신의 모습에 투영할 수도 있어. 사람들이 옷을 입고 있는 유령을 볼 수 있는 것도 그 때문이야. 자길 나체라고 생각하는 유령들은 없거든. 늘 어떤 옷을 입고 있다고 생각하지. 그리고 유령을 볼 수 있는 사람들에겐 영혼이 자신의 모습이라고 생각하는 모습이 보이기 마련이고.

재미있겠네. 가상현실이잖아.

그것도 능력과 훈련이 필요해. 경험과 상상력이 부족하면 훈련을 쌓아도 할 게 별로 없어. 저 구석에 있는 병 보여? 양화그룹의 황지우 회장이야. 그 엄청난 돈을 우리에게 퍼부어놓고 지금 저기서 뭘 하고 있는지 봐. 하루 종일 텔레비전 보는 것밖에 하는 일이 없어. 자기도 미치겠지. 하지만 다른 걸 뭘 해야 할지 전혀 모르니까. 가끔 밤에 내려가 보면 저 병 안에서 쳇바퀴 돌리는 다람쥐처럼 뱅글뱅글 도는 게 보여. 그렇다고 자살 장치를 작동시킬 용기가 있느냐…… 그것도 아니거든. 우리로선 다행이지. 자살하면 우린 돈을 더 못 받으니까. 계약서가 그렇게 되어 있어. 짠돌이 영감 같으니.

어머님을 보여 줘.

나는 창문 옆의 특실 문을 열었다. 그곳은 아버지가 지난 십여 년 동안 엄마를 위해 만든 재단이었다. 포도주 병처럼 쌓여 있는 다른 영혼들과 달리, 엄마는 방 하나를 독점하고 있었다. 방은 어두웠지만 먼지 하나 없이 깔끔했다. 엄마가 들어 있는 병도 다른 것들과는 달랐다. 크리스털로 만들어졌고 다른 것들보다 스무 배는 더 컸다.

미인이셨네. 병 위에 걸려 있는 엄마의 사진을 바라보며 민서가 말했다.

난 엄마를 닮지 않았어.

그래, 안 닮았어. 그래도 눈 주변은 비슷한 것 같아.

나는 그 마지막 말도 예의를 차린 거짓말이라는 걸 알았지만 지적하지 않았다. 대화가 외모로 흘러갈 때 나는 언제나 위축되었다. 이럴 때는 아무 말도 하지 않고 상대방이 하는 말에 맞장구를 쳐주는 게 가장 나았다. 나는 지팡이를 고쳐 쥐고 재단 앞의 의자에 앉았다. 비가 오려는지 다리가 쑤셨다.

가끔 내려와서 대화도 해?

아니, 그건 불가능해.

왜?

저 병은 아버지가 만든 첫 번째 발명품이야. 더 크고 더 멋져 보이지만 성능은 형편없지. 조금만 잘못하면 보호장이 깨져 안에 든 영혼을 태워 버리지. 저 필라멘트도 스무 번이나 시도한 끝에 간신히 넣은 거야. 마이크는 어림도 없어. 그래도 어떻게든 문제를 풀려고 노력하는 중이야. 하면 성공할 수도 있는데 아버지가 허락하질 않지. 아버진 나를 못 믿어. 언제나 그랬어. 특히 엄마와 관련된 문제에 대해선.

민서는 고개를 끄덕였다. 어머님을 아주 사랑하셨구나.

부모와 관련된 문장에 사랑이나 섹스라는 단어가 들어가면 다들 민망해하기 마련이다. 하지만 나는 그렇지 않았다. 두 사람의 이야기는 난처할 정도로 멜로드라마틱했기에 그 둘을 빼면 그림 자체가 그려지지 않았다.

이걸 한 번 들어 볼래? 나는 재단 밑의 서랍을 열고 색이 바랜 봉투 하나를 꺼내서 그 안에 든 편지를 읽었다. 내가 귀하를 처음 본 그 순간부터 세상은 의미를 찾았습니다. 지금도 내 눈앞에는 귀하의 아름다운 얼굴이 아른거립니다. 이렇게 귀하에 대한 사랑에 괴로워하는데 왜 귀하는 나를 만나 주지 않습니까…….

민서는 웃지 않으려고 이를 악물었지만 결국 실패했다.

옛날이니까. 당시 사람들은 연애편지를 이렇게 썼겠지. 게다가 아버지는 작가도 아니었고. 가끔 억지로 쓰는 업무용 이메일을 제외하면 난 아버지가 편지 비슷한 걸 쓰는 걸 본 적이 없어. 아마 연애할 때 평생 쓸 걸 다 써 버렸나 봐. 서랍 안에 든 것만 해도 일흔 통이 넘어. 분명 더 썼을걸.

어머님 답장은?

아버지 것밖엔 없어. 이해가 가. 아버지는 가난하고 못생긴 시골뜨기였지. 엄마는 예뻤고 집안도 좋았고 학교도 좋은 데를 다녔거든. 감정이 일방적이어도 이상하지 않지. 외가 쪽에서는 끝까지 아버지를 받아들이지 않았어. 엄마가 날 임신하지 않았다면 결혼도 어려웠겠지.

어머님에게 능력이 있다는 걸 언제 아셨대? 연애하기 전부터? 아니면 연애하는 동안?

난 멈칫했다. 그때까지 한 번도 거기에 대해 생각해 본 적이 없었다. 둘의 이야기를 너무나 많이 들어 두 사람에 대해서는 알 만큼 알고 있다고 착각했기 때문인지도 모른다. 난 지금까지 아버지와 친척들로부터 들은 모든 이야기들을 종합해 답변을 뽑아내려 했지만 성공하지 못했다.

모르겠어. 나는 포기하고 대답했다.

6

엄마는 내가 다섯 살 때 죽었다. 급성폐렴이라고 했다. 난 당시 일을 거의 기억하지 못한다. 그나마 기억할 수 있는 건 모든 것들이 너무 빨리 진행되었다는 것이다. 며칠 전까지만 해도 내 몸의 일부같이 존재 자체가 당연했던 한 사람이 눈송이처럼 순식간에 사라져 버렸다. 친척들 말에 따르면 장례식 때 나는 울지도 않았다고 한다.

물론 우린 정말로 엄마를 잃은 건 아니었다. 엄마가 죽는 바로 그 순간, 아버지는 채집용 도구를 이용해 엄마의 영혼을 붙잡아 보호장이 든 병 안에 집어넣었다. 엄마는 아버지의 천국에 들어간 일곱 번째 영혼이었다. 그리고 그 불안정한 첫 번째 발명품에서 살아남은 유일한 영혼이었다.

아버지의 그 서툰 발명품 속에서 영혼은 더 위태로웠다. 아버지가 퍼스의 설계도를 이용해 만든 보호장은 종종 영혼을 보존하는 대신 태워 버렸다. 우리 집 지하실은 요제프 멩겔레의 실험실보다 특별히 나을 게 없었다. 영안실과 묘지에서 아버지가 억지로 끌고 온 영혼들은 지하 실험실에서 고문당하고 절단당하고 도

살당했다. 어차피 햇빛 속에서 죽을 운명이었다고 아버지는 말했다. 하지만 그렇다고 그들이 그동안 겪은 고통이 정당화될 수 있을까? 햇빛 속에서 타 죽는 게 특별히 덜 고통스럽지는 않아. 아버지는 늘 이렇게 대꾸하곤 했다.

어느 쪽이건 내가 간섭할 수 있는 건 아니었다. 나는 열두 살이 된 뒤에야 지하실에 들어갈 수 있었고 뜨내기 영혼들을 동원해 아버지가 한 실험은 엄마가 죽은 뒤 반년 만에 종결되었다. 아버지는 드디어 보호장을 통제할 수 있는 방법을 알아냈던 것이다.

그동안 엄마의 영혼은 온전하게 보존되었을까? 아버지는 그렇다고 생각했다. 아버지에 따르면 엄마가 든 병은 아버지의 첫 번째 성공작이었다. 말이 나왔으니 하는 말인데, 네 엄마가 없었다면 내 실험은 성공할 수 없었어. 어떻게든 네 엄마의 영혼을 살리려고 필사적으로 연구하는 동안 영감이 떠오른 거거든. 그 뒤 반년 동안 내가 한 일은 자잘한 실수를 바로잡고 기계를 조금 더 능률적으로 개량하는 것밖에 없었어.

그러면서 아버지는 손으로 먼지 덮인 병들을 쭈욱 쓸었다. 그 통에 벽장이 위태롭게 흔들렸지만 아버지는 신경 쓰지 않았다. 아버지는 그 작은 세계의 왕이었고 병 속의 영혼들은 힘없는 백성들이었다. 그들은 살아 있는 것만으로 아버지에게 감사해야 했다.

내가 보존 작업에 참여한 첫 번째 영혼은 봉준환 대령이었다. 그는 아버지의 친구였고 죽음이 두려운 권력자들과 부자들을 아버지와 연결시켜 준 장본인이었다. 봉 대령 덕택에 아버지의 실험은 수익이 나는 사업으로 전환되었다. 대령 자신은 두 차례의 심장 발작을 일으킨 뒤 집에서 혼자 죽었는데, 그의 침실에는 이미 아버지가 설치한 자동 채집기가 장치되어 있었다. 채집기는 안방 천장을 다 덮을 만큼 컸고 분해가 불가능했기 때문에 벽 일부를 부수고 뜯어내야만 했다. 그걸 집으로 가져와 지하실에 있는 병에 영혼을 쓸어 넣는 건 엄청난 작업이었고 혼자서는 불가능했다. 아버지가 보존기가 무너지지 않게 마당에서 뛰어다니는 동안 나는 무전기로 전달된 아버지의 명령에 따라 지하실 기계들의 다이얼을 조작해야만 했다. 그러는 사이에 천둥 번개가 치고 비까지 내렸으니, 봉 대령의 영혼이 살아남은 건 거의 기적이었다.

아마 그 과정 중 봉 대령의 영혼 일부가 손상되거나 변형된 모양이다. 살아 있었을 때 그는 과묵하고 무뚝뚝한 직업 군인이었다. 하지만 병 안에 들어간 뒤로 그는 수다스럽고 변덕이 심하며 거의 여성적인 존재로 바뀌었다. 영혼의 목소리를 전달하는 변환기엔 여자 목소리 하나밖엔 없었기 때문에 종종 나는 그와 함께 있을 때 수다스러운 이웃 아줌마와 함께 있는 것 같았다. 병 안에 든 모든 영혼들이 나에겐 다 여자 같았다. 하지만 지하실엔 여자들이 없었다. 봉 대령을 통해 아버지와 연결될 수 있고 아버지가 요구하는 거금을 지불할 수 있는 사람들은 모두 남자였던 것이다. 아버지가 억지로 끌어 온 적들이나 역사의 증인으로 남겨두기 위해 납치해 온 유명 인사들의 영혼도 전부 남자였다.

변환기의 여자 목소리는 아버지의 음흉한 계획 중 하나였다. 아버지는 그들을 상징적으로 거세한 것이었다. 영혼들은 한 번에 한 명씩밖에 말할 기회를 얻지 못했고 그들의 어조가 거칠어지면 아버지는 주파수를 올려 그들의 목소리를 앵앵거리는 모깃소리처럼 만들었다.

난 이 모든 것들이 재미있었다. 난 병 속에 든 팅커벨들에게 동정심 따위는 느끼지 않았다. 천국의 영혼들은 천박했고 우둔했고 대부분 자기도취와 연민에 빠져 있었다. 원래부터 그런 건 아니었으리라. 그들은 늙은 뇌에서 끄집어낸 늙은 영혼들이었고 병 안에 들어간 뒤에도 계속 늙어가고 있었다.

그래도 봉 대령은 그중 그나마 말이 좀 통했다. 그는 다른 유령들에 비해 상대적으로 젊었고 (죽었을 때 겨우 마흔둘이었다) 이야깃거리도 많았다. 종종 나는 그와 수다를 떨기 위해 지하실로 내려갔고 가끔 그에게 책을 읽어 주기도 했다. 책들은 주로 추리소설이었고 봉 대령이 가장 좋아하는 탐정은 미스 마플과 코딜리아 그레이였다. 그에게 책을 읽어 주는 게 지겨워진 나는 그를 위해 작은 독서기를 만들어 주었다. 그건 캠코더와 사마귀 앞발처럼 생긴 기계 장치를 연결한 것으로 캠코더 앞에 책을 고정하면 음성 명령 장치를 조작해 책장을 넘길 수 있게 하는 기계였다. 가끔 지하실에 내려가면 봉 대령이 기계를 이용해 책장 넘기는 소리가 들려오곤 했다.

내가 아버지와 처음으로 맞선 것도 그 독서기 때문이었다. 아버지는 발명품 자체에 대해선 만족했다. 문제는 내가 아버지의 허락도 받지 않고 봉 대령에게 편의를 베풀었다는 거였다. 아버지는 천국에서는 모두가 평등해야 한다고 믿었다. 다시 말해 천국의 백성들은 자신의 허락 없이는 어떤 오락도 즐겨서는 안 되고 봉 대령도 예외가 아니라는 것이다. 나는 왜 그러냐고 맞섰고 아버지는 제대로 된 답변을 하지 못했다. 아버지는 욕지거리를 퍼부으며 지하실을 떠났지만 봉 대령의 독서기는 살아남을 수 있었다. 나는 그 뒤로 누구나 그 기계를 사용할 수 있게 선을 열어 놓았지만 사용하는 영혼은 여전히 봉 대령밖에 없었다. 곧 케이블이 들어왔던 것이다.

그날, 나는 두 가지를 배웠다. 하나, 적어도 말싸움에선 내가 아버지보다 유리하다는 것. 둘, 영혼들을 다루는 아버지의 행동이 결코 공정하거나 정의롭지 못하다는 것.

그때 나는 열다섯 살이었다.

7

지금의 봉 대령은 캐스퍼의 삼촌들처럼 허옇고 불분명한 몸을 가진 커다란 유령이다. 새로 영체를 만들어 준 뒤에도 그는 거기에 자신의 이전 모습을 투영하지 않았다. 왜 그런지는 모르겠다. 70년대 풍으로 느끼하긴 했지만, 적어도 그는 아버지보다 백배는 잘생긴 남자였고 여자들도 꽤 따랐다. 그래도 그런 자기 모습이 싫었을 수도 있겠지. 나는 그 이유에 대해 억지로 캐묻지 않으려 한다.

봉 대령과 민서는 서재 소파에 나란히 앉아 수다를 떨고 있었다. 민서의 가려움증은 거의 사라졌고 이제 그녀는 의자 위에 영체의 엉덩이를 걸치고 앉은 척도 할 수 있었다. 봉 대령은 민서에게 영혼의 힘으로 조작할 수 있는 몇몇 기계들의 작동법을 가르쳤다. 이제 민서는 혼자 힘으로 컴퓨터나 텔레비전을 켜고 커튼을 닫거나 열 줄 안다.

민서가 앉아 있는 소파 옆에는 낡은 토끼 인형이 앉아 있었다. 뱅이라는 다소 수상쩍은 이름을 가진 그 인형을 민서네 집에서 가져오기 위해 내가 벌인 온갖 소동에 대해 자세히 설명하는 건 불필요할 뿐만 아니라 짜증나는 일이다. 민서네 집 사람들이 그 인형을 특별히 아꼈던 건 아니지만 죽은 딸의 물건을 내가 가져가는 것에 대해서는 약속이라도 한 것처럼 맹렬히 반대했다. 그 인형을 얻을 수 있게 된 건 순전히 민서의 작은 언니 덕택이었다. 그 사람이 나를 좋아했던 건 아니었다. 단지 나보다 가족이 더 싫었을 뿐이다.

뱅이는 민서가 세상에서 가장 사랑하는 존재였다. 민서 같은 사람에게 이처럼 유치하고 엉뚱한 헌신의 대상이 있다는 건 놀라운 일이다. 하지만 다시 생각해 보면 그건 오히려 당연한 일이기도 하다. 민서는 살아 있는 사람들을 사랑하지 않았다. 자신의 상상력을 투영한 푹신한 털북숭이 대체물이 그나마 인간보다 더 사랑스러웠다.

이십여 년에 걸친 천국의 역사는 왜소하고 성질 고약한 두 남자의 신경전으로 요약할 수 있지요. 봉 대령은 일 년 전쯤에 자기 목소리로 고안한 낭랑한 콘트랄토로 말했다. 하지만 그 내용만 보면 그건 한 편의 대서사시입니다. 제국의 건설로 시작되어 피투성이 혁명으로 끝난 장엄한 역사가 모두 이 집 지하실에서 일어났지요.

그리고 언젠가 그에 대한 책을 직접 쓰시겠지요. 민서가 상냥하게 대꾸했다.

물론이지요. 지금도 머릿속으로 첫 문장을 굴리고 있어요. 하지만 지금 당장은 책보다 저 친구를 도와 회사를 재건하는 것이 더 급합니다. 저번 사고 이후 일손이 많이 줄어서 할 일이 늘었어요.

사고 이전에는 어땠는데요?

음…… 몇 년 전까지만 해도 천국은 한물간 영감탱이들을 수집한 양로원에 불과했지요. 저 친구 아버지는 그 영감탱이들을 묶어 놓고 왕 행세만 할 줄 알았지, 그걸 이용할 생각은 못 했어요. 이 따분한 곳을 제법 잘 돌아가는 싱크 탱크로 바꾼 건 저 친구 아이디어 덕택입니다. 하지만 영감은 죽을 때까지 그게 다 잘난 자기 머리에서 나온 생각인 줄 알았지요. 그게 누구 생각이건 98년부터 사고 직전까지 이곳엔 상당한 인재들이 부글거렸어요.

적재적소에서 쓸 만한 젊은 영혼들을 수집해 온 이 친구가 없었다면 불가능한 일이었지요. 세대교체는 당연했어요. 영감은 그냥 평범한 노력파였지만 저 친구는 영혼을 볼 줄 알았지요. 자기 어머니처럼요. 교활하게도 이 친구는 아버지가 죽을 때까지 그 사실을 숨기고 있었어요.

전 처음 만났을 때부터 알고 있었어요.

네, 저도 들었습니다. 외할머니 장례식 때였다고요? 병원 영안실에서 만났다고 했죠? 울고 있는 아가씨에게 다가와 외할머니의 유언을 전했다고 들었습니다. 지금은 아가씨한테도 굉장히 유치하게 생각되겠지요. 그래도 꽤 귀엽지 않습니까? 저 친구가 아무데서나 그러는 건 아닙니다.

하여간 영혼을 보는 능력은 천국을 운영하는 데 필수적입니다. 저 친구 아버지가 그렇게 빨리 천국의 개념을 잡을 수 있었던 건 순전히 부인 덕택이었지요. 아무리 기계가 좋다고 해도 민감한 사람의 눈과 귀를 따라갈 수는 없어요. 영혼들을 채집하고 관리하고 연구하는 데 부인의 도움은 필수였지요. 부인이 조금만 일찍 죽었다면 천국은 만들어지지 못했을지도 모릅니다. 다행히도 그 이후로는 직접 영혼들의 도움을 받아 일을 할 수 있었지요.

저 친구 아버지는 좋아 죽을 지경이었지만, 부인은 무척 고통스러워했습니다. 상처받고 괴로워하는 영혼들이 사방에 깔려 있었으니까요. 결혼 전에는 환영이라고 우기며 무시할 수도 있었지만 결혼 후에는 어림없는 일이었지요. 게다가 남편이라는 작자가 그 영혼들에게 저지른 일들을 생각해 보면…… 에휴, 말을 말죠.

인정할 건 인정합시다. 첫 번째 천국의 왕은 네로보다 더 심한 인간이었습니다. 얼마 전 디스커버리 다큐멘터리를 보니 실제 네로는 〈쿠오바디스〉에 나오는 것 같은 뻔한 악당은 아니었다고 하더군요. 하지만 저 친구 아버지는 결코 잘 봐줄 수 있는 인간이 아니었어요. 십여 년 동안 제 두 눈으로 직접 봤으니 알죠.

그래도 같이 일하셨잖아요.

살아 있을 때는요. 가치 있는 일이라고 생각했으니까요. 누군들 영생을 원치 않겠습니까? 돈도 좋았지만 전 그게 인류를 위한 일이라고 생각했습니다. 그 친구가 자기 집 지하실에서 독재자로 군림하는 걸 도와주려고 그런 건 아니었다고요.

다시 생각해 보면 그 사람이 그렇게 타락한 건 처음부터 사람이 나빠서가 아니었습니다. 그 친구는 그냥 보통 사람이었어요. 야심도 어느 정도 있고 유혹에도 어느 정도 흔들릴 수 있는 보통 사람 말입니다. 그런 사람에게 갑자기 절대권력이 떨어졌어요. 그리고 다들 그러지 않습니까? 절대권력은 절대부패한다고 말입니다.

처음엔 그 모든 게 당연했습니다. 천국을 관리할 수 있는 사람은 왕 한 명밖에 없었어요. 영혼들은 허약하기 그지없었고요. 그가 없으면 영혼들은 존재할 수 없습니다. 아무리 햇빛을 피해 숨어 다닌다고 해도 결국 바깥 공기 속에서 썩어 버릴 수밖에 없지요. 영혼은 절대적으로 왕에게 의지했고 왕은 그들과 천국을 위해 권력을 휘둘렀습니다.

하지만 모든 게 조금씩 어긋나기 시작했습니다. 더 단단한 병과 더 안정적인 보호장을 만들려면 실험대상과 연구가 있어야 합니다. 당연히 영혼들의 희생과 불편이 따라야 하지요. 하지만 아무리 상황이 당연하다고 해도 불평은 생기기 마련입니다. 게다가 영혼들의 주거 상태도 그렇게 좋은 편은 아니었어요. 그들은 모두 작은 병에 갇힌 실험동물 신세였지요. 똑똑하고 상상력 풍부한 영혼이라면 호두껍질 안에 갇혀도 자신을 무한 공간의 제왕이라고 생각할 수도 있겠지만, 천국엔 그런 능력을 가진 영혼들은 거의 없었습니다. 백성들은 불평하기 시작했고 왕은 그 불평을 모두 받아줄 수 없었습니다. 왕은 점점 백성들을 무시했고 그들의 말을 막았고 종종 물리적 폭력까지 휘둘렀습니다. 영혼과 물리적 폭력은 어울리지 않는 단어들 같지요? 하지만 영혼이 물질적인 존재가 아니라면 천국은 존재할 수 없습니다. 그게 이 모든 문제의 핵심이지요.

첫 번째 싸움은 왕의 승리로 끝났습니다. 왕이 없다면 백성들은 존재할 수 없지요. 심통이 난 왕이 천국의 전선만 쑥 뽑아도 백성들은 모두 병 안에서 서서히 죽어갈 수밖에 없습니다. 천국에서 왕은 신이기도 했습니다. 신에게 도전할 수는 없지요. 백성들은 그냥 참고 견디는 수밖에 없었습니다.

그러는 동안 왕의 폭정은 심해져 갔습니다. 이제 그는 권력 자체를 즐기고 있었습니다. 백성들의 불편함과 공포는 오히려 그를 자극했습니다. 이제 그는 아무런 이유 없이 백성들을 처형했고 거짓 섞인 희망으로 그들을 자극하며 놀려댔습니다.

그때 희망이 나타났습니다. 바로 왕자였지요. 백성들이 왕자를 처음 보았을 때 이 친구는 교통사고에서 회복한 지 얼마 되지 않은 못생긴 열두 살 남자애였습니다. 의욕도, 야심도 없어 보였지만 은근히 똑똑했고 결정적으로 영혼들을 보고 듣는 능력이 있었습니다.

그 능력을 맨 처음 알아차린 건 김영철 목사였습니다. 그 양반은 원래 이런 데 있을 사람이 아니었습니다. 왕에게 생명값을 지불할 수 있는 거대 교회의 절대 군주 따위는 아니었지요. 그냥 가난하고 평범한 시골 교회의 목사였습니다. 왕이 그 사람의 영혼을 천국에 데려온 건 순전히 사디스틱한 욕망을 충족시키기 위해서였습니다. 죽은 목사에게 내세가 결코 교회에서 가르치는 것과 같지 않다는 걸 보여주고 그 절망적인 반응을 즐겼던 것이죠.

천국에서 신앙을 잃은 김 목사는 가장 공격적인 혁명가로 변했습니다. 처음에 그 사람이 택한 방법은 정공법이었습니다. 병 안의 영혼들을 부추겨 시위를 하게 했고 왕 앞에서 그의 부당함을 비난했지요. 하지만 돌아온 건 비웃음과 전기고문이었습니다. 심지어 왕은 일주일 동안 케이블까지 끊었지요. 그 일이 있은 뒤로 김 목사는 지지자들을 잃었습니다. 모두 왕 대신 김 목사를 비난했어요.

정공법이 통하지 않자, 김 목사는 차선책을 물색했습니다. 그

때 눈에 들어온 게 바로 저 친구, 왕자였던 겁니다. 김 목사는 지하실에서 왕자와 친구처럼 구는 유일한 영혼이었던 저한테서 왕자와 관련된 모든 정보들을 캐냈고 몰래 행동을 관찰했습니다. 그리고 알아냈지요. 왕자가 영혼을 볼 수 있고 아버지를 그렇게 존경하지 않는다는 것을. 이 두 가지를 잘만 이용하면 혁명을 일으킬 수도 있다는 사실을.

시간이 없었습니다. 왕은 암 환자였습니다. 몇 년 안에 세상을 떠날 게 분명했지요. 차라리 그렇게 그냥 죽으면 문제가 없었을 겁니다. 하지만 왕이 그냥 죽을 리가 있겠습니까? 당연히 그도 영혼을 보존하고 싶어 했지요. 그렇다고 우리가 들어 있는 평범한 병 안에 그냥 들어가고 싶었을까요? 바로 며칠 전까지만 해도 우리에게 신이나 다름없는 독재자였던 그가 일반 평민으로 돌아가고 싶겠습니까? 왕은 당연히 그 이상을 원했습니다. 왕은 자신의 영혼을 담을, 더 기능이 많고 튼튼하고 발전된 형태의 영체를 원했습니다. 실제로 왕자가 강제로 끌어온 엔지니어 영혼들이 고문에 시달리며 새로운 영체에 대한 연구를 하고 있는 중이었지요.

그렇다면 생각해 봅시다. 과연 왕은 그 영체를 우리에게도 줄까요? 어림없는 소리입니다. 모든 영혼들이 평등해진다면 과연 이전의 폭군이 목숨을 부지할 수 있겠습니까? 그렇다고 그냥 병에 남겨두나? 역시 어림없습니다. 왕자가 유령이 된 왕을 배반하고 우리에게 새 영체를 만들어 주면 어떻게 합니까?

우리가 얼마나 두려워했는지 아시겠죠? 천국의 종말이 다가오고 있었던 겁니다.

8

어머니와 대화를 시도해 본 적 있나요? 김 목사가 나에게 물었다.

나는 김 목사가 든 병을 내려다보았다. 다른 영혼들과는 달리 그는 병 안에서도 생전의 모습을 그대로 유지하고 있었다. 나름대로 위엄을 지키려는 시도였지만 효과는 없었다. 그는 여자 목소리로 말하는 작은 인형이었다. 〈프랑켄슈타인의 신부〉를 본 적 있는가? 거기 나오는 프레토리우스 박사가 꼭 김 목사처럼 생긴 작은 인간들을 만들었다.

아뇨. 시도해 본 적 없어요. 기술적으로 어렵거든요.

왜 그런가요? 마이크를 넣는 게 어렵다는 건 알지만 댁은 영혼의 소리를 들을 수 있지 않나요?

제1세대 병의 보호장은 지금 것보다 훨씬 강해요. 영혼이 내는 모든 소리를 차단하지요.

혹시 아버지께서 일부러 시도를 하지 않는다고 생각해 보신 적 있나요?

왜 그렇게 생각하시죠?

어제 댁과 여자 친구분의 이야기를 엿들었습니다. 이상하지 않습니까? 우연히 첫눈에 반해서 매달린 여자가 마침 자기에게 꼭 필요한 능력을 가지고 있었다는 게요. 댁은 부모님의 과거에 대해 얼마나 알고 있나요? 아버지께서 들려준 이야기밖에 모르죠? 어머니께서 돌아가신 뒤로 외가 쪽과는 연락도 끊었다고 들었습니다. 그쪽 사람들 입장이 어떤지 알고 있나요?

김 목사는 눈치 채지 못하고 있었지만 그는 이야기를 하는 동안에도 계속 혀를 날름거리고 있었다. 그의 혀는 뱀처럼 가늘었고 끝이 갈라져 있었다. 전직 성직자의 한계였다. 그는 자신이 에덴동산의 뱀 역을 하고 있다는 걸 분명히 인식하고 있었고 그게 그의 육체에 투영된 것이었다.

나는 대답하지 않았지만 무시할 수 없었다. 민서가 가볍게 던진 그 질문은 계속 내 머릿속을 지배하고 있었다. 왜 내가 아버지와 엄마의 연애를 당연하다고 생각했던 걸까? 지금까지 들은 모든 이야기들은 일방적인 정보였다. 나는 엄마가 아버지를 어떻게 생각하고 있는지 전혀 몰랐다.

지하실을 청소하고 내 방으로 돌아온 나는 컴퓨터로 간단한 검색을 했다. 내 막내 이모는 대학교수로, 가끔 텔레비전 건강 프로그램에도 나오는 유명인사였다. 아버지는 작은이모가 텔레비전에 나올 때마다 욕을 씹으며 채널을 돌렸는데, 그 때문에 나는 그 이름을 더 분명히 기억했다. 심지어 나는 이모의 인터뷰 기사가 실린 잡지 몇 권을 책상 서랍 안에 몰래 숨겨두고 있었다.

나는 전화번호를 확인하고 잠시 망설이다 전화를 걸었다. 전화를 받은 건 작은이모의 조교였다. 나는 조카라고 신분을 밝히고 내일 언제라도 좋으니 만날 약속을 잡을 수 있는지 알아봐 달라고 요청한 뒤 전화를 끊었다. 삼십 분 뒤 전화가 걸려왔다. 전화를 건 사람은 아까 그 조교였다. 그녀는 다소 귀찮은 듯한 어조로 나에게 약속 시간과 장소를 알려주었다.

다음 날 열두 시, 나는 약속 장소인 신촌의 작은 카페로 갔다. 작은 이모는 커피를 양손으로 잡고 가게 구석에 경직된 자세로 앉아 있었다. 나는 이모에게 다가가 내 이름을 밝혔다. 그때 이모의 얼굴엔 희미한 혐오의 빛이 감돌았는데, 그건 내 얼굴이 아버지와 지나치게 닮았기 때문이었다.

지팡이를 의자 등에 걸치고 간신히 앉은 나는 주저 없이 곧장 본론으로 들어갔다. 나는 아버지와 나의 관계가 좋지 못하고, 아버지가 나에게 들려준 말도 더 이상 믿지 못하겠으며, 당시 어떤 일이 일어났는지 알고 싶다고 말했다.

아버지에 대한 험담을 듣자, 이모는 조금 친절해졌다. 하지만 이모한테서 얻을 수 있는 정보는 다소 불분명한 것이었다. 이모는 아버지가 정신적으로 문제가 있는 엄마의 상태를 이용했다고 믿었다. 아버지가 따라다니는 동안, 엄마는 무언가를 두려워하는 것 같았고 전체적으로 넋이 나간 것 같았다고 했다.

난 네 아빠에 대해 잘 몰라. 그건 나도 인정해. 이모가 말했다. 하지만 난 언니에 대해선 알 만큼 알고 있었어. 언니는 그때 결코 누군가를 사랑하지 않았어. 그 대상이 네 아빠건 다른 누군가건 말이야. 누가 봐도 그건 분명했어. 그 결혼이라는 것도 사실 언니가 원한 건 아니었어. 처녀가 덜컥 임신하고 들어왔으니 그때로서는 다른 방도가 없었던 거지. 결혼을 강요한 것도 너네 외할아버지였어. 네 아빠는 좋아라 하고 덜컥 그 기회를 물었던 거고. 너한테 우리가 조금 매정하게 굴었다는 건 알아. 하지만 우리 집 사람들은 결코 너네 아빠를 용서할 수 없었어. 적어도 난 그랬어.

엄마에게 어떤…… 특별한 능력이 있다는 걸 아셨어요?

죽은 사람을 보는 능력 말이니? 그 이야기를 하고 싶었던 거니? 그거라면 잘 모르겠구나. 나는 언니가 자기에게 그런 능력이 있다고 믿는 걸 알았어. 하지만 그게 사실인지는 모르겠어. 나는 과학자라 언제나 상식적이고 이치에 맞는 답변을 찾으려고 해. 하지만 언니에 대해서는 정말 모르겠어.

아버지는 연애 전에 그 사실을 아셨어요?

그럴 수도 있겠지. 너네 엄마는 자기 마음을 쉽게 감출 수 있는 사람이 아니었으니까. 주변 사람들은 다 알았을 거야. 적어도 저 애가 보기와는 달리 좀 이상한 애구나, 라고 생각할 정도는 되었어. 언닌 그런 능력을 소명이라고 생각했지. 우리 집은 가톨릭이 아니었지만, 난 언제나 언니가 수녀가 될 거라고 생각했어.

이모와 헤어지고 집에 돌아온 나는 술에 취해 거실 소파에 엎어져 잠들어 있는 아버지를 발견했다. 나는 아버지의 몸을 잡아 일으켜 안방에 데려가 눕힌 뒤 바지에서 열쇠고리를 훔쳤다. 지하실에 내려온 나는 열쇠로 아버지의 금고를 열고 그곳에서 제1

세대 병의 설계도를 꺼내 내 방으로 가져와 스캔했다.

설계도와 열쇠를 제자리에 가져다 놓고 돌아온 나는 스캔 파일을 열고 설계도를 검토했다.

1세대 병의 설계도는 나에겐 낯선 것이었다. 내가 본격적으로 아버지의 일에 끼어들었을 때엔 벌써 제4세대의 병이 사용되고 있었다. 아버지는 엄마와 관련된 일을 늘 자신이 직접 했고 나는 그 근처에도 갈 수 없었다.

아버지의 말은 어느 정도 사실이었다. 보호장은 불안정했으며 잘못 다루다가는 병 자체가 영혼과 함께 폭발할 수도 있었다. 가장 좋은 방법은 보호장을 통제할 수 있는 더 나은 방법이 나올 때까지 기다리는 것뿐이었다.

하지만 여기엔 문제가 있었다. 아버지가 지난 이십 년 동안 단 한 번도 그런 시도를 하지 않았다는 것이었다. 끊임없이 병을 개량하고 관리하는 새로운 기술을 연구하는 동안에도 아버지는 제1세대 병의 보호장을 통제하는 방법엔 신경도 쓰지 않았다. 아버지가 엄마를 그처럼 사랑했다면 왜 그랬던 걸까? 아무리 실수가 두려워도 최소한 연구는 했어야만 했다.

나는 다시 설계도를 들여다보았다. 방법이 없는 건 아니었다. 새 영체를 개발하는 과정 중 지하실의 엔지니어들은 보호장을 통제하는 수많은 방법들을 고안해 냈다. 이들 중 일부만 투입해도 문제는 해결할 수 있을 것 같았다.

아버지가 천국의 엔지니어들을 부려먹으며 제1세대 영체를 만드는 마지막 작업에 매달려 있는 동안, 나는 내 방에서 발명에 몰두했다. 내가 만들려 했던 기계는 1세대 병의 보호장을 일시적으로 통제할 수 있는 상자 모양의 제어 장치였다.

쉬운 작업은 아니었다. 하지만 나에겐 경험이 풍부했고 모자라는 지식은 지하실 엔지니어들의 도움을 빌어 채울 수 있었다. 그들은 모두 헌신적으로 나를 도왔다. 종말에 대한 공포는 이미 천국의 영혼들을 지배하고 있었고, 김 목사는 슬슬 다시 리더쉽을 되찾고 있는 중이었다. 종말에 대한 공포를 교묘하게 과장하며 영혼들을 설득하고 단결시키는 목사의 실력은 굉장했다. 목사의 명령을 받은 엔지니어들은 아버지 몰래 정보들을 나에게 넘겼고 나는 삼 주 만에 그 기계를 완성할 수 있었다.

민서가 지하실을 방문한 지 꼭 한 달째 되던 날, 나와 민서는 다시 지하실로 내려갔다. 아버지는 이번에도 병원에 가고 없었다.

내가 보호장 통제장치의 뚜껑을 열고 장치를 준비하는 동안 민서는 조심스럽게 엄마가 든 병을 제단에서 내려 상자 안에 넣었다. 병을 넣고 상자 뚜껑을 닫자 안전장치가 풀리면서 병의 보호장이 상자 쪽으로 쏠렸다. 병이 빛을 잃자, 나는 원격통제되는 인공 손을 이용해 병의 뚜껑을 열었다. 병뚜껑이 열리자마자 안에 들어 있던 푸른빛의 점이 병 밖으로 날아올랐다.

그 순간 나는 비명을 질렀다.

그때 일어난 일은 내가 결코 예상할 수 있었던 것이 아니었다.

내가 기대했던 건 이십여 년 동안 한 마디 말도 못하고 얼굴만 마주보며 지냈던 모자간의 감상적인 상봉이었다. 하지만 그때 내가 마주해야 했던 건 이십 년 동안 보호장 안에서 서서히 썩어가며 원래의 모습과 구조를 잃어버린 한 미친 정신의 절규였다. 그리고 그 절규는 단순한 절규가 아니었다. 엄마의 비명은 마치 전선이라도 되는 것처럼 나와 엄마를 연결했고 엄청나게 많은 정보들이 그를 통해 내 머릿속으로 빨려 들어왔다.

그 정보들은 내 의심을 확인해 주었다. 나는 엄마가 죽을 때까지 아버지를 두려워하고 있었고, 아버지가 연애라고 미화했던 것이 일방적인 스토킹이었고, 아버지는 처음부터 엄마의 능력을 이용하기 위해 접근했으며, 내가 강간을 통해 태어난 아이라는 걸 확인했다. 나는 엄마가 결혼생활이 지속되는 동안 끊임없이 자살을 시도했고, 엄마를 급성 폐렴으로 몰고 간 눈밭의 사고도 결코 단순한 사고가 아니라는 걸 알았다. 나는 아버지가 자신의 소유욕을 만족시키기 위해 엄마의 영혼을 감금했고 그 감금을 사랑의 행위라고 정당화했다는 걸 알았다. 나는 내 귀에 긴 비명을 토해내는 그 정신이 원하는 유일한 것이 존재의 소멸이었고 그걸 위해 지난 이십 년 동안 나를 기다려 왔다는 걸 알았다.

나는 상자 뚜껑을 열었다.

엄마의 영혼은 날벌레처럼 상자에서 빠져나왔다. 잠시 내 주변을 돌며 감사의 뜻을 전한 엄마는 조금의 망설임도 없이 지하실 창문을 뚫고 태양을 향해 날아갔다.

9

아버지는 엄마의 실종을 눈치 채지 못했다. 아버지가 돌아오기 전에 나와 민서는 길거리에서 반쯤 형체를 잃고 소실되어 가는 개의 영혼을 주워 와 병 안에 집어넣었다. 보호장이 다시 작동되자 차이점은 전혀 눈에 띄지 않았다. 개에겐 못할 짓이었다. 하지만 당시엔 선택의 여지가 없었다.

얼핏 보기에 바뀐 것이 없어 보이는 지하실의 역학 관계도 서서히 변해 가고 있었다. 엔지니어들은 여전히 아버지에게 협조적이었고 새 영체의 연구도 차근차근 진행되고 있었다. 하지만 아버지에게 전달되는 정보들은 모두 조금씩 이가 빠져 있었다. 봉 대령과 김 목사가 빼돌린 나머지 정보들은 아버지 몰래 나에게 전달되었다.

아버지를 돕는 척하면서 나는 천국의 통제장치를 조금씩 손보았다. 수많은 안전장치들이 추가되었고, 천국의 기계들을 원격 조종하는 리모컨이 만들어졌다. 내가 추가한 가장 근사한 발명품은 내가 비눗방울 기계라고 불렀던 것인데, 병에서 탈출한 영혼들에게 이미 만들어진 기성품 영체의 덩어리를 급속도로 입히는 장치였다. 아버지가 없는 동안 나는 비눗방울 기계를 보일러실에 숨겼고 봉 대령은 틈만 나면 영혼들에게 기계를 사용하는 방법을 훈련시켰다.

개량된 영체의 첫 번째 견본은 작년 10월에 완성되었다. 안정성과 편리함은 이미 실험을 통해 증명되었다. 동네에는 벌써 새 영체를 뒤집어 쓴 개와 고양이의 유령들이 돌아다녔다. 여전히 햇빛이 나 있는 대낮엔 숨어야 했지만, 영체의 감각이 자외선을 감지할 수 있어서 그들도 제때에 햇빛을 피할 줄 알았다. 그들의 진짜 문제점은 더 이상 그들의 욕망이 새로운 세계에 먹히지 않았고 그 욕망 자체도 서서히 사라진다는 것이었다. 크리스마스가 되자, 그들은 원래의 모습을 잃어버린 역동적이고 예측불가능한 덩어리로 변해 갔다. 이제 그들이 하는 유일한 일은 동네를 무서운 속도로 질주하며 그 속도를 즐기는 것뿐이었다. 가끔 나는 길을 가다 벽에서 튀어나오는 하얀 물체에 놀라 움찔하곤 했다.

2006년 2월 4일. 아버지는 드디어 몸을 바꿀 때가 되었다고 생각했다.

아버지의 계획은 나 몰래 진행되었다. 아버지는 더 이상 나를 믿지 않았고 내가 뒤에서 영혼들과 내통하고 있다는 것도 어느 정도 짐작하고 있었다. 아버지는 육체를 버리기 전에 모든 것들을 확실하게 할 예정이었다. 그 모든 것에는 당연히 천국의 소멸도 포함하고 있었다.

오후 두 시, 내가 서재에서 새로 배달된 잡지를 읽고 있는 동안, 아버지는 지하실로 내려갔다. 아버지는 문을 안에서 걸어 잠그고 케이블 텔레비전을 끊은 뒤 천국의 전원을 과부화시켰다. 다행히도 그 즉시 안전장치가 작동되었다. 천국의 보호장이 픽

하는 소리와 함께 폭발하는 것처럼 보였지만 그것은 내가 몰래 뒤에 숨겨놓은 조명장치가 반짝거리다 꺼지는 것에 불과했다.

모든 것이 제대로 돌아가고 있다고 확신한 아버지는 영체가 든 탱크를 끄집어내 전환장치를 켰고 그 밑의 간이의자에 누워 몸을 묶고 입에 물고 있던 청산가리 캡슐을 삼켰다. 이 고통스러운 독약을 준비한 건 순전히 속도 때문이었다. 아버지는 천천히 잠들면서 죽고 싶어 하지 않았다. 아버지는 자신의 영혼이 육체를 떠나는 걸 직접 체험하려 했고 그 전환 과정은 짧을수록 좋다고 생각했다.

봉 대령은 이 모든 일들을 구석에 서서 지켜보고 있었다. 그날 밤, 그는 자신의 목격담을 나에게 들려주었다.

청산가리는 소설에서처럼 빨리 작용하지 않았어. 아마 양이 부족했는지도 모르지. 네 아버지는 이십 분 넘게 꿈틀거리며 괴로워했어. 하지만 결국 의자에서 숨이 끊어지고 말았지. 네 아버지는 그때 죽었어. 우리가 영혼이라고 부르는 건 정신 그 자체가 아니라 그 정신의 그림자에 불과하니 말이야.

아버지가 죽자마자 그 사람의 영혼은 서서히 입에서 기어 나왔어. 하나의 빛나는 점에 불과했던 그것은 영체가 든 탱크에 들어가자 갑자기 부풀기 시작했어. 오 분도 되지 않아 네 아버지 육체의 영체 복제품이 완성되었지. 아니, 그걸 복제품이라고 부르는 건 잘못이야. 네 아버지의 영체는 실물보다 훨씬 컸고 더 못생겼으며 더 힘세 보였어. 마치 과장된 만화 같았지. 몸이 완성되자,

네 아버지는 꿈틀거리면서 탱크에서 기어 나왔어.

네 아버지가 지하실 안을 돌아다니며 영체의 감각과 물리적 특성을 익히는 동안, 나는 비상 통신기를 이용해 너에게 신호를 보냈어. 청산가리를 삼키기 전에 너를 부를 수도 있었겠지. 하지만 난 그러고 싶지 않았어. 그 영체가 어떻게 작동하는지 직접 봐야 했지.

영체가 성공적인 것이 확인되자, 나와 김 목사는 다른 영혼들에게 신호를 했어. 네 아버지가 자신의 새 몸에 취해 있는 동안 한 명씩 안전장치를 풀고 병의 보호장을 끈 뒤 천국의 벽장에서 빠져 나와 이미 작동하고 있는 벽 속의 비눗방울 기계 속으로 들어갔어. 그 장치는 일단 대성공인 것처럼 보였어. 한 명이 들어가는 데 일 분도 걸리지 않더라. 적응하는 데엔 몇 분 더 시간이 걸리긴 했지만 군대를 만들기엔 충분한 시간이었어.

그 뒤에 일어난 일은…… 끔찍했어.

김 목사와 내가 짠 계획은 그렇게 거창한 것이 아니었어. 우린 네 아버지의 영혼을 죽일 생각도 없었어. 우리가 원했던 건 그 사람이 저지른 과거의 죄에 대한 정당한 재판이었어. 우린 사과를 받고 싶었고 네 아버지가 병 안에서 몇 년 동안 고생하는 것도 보고 싶었어. 그뿐이야. 우린 어느 누구도 죽일 생각이 없었어.

하지만 당시 상황은 결코 이성적으로 통제할 수 없었어. 십여 년 동안 병 안에 갇혀 있었던 영혼들은 새 육체를 얻자 미쳐 날뛰기 시작했어. 그동안 억눌려져 있던 모든 감각과 감정이 터져 나왔지. 그렇게 되자 우리의 명령은 전혀 먹히지 않았어. 새로 영체를 입은 수백 명의 영혼이 일제히 네 아버지를 공격했지. 막 생긴 손톱과 이빨로 그들은 네 아버지의 새 육체를 조금씩 뜯어냈어. 네 아버지가 비명을 질러 대는 동안 잘게 잘린 영체 조각들이 사방으로 흩어졌어. 결국 그 비명 소리도 멎어 버리더구나. 누군가가 네 아버지의 성대를 잘라 버린 거야. 물론 그 뒤에도 네 아버지는 살아 있었어. 그들이 영체로 만들어진 두개골을 부수고 그 안에 든 영체 두뇌를 손가락으로 끄집어내 씹어 삼키는 동안에도 네 아버지는 살아 있었어. 아마 그 조각들 중 일부는 지금도 살아 있을 거야.

네 아버지의 두뇌가 반쯤 먹혔을 때, 문이 열렸어. 밖에서 한참 동안 자물쇠와 씨름하고 있던 네가 그제야 들어온 거였지. 거의 짐승처럼 변한 영혼들은 일제히 동작을 멈추고 너를 바라봤어. 일부는 다시 네 아버지의 나머지 두뇌를 씹기 시작했지만 일부는 서서히 네 쪽으로 움직였어. 네가 아버지의 시체와 잘게 찢어진 영체의 잔해를 바라보는 동안 영혼 하나가 너를 공격했어. 아마 네가 납치해 온 엔지니어들 중 한 명이었을 거야. 그래, 그 친구들은 네 아버지만큼이나 너도 싫어했어. 일단 한 명이 달려들자 다른 엔지니어들이 가세했고 곧 너에게 별다른 악감정이 없는 다른 영혼들도 너의 몸속에 이를 박았어.

우린 그때까지 새로운 영체가 살아 있는 사람들에게 끼치는 영향에 대해 확신하지 못했지. 물리적으로 육체에 영향을 끼칠 수 없다는 건 분명했어. 하지만 정신에 대해서는 사정이 달랐지. 영혼들이 한 명씩 너에게 달라붙어 머리를 공격하고 네가 비명을 질러 대는 동안 우린 영체의 힘을 확신할 수 있었어.

어떻게 해야 했을까? 그나마 정신이 온전히 붙어 있던 김 목사와 나는 서로를 바라봤어. 둘 중 하나였어. 너를 살리거나 저들을 살리거나. 우린 너를 살리기로 결정했지. 잽싸게 벽 속으로 숨은 우리는 음성 명령어로 채광장치를 작동시켰어. 순식간에 지하실의 창문이 열리고 벽에 달린 거울들이 재정렬되면서 엄청난 양의 햇빛이 지하실로 쏟아졌어. 너와 네 아버지의 조각난 영체에 달라붙어 있던 영혼들은 그 즉시 분해되기 시작했어. 몇몇은 보일러실이나 특실로 탈출했지만 그들도 영체의 구조가 파괴되고 있었어. 우리의 계산 착오 중 하나였지. 영체가 완전히 굳기 전에 그렇게 무리하게 움직이고 흥분해서는 안 되었던 거야.

햇빛은 천천히 지하실을 청소하기 시작했어. 얼마 전까지만 해도 병 속에서 투정이나 부리고 있던 쪼쪼한 영감들이 그로테스크하게 일그러진 영적인 쓰레기가 되어 증발하고 있었지. 두뇌가 사라진 몇몇 영체들은 마치 귀소본능이라도 생긴 것처럼 남아 있는 팔다리를 움직여 태양 쪽으로 날아갔어. 삼십 분 뒤에 지하실은 거의 완벽하게 청소되었지. 살아남은 건 너와 나, 김 목사 그리고 아직 병 안에서 나오지 못했던 운 좋은 열두 명뿐이었어.

10

나, 봉 대령 그리고 민서는 한강변으로 산책을 나간다. 4월 29일 토요일이다. 공기는 그렇게 맑은 편은 아니었지만 날씨는 좋다. 내가 벤치에 앉아 불편한 다리를 펴는 동안, 민서는 어린아이처럼 까르르 웃으며 한강변 하늘을 날다가 강 위로 내려와 그 위를 걷는 척해 보인다. 봉 대령은 강 위에 누워 몇 개월 전에 만든 2세대 영체의 내구성을 시험해 보고 있다. 그의 엉덩이 옆에는 자외선에 타 버린 영혼의 조각들이 흘러 다닌다.

2세대 영체의 개념은 1세대 영체가 완성되기도 전에 이미 자리 잡혀 있었다. 아버지는 정보가 부족해 알지 못했지만, 우린 에너지와 자원을 조금 더 투여하면 훨씬 내구성이 강한 영체를 만들 수 있다는 걸 알고 있었다. 아버지에게 그 사실을 밝히지 않은 건 순전히 전술상의 편이성 때문이었다. 비눗방울 기계는 새 영체를 감당할 수 없었다.

이제 새 영체를 입은 영혼들은 어디로든 갈 수 있었다. 봉 대령은 얼마 전에 태양까지 날아갔다 왔다. 왕복에 겨우 이십오 분이 소요되었다. 이전까지 영체에 치명적이었던 자외선과 우주선은 더 이상 위협적이 아니다. 반대로 햇빛은 이제 영체의 제1 에너지원이다.

봉 대령은 지금 구체적인 우주여행 계획을 짜고 있다. 태양계

탐사는 지금 당장 할 수도 있다. 그러나 봉 대령이 진짜로 바라는 건 항성간 여행이다. 그는 지하실에 죽치고 앉은 노땅들 대신 젊고 패기 있는 망자들을 모아 우주탐사대를 조직할 계획이다. 언젠가 우주는 우리가 만든 유령들이 지배할 것이다.

봉 대령이 백일몽을 꾸는 동안, 나는 보다 평범한 계획에 만족하고 있다. 지금 내 계획은 우리 사업의 구조를 바꾸는 것이다. 내구성 있는 영체가 만들어졌기에 천국을 유지하는 건 더 이상 의미가 없다. 우리의 새 계획은 죽은 자들에게 영체를 파는 회사를 차리는 것이다.

나는 더 이상 우리의 사업을 비밀에 붙일 생각도 없다. 십 년 내에 회사의 정체는 밝혀질 것이며 기술도 공개될 것이다. 퍼스의 기계는 만들기 쉽고 새로 만들어진 영혼들의 존재를 입증하는 것도 그만큼이나 쉽다. 그때가 되면 사람들은 죽음과 삶을 전혀 다른 관점에서 보게 될 것이다. 세상은 흔들릴 것이고 부작용도 대단할 것이다. 하지만 그런 것들이 두려워 발전을 막을 수는 없다.

봉 대령이 고함을 지른다. 나는 그의 손가락이 가리키는 방향을 본다. 민서의 작은 몸이 로켓처럼 봄날 하늘 속으로 날아오른다. 순식간에 그녀의 영체는 작은 별이 되어 사라진다. 봉 대령은 웃는다. 나는 지팡이를 만지작거리며 벤치에 앉아 기다리지만 민서는 돌아오지 않는다.

우리는 집으로 돌아간다. 혼잣말을 웅얼거리며 수돗가 근처를 떠돌고 있던 김 목사가 우릴 맞는다. 그는 지금 새로운 종교를 만들고 있다. 이전 종교에 그렇게 데었으면서도 그는 여전히 우리에게 믿음과 믿음의 대상이 필요하다고 믿는다. 내가 퍼스의 기술을 전 세계에 공개하기 전에 그는 지금의 지식에 바탕을 둔 새로운 종교를 완성할 것이다. 그 종교에는 여전히 신이 존재할 것이고 거기에서 파생된 윤리 지침이 추가될 것이다. 그의 종교에는 성인들도 있으며 에드워드 필립스 퍼스는 그중 가장 높은 자리를 차지한다. 나는 그것이 별 의미 없는 행위라고 생각하지만 그렇다고 속내를 드러내 그의 마음을 상하게 하고 싶지 않다.

김 목사의 열띤 강연을 들으며, 나는 전자레인지로 데운 만두를 먹는다. 방 안이 수다스러운 유령들로 가득한데도 무언가 먹는 사람이 나밖에 없다는 것이 조금은 민망하다. 저번 사고에서 살아남은 운 좋은 영감들은 세상 어디든 갈 수 있으면서도 여전히 우리 집에 죽치고 있다. 이제 나는 그들 때문에 화장실도 편하게 쓰지 못한다. 조금만 방심해도 누군가가 벽을 뚫고 안으로 들어오기 때문이다. 죽은 자들은 화장실을 좋아한다. 아마 흐르는 물 때문이리라.

설거지를 하고 남은 음식 쓰레기를 버린 뒤 욕실에 들어가 어설프게 샤워를 한 나는 머리를 말리며 내 방으로 돌아온다. 불을 켜기도 전에 나는 방에서 나를 기다리고 있는 민서의 존재를 알아차린다. 민서는 이층 창가에 요정처럼 앉아 다리를 꼬고 있다.

어디에 다녀왔어? 내가 묻는다.

화성에. 그녀가 대답한다.

나는 목욕가운을 입은 뻣뻣한 몸을 침대에 눕히고 내 머리 위로 부드럽게 떠오르는 민서의 영체를 바라본다. 그리고 나는 그녀가 화성에서 본 모든 것들에 대해 듣는다. 붉은 사막과 거대한 피라미드, 극지의 빙관 그리고 아직도 지하를 돌아다니는 화성 생명체의 유령들에 대해. 그녀는 햇빛 속에서 아광속으로 가속하는 쾌감과 그러는 동안 일어나는 시공간 왜곡 현상에 대해 이야기한다.

그러는 동안 나는 그녀가 언젠가 봉 대령과 다른 유령들과 함께 지구를 떠나 먼 우주의 저편으로 사라지고 말 거라는 걸 알게 된다. 슬프지만 놀랍지는 않다. 지금의 나는 민서에게 아무것도 아니다. 그녀는 나에 대해 모든 것을 알고 있으며 내가 줄 수 있는 모든 것들을 이미 받았다. 민서는 나를 사랑한 적이 없다. 민서는 가족도 나라도 인류도 지구도 사랑한 적이 없다. 언젠가 그녀는 예고도 없이 나와 지구를 떠나 내가 죽을 때까지 돌아오지 않을 것이다. 그녀는 이미 시공간을 소유하고 있다. 그런 그녀가 왜 나 같은 것에 연연해야 하는가.

민서는 다시 하늘로 날아간다. 그녀의 다음 목적지가 금성인지, 목성인지는 나도 모른다. 민서가 사라지자 나는 침대 옆에 놓인 뱅이를 끌어안고 눈을 감는다, 나는 내 체온을 흡수해 따뜻해진 봉제 인형의 부드러운 털을 느끼며 새 영체를 입고 하늘을 날아오르는 나의 모습을 상상한다. 나는 그 무게 없는 육체가 나에게 줄 자유와 해방감을 상상하고 성적 흥분까지 느낀다.

언젠가 나도 그 옷으로 갈아입어야 할까? 거기에 생각이 이르면 나는 그냥 망설이게 된다. 나는 불멸을 바라지 않는다. 나는 지상의 감정을 끌고 다니며 영생을 누리길 원치 않는다. 육체의 죽음 이후 남기는 것이 지금의 내가 아니라 나의 그림자라고 해도 사정은 바뀌지 않는다.

꿈은 꿈으로 족하다. 현실 세계에서 나는 나의 완전한 소멸을 원한다. 나는 내 영혼의 찌꺼기를 날려 버릴 햇빛을 생각하고 그 속에 몸을 던져 우주의 틈새 사이로 사라진 엄마를 생각한다. 이상하기도 하지. 지금까지는 까맣게 잊고 있었지만 이제는 기억이 난다. 엄마가, 적어도 엄마의 정신의 그림자였던 그 미친 존재가 창을 뚫고 하늘로 날아올랐을 때 나는 분명히 희미한 노랫소리를 들었던 것이다. 종달새의 지저귐처럼 즐거움과 희망으로 가득 찬 화사하고 경쾌한 노래를.

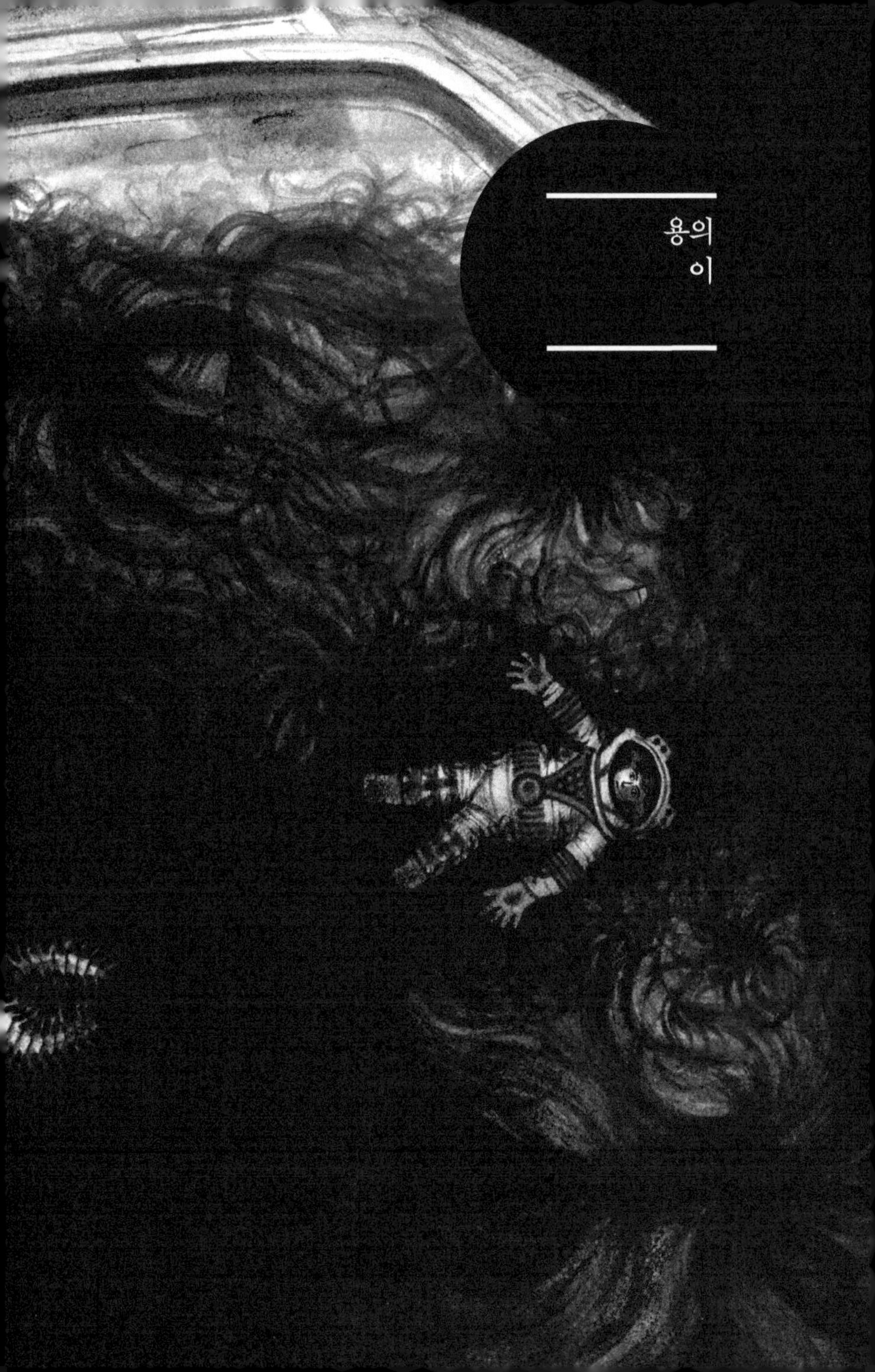

용의
이

하나

1

사방이 물이었다. 나는 가슴까지 올라온 물속에서 십오 분째 밖으로 나오려 발버둥 치고 있었다. 흔들리는 관 속에서 물은 툭하면 목 위까지 차올랐고 칠흑 같은 어둠 속에서 의지할 것은 손가락 끝의 촉감밖에 없었다.

덜컥 하는 소리와 함께 자물쇠가 풀렸고 그 순간 다시 관은 뒤로 기울었다. 나는 틈 사이로 물이 들어올 때까지 기다렸다가 발로 문을 밀었다. 문이 열렸고 나는 밖으로 헤엄쳐 빠져 나왔다. 내 몸이 빠져 나가자마자 물을 먹고 균형을 잃은 관은 바닥으로 가라앉았다.

바깥은 내가 지금까지 갇혀 있었던 보호관 안만큼이나 어두웠다. 조명등은 모두 꺼져 있었고 내부의 삼분의 이가 물에 잠겨 있었다. 종종 떠다니는 물건들이 내 가슴과 팔을 쳤다. 살아 있는 사람의 흔적은 아직까지 느껴지지 않았다. 내 귀에 들려오는 건 모두 과거의 메아리였다. 기도, 비명, 욕설, 저주……. 욕설과 저주의 상당수는 나를 향한 것이었다.

우주선은 흔들리고 있었다. 나쁜 소식이기도 했고 좋은 소식이기도 했다. 나쁜 소식은 내가 지금 갇혀 있는 왕복선이 곧 가라앉을지도 모른다는 것이다. 좋은 소식은 왕복선이 숨 쉴 만한 대기와 안정된 중력이 있는 행성 표면 위에 있다는 것이다.

한참 허우적거린 끝에 나는 벽에 붙어 있던 비상용 회중전등을 찾았다. 전등을 켜자, 지금까지 짐작만 하고 있었던 왕복선의 내부가 한눈에 들어왔다. 물에 떠다니는 상자들, 종이들, 불어 터진 비상식량들, 그리고 두 구의 시체들. 그중 하나는 허리 밑이 잘려 있었다.

물은 왕복선 뒤쪽 끝에 난 비상구를 통해 들어오고 있었다. 문은 뒤틀려 있었고 주변은 검게 그을려 있었다. 착륙과정에서 손상된 것일까? 아니면 누군가가 일부러 파괴한 것일까? 나로서는 알 수 없었다. 그리고 죽은 자들의 기억을 모아 정보를 얻기엔 사태가 너무 급박했다. 왕복선은 곧 침몰할 것이다.

나는 비상구를 열어 보려 했지만 실패했다. 뒤틀린 잠금장치는 풀 수 없었고 푼다고 해도 수압을 이겨내고 문을 열 수 있을 것 같지도 않았다. 대안은 왕복선의 가장 약한 부위인 관측탑이었다. 나는 이미 내려와 있는 사다리를 타고 올라가 천장 중앙의 옴폭 들어간 부분을 양손으로 밀었다. 끼익 하는 소리와 함께 접혀 있던 관측탑이 위로 올라갔다. 나는 새로 생긴 빈 공간으로 머리를 들이밀었다.

내 예상이 맞았다. 왕복선이 떨어진 곳은 표준형 행성의 바다였다. 밤이었고 폭풍우가 치고 있었다. 어딘가에서 꽤 밝은 빛이 들어와 바다를 비추고 있었다. 특별한 것은 보이지 않았지만 상관없었다. 나에게 중요한 건 풍경이 아니라 관측탑의 강도였다. 나는 손가락으로 더듬어 관측탑의 재질과 창문의 구조를 파악했다.

다시 아래로 내려온 나는 필요한 물건들을 수집했다. 비상식량, 생존도구모음, 여벌 속옷, 우주복 그리고 고장 나지 않은 열선총들. 나는 우주복을 세워 벽에 고정한 뒤 수집한 물건들이 담긴 큰 가방을 등에 매달고 열선총 하나를 왼손 장갑에 고정했다. 모든 게 자기 자리를 찾자, 나는 잠금장치를 열고 우주복 안으로 몸을 집어넣었다.

당연한 일이지만 우주복은 나에게 지나치게 컸다. 아무리 길이를 조절해도 손과 발은 장갑과 신발로부터 한 뼘 정도 떨어져 있었다. 하지만 팔다리를 놀리고 어깨 위에 달린 기계손들을 움직이는 것은 가능했다.

우주복이 밀봉되고 불이 들어오자 나는 뇌파판독기를 이용해 오른손으로 우주복을 벽에 고정하고 있던 걸개를 풀고 왼쪽 기계손을 이용해 왼손 장갑에 붙어 있던 열선총을 빼앗았다. 우주복에 담긴 내 몸이 물결을 타고 관측탑 밑으로 흘러가자 나는 오른쪽 기계손으로 사다리를 잡고 왼쪽 기계손에 달린 열선총으로 관측탑의 창틀을 쏘았다. 결코 쉬운 일은 아니었다. 기계손은 심하게 떨렸고 관측탑은 쉽게 부서지지 않았다. 그러나 이 분 넘게 열선을 맞자 창틀은 천천히 붕괴되었다.

나는 전지가 다 닳은 열선총을 버리고 기계손을 이용해 관측탑의 구멍으로 올라갔다. 서너 번 몸을 밀자 창틀이 끊어지고 창문과 지붕이 떨어져 나갔다. 그와 함께 왕복선 안의 공기가 거의 폭풍우처럼 바깥으로 쓸려 나왔고 우주선은 요란하게 흔들리며 가라앉았다. 나는 관측탑이 바닷물 속으로 가라앉기 직전에 바다로 뛰어들 수 있었다.

바다가 다시 잠잠해지자, 하늘 절반은 잡아먹은 것 같은 거대한 누런 달이 눈에 들어왔다. 나는 지금까지 표준형 행성에 이처럼 커다란 달이 달려 있는 걸 본 적이 없었다. 너무 커서 연성처럼 보였다. 나는 누운 자세에서 고개만 돌려 달빛을 받아 번들거리는 바다를 바라보았다.

주변은 암초들로 가득했다. 그 암초들은, 짙은 색의 번들거리는 해초들에 덮여 있어 표면의 세부를 관찰하기 어렵긴 했지만, 인공물이 분명했다. 파도가 몰아칠 때마다 암초들은 흔들렸고 종종 무게 중심이 완전히 바뀌어 지금까지 바다 속에 잠겨 있던 부위를 드러내거나 위태롭게 회전했다. 사방을 둘러보던 나는 그들 중 몇몇 익숙한 모양들을 골라냈다. 그것들은 제국 표준 항성간 우주선의 잔해들이었다.

내가 떨어진 곳은 우주선 묘지였다.

2

식별 가능한 대상들이 하나씩 늘어나면서, 내 감각에 대한 불신은 점점 더 짙어졌다. 내가 보고 있는 건 결코 있을 수 없는 광경이었다. 주변에 떠 있는 것들이 왕복선들뿐이라면 이해할 수 있었다. 하지만 항성간 우주선 잔해들이라면 뭔가 심하게 잘못된 것이다. 어떤 미친 선장이 항성간 우주선을 통째로 표준 행성에 착륙시키려 하겠는가. 그리고 그런 미친 선장들이 수백, 수천 명이라면?

그러나 아무리 눈을 깜빡이고 시신경에 온 정신을 집중해도 눈앞의 광경은 바뀌지 않았다. 거대한 달은 여전히 누런빛을 바다에 뿌리고 있었고 우주선들은 파도에 밀려 춤추듯 흔들리고 있었다.

결국 나는 이 모든 것들을 있는 그대로 받아들이기로 했다. 내 감각이 그렇게 믿음직하지 않다는 것쯤은 경험을 통해 알고 있었다. 하지만 지금으로서는 그것 이외엔 믿을 게 없었다.

나는 다시 주변을 관찰했다. 생각을 고쳐먹자 다른 정보들과 가설들이 하나씩 들어왔다. 우주선 표면이 모두 광택 있는 검정색으로 보이는 건 토착 해초류로 추정되는 생물체들이 위를 덮고 있기 때문이었다. 미끈거리는 작은 가발처럼 생긴 그 생물체는 내 우주복 주변에도 잔뜩 떠 있었다. 우주선들이 이렇게 한자리에 모여 있는 건 이들을 한 자리에 묶어놓는 환경이 조성되어 있다는 뜻이었다. 나는 이를 육지가 가깝다는 증거로 받아들였다.

나는 팔다리를 놀려 천천히 내 위치와 각도를 바꾸었다. 잔해들에 가려 보이지 않던 부분들이 드러났다. 안개에 덮여 먼 거리를 볼 수는 없었지만, 동쪽에 흐릿하게 보이는 희미한 윤곽선은 육지처럼 보였다. 나는 그 방향으로 누워 우주복의 측정장치를 작동시켰다. 유도복사선이 발사됐고 곧 간단한 측정 결과가 들어왔다. 육지가 맞았다. 거리는 약 십육 리였다.

그 거리는 가깝기도 했고 멀기도 했다. 건강한 어른이라면 지금 당장이라도 헤엄쳐서 돌파할 수 있는 거리였다. 하지만 맞지도 않는 우주복을 입고 엄청난 무게의 짐까지 등에 짊어진 어린아이인 나에겐 결코 가까울 수 없었다.

맨 처음 떠오른 건, 그냥 이 자세로 육지까지 헤엄치자는 것이었다. 아주 오래 걸리겠지만 난 맨 몸으로 떨어진 게 아니었다. 우주복은 그 기간 동안 충분히 내 생존을 보장할 수 있으리라. 하지만 그동안 다른 일이 일어난다면? 폭풍 때문에 익사하는 일은 없을지 몰라도 그동안 짐을 잃을 가능성은 충분했다. 기계손을 노처럼 이용하는 방법도 생각해 봤지만, 중간에 고장 날 가능성이 더 컸다.

그다음으로 떠오른 생각은, 우주복에 달린 자세교정용 질소방출기를 이용하는 것이었다. 안에 든 질소만으로는 별다른 효과를 기대할 수는 없었지만 질소용기를 개조한 뒤 적절한 위치에 구멍을 내 물이 들어가게 한다면 추진장치 역할을 할 수 있을지도 모른다. 문제는 그 작업이 결코 쉽지 않다는 것이었다. 자칫하다간 멀쩡한 우주복을 망가트릴 뿐만 아니라 내 몸까지 다칠 수도 있었다.

마지막으로 내가 선택한 대안은 우주선과 짐을 의지할 수 있는 뗏목이나 배를 찾는 것이었다. 그렇게 어처구니없는 생각은 아니었다. 왕복선들과는 달리 항성간 우주선들의 본체는 극도로 가벼운 재질로 만들어졌다. 이들이 아직까지 물에 떠 있는 것도 그 때문이었다. 운이 좋다면 나와 짐을 지탱할 만큼 크면서도 내가 조종할 수 있을 정도로 작은 조각을 찾을 수 있을지 모른다.

한 시간 넘게 잔해 사이를 누비던 나는 마침내 적당한 크기의 잔해를 찾았다. 우주선 표면에서 떨어져 나온 단열재로 추정되는 그 물체는 커다란 대문만 했고 한쪽 구석이 잘려나간 직사각형 모양이었다.

나는 기계손으로 가장자리의 우툴두툴한 부분을 잡아 내 몸을 끌어당겼다. 이 역시 결코 손쉬운 일은 아니었다. 누운 자세로 기계손을 조종하는 건 힘들었고 뗏목은 위에 덮인 해초로 미끄러웠으며 등에 짊어진 짐이 자꾸 가장자리에 걸렸다. 그래도 삼십 분간의 필사적인 사투 끝에, 나는 간신히 뗏목 위에 몸을 올려놓을 수 있었다.

나는 무게 중심점을 찾아 몸을 옆으로 눕히고 뗏목을 흔들었다. 가라앉을 위험이 없다는 걸 확신한 나는 우주복의 여밈을 열고 몸을 끌어냈다.

차가운 바닷바람이 얼음송곳처럼 내 피부를 찔러 댔다. 나는 후들후들 떨면서도 아직도 흠뻑 젖어 있는 옷과 속옷을 벗고 가방에서 젖지 않은 새 옷을 꺼내 갈아입었다. 옷을 갈아입은 뒤, 나는 젖은 속옷의 물기를 짜내 우주복 안을 닦고 접착막으로 우주복의 엉덩이를 뗏목에 연결했다. 우주복 내부가 마르고 접착막이 안정되자, 나는 다시 그 안으로 들어가 잠을 청했다. 어차피 그게 내가 할 수 있는 일의 전부였다.

3

아침이었다. 바다는 이제 흐린 회색 안개로 덮여 있었다. 시야는 밤보다 더 막혀 있었지만 가까운 주변을 탐사하는 데엔 큰 문제가 없었다.

나는 우주복에서 기어 나왔다. 다행히도 아침 날씨는 견딜 만했다. 여전히 추웠지만 어젯밤만큼은 아니었다. 정수기를 바다에 담그고 건조식량을 한 덩이 꺼내 씹으면서, 나는 주변을 관찰했다. 육지는 보이지 않았지만 상관없었다. 방향은 우주복의 측정 장치로 언제든지 확인할 수 있었다. 나에게 당장 필요한 건 뗏목을 조종할 만한 보조도구들이었다.

노를 찾는 건 곧 포기할 수밖에 없었다. 적당한 도구를 찾는다고 해도 노 하나만으로 뗏목을 움직이는 건 내 힘으로는 어림없었다. 막대기도 이 정도 수심에서는 별 도움이 될 것 같지 않았다.

한참 주변을 둘러보던 나는 쓸 만한 대안을 하나 찾아냈다. 그건 우주복의 오른팔에 고정된 작살총이었다. 나는 적당한 모양의 갈퀴를 꺼내 작살총에 장전한 뒤 비교적 가까운 곳에 떠 있는 부서진 톱니바퀴 모양의 잔해를 겨누고 쏘았다. 처음엔 실패했지만 두 번째엔 갈퀴가 우툴두툴한 가장자리에 걸렸다. 나는 작살총의 동력기를 작동시켰다. 동력기는 갈퀴와 연결된 밧줄을 잡아당겼고 그와 함께 뗏목은 천천히 앞으로 움직였다. 잔해에 도착하자 나는 갈퀴를 털어내고 다음 목표를 찾았다.

이 과정은 계속 반복되었다. 말하는 것만큼 쉬운 일은 아니었다. 갈퀴가 걸릴 만한 잔해가 주변에 없을 때도 있었고 갈퀴가 가장자리에서 떨어지지 않기도 했다. 나는 두 번이나 물에 빠졌고 한 번은 뗏목이 잔해에 걸려 빠져나오지 않기도 했다. 결국 톱으로 가장자리를 잘라내야 했다.

해가 하늘 꼭대기에 오른 뒤에도 바다는 이전의 불쾌하고 음흉한 분위기를 잃지 않았다. 안개는 걷히지 않았고 물에서는 썩은 내가 났다. 비교적 새것으로 추정되는 어떤 잔해에는 아직도 비명과 공포가 묻어 있었다. 심지어 거기엔 잘려나간 지 얼마 되지 않은 듯한 신체 일부까지 끼어 있었다. 나는 그 절단부위가 맘에 들지 않았다. 면도날처럼 날카로운 이빨을 가진 바다생물이 지금도 이 근처를 헤엄치고 있는 게 분명했다.

저녁이 되자 슬슬 육지의 모습이 분명해졌다. 벌린 팔처럼 뻗어 있는 넓은 해안선은 섬처럼 보였지만 반도의 끝일 수도 있었다. 아직까지는 인공물의 흔적이 보이지 않았다. 하지만 지금 사람이 살지 않는다고 해도 한동안 식민 행성이었을 가능성은 여전히 높았다. 별의 문이 그냥 달려 있을 리는 없다.

시야에 들어온 육지 때문에 잠시 방심했던 모양이다. 잔해 끝에 매달려 갈퀴를 회수하던 나는 그만 해초에 걸려 주르륵 미끄러지고 말았다. 몸의 절반이 물에 빠졌고 그러는 동안 가장자리에 걸려 발목이 심하게 긁혔다. 온몸의 신경이 비명을 질러 댔고 상처에서는 피가 쏟아져 나왔다.

갈퀴와 함께 다시 뗏목으로 돌아온 나는 정수기 물로 상처를 씻고 가방에서 의료용 보호막을 꺼내 발목에 붙였다. 신경은 여전히 투덜거렸지만 나는 무시했다. 직접 겪는 통증만으로도 충분히 귀찮았다. 왜 내 육체는 감각을 전달하는 것만으로 만족하지 못하고 이렇게 직접 소란을 떠는 걸까?

갑자기 등골이 서늘해졌다. 내 육체가 나에게 전달하려는 것은 단순한 통증에 대한 불평이 아니었다. 정체를 알 수 없는 무언가가 내 주변으로 다가오고 있었다.

이 행성의 바다가 텅 비어 있다고 생각한 적은 없었다. 내가 뗏목을 육지로 끌고 가려고 기를 쓰는 동안에도 바다는 온갖 자잘한 신호들을 보내 왔다. 하지만 그 대부분은 두뇌 없는 미물들이 보내는 하찮은 신음에 불과했고 곧 백색 소음이 되어 잊혔다. 그러나 이번 것은 달랐다. 사고는 정돈되어 있었고 목표도 서 있었으며 강한 충동으로 추정되는 어떤 힘도 느껴졌다.

나는 작살총을 쥐고 천천히 주변의 바다를 내려다보았다. 소용없는 짓이었다. 검고 탁한 바닷물은 한 뼘 밑도 구별하기 힘들었다. 해는 지고 있었고 하늘은 비구름으로 덮여 있었다.

내가 천천히 우주복 쪽으로 뒷걸음질 치는 동안 그들은 천천히 해면으로 모습을 드러냈다.

처음에 그것들은 어른 팔뚝 굵기의 지렁이들처럼 보였다. 털실처럼 동료들의 육체들 사이에 얽혀 있었고 각각의 끝에는 미끈거리는 동그란 머리가 달려 있었다. 코나 눈, 더듬이와 같은 것들은 보이지 않았다. 유일하게 보이는 것은 옆으로 쭉 찢어진 입이었다. 입술 부위의 비늘이 굳어진 것처럼 보이는 투명한 이빨들이 희미하게 남은 햇빛에 번뜩거렸다. 그들은 천천히 뗏목과 내가 미끄러졌던 잔해 주변을 빙빙 돌았다. 시간이 지날수록 그들이 그리는 원은 좁아져 갔다. 그러는 동안 내가 할 수 있었던 유일한 일은 총에서 꺼낸 작살을 움켜쥐고 우주복 옆에 우두커니 서 있는 것뿐이었다.

마침내 지렁이 한 마리가 내 뗏목 위에 기어올랐다. 몸 밑에 난 우툴두툴한 비늘들이 작은 다리들처럼 분주하게 움직였다. 녀석이 내 발을 향해 달려드는 동안에도 몸의 끝은 여전히 바다 밑에 잠겨 있었다.

지렁이가 내 발을 물기 직전에, 나는 작살 끝으로 녀석의 목을 찔렀다. 작살은 비늘을 타고 옆으로 미끄러졌지만 그와 함께 지렁이의 목도 반 뼘 정도 옆으로 밀려났다. 찰칵 하는 소리가 났다. 녀석의 이빨이 부딪히는 소리였다.

지렁이는 다시 공격해 왔다. 녀석이 입을 벌리자 나는 그 안에 작살을 쑤셔 넣었다. 바보 같은 짓이었다. 녀석은 엄청난 힘으로 꿈틀거렸고 나는 그 와중에 그만 작살을 놓치고 말았다. 작살을 문 녀석은 바다 속으로 모습을 감추었지만 곧 다른 지렁이들이 뗏목 위로 머리를 하나씩 내밀었다.

더 이상 주저할 수 없었다. 나는 아직도 뗏목에 앉은 자세로 고정되어 있는 우주복의 앞여밈을 풀고 그 안으로 들어갔다. 여밈을 잠그는 동안 지렁이 한 마리가 그 틈 사이로 머리를 박았다. 여밈 사이에 머리가 끼인 지렁이는 딱딱거리며 내 살을 물려 했지만 다행히도 내 우주복은 지나치게 컸다. 녀석의 이빨과 내 가슴 사이엔 엄지손톱 길이만큼의 공간이 남아 있었다. 녀석이 계속 입을 딱딱거리는 동안 나는 기계손으로 녀석의 몸을 잡아 뽑고 여밈을 닫았다.

지렁이들은 포기하지 않았다. 내가 필사적으로 기계손을 놀리는 동안, 녀석들은 하나씩 내 우주복을 휘감았다. 무게 중심이 옮겨진 뗏목은 옆으로 휘청거렸고 삼분의 일 지점에서 금이 가기 시작했다. 결국 뗏목은 부서졌다. 작은 조각은 떨어져 나갔고 우주복이 고정된 큰 조각은 온몸으로 죄어오는 지렁이 떼에 의해 조금씩 부서졌다.

뗏목의 부력이 사라지자 지렁이들에 휘감긴 내 몸은 바다 밑으로 휩쓸려 들어갔다. 나는 우주복의 조명등을 켰지만 눈앞에 다닥다닥 달라붙은 지렁이들 때문에 아무것도 볼 수 없었다. 내가 유일하게 느낄 수 있었던 건 나를 바다 밑으로 잡아끄는 이들의 무게였다. 도대체 이 녀석들은 얼마나 많은 것인가?

나는 눈을 감고 정신을 집중했다. 우주복이 물리적인 위협을 잠시 차단하자 지금까지 잊고 있었던 이들의 사고가 다시 감지되었다. 지렁이들은 수백 마리가 넘었지만 이들은 모두 한 마리처럼 사고하고 있었다. 개별 개체의 원시적인 신경 체계가 하나로 연결되어 커다란 두뇌처럼 기능하고 있었던 것이다.

나는 사방에서 쏟아지는 정보들을 감각별로 분류했다. 이 감각들이 이들에게 어떤 의미를 지니는지 알 수 없었지만, 그래도 기본은 늘 간단했다. 가장 기본적인 것은 통증이고 이는 어느 행성의 생명체나 다 비슷하다.

확신이 서지 않는다고 해도 확인하는 방법은 있다. 나는 아직도 어느 정도 움직일 수 있는 왼쪽 기계손으로 근처에 있는 지렁이의 피부를 잡아 뜯었다. 날카로운 신경의 비명이 울려 퍼졌다. 나는 잽싸게 그 감각을 잡아채 그들의 신경으로 다시 전달했다. 녀석들은 감전된 것처럼 꿈틀거렸다. 자신이 생긴 나는 고래고래 고함을 지르면서 몇천 배 증폭된 그 감각을 녀석들에게 퍼부었다. 나를 죄고 있던 힘이 조금씩 약해지기 시작했다. 지렁이들은 점차 내 몸에서 떨어져 나갔고 우주복은 천천히 떠올랐다. 내 발목을 잡고 있던 마지막 지렁이가 달아나자 내 몸은 물 위로 튀어 올랐다. 물 위에 누운 나는 서서히 밑으로 사라져 가는 지렁이들의 비명 소리를 들으며 승리감에 찬 미소를 지었다.

주변이 조용해지자 내 생각은 다시 이전의 목표로 돌아갔다. 얼핏 보면 왕복선에서 막 탈출했던 어제 저녁과 사정은 크게 다를 게 없었다. 하지만 육지는 훨씬 가까워졌다. 이 정도면 보다 손쉬운 해결책을 사용할 수 있다. 나는 기계손으로 부서진 뗏목 조각들을 하나씩 잡고 노처럼 저었다. 우주복은 둔탁한 배처럼 육지를 향해 천천히 움직였다.

사십오 분 뒤, 나는 해변에 도착했다. 등에 짊어진 가방이 해변의 모래 위에 얹히자, 나는 우주복을 열고 빠져 나왔다. 나는 아직도 엉덩이에 달라붙어 있는 단열재를 썰매처럼 이용해 우주복을 끝도 없이 긴 모래밭에서 끌어냈다. 비가 오고 있었고 날은 추웠으며 어디로 가야 할지도 알 수 없었다. 나는 흠뻑 젖은 몸으로 우주복을 밀고 끌면서 그냥 걸었다. 나는 비교적 평탄해 보이는 서쪽 길을 택했지만, 몇 분 걷기도 전에 그 길은 급경사의 오르막으로 변했다. 동쪽 길을 택한다고 해도 특별히 달라질 것 같지는 않았다.

더 이상 움직이는 건 무리였다. 나는 젖은 옷을 벗고 맨몸으로 우주복 안으로 들어갔다. 우주복의 관절부위가 군데군데 걸렸지만 견딜 만했다. 나는 눈을 감기가 무섭게 깊은 잠에 빠져들었다.

4

잠에서 깨어난 내 눈에 가장 먼저 들어온 것은 산과 해변 길을 가득 메운 나무들이었다. 잎사귀 대부분을 날려 버리고 앙상한 가지만 남은 날씬하고 하얀 나무들.

자작나무들이었다.

나는 안도의 한숨을 내쉬었다. 그들은 이 행성에 도착한 뒤로 내가 처음으로 확인한 표준생물들이었다. 내가 처음이라고 생각한 적은 없었지만 그래도 증거가 나오니 맘이 편해졌다.

나는 비틀거리면서 우주복에서 기어 나왔다. 말라붙은 바닷물 때문에 온몸이 가려웠다. 입 안에는 아직도 바닷물의 씁쓸한 맛이 남아 있었다. 나는 우주복에 남은 물을 세척기에 담아 온몸을 골고루 닦고 입을 헹구고 새 옷으로 갈아입었다. 속옷은 아직 몇 벌 여유가 남아 있었지만 깨끗한 겉옷은 이게 끝이었다. 새 신발이 하나 더 있으면 좋을 텐데. 하지만 왕복선에 있던 신발들은 모두 성인용이었다. 옷들도 마찬가지였지만 그래도 팔다리를 걷어 올리면 불편하진 않았다.

아침을 끝내자마자 나는 우주복의 정보처리기를 이용해 이 행성의 구조를 파악했다. 중력은 0.98, 하루는 26.3시간이었다. 내가 추락한 곳의 위치는 북위 76.4도였다. 공전주기를 계산하려면 정보가 더 필요했지만 이 역시 표준에서 크게 벗어나 있을 것 같지 않았다. 우주개척회사의 고리타분한 표현을 빌리자면 '별장처럼 편한' 곳이었다. 아직도 누가 살고 있을까? 나는 잠시 동안, 알 수 없는 방법으로 우주선들을 유인해 그 잔해를 털어 먹고 사는 해적과 같은 무리의 존재에 대해 상상했다. 가능성은 희박했다. 이곳은 누가 봐도 차단된 행성이었다. 그 가상의 방법이 먹히려면 먼저 별의 문을 마음대로 열고 닫는 방법부터 알아야 한다. 잔해를 털어 먹고사는 누군가가 있을지는 몰라도, 그들이 사고를 일부러 조작한다고 상상할 수는 없었다.

누가 살고 있건, 이 자리에 우두커니 서서 생각만 할 수는 없었다. 나는 가방에서 휴대용 정보처리기와 열선총을 꺼내 들고 우주복과 가방을 흙과 낙엽으로 꼼꼼하게 덮어 감춘 뒤 해변으로 내려왔다.

동쪽으로 걸은 지 이십 분이 채 지나기도 전에 나는 첫 번째 인공물과 마주쳤다. 무너진 방파제였다. 방파제 끝은 아직도 포석이 상당히 남아 있는 포장길과 연결되어 있었다. 길을 따라 조금 더 걷다 보니 작고 초라한 해변 마을의 폐허가 나왔다. 대부분 지붕과 벽이 무너진 단층집들이었다. 최근에 사람이 산 흔적은 없었다. 바닷바람에 심하게 녹이 슬어 원래 모습을 거의 알아볼 수 없는 금속 물체들도 가끔 보였는데, 아무래도 자동차 같았다. 전체적으로 마을은 싸고 초라했으며 진부했다.

쓸 만한 물건이 없나 땅바닥을 보며 걷던 나는 흙 속에 반쯤 묻혀 있는 흥미로운 물건을 발견했다. 그것은 조약돌만 한 크기의 여자 두상이었다. 눈과 이마가 포함된 윗부분 절반이 떨어져 나가고 없었지만 날렵하고 예쁜 코와 다소 거만해 보이는 섬세한 입술은 남아 있었다. 엄지손가락으로 입술을 문지르자 싸하고 차가운 진동이 느껴졌다. 아직도 이 물건은 누군가의 기억을 담고 있었다. 나는 주변을 둘러보았지만 조각의 나머지 부분은 남아 있지 않았다. 마을의 다른 지역을 뒤져도 비슷한 물건은 보이지 않았다. 두상은 아무리 봐도 사치품이었고 붕괴된 개척 기지와 같은 마을의 분위기랑은 전혀 어울리지 않았다.

마침내 나는 머물 만한 곳을 찾았다. 그곳은 건물이 아니라 큰 강당 정도 크기의 석회 동굴이었다. 한동안 관광지로 사용되었는지 해변 쪽 입구엔 계단이 설치되어 있었고 맞은편 입구 근처엔 개울도 흐르고 있었다. 맞은편 입구로 이어진 금속 계단은 오래전에 붕괴되어 쓸 수 없었지만 개울로 가는 다른 길은 쉽게 찾을 수 있었다.

마을에 사람이 없다는 걸 확인한 나는 다시 우주복이 있는 곳으로 돌아왔다. 우주복은 다시 바다로 들어갈 수밖에 없었다. 나는 물에 뜬 우주복을 질질 끌며 무릎까지 차는 바닷물 속을 걸어야 했다. 방파제와 해변을 이어주는 포장길은 비교적 잘 보존된 상태였지만 그래도 우주복과 가방의 무게가 줄어드는 건 아니었다. 거기서부터 나는 가방과 우주복을 분리해 따로따로 운반해야 했다.

동굴 안에 우주복과 가방을 옮긴 나는 생각을 정리했다. 지금 내 입장은? 정체를 알 수 없는 행성에 착륙했고 가지고 있는 것이라곤 가방 안에 든 생필품과 우주복 한 벌뿐이다. 하지만 행성은 그럭저럭 살 만하고 인근 바다 전체가 우주선 쓰레기장이라고 할 수 있으니 빈곤함을 과장할 필요는 없다. 아직 표준생물들을 많이 발견하지는 못했지만 식량 제조기가 있으니 한동안 굶어 죽지는 않을 것이다. 우주복의 감지기에 문명소음이 잡히지 않으니 사람들은 살고 있는 것 같지 않지만 그래도 절망할 필요까지는 없다. 꾸준히 별의 문이 열리고 다른 우주선들이 떨어지는 모양이니, 그중 운이 좋아 살아남은 사람들이 있을지도 모른다. 정 궁하면 우주선들을 찾아 고치는 방법도 있다. 아직 작동 가능한 왕복선이 남아 있을지도 모른다. 내가 타고 온 왕복선도 침몰하기 전엔 꽤 멀쩡했다.

이렇게 생각을 몰고 가다 보니 마음이 조금씩 편해졌다. 낙천주의를 극도로 부풀린다면, 지금 이 상황은 나에게 오히려 휴가에 가까웠다. 내 주변엔 더 이상 보건성 관리도, 경찰도, 첩보원들도 없었다. 더 이상 가짜 신분증을 들고 다니며 다른 사람 행세를 할 필요가 없었고 눈 모양을 감추기 위해 눈동자 위에 착색된 눈비늘을 붙이고 다닐 필요도 없었다.

말이 나왔으니 당장 떼자. 왜 아직까지 이걸 달고 있었던 거지? 나는 가방에서 손거울을 꺼내 울퉁불퉁한 동굴 벽에 세우고 조심스럽게 눈비늘을 하나씩 떼어냈다. 거울에 비친 열두 살 소녀의 얼굴은 오늘따라 낯설게 느껴졌고 위아래로 길쭉한 동공이 박힌 황금색 눈은 더 어색했다. 알게 뭐람. 이제부터 친해지면 되지.

5

그날 밤 나는 꿈을 꾸었다. 행성에 착륙한 뒤로 처음이었다. 나는 여전히 우주복을 입은 채 바다 속에 있었고 지렁이들은 나를 계속 밑으로 끌어당기고 있었다. 하강은 몇 시간째 끝없이 이어졌지만 바닥은 보이지 않았다.

잠에서 깨어난 나는 우주복의 시계를 들여다보았다. 이 행성 기준에 맞추어 새로 보정된 시계에 따르면 새벽 네 시 이십일 분이었다. 나는 다시 눈을 감았지만 잠은 오지 않았다. 우주복은 결코 이상적인 침구가 아니었다. 그렇다고 밤만 되면 영하로 곤두박질치는 날씨에 맨몸으로 밖에서 잘 수도 없는 노릇이었다.

나는 우주복에서 빠져나와 빨랫줄에 매단 옷들과 신발의 건조 상태를 확인했다. 공기는 차고 축축해서 빨래가 그렇게까지 잘 마른 편은 아니었다. 나는 차가운 돌바닥 위에서 맨발을 동동 구르다 가방에서 장화를 꺼냈다. 성인 남성용이어서 발이 안에서 놀았지만 발목 부분을 졸라매면 그럭저럭 신을 만했다.

나는 보온 외투 위에 비옷을 걸쳐 입고 산책에 나섰다. 열선총 총구 끝에 달린 조명등의 하얀 빛에 비친 마을과 바다는 은근히 섬뜩했다. 바다에 떠 있는 잔해들은 종종 파도에 흔들리다 삐걱거리는 신음 소리를 냈고 낮에는 볼 수 없었던 유령 같은 날짐승들이 보슬비를 튕기며 소리 없이 하늘을 날아다녔다.

포석이 남아 있는 포장도로를 따라 걷던 나는 마을 경계선 근처에서 전에는 알아차리지 못했던 통로를 발견했다. 낮에는 그냥 무너진 돌무더기처럼 보였다. 하지만 조명등을 비추자 바위들 사이에 반쯤 숨어 있는 입구가 눈에 들어왔다. 잠시 망설이던 나는 그 안으로 들어갔다.

통로는 해변 마을과 산 너머를 연결하기 위해 건설된 듯했다. 바닥은 포장되어 있었고 아직도 군데군데 녹슬어 가는 자동차들이 남아 있었다. 양쪽 벽엔 온갖 종류의 잡동사니들이 쌓여 있었다. 망가진 정보처리기, 우주선의 금속 골격, 뚜껑이 날아간 공구상자, 반쯤 썩은 의자들……. 모두 침몰한 우주선에서 휩쓸려 온 잔해들임이 분명했다. 분명 최근까지 누군가가 여기에서 살았던 것이다.

들어왔던 곳과는 달리 맞은편 입구는 비교적 온전한 상태로 남아 있었지만, 길은 중간에 끊겨 있었다. 전에는 나지막한 절벽의 가장자리를 따라 도는 도로가 이어져 있었겠지만, 수백 년의 세월이 흐르는 동안 파도가 그 절벽 절반을 먹어 치웠던 것이다. 이전에 절벽이 있던 자리는 이제 완만한 각도로 기울어진 흙산이 되어 있었다. 최근에 산사태가 있었던 모양인지 막 떨어져 나간 포석이 등성이에 박혀 있었고 발끝으로 살짝 건드려도 검은 흙이 부슬거리며 바다로 흘러내렸다. 무너진 길 저편엔 다리의 잔해처럼 보이는 기둥들이 줄지어 서 있었고 그 너머엔 흐릿하게 육지가 보였다. 내가 도착한 곳은 섬이었다. 대양을 향해 입을 벌린 집게 모양의 섬.

아직 무너지지 않고 남아 있는 부분을 따라 걸으면 그 지역을 통과할 수 있을 것 같긴 했지만 무리할 필요는 없었다. 망가지지 않은 다른 길이 있을 수도 있고 그 길밖에 없다고 해도 비가 내리고 아직 날도 밝지 않은 지금 시도할 필요는 없었다. 어차피 육지로 나갈 수 없다면 섬 주변을 빙빙 도는 것에 불과했다.

다시 돌아가려는데, 무언가 날카로운 것이 발에 밟혔다. 나는 발을 치우고 열선총의 전등을 그쪽에 들이댔다. 무딘 칼날처럼 생긴 것이 무너진 흙 속에 묻혀 있었다. 끝을 잡고 흔들자 예상했던 것보다 쉽게 빠져 나왔다. 그건 제국 우주군 행성탐사선에서 사용하는 집진기의 금속판을 이용해 만든 도끼날이었다. 녹은 가장자리에만 슬어 있었는데, 표면을 덮고 있던 금강석 박막이 그 부분만 벗겨져 있었기 때문이다. 날 중앙에는 단풍나무 이파리를 반으로 쪼갠 것 같은 정체불명의 투박한 문장이 새겨져 있었다.

나는 머리를 긁었다. 도대체 왜 이걸로 도끼를 만들었을까? 얇고 쉽게 휘어지는 금속판은 결코 도끼에 적절한 재료가 아니었다. 내가 슬쩍 지나친 통로만 해도 쓸 만한 도구들이 잔뜩 쌓여 있었고 그중엔 진짜 도끼도 하나 있었다. 이 도끼날은 진짜 도끼보다 도끼를 흉내 낸 미술품처럼 보였다.

궁금해진 나는 도끼날로 주변 흙을 팠다. 가장 먼저 나온 것은 도끼날이 박혀 있던 손잡이였다. 자작나무로 엉성하게 만들어진 그 손잡이는 반쯤 썩어 있었다. 주변을 더 파자 창이나 화살 끝에 박았을 것 같은 조잡한 금속 촉들이 발견되었다. 역시 우주선 부품을 이용해 만들어진 것이었다. 도끼날에 새겨진 것과 같은 단풍나무 이파리 반쪽이 그려진 방패도 하나 발견되었다. 왕복선 계기판을 뜯어 만든 그 엉성한 물건엔 아직도 우주선 제조회사의 상표와 일련번호가 적혀 있었다. 나는 그 우주선과 회사에 대해 잘 알고 있었다. 그 회사가 제국군을 위해 우주선을 생산하기 시작한 건 기껏해야 칠십 년 전의 일이었다.

나는 이 엄청난 낭비에 대해 생각했다. 이 물건들을 만든 자들이 누구건, 이들에겐 이미 훨씬 실용적이고 효율적인 무기와 도구들이 있었음이 분명하다. 그런데도 이들은 멀쩡한 집진기를 부수고 계기판을 뜯어 조악한 무기를 만들었던 것이다. 가지고 있는 문명의 이기들을 최대한으로 활용해야 간신히 살아남을까 말까 한 상황인데도.

퇴보한 토착민들의 짓일까? 가능한 일이었다. 문명소음이 잡히지 않는 것도 그 때문일 수 있다. 하지만 그렇다고 해도 여전히 말이 되지 않았다. 그들의 문명이 철기시대 수준으로 떨어졌다면 오히려 더 능률적인 도구들을 만들었을 것이고 공구 상자의 도구들이 더 쓸모 있다는 사실도 알았을 것이다. 이건 야만인들의 짓이 아니었다. 바보와 미치광이들의 짓이었다.

빗줄기가 굵어지자, 나는 금속 촉과 도끼날을 집어 들고 통로 안으로 들어갔다. 폭풍우가 다가오고 있었다. 바다 쪽에서 들려오는 천둥소리와 파도 소리 때문에 바깥은 지독하게 시끄러웠다. 나는 썩은 의자를 끌고 와 근처에서 발견한 방수포를 그 위에 덮고 입구 쪽을 향해 앉았다. 여기가 문명 세계라면 소음제거용 음악이라도 틀었겠지만 지금으로서는 자연의 소음을 견뎌내는 수밖에 없었다. 그래도 바깥 풍경은 나름대로 즐길 만했다. 가끔 빗방울이 얼굴에 튀는 것만 무시할 수 있다면.

나는 주머니에서 어제 발견한 두상을 꺼내 별 생각 없이 손가락으로 문질렀다. 다시 보니 두상의 입술은 희미한 미소를 머금고 있었다. 비웃는 것 같았다.

의자는 예상외로 편안해서 나는 두상을 손에 쥐고 꾸벅꾸벅 졸기 시작했다. 도끼와 관련된 꿈을 꾸었지만 정보로서의 가치는 없었다. 꿈속에서 나는 도끼를 들고 진흙탕 속을 미친 듯이 뛰어다니는 덩치 큰 남자였다. 그러나 도끼날에서 나왔을 수도 있는 그 기억은 곧 내 두뇌가 만들어 낸 다른 꿈에 섞여 버렸다. 나는 도끼를 들고 공항과 역과 여관과 극장들을 뚫고 지나가면서 제복 입은 경찰들만 죽이고 다녔다.

갑자기 찢어지는 비명 소리가 들렸다. 아니면 오래 전에 묻혔던 옛 비명 소리에 대한 기억이 어딘가에서 되살아난 것이리라. 나는 선잠에서 깨어나 헐레벌떡 의자에서 일어났다.

내가 잠들어 있는 동안 폭풍은 어느 정도 잦아들었다. 대신 바깥에서는 다른 일이 진행되고 있었다. 폭풍이 그렇지 않아도 불안정한 지대를 다시 한 번 뒤흔들어 놓았는지, 내가 얼마 전에 도끼날을 찾은 장소의 흙이 무너지고 있었다. 호기심이 동한 나는 비옷을 고쳐 입고 바깥으로 나갔다. 운이 좋으면 다른 무언가를 발견할 수 있을지도 모른다.

나는 아직 포석이 단단히 붙어 있는 통로 입구에 발을 디디고 아래를 내려다보았다. 산에서 내려온 흙탕물이 폭포수처럼 쏟아지며 무너진 흙을 바다로 쓸어내리고 있었다. 흙이 조금씩 쓸려 나가면서 밑에 묻혀 있던 것들이 드러났다.

처음엔 둥그런 바위들처럼 보였다. 하지만 물이 남아 있는 흙을 씻어내자 정체가 드러났다. 투구들이었다. 도끼날이나 방패와 마찬가지로 우주선의 떼어내기 쉬운 부품들을 두들겨 만든 엉성한 투구들. 그리고 그 안에는 머리가 하나씩 들어 있었다.

스무 구쯤 되어 보이는 시체들이 흙 속에 묻혀 있었다. 다들 투구를 쓰고 있었고 그만큼이나 조잡하게 만든 가슴 받이를 달고 있었으며 손에 칼이나 창을 들고 있었다. 시체들은 모두 심하게 부패되어 있었지만 아무리 짧게 잡아도 수십 년 이상 흙 속에 묻혀 있던 시체들치고는 지나치게 상태가 좋았다.

시체들이 물에 씻겨 드러나면서 사방은 지직거리는 소음으로 가득 찼다. 지금까지 시체들과 함께 땅속에서 조용히 썩어 가던 과거의 기억이 내 시선과 마주치자 다시 살아났던 것이다. 나는 눈을 감고 그 소음 속에서 의미 있는 감정과 단어들을 골라냈다. 공포, 고통, 증오, 명예, 충성…… 그리고 여왕.

나는 눈을 떴다. 여왕이라는 단어를 구성하는 소음은 이상하게 친근했다. 나는 주머니에서 두상을 꺼내 손가락으로 쓸었다. 같은 느낌이었다. 차고 싸하고 냉정한 진동.

그리고 그 진동은 언제부턴가 화음을 이루고 있었다.

나는 다시 시선을 시체들을 향해 돌렸다. 내가 감지한 진동은 시체들의 비명 속에 섞인 단어가 아니었다. 그보다 훨씬 항구적이고 단단한 소리가 밑에서 들려오고 있었다.

나는 바깥의 지형을 확인했다. 산사태로 무너진 곳은 흙탕물 때문에 가까이 접근하는 건 위험했다. 하지만 통로는 지름길에 불과했다. 해안선은 여전히 하나로 연결되어 있었다.

나는 아까 내가 들어왔던 입구로 돌아갔다. 마을을 가로질러 해변으로 내려간 나는 해안선을 따라 무너진 절벽을 향해 걸었다. 한 시간쯤 걷자, 출발했던 지점으로 돌아올 수 있었다. 단지 내가 있는 위치는 절벽 위가 아니라 밑이었다.

소리는 바로 내 코앞에서 들려오고 있었다. 나는 쏟아져 내리는 흙탕물과 씨름하며 들고 온 도끼날로 소리가 나는 부분을 파헤쳤다. 잠시 뒤 둥글고 매끄러운 무언가가 드러났다. 또 다른 투구인가? 아니, 그것은 나무였다. 흙탕물 사이로 드러난 추상적인 머리 장식으로 보아 나무로 깎은 조상이었다.

조금 더 파헤치자 그것의 원래 모습이 드러났다. 그건 머리에 딱 맞는 둥근 모자를 쓴 여자의 나무 흉상이었다. 날렵한 코와 다소 거만해 보이는 입술은 내가 전에 발견했던 두상과 거의 일치했다. 새로 발견한 흉상에 들이대자 두상은 내 손바닥 위에서 가볍게 진동했다. 둘은 같은 사람이었다.

나는 위를 올려다보았다. 나는 이제 시체들이 놓인 위치에서 하나의 질서를 찾을 수 있었다. 그들은 여왕의 흉상을 꼭짓점으로 한 부채꼴 모양으로 묻혀 있었다. 죽기 전까지 그들은 이 나무 흉상을 위해 싸웠던 것이다. 그녀를 보호하기 위해, 쟁취하기 위해, 파괴하기 위해. 여왕 폐하 만세. 우리 미천한 것들은 여기서 폐하를 위해 목숨을 바치나이다.

둘

1

그 남자는 아침 내내 동굴 입구에 서 있었다. 그의 투구와 갑옷은 정교하고 깔끔했지만 얼굴에는 두 줄의 깊은 칼자국이 나 있었고 찢겨진 상의 밖으로 드러난 팔목엔 피가 엉겨 있었다. 그의 무표정한 얼굴은 돌처럼 굳어 있었다.

저리 가. 내가 말했다.

남자는 내 말을 들은 듯 잠시 내 쪽으로 시선을 옮겼지만 몸을 움직이지는 않았다. 짜증이 난 나는 우주복에서 기어 나와 그에게 소리를 지르며 손을 흔들었다. 하지만 그는 다시 내 존재를 잊어버린 듯 부동자세로 서서 내가 동굴로 가져온 흉상을 응시했다.

나는 포기했다. 알게 뭐람. 어차피 유령들은 나에게 해를 끼치지 못한다. 그렇게 사랑하는 여왕님 옆에 있고 싶으면 있으라지. 오히려 잘 됐다. 저런 걸 입구에 하나 세워놓으면 다른 유령들이

들어오지 못할 테니.

나는 미리 데워놓은 정수기 물로 손과 얼굴을 씻은 뒤 옷을 입었다. 침몰한 화물선이 토해 낸, 호사스러운 옷들이 잔뜩 든 상자 하나가 사흘 전에 해변에 떠밀려 온 뒤로 내 복장 선택의 폭은 갑자기 넓어졌다. 백 벌이 넘는 옷들 중 스무 벌 정도는 아동복이었다. 내 취향엔 지나치게 호사스러웠고 구식이었지만 투정할 여유는 없었다. 오늘 내가 골라 입은 건 하얀 자수 장식이 달린 검은 우단 무도복이었다. 제2제정기 때 수도 항성계에 살았던 남자아이들은 정말로 이런 옷들을 입고 다녔다.

나는 무도복 위에 비옷을 걸친 뒤 연장통을 들고 밖으로 나갔다. 유령이 여전히 앞을 막고 있었지만 나는 그의 몸을 뚫고 지나갔다.

오 분쯤 걷자, 내가 일주일째 수선하고 있는 작은 돌집이 나왔다. 마을의 다른 집들처럼 이 집도 지붕이 날아가고 없었지만 그걸 제외하면 비교적 멀쩡했다. 구들과 굴뚝은 완벽한 상태로 보존되어 있었고 심지어 대들보의 일부도 남아 있었다. 나는 그동안 대들보를 금속 지지대로 보강하고 그 위에 산자와 알매흙을 얹은 뒤 갈대와 건초를 엮어 만든 지붕을 덮었다. 남은 일은 바람에 날아가지 않게 지붕을 밧줄로 고정하고 문과 창문을 다는 것뿐이었다. 동굴도 괜찮았지만 점점 날씨가 추워지고 있었다. 언제까지 외풍이 들이닥치는 동굴에서 우주복에 의지해 살 수는 없었다.

금강석 박막을 입힌 왕복선용 수정창을 점토로 고정하고 있는데, 또 다른 유령이 집 쪽으로 걸어 오는 게 보였다. 이번 유령은 아직 소년처럼 보였다. 갑옷은 입고 있지 않았지만 작은 투구를 쓰고 있었고 한 손엔 가죽으로 만든 길쭉한 원통형 통을 들고 있었다. 살아 있을 때는 전령이었던 모양이다. 유령은 언제나처럼 이마의 상처에서 흐르는 피를 한 손으로 닦으며 한쪽 벽을 뚫고 들어왔다가 반대쪽 벽을 뚫고 나갔다. 저 유령의 눈에는 집이 보이지 않았다. 아마 그가 죽은 뒤에 세워졌나 보다.

내 추측은 어느 정도 맞았다. 이 행성엔 철기 문명으로 퇴보한 야만인들이 살고 있었다. 하지만 그건 몇천 년 전의 일이었다. 적어도 내가 살고 있는 대륙에는 지성을 가진 생명체는 살고 있지 않았다. 왜 그들이 멸망했는지는 나도 알 수 없었다. 왜 이 행성의 궤도를 도는 별의 문이 평상시에는 차단되었다가 예고도 없이 입을 벌려 운 없는 희생자들을 토해 내는지도 알 수 없었다. 아마 나중 것은 영영 알 수 없을지도 모른다. 도로건설자들은 우리에게 자발적으로 비밀을 노출한 적이 단 한 번도 없었다. 적어도 내가 알기로는 그랬다.

열선총으로 바닥을 잘라 낸 옷상자를 문 대신 끼워 넣고 점토로 빈틈을 메우자 벌써 정오였다. 나는 바닥에 주저앉아 아침에 준비해 온 점심을 먹었다. 지난 이 주 동안 내가 먹었던 건 식량제조기에 해초와 떠내려 온 지렁이 시체를 넣어 만든 과자가 전부였다. 씹으면 불에 탄 종이 맛이 났고 종종 바닷물의 쓴맛도 묻어났지만 그래도 못 먹을 정도는 아니었다. 어차피 다른 표준 생물들을 발견하거나 토착 생물들을 조리하는 안전한 방법을 알아내기 전까지는 비상식량을 아끼고 식량 제조기에 의존해야 했다.

이 정도면 괜찮지 않아? 거의 완성된 작품을 보자 나는 절로 흐뭇해졌다. 산자와 알매흙에 대해 내가 가지고 있는 정보는 모두 책에서 얻은 회색 지식이었다. 내가 그 정보를 훔쳐 온 고고학자 영감도 직접 알매흙을 본 적은 없었다. 그가 머릿속에 담고 있던 지식들은 모두 추상적이었다. 그에게 알매흙은 실재하는 대상이 아니라 개념과 문자의 조합이었다. 영감이 내 작품을 봤다면 만족했을까? 아마 그는 직접 그런 것들을 만들 생각은 꿈에도 한 적이 없었을 것이다.

점심을 끝내자, 나는 지붕을 마무리하기 위해 사다리를 타고 위로 올라갔다. 지붕 위에서 밧줄을 다루는 것은 창을 끼우고 문을 다는 것보다는 어려웠지만 그래도 어두워지기 전에 해치울 수는 있었다. 돌을 매다는 대신 접착막으로 밧줄을 고정하는 건 반칙처럼 느껴졌지만 전통을 따른다고 누가 상을 주는 것도 아니었다.

어두워지자 유령들은 늘어나기 시작했다. 낮에는 가끔 한두 명이 근처를 지나가는 정도였지만 해가 지자 녀석들은 끼리끼리 몰려다니면서 싸움을 시작했다. 어떤 때는 누군가의 목이 잘려 떨어져 나갔고 어떤 때는 창에 찔려 상처 입은 유령이 징징거리면서 달아났다. 아직 머리가 완전히 상하지 않은 유령들은 내 뒤를 졸졸 따라다니며 나를 덮칠 기회를 노렸다. 그 정도 실패했으면 내 몸 속에 들어가는 게 불가능하다는 걸 알 법도 하건만, 그들의 머리가 그렇게 맑을 수는 없었다.

가끔 유령 말고도 토착 짐승들이 마을에 들어오기도 했다. 가장 자주 오는 놈들은 온몸에 고대 사슬 갑옷처럼 생긴 비늘이 나고 머리에 뿔이 두 개 난 소같이 생긴 커다란 초식 동물들이었다. 그들은 마을을 찾아오는 게 아니라 마을을 지나치는 것이었다. 해변에 쓸려 온 해초를 먹으려면 마을을 통과할 수밖에 없었으니까. 그들은 대부분 식사를 마치자마자 허겁지겁 산 위로 달아났다. 나와 마찬가지로 그 짐승들은 유령을 볼 수 있었고 그들을 좋아하지 않았다. 나는 그들에게 갑옷소라는 이름을 붙여주었다.

갑옷소들은 위험하지 않았다. 진짜로 위험한 건 그들이 아니라 내가 지옥개라는 이름을 붙여 준 회색 깃털이 난 늑대 비슷하게 생긴 험상궂은 짐승들이었다. 그들은 본토에서 살다가 먹을 것이 떨어지면 무너진 다리를 따라 해협을 헤엄쳐 건너서 섬으로 왔다. 그들은 해초를 먹으러 해변으로 내려온 갑옷소를 공격해 산 위로 몰아붙였다. 갑옷소가 오르막길에 지쳐 힘이 빠지면 그들은 소의 몸을 뒤집어엎고 비늘이 얇은 배를 갈라 내장을 뜯어 먹었다. 결코 식사 전에 볼 만한 구경거리는 아니었다. 다행히도 그들은 일부러 마을을 찾지 않았다. 두려움 때문이 아니었다. 그들은 알 수 없는 이유로 마을을 증오했다. 그건 거의 인간적이기까지 한 감정이었다. 이곳 사람들도 그들을 두려워했던 모양이다. 마을 곳곳에서 그들을 상징하는 투박한 문양이 발견되었다. 처음에 나는 그것들을 반으로 자른 단풍나무 이파리라고 착각했다. 하지만 평평한 부분을 위로 향하게 놓으면 이빨을 드러내고 으르렁거리는 네발 짐승의 모습이 보였다.

일을 마치자 나는 연장통을 들고 휘파람을 불며 동굴로 돌아갔다. 주변에서 얼쩡거리는 유령들에겐 눈길도 주지 않았다.

여전히 우두커니 서서 여왕을 응시하는 문지기 유령을 뚫고 동굴에 돌아온 나는 오래간만에 정찬을 준비했다. 정찬이라고 해봐야 통조림 고기와 육즙에 쌀을 넣고 끓인 죽 그리고 정체를 알 수 없는 말린 과일이 전부였지만, 몇 주 동안 종이 맛 나는 과자만으로 끼니를 때웠던 나에겐 그것으로 충분했다.

저녁을 다 먹고 설거지를 끝마친 나는 회중전등을 들고 동굴 맨 밑으로 내려갔다. 바닥엔 자작나무 판자로 짠 상자가 놓여 있었다. 나는 잠시 머뭇거리다가 뚜껑을 열었다.

상자 안에는 내가 해변에서 여기까지 끌고 온 남자의 시체가 누워 있었다. 그는 여전히 그 바보 같은 투구를 쓰고 엉성한 가슴받이를 달고 있었다. 그의 몸에서는 축축한 진흙 냄새가 났고 피부에는 끈적거리는 반투명 막이 덮여 있었다. 그는 가슴 받이와 피부 사이에 거의 걸레가 된 군복을 입고 있었는데, 나는 그것으로 그가 삼십 년 전까지만 해도 제국 우주군의 공병대 장교였음을 확인할 수 있었다.

언제까지 머뭇거리고만 있을 수는 없었다. 나는 상자 안에 들어가 발로 시체의 정강이를 걷어차며 말했다. 일어나, 대장.

시체는 눈을 떴다.

2

'대장'은 상자에서 기어 나온 뒤에도 자신의 이름을 기억하지 못했다. 나 역시 내 이름이 뭐였는지 알지 못하니 그 점에 대해서는 피장파장이었다. 하긴 나나 그가 이름을 가진다는 것 자체가 말도 안 되는 소리였다. 이름은 하나의 자아에게 주어지는 것이다. 수십, 수백 명의 자아와 기억을 짜깁기한 누더기는 이름과 어울리지 않는다.

보통 유령들에게는 자아가 없어. 나는 아직도 어리둥절해하는 시체에게 설명했다. 그들은 과거에 있었던 일들의 기억에 불과해. 다른 행성이라면 이들은 허공에 잠시 머물다 사라지겠지만, 이 행성은 사정이 조금 달라. 이곳 생물들은 지능에 비해 신경계가 지나치게 발달해 있고 정신들은 모두 느슨하게 연결되어 있어. 그 결과 유령들이 살아남아 활동할 수 있는 신경망이 존재하는 거지. 저들이 마치 살아 있는 것처럼 움직이고 가끔 외부의 자극에 반응하는 것도 그 안에 통합되었기 때문이야. 옛 기억들과 행동방식이 닫힌 원을 구성해 빙빙 도는 거지. 가만히 두면 저들은 같은 짓을 끝없이 반복해. 필요하다면 남의 몸 안에 들어가서라도 말이야.

조금 상태가 나은 유령들도 있어. 저기 동굴 입구를 지키고 있는 잘생긴 아저씨 보여? 꼭 살아 있는 것 같지? 여왕을 따라 충성스러운 개처럼 여기까지 왔고 심지어 내가 이름을 부르면 나를 바라보기까지 해. 다른 유령들이 과거의 기억에 사로잡혀 있다면 저 아저씨와 같은 유령들은 하나의 목적이나 임무에 사로잡혀 있어. 다른 유령들과는 달리 저 아저씨는 자신의 임무에 대해 '생각'하고 '행동'하지. 하지만 임무에서 벗어나면 그들은 여전히 융통성 없이 죽어 있어.

당신은 저들보다 더 온전해. 난 당신이 지금 들어가 있는 시체에 묻혀 있는 기억을 바탕으로 해서 쓸 만한 다른 기억들과 자아들을 모아 하나로 조립한 뒤 그것들이 작동할 수 있게 다듬었어. 이런 걸 보고 회로를 만든다고 하지. 이제 당신은 살아 있는 사람처럼 행동할 수 있어.

몸을 움직여 봐. 나쁘지 않지? 죽은 육체지만 한동안은 견딜 거야. 이곳에선 원래 그래. 정신이 육체를 압도해. 당신이 멀쩡하다고 생각하면 육체는 얼마든지 버텨. 어이! 거기 아저씨! 내가 무슨 말을 하고 있는지 알겠어?

왜 나를 살려냈나? 대장이 말했다.

지금까지 하나도 못 알아들었구나. 내가 말했잖아. 난 당신을 살려낸 게 아니야. 버려진 재료를 이용해 당신을 만든 거지. 그래서 당신이 자기가 누군지 확신하지 못 하는 거야. 지금 당신이 가지고 있는 기억은 한 사람의 것이 아니거든. 내가 당신을 만들기 전엔 지금의 당신은 없었어.

왜 나를 살려냈나?

좋아, 그 표현이 더 좋다면 계속 써. 왜 살려냈냐고? 정보가 필요하니까. 이 행성에서 평생 살고 싶은 생각은 없으니까. 궤도 위에 올라가 별의 문을 열려면 손발도 필요하고 정보와 경험도 필요하니까. 당신을 이루고 있는 가장 큰 덩어리는 공병대 장교야. 두 번째로 큰 덩어리는 우주선 항법사고. 엉터리 도끼들을 들고 서로의 머리를 깨부술 때는 다 똑같은 야만인들이었겠지만.

폐하는?

나는 손가락으로 흉상을 가리켰다. 그는 굳은 다리를 질질 끌며 흉상을 향해 걸어갔다. 목표에 도착하자 그는 느릿하게 흉상을 노려보다 고개를 절레절레 흔들었다.

폐하는?

저기 있잖아.

저건 나무 흉상이야. 폐하는?

흠, 이건 내가 예상했던 답변이 아니었다. 하지만 생각해 보면 저들이 나무 흉상을 두고 몇천 년 동안 싸웠다는 것도 말이 안 되는 건 마찬가지였다. 그가 들고 싸웠던 도끼와 방패는 모두 대체물이었다. 그렇다면 그들이 수천 년의 세월이 흐르는 동안 진짜 여왕의 대체물을 만들지 말라는 법은 어디 있는가?

하지만 조잡한 무기들과는 달리 흉상은 정교하게 만든 진짜 근사한 예술품이었다. 그리고 그의 말이 사실이라면 여왕은 도대체 어디에 있는가?

3

내가 만든 회로는 완벽하지 않았다. 가장 상태가 좋은 기억을 토대로 해서 비교적 멀쩡한 조각들을 골라 모았지만 그들은 하나로 통합되어 흐르는 대신 조각 이불보처럼 그냥 연결되어 있을 뿐이었다. 대장이 아무리 머리를 쥐고 기를 써도 공병대 장교가 가지고 있던 자기 동력기에 대한 지식은 항법사가 가지고 있던 동력제어기에 대한 지식과 연결되지 못했다.

이것이 내 능력의 한계인가? 아니면 문제를 해결할 수 있는 방법을 아직 모르는 걸까? 나로서는 알 수 없었다. 내가 회로를 만들 수 있다는 사실을 기억해 낸 것도 기껏해야 몇 주 전의 일이었다. 이곳 유령들을 볼 수 있을 정도로 감각이 예민해지는 데에도 어느 정도 시간이 필요했다.

회로에 대한 내 지식을 다시 일깨워 준 사람은 공항에서 나를 체포한 제국 첩보원이었다. 그땐 운이 없었다. 내 여권은 완벽했고 신분이 보장된 외교관 한 명을 보호자로 데리고 있었다. 그는 건강도 좋았고 세뇌 상태도 만족할 만했다. 그런 그가 이륙 직전에 왕복선 안에서 이식물 기능 이상으로 발작을 일으킬 줄 내가 어떻게 알았겠는가. 나는 예지 능력자가 아니다.

그 첩보원이 회로 이야기를 꺼냈을 때, 나는 우주선 의자에 결박되어 서서히 의식을 잃어가고 있었다. 그들이 나를 발견한 뒤 가장 처음 한 일은 나를 마취시키는 것이었다. 조심해요, 첩보원은 출동한 보건성 관리들에게 말했다. 어린애처럼 보인다고 방심하지 말란 말입니다. 이 아이의 의식은 아주 예민한 폭탄과 같습니다. 본부로 데려갈 때까지 절대로 깨어나면 안 돼요. 꿈도 꾸게 해선 안 돼요. 조금이라도 잘못하면 회로가 만들어져서…….

그가 공항 직원과 보건성 관리들에게 회로를 어떻게 설명했는지 모른다. 하지만 그때는 회로라는 단어가 발음되어 내 귀로 전달된 것만으로 충분했다. 내 육체는 겹겹으로 쌓인 남의 기억으로 신음하는 정신보다 나에 대해 더 많이 알았다.

왜 내가 회로에 대해 잊고 잊었던 걸까? 대장에게 조립된 회로를 넣어 주는 동안에도 나는 이전에 내가 이 능력을 어느 상황에서 어떻게 사용했는지 전혀 기억해 낼 수 없었다. 아마 한 번도 사용한 적이 없었는지도 모른다. 그 기억이 내 기억이 아니었을 수도 있겠지. 내가 가지고 있는 기억은 그 능력을 사용할 줄 알았던 다른 능력자의 기억이고 잊고 있는 동안 그 기억이 내 몸을 감염시킨 것인지도 몰랐다. 알게 뭐람. 내가 기억하는 한 내 정신은 언제나 엉망이었다. 다른 사람들로부터 고립된 지금이라고 특별히 더 멀쩡하다는 법은 없다.

그래도 나는 대장보다는 나았다. 그는 깨어난 뒤부터 심각한 정체성 위기를 겪고 있었다. 알고 봤더니 두 번째로 큰 덩어리를 이루고 있던 항법사는 제국이 아닌 23성군의 저항군에 속해 있었다. 보통 세계였다면 만나자마자 서로에게 총질을 해 댔을 사람들이 지금은 한 사람인 것이다. 머릿속에서 빙글빙글 도는 증오심을 해소하기 위해 그는 툭하면 비명을 질러 댔다. 이 상태에서 그에게 복잡한 작업을 시키는 건 무리였다.

한동안 그의 썩은 몸은 그의 썩은 정신보다 쓸모 있었다. 그가 살아난 다음 날, 나는 동굴에서 새로 보수한 돌집으로 이사했다. 내가 돌집을 청소하고 남은 옷들로 침대를 만드는 동안 그는 돌집과 동굴을 오가며 짐을 나르고 쓰레기를 치웠고 화장실 구멍을 팠다. 가끔 나는 그가 무언가 입에 넣고 씹는 걸 보았는데, 아무래도 해변에 밀려온 바다 생물 시체에서 뜯어낸 내장 같았다. 그가 알아서 먹을 걸 챙길 수 있다면 다행이다. 하긴 상한 음식을 먹는다고 식중독에 걸릴 몸도 아니긴 했다. 잠도 잘까? 남은 방이 하나 더 있었으니 필요하다면 그걸 줄 수도 있다.

돌집에서 보낸 첫 날은 내가 기대했던 것보다 훨씬 아늑했다. 토탄으로 데워진 바닥은 따뜻했고 외풍도 거의 들어오지 않았다. 다만 바람이 불 때마다 옷상자로 만든 문이 요란한 소리를 내며 흔들리는 건 문제였다. 아무래도 뚜껑을 문으로 개조하는 동안 경첩이 헐거워진 모양이다.

내가 모피 외투를 담요 대신 덮고 침대 안에서 노닥거리는 동안, 대장은 통로에서 가져온 조종석에 앉아 침실 구석에 세워진 여왕과 그 옆에 서 있는 호위병의 유령을 번갈아 응시했다. 그러는 내내 그는 무언가를 계속 씹었는데, 아무리 봐도 전에 먹었던 고기를 게워내어 되새김질을 하는 것 같았다.

여긴 어떻게 떨어졌어? 내가 물었다.

대장은 멍한 눈을 껌뻑였다. 수십 명의 죽은 자들한테서 꺼내온 엇갈리는 정보들이 그의 뇌 속에서 둔하게 번쩍거렸다. 그는 한동안 그것들을 정리해 하나의 이야기로 묶으려고 시도했지만 결국 실패했다.

정리할 필요 없어. 생각나는 것만 말해 봐.

떨어졌어.

그건 알아. 하지만 어떻게 떨어졌어?

별의 문이 열리고 중력 소용돌이가 쳤어.

매번?

그런 것 같아.

하지만 그렇다고 그냥 떨어지지는 않았을 것 아냐. 왜 궤도를 유지하다 별의 문에 재진입할 생각을 안 했지? 궤도를 유지할 수 없었다면 왜 왕복선으로 탈출하지 않았어? 왜들 우주선째 추락한 거야?

모르겠어. 그냥 떨어졌어.

정말로 기억 안 나?

대장은 고개를 끄덕였다.

내려온 뒤에는?

모르겠어.

이야기를 하나로 연결하려 노력하지 마. 그냥 여기서 무엇을 했는지만 기억해 봐.

싸웠어.

여왕 때문에?

응.

여왕은 누군데?

폐하는…… 여왕이지…….

어디 여왕인데?

우리. 우리랑 같이 왔어.

당신네들이랑? 같은 우주선을 타고 온 거야?

응.

언제? 어느 당신이랑?

모르겠어.

대장은 정말로 힘들어하는 것 같았다. 그렇지 않아도 멀쩡하지 않은 정신을 더 괴롭히다가는 공들여 만든 회로가 깨질지도 모른다. 나는 질문을 중단했고 대장은 다시 시선을 호위병에게로 돌렸다.

조명등을 끄고 외투를 머리까지 잡아당겼지만 잠이 오지 않았다. 회로를 하나 만들어 시체에 이식해 일꾼을 만들면 모든 게 해결될 거라는 생각은 너무 단순했다. 몇 명 더 만들어야 하나? 그래야겠지. 하지만 모두 대장과 같은 상태가 된다면? 차라리 육체를 주지 말까? 썩은 뇌와 신경은 생각을 둔하게만 할 뿐인데. 맞아, 생각을 담당하는 자아 있는 유령들과 일꾼 노릇을 하는 산송장들을 모두 만들어 분업을 시키는 거야. 안될 게 어디 있어? 어차피 저들도 여기서 떠나고 싶을 텐데.

4

함박눈이 왔다. 방한복과 비옷으로 무장한 나는 어린아이처럼 마을을 뛰어다니며 눈에 발자국을 냈고, 눈덩이를 뭉쳐 나무와 대장에게 던졌고, 나보다 머리 하나가 더 큰 눈사람을 만들었다. 아니, 어린아이처럼이 뭐야. 나는 아직 어린애다. 내 육체는 기껏해야 열두 살이다. 내 사고와 감정은 여전히 이 열두 살짜리 육체의 영향을 받는다.

대장은 내가 준 여성용 모피 외투를 입고 있었지만 특별히 추워하거나 따뜻해하는 것 같지 않았다. 그는 외부에서 주어지는 모든 감각에 무감각했다. 그를 괴롭히는 것은 육체의 감각이 아니라 정신의 혼란이었다. 그에게 육체는 정신과 세계를 연결시켜 주는 무감각하고 둔한 도구에 불과했다.

토착민 유령들 역시 눈에는 관심이 없었다. 여전히 과거에 갇혀 있는 그들은 시계 장치의 인형들처럼 규칙적으로 움직였다. 쫓고 쫓기고 결투하고 죽이고 비명을 지르고 울고…… 이젠 눈을 감고 있어도 마을 어디에서 누가 튀어나올지 알 수 있을 정도였다.

하지만 모두가 그런 건 아니었다. 기억보다 과거의 의무에 사로잡힌 십분의 일 정도는 흐릿하게나마 현재를 인식하고 있었다. 여왕을 따라 내 집에 들어온 호위병도 그들 중 한 명이었다. 툭하면 피에 굶주린 흡혈귀처럼 등 뒤에서 나를 덮치려 드는 유령들도 마찬가지였다. 그들이 내 몸 속에 들어갈 가능성은 전혀 없었지만, 그래도 지난 몇 주 동안 그들의 공격 수법은 조금씩 발전했다. 아마 조금 더 영리해지면 공격을 멈출지도 모른다.

과연 이들이 과거를 얼마나 충실하게 반영하고 있는 걸까? 나로서는 확신할 수 없었다. 이들이 과거에 일어났던 사건을 반복하고 있다는 건 분명했다. 입고 있는 군복과 쓰고 있는 투구로 그들이 어느 편에 속해 있는지도 가려낼 수 있었다. 하지만 그 뒤로 이 행성에 떨어진 수천, 수만 명의 조난자들이 그들의 기억에 영향을 끼치지 않았다고 어떻게 확신할 수 있을까? 여왕은 어떤가? 대장은 여왕이 우주선을 타고 이 행성에 왔다고 했다. 하지만 그건 토착민들이 멸망한 지 한참 뒤였다.

나는 주머니에서 여왕의 두상을 꺼냈다. 여전히 손에 싸한 진동이 느껴졌지만 그뿐이었다. 나는 두상 위에 눈덩이를 붙이고 손가락으로 다듬어 흉상의 얼굴을 복원해 봤다. 완성된 모양은 그럴싸했지만 달라지는 건 없었다. 하긴 그건 흉상도 마찬가지였다. 아무리 정교하게 만들어진 예술 작품이라고 해도 담을 수 있는 정보는 한계가 있다.

여왕이 존재했다는 사실은 부인할 수 없었다. 시간이 흐르고 감각이 예민해지면서 나 역시 그녀의 존재를 인식할 수 있었다.

여왕은 마을 전체에 옅게 퍼져 있었다. 공기처럼. 배경복사처럼. 하지만 여왕에 대한 정보를 얻는 게 어려웠던 것도 바로 그 때문이었다. 여왕은 막연한 분위기였을 뿐, 쉽게 구별해 낼 수 있는 구체적인 대상은 아니었다.

잠시 내 시야에서 사라졌던 대장이 다시 나타났다. 통로에서 가져온 동력기의 부품을 머리에 이고 이제 작업장이 된 동굴을 향해 걸어가고 있었다. 그의 정신은 언제나 술에 취한 것 같았지만 그래도 집중하면 우주선 동력기 정도는 조립할 수 있었다.

물론 그 정도로 문제가 해결되는 건 아니었다. 제대로 작동하는 우주선을 재조립하려면 온전한 동체부터 먼저 구해야 한다. 우주선을 완성해 궤도까지 올라간다고 해도, 별의 문을 열 수 없다면 아무 소용이 없다. 별의 문을 어떻게 연다고 해도, 별의 길을 뚫고 문명 세계로 돌아가는 건 여전히 힘든 일이다. 착륙한 뒤 추적자들을 따돌리고 달아나는 문제점에 대해서는 생각하지 않기로 했다. 행성 탈출 계획을 짜는 것만으로도 내 머리는 충분히 복잡했다.

도대체 몇 명이 더 필요하지? 우주선의 기본 구조와 항법술에 대해서는 나도 어느 정도 알고 있으니, 쓸 만한 동체를 구하고 우주선을 수리하는 데 열 명 정도로 충분하다고 치자. 하지만 전에 계획했던 것처럼 육체노동자 시체들과 정신노동자 유령들을 분리한다면 만들어야 할 회로의 수는 두 배로 늘어난다. 별의 문에 대한 자료를 모으고 연구하기 위해 필요한 머릿수도 만만치 않다.

마지막 것은 회로를 만들지 않아도 처리할 수 있지 않을까? 쉽지 않을 것 같았다. 섬에 남은 조난자들의 기억들은 모두 토착민 유령들에 의해 오염되어 있었고 산산조각 나 있었다. 대장만 해도 내가 며칠 동안 공들여 회로를 구성하기 전까지는 의미 없는 헛소리의 다발에 불과했다. 이를 활용하려면 상호작용을 통해 의미 있는 정보들을 직접 가려내는 수밖에 없었다.

나는 새로 내린 눈에 반쯤 묻힌 내 발자국을 거꾸로 밟아가며 마을을 천천히 가로질렀다. 마을도 유령들과 특별히 다를 게 없었다. 토착민들이 수천 년 전에 마을을 만들었고 나중에 이곳에 도착한 조난자들은 그 폐허를 보수해 새 마을을 만들려 시도했다. 우주선 부품들이 숨겨진 통로도 그들이 만든 것이었다. 하지만 그 보수 작업이 몇 개월 이상 지속된 적은 거의 없었다. 그 전에 모두 유령들에게 빙의되었던 것이다. 우주선을 수리하고 폐허가 된 집을 보수하던 멀쩡한 사람들이 한 명씩 과거의 기억에 감염되어 졸속으로 만든 엉터리 무기를 들고 서로를 공격하기 시작한다…….

돌집 앞에서 나는 소년 전령을 만났다. 그는 이전처럼 집을 뚫고 지나가는 대신 가죽통을 품에 안고 집 앞 문턱에 쭈그리고 앉아 소리 없이 울고 있었다. 그가 울고 있는 건 순전히 내 책임이었다. 며칠 전에 내가 그의 고리를 끊어 주었던 것이다.

안녕. 나는 그에게 손을 흔들었다. 전령은 대답하지 않았다. 하지만 살짝 움찔하는 것이 내 대답을 들은 것 같기도 했다. 나는 문턱의 눈을 치우고 그 위에 걸터앉아 제국군 행진곡을 휘파람으로 불면서 그를 곁눈질했다. 전령은 여전히 울고 있었다. 이곳 유령들은 늘 반응이 늦었고 한 행동에 매달리는 시간도 만만치 않게 길었다.

전령에 대한 내 관심은 이론적인 것이었다. 토착민 유령들을 살려낸다고 내가 특별히 덕 볼 일은 없었다. 하지만 그는 열쇠가 꽂힌 금고와 같았다. 조금만 머리를 굴려도 자체적으로 생각하고 행동할 수 있는 쓸 만한 정신을 하나 해방시킬 수 있는데 가만히 구경만 한다는 건 못할 일이었다. 물론 그가 매일 벽을 뚫고 집 안으로 들어오는 게 귀찮기도 했다.

열쇠는 바로 그가 들고 있는 가죽통이었다. 그에게 무슨 일이 있었는지는 알 수 없지만, 지금까지 그를 고리 안에 가두었던 게 그 통으로 상징되는 마지막 임무라는 건 누구나 알 수 있었다. 통만 빼앗으면 모든 일이 해결된다. 문제는 그 통이 물리적으로 존재하지 않는다는 것이었다. 그건 유령을 구성하는 다른 부분과 마찬가지로 기억의 투영에 불과했다. 그렇다면 어떻게 이 문제를 해결해야 할까? 결코 쉽게 해결될 수 있는 문제는 아니었지만 바로 그렇기 때문에 더 재미있었다.

꼭 사흘 걸렸다. 그동안 나는 별별 짓을 다 했다. 날 덮치려는 유령들을 유인해 전령을 공격하게 유도하기도 했고, 최면으로 통을 빼앗으려 하기도 했고, 자극적인 감각들을 팔에 이식해 통을 떨어뜨리려 하기도 했다. 모두 실패했지만 마지막 시도가 먹혔다. 무너진 절벽 길 근처에 고인 썩은 정신들 중 또 다른 전령의 것으로 추정되는 기억을 찾아 그에게 넣어주었던 것이다. 그 기억은 마치 윤활유라도 되는 것처럼 고리 속에 갇힌 그의 정신을 흐르게 했고 그 틈을 노린 나는 그에게 통을 달라고 명령했다. 혼란에 빠진 그는 나에게 통을 넘겨 주었고, 통은 내 손바닥과 방바닥과 땅을 뚫고 영원히 밑으로 떨어졌다. 그 순간 그는 고리에서 해방되었다.

그는 나를 그렇게 고맙게 생각하지 않았다. 그가 지금까지 겪은 수천 년의 전쟁은 다른 사람이 보기엔 영원한 지옥이었지만 그에겐 하루였다. 이제 그는 새로운 세계에서 새로운 고통을 느끼며 스스로의 힘으로 새로운 삶을 살아야 했다. 그렇다고 그가 정말로 살아 있는 것도 아니었다. 그가 정 원한다면 난 그의 회로를 끊어 자아를 증발시켜 줄 수도 있었다. 하지만 그는 삶만큼이나 죽음도 두려워했다.

내가 그에게 새로 안겨 준 삶이 더 고통스러웠던 이유는 그가 체험하는 시간이 중첩되어 있었기 때문이다. 그는 현재와, 고리가 끊어진 이후 실시간으로 진행되는 과거를 동시에 보았다. 잘만 이용한다면 그는 역사의 산 증인이 될 수도 있다. 하지만 나는 이 행성의 토착어를 몰랐고 그의 정신도 그렇게 온전하다고 할 수 없기 때문에, 지금으로서는 별 쓸모가 없었다. 나로서는 그의 둔한 머릿속을 반짝거리며 오가는 기억의 영상들을 통해 당시가 어땠는지 막연히 짐작할 수밖에 없었다.

전령이 간신히 울음을 멈추자 나는 그에게 손을 내밀었다. 한동안 멍한 눈으로 내 손을 응시하던 그는 앙상한 왼손을 내밀어 내 손을 잡았다. 정확히 말하면 그가 잡은 건 손이라는 물리적인 대상이 아니라 내가 그에게 있다고 믿게 한 손의 개념이었지만. 그가 잡은 것이 무엇이건 그는 나를 따라 집 안으로 들어왔다. 호위병은 새 손님을 좋아하지 않았지만 작정하고 그를 쫓아내려 하지도 않았다. 그도 이 집의 주인이 나라는 것쯤은 알고 있었다.

두 유령들이 우두커니 서 있는 동안 나는 내가 먹을 저녁을 준비했다. 여전히 식량 제조기의 도움을 받아야 했지만, 그냥 요리해 먹을 수 있는 재료들도 몇 가지 있었다. 해변에서 채집할 수 있는 해초 두 종류는 바닷물을 충분히 빼면 먹을 만했다. 숲 속에서는 표고버섯의 변종들도 발견되었다. 이것들로 만들 수 있는 음식은 얼마 되지 않았지만 식량 제조기가 만드는 과자들만 억지로 씹는 것보다는 나았다. 봄이 되면 사정은 더 나아질 것이다. 정 식량을 구하기 어렵다면 보다 따뜻한 남쪽으로 내려가는 방법도 있었다. 나로서는 우주선들이 수확되는 이 바다를 떠날 생각은 없었지만.

그러나 언제까지나 이 좁은 마을에 갇혀 있을 생각도 없었다. 나에겐 분명한 탐험 목표가 있었다. 그곳은 본토의 도시였다. 무너진 다리 끝에는 높은 성벽이 에워싼 도시의 폐허가 있었다. 조난자들이 산을 뚫어 그곳까지 이어지는 통로와 다리를 만들 정도였다면, 도시엔 뭔가 흥미로운 것이 있음이 분명했다. 대단한 게 없다고 해도 자료수집차 언젠가는 가야 할 곳이었다. 가끔 나는 산꼭대기에 올라가 망원경으로 폐허를 훔쳐보곤 했다. 산과 성벽에 막혀 자세히 보이지는 않았지만 보이는 부분만 해도 상당히 커 보였다.

배가 필요해. 나는 말린 해초가루와 물에 불린 과자를 섞어 만든 죽을 떠먹으며 대장에게 설명했다. 당신이랑 내가 타고 어느 정도 물건들을 실을 수 있는 크기면 되겠지. 배를 만들 수 있겠어?

대장은 무표정한 얼굴로 내 얼굴과 죽 사이를 노려보다 고개를 끄덕였다.

얼마나 걸릴까?

하루.

그 도시에 대해 기억나는 게 있어?

조금.

거기엔 뭐가 있어?

부서진 건물들.

전성기 때는?

모르겠어.

왜 조난자들이 이곳과 도시를 연결하는 통로를 뚫었는지도 모르고?

몰라.

갑갑했다. 하지만 유령들과 대화를 나누려면 인내심은 필수였다. 나는 우두커니 서 있는 죽은 자들을 방에 남겨둔 채 설거지감을 들고 밖으로 나갔다.

방한 장갑을 낀 손으로 죽이 묻은 그릇을 문질러 닦고 있는데, 짐승 가죽을 벗겨 만든 투박한 외투를 입고 얼굴을 대각선으로 가로지르는 큰 상처가 나 있는 나이 든 남자가 천천히 집 쪽으로 걸어오는 게 보였다. 처음 보는 유령이었다. 이 시간대엔 집 근처에 오는 유령들이 거의 없었으니 아는 유령을 잘못 봤을 리도 없다.

그의 모습이 뚜렷해지자, 나는 조금 불안해졌다. 그의 시선은 내 얼굴에 고정되어 있었고 왼손에는 도끼날 모양의 무기를 들고 있었다. 외투 밑으로는 비교적 멀쩡해 보이는 제국군 제복이 보였다. 그는 토착민의 유령이 아니라 토착민 유령에게 빙의된 제국군 장군의 유령이었다.

유령은 설거지대야 앞에서 멈추어 섰다. 그는 겁에 질려 엉덩방아를 찧은 나를 내려다보며 우렁찬 목소리로 외쳤다.

고하라, 마녀는 어디 있느냐!

말투를 들어 보니 그가 어느 시대에서 왔는지 짐작이 갔다. 제2제정기 당시엔 배우가 아닌 사람들도 일상생활에서 저렇게 장엄한 가짜 고어체를 남발했던 것이다. 특히 직업 군인들은.

어떻게 대답한다? 나는 망설였다. 같은 의고체로 되받아 주고 싶은 생각은 꿈에도 없었다. 아니, 어떻게 대답을 해야 할지도 알 수 없었다. 마녀는 여왕인 게 분명했다. 하지만 마녀를 처치하러 여기까지 왔다면 이미 내가 방 안에 흉상을 두고 있다는 걸 알고 있다는 말이다. 그럼 도대체 왜 나에게 마녀가 어디 있느냐고 묻는 거지?

아무래도 질문은 형식에 불과했던 모양이다. 내가 대답을 하지 않자, 그는 아무런 망설임 없이 벽을 뚫고 내 돌집 안으로 들어갔다. 나는 엉덩이에 묻은 흙을 채 털지도 못하고 그를 따라 안으로 들어갔다.

안은 난장판이었다. 전령은 방구석에서 웅크리고 앉아 울고 있었고 대장은 가슴에 큰 상처를 입은 채 바닥에 쓰러져 신음하고 있었다. 상처에서는 검은색 피가 흘러나오고 있었지만, 진짜 피는 아니었다. 피는 그의 상처와 마찬가지로 허상이었다. 대장은 자기 역할에 지나치게 몰입해 있는 배우와 같았다.

오로지 호위병만이 불청객과 맞서 싸우고 있었다. 그들의 대결은 잔인했고 공허했으며 비논리적이었다. 호위병의 칼과 불청객의 도끼날은 충돌하기도 했고 그림자처럼 그냥 통과하기도 했다. 가끔 팔이나 다리가 잘려 나갔고 곳곳에 피가 튀었지만 계속 싸우다 보면 떨어져 나간 부분은 다시 돋아나 있었고 피도 은근슬쩍 사라져 버렸다. 인과율과 물리학을 지키며 싸우기엔 그들의 열망과 동기가 너무 강했다.

두려움은 곧 사라졌고 잠시 구경하는 재미도 있었지만, 언제까지나 이 싸움을 내버려 둘 수는 없었다. 호위병은 여왕을 위해서라면 영원히 싸울 것이고, 불청객도 여왕을 끝장내기 전까지는 자기 발로 나가지 않을 게 뻔했다. 내가 나서서 뭔가를 해야 했다.

나는 불청객의 내면을 관찰했다. 그의 머릿속을 읽는 건 어렵지 않았다. 호위병과 싸우느라 정신이 팔려 있어서 내 시선을 막을 만한 방어막이 거의 존재하지 않았던 것이다. 온전한 모습으로 돌아다니는 다른 유령들과 마찬가지로 그의 정신 구조는 비교적 단순했다. 하지만 그에겐 다른 유령들이 가지고 있지 않은 치명적인 단점이 하나 있었다. 그는 단일체가 아니었다. 죽은 뒤에도 그는 살아 있을 때부터 그에게 기생하고 있던 다른 영혼의 조종을 받고 있었다. 그나 그 다른 영혼이나, 처음부터 진짜가 아니라는 점에서는 특별히 다를 것도 없었지만.

작전을 짠 나는 호위병과 불청객 사이로 뛰어들어 갔다. 호위병은 뒤로 물러났고 불청객은 나에게 도끼날을 휘둘러 댔다. 도끼날이 내 몸을 통과할 뿐이라는 걸 알아차린 그는 내 몸을 뚫고 호위병과 흉상이 있는 쪽으로 돌진하려 했다. 그 순간 나는 내 손의 허상을 길게 연장시켜 그의 가슴을 밀었다. 불청객은 균형을 잃고 뒤로 넘어졌다. 이제 그의 공허한 육체를 지배하는 인과율과 물리학은 내 손 안에 있었다.

그가 넘어진 채 발버둥 치는 동안 나는 그의 머리 옆에 무릎을 꿇고 앉았다. 나는 그에게 미소를 지어 보이고 그의 머릿속에 손을 쑤셔 넣었다. 내가 실제로 한 일은 그의 머리가 있어야 하는 허공에 손을 가져간 것뿐이지만 그는 마치 내가 실제로 머리를 부수기라도 한 것처럼 고통스러운 비명을 질러 댔다. 나는 손가락을 휘저으며 그의 머릿속에서 무언가를 끄집어내는 시늉을 해 보였다. 불청객이 정말로 내 행동을 믿었던 모양인지 그의 두개골에서 빠져나온 내 손에는 하얗고 잘 늘어지는 무언가가 잡혀 있었다. 작고 사악한 빨간 두 눈과 길고 날카로운 이빨이 달린 동그란 입을 제외하면 밀가루반죽처럼 보였다. 그 꿈틀거리는 괴물이 머리에서 빠져 나오자, 나는 입김을 불어 그 괴물을 날려 버렸다. 내 입김이 닿는 순간 괴물의 몸은 하얀 재처럼 부서져 공기 속으로 사라졌다.

불청객은 이제 진정한 모양이다. 바로 얼마 전까지만 해도 그를 지배하고 있던 분노는 사라지고 없었다. 이제 그는 지치고 어리둥절해 보였다. 그는 비척거리며 일어나려 했지만 그의 손은 땅을 지탱하는 대신 땅을 뚫고 안으로 들어가 버렸다. 나는 그에게 다가가 손을 내밀었다. 그는 내 손을 잡고 상체를 일으켜 방바닥에 앉았다. 호위병이 다가와 그를 칼로 찌르려 했지만 내가 말렸다.

유감스럽게도 그는 나에게 새로운 정보를 제공해 줄 수 있을 만큼 오래 버티지 못했다. 토착민의 유령을 잘라내고 남은 부분은 회로를 형성할 수 있을 만큼 온전하지 못했다. 그가 토착민의 유령이 아닌 제국군 장군으로서 생각하려 하는 순간 붕괴가 찾아왔다. 기반이 반쯤 무너진 그의 정신과 육체는 톱니바퀴가 떨어져 나간 시계처럼 삐걱거렸고 결국 자잘한 조각으로 부서져 증발해 버렸다.

5

배를 만드는 건 쉬웠다. 대장은 통로에 쌓인 단열재 판들을 해변으로 가져와 크기가 다른 길쭉한 고리 모양으로 자른 뒤 접착제를 발라 차곡차곡 쌓았다. 구멍 없는 가는 판들을 맨 위에 붙여 바닥을 만들자, 그는 열선총으로 울퉁불퉁한 가장자리를 다듬고 표면에 방수막을 붙였다. 그가 배를 다듬는 동안, 나는 동력기의 구동축에 달 나선날개를 찾아 통로 안을 뒤졌다.

우리는 완성된 배를 뒤집어 바다에 띄웠다. 띄워놓고 보니 지나치게 가벼워 밑돌을 몇 개 바닥에 깔아야 했다. 괜찮은 배였다. 단열재는 그렇게까지 단단한 재료가 아니었지만 접착제와 방수막이 덧붙여지자 상당한 강도가 추가되었다.

마무리 작업을 하는 대장을 해변에 남겨두고 나는 집으로 돌아왔다. 도시는 그렇게까지 멀리 떨어져 있지 않았지만 그래도 나는 사흘 정도는 여유를 두고 싶었다.

나는 상자를 하나 꺼내 침낭으로 쓸 외투 두 벌과 지금까지 만든 과자들, 정수기, 금속 그릇, 여벌 속옷, 여벌 신발, 양말 세 짝, 세면기, 작살총, 정보처리기, 쌍안경을 담았다.

저녁 시간 동안 나는 대장과 전령의 머릿속에 담긴 정보들을 뒤지면서 지도를 만들었다. 정확한 지도를 그리는 건 불가능했다. 이들의 기억은 흐릿했고 해안선의 모양도 그 뒤로 심하게 바뀌었던 것이다. 그러나 그들은 모두 도시가 서쪽으로 길게 늘어진 반도의 끝에 있다는 사실과 도시로 이어지는 몇몇 길들을 기억하고 있었다. 나로서는 그 길들 중 하나만이라도 온전하게 남아 있길 바랄 뿐이었다.

다음 날, 우리는 항해에 나섰다. 선원은 나와 대장, 전령까지 셋이었다. 호위병은 여왕과 함께 남았다. 집을 떠나기 전에 나는 통로에서 발견한 큰 자물쇠를 문에 채웠다. 쓸데없는 짓이었지만 그래도 그게 맘이 편했다.

전령 때문에 자리 배치가 조금 어려웠다. 그는 아직도 자기가 무게 없는 유령이라 배의 무게 중심을 잡는 데 어떤 영향도 행사할 수 없다는 사실을 받아들이지 못했다. 항해 내내 그는 새파랗게 얼굴이 질린 채 상자 위에 어색하게 앉아 있었다. 나는 그가 바다에 떨어지면 어떻게 될까 궁금했다. 그냥 가라앉을까, 아무 일도 안 일어난 것처럼 배로 돌아올까, 헤엄쳐서 따라올까, 아니면 오래 전에 이름이 잊힌 전설의 예언자처럼 물 위를 걸을까? 난 진짜로 그게 걱정됐다. 이곳의 바다엔 살아 있는 물고기들보다 유령 물고기들이 더 많았다. 그들은 나를 해칠 수 없었지만 전령은 사정이 달랐다.

우리는 해안선을 따라 서쪽으로 돌았다. 한 시간쯤 뒤에 우리는 해협에 도착했다. 해협은 예상외로 얕아서 교각 사이에 무너진 다리의 일부가 해면 위로 노출되어 있었다. 교각들 위에는 새

둥지처럼 보이는 둥근 물체들이 붙어 있었는데, 아무래도 가끔 해변에 목격되는 연처럼 생긴 날짐승이 만든 것 같았다. 전령은 마치 유령이라도 본 것처럼 멍한 표정으로 교각들을 올려다보았다. 예상대로 그 다리는 조난자들이 만든 것이었다. 토착민들에게 일 리가 넘는 길이의 대교를 만들 수 있는 기술이 있었을 리가 없다.

우리는 반도의 해안선을 따라 북쪽으로 올라갔다. 산 위에 있는 도시는 여전히 구별하기 어려웠다. 헐벗은 나무 사이로 성벽이 보였고 아직 무너지지 않고 버티고 있는 첨탑들도 드문드문 보였다. 하지만 올라가지 않으면 도시의 온전한 모습을 감상하기는 불가능했다.

마침내 우리는 도시로 이어진 돌계단을 발견했다. 지도에 그려진 다섯 개의 통로들 중 하나였다. 우리는 배를 해변으로 끌어내고 상자를 꺼냈다. 나는 상자의 물건들을 가방 두 개에 나누어 담아 큰 건 대장에게 주고 작은 건 내가 짊어졌다.

우리는 전령의 길안내를 받아 계단으로 올라갔다. 계단은 좁았고 군데군데 무너져 있었으며 눈 때문에 미끄러웠지만 올라갈 만했다. 오히려 가장 힘들어하는 건 나와 대장이 아니라 물리적인 육체가 없는 전령이었다. 그는 그동안 흐른 몇천 년의 세월이 그의 도시를 이렇게 파괴했다는 사실을 믿을 수 없는 모양이었다. 그는 올라가면서 울먹이고 징징거리고 토착어로 뭐라고 계속 중얼거렸다.

무너진 성문 앞에 도착하자, 우린 이 도시의 온전한 모습을 파악할 수 있었다. 도시는 가운데가 볼록하게 솟아오른 원형이었다. 중심에는 반구형의 지붕을 짊어진 원통형의 교회 비슷한 큰 건물이 서 있었고 그 주변에는 단층 건물들의 폐허가 방사형으로 펼쳐져 있었다.

성문 앞의 길은 넓고 곧았지만 그 길은 중앙 건물까지 이어지지 않았다. 중앙 건물은 자잘한 집들과 꼬불꼬불한 골목길들로 구성된 미로가 둘러싸고 있었다. 집들은 창문과 문이 모두 한쪽으로만 나 있어서 뒷문이나 다른 창문을 통해 미로를 돌파할 수도 없어 보였다.

다행히도 전령은 그 미로의 구조를 기억하고 있었다. 도시 안으로 들어온 뒤 말없이 나와 대장의 뒤를 따르던 그는 머뭇거리는 우리를 지나 미로 안으로 들어갔다. 우리는 그의 뒤를 따랐다. 길이 꺾어질 때마다 나는 정보처리기에 그 위치를 기록했다.

미로 곳곳에서 유령들의 존재가 감지되었지만 보이지는 않았다. 모두 건물 안에 숨어 있는 게 분명했다. 우리가 출구를 향해 걸어가는 동안 자잘한 소음이 파도처럼 우리 뒤를 따랐다. 나는 뒤돌아보지 않았다. 알아차린 척하는 것에도 때가 있다.

이십 분 뒤, 우리는 건물이 서 있는 작은 광장에 도착했다. 우리는 광장을 가로질러 건물 안으로 들어갔다. 처음 보았을 때 나는 그곳이 교회나 시청이라고 생각했지만 안으로 들어가 보니 저택에 더 가까웠다. 그곳은 공공건물이 아니라 권력과 부를 모두 갖춘 누군가의 사택이었다.

건물이 수천 년의 세월을 견디고 지금까지 온전한 상태로 남을 수 있었던 건 구조적 이점 때문이기도 했지만 여러 세대에 걸쳐 꾸준한 수선이 이루어졌기 때문이기도 했다. 이곳에 떨어진 조난자들은 모두 이 건물에 눈독을 들였던 모양이다. 건물 내부는 몇 천 년에 걸친 파괴와 보수의 흔적을 모두 담고 있었다. 그동안 엄청나게 많은 일들이 이곳에서 일어났던 것이다.

과거의 역사와는 상관없이 나는 이곳이 좋았다. 내가 지금까지 머물던 초라한 섬과는 달리 이곳은 문명의 냄새가 났다. 사람들은 없었지만, 나에겐 온전한 상태로 서 있는 커다란 건물이라는 것만으로도 충분했다. 물론 나는 여기에 그냥 머물 생각은 없었다. 창문들은 대부분 깨져 있었고 구멍들을 다 막는다고 해도 외풍은 여전할 터였다. 물과 식량을 구하기도 쉽지 않을 것이며 우주선들이 떠 있는 바다에 접근하기도 어렵다. 지금 상태에서 이곳은 빛 좋은 개살구에 불과했다.

그렇다면 조난자들은 왜 여기까지 오기 위해 그렇게 기를 썼던 걸까? 그들은 왜 통로를 뚫고 다리를 세웠던 걸까? 여기에 뭔가가 있었나? 있었다면 그건 도대체 뭐였지?

전령은 저택에 대해 뭔가 알고 있는 것 같았다. 현관 옆에 서서 건물 안을 방방 뛰어다니는 나를 쳐다보는 표정만 봐도 알 수 있었다. 나처럼 미천한 것들은 결코 이 안에서 이렇게 뛰어 다녀서는 안 되었다. 아마 처음부터 들어올 수 없는 곳이었는지도 모른다.

저택 앞에서 머뭇거리는 전령을 남겨 두고, 나와 대장은 저택 안을 탐사했다. 보다 정확히 말하면 탐사한 건 나였고 대장은 그냥 짐을 짊어지고 따라오기만 했다.

일층과 이층은 보물창고였다. 먼지를 뒤집어 쓴 채 차곡차곡 쌓여 있는 상자들 안에는 아직도 멀쩡하게 작동하는 무기들과 기타 장비들이 들어 있었다. 그중 가장 근사했던 건 상표도 떼지 않은 위생 변기들이었다. 나는 배를 하나 더 만들어서라도 그것들을 집으로 가져가야겠다고 결심했다. 유감스럽게도 서류는 거의 없었다. 무슨 일이 생겨 다 태워 버린 모양인지 상자와 상자 사이엔 타 버린 종잇조각들이 가끔 발견되었다.

삼층과 사층은 주로 침실로 사용된 듯했다. 낡아빠진 침구들이 뒹굴고 있었는데, 상태는 그렇게 좋지 못했다. 이 행성에서 얻은 재료로 직접 만들었는지 벌레가 먹어 부스러지기 직전이었고 들짐승들이 물어뜯은 흔적들도 군데군데 보였다.

마지막 오층에는 오래 전에 작동이 중지된 뱀 모양의 길쭉한 기계가 복도를 따라 설치되어 있었다. 본체에서 삐져나온 나팔 모양의 장치들이 열린 창문 밖으로 입을 내밀고 있었다. 낡아빠진 기계였지만 아직도 연결되어 있는 도관들로 정체를 알 수 있었다. 공기 중의 수분을 모아 물을 만드는 장치였다.

특별한 건 없었다. 하지만 그건 올라오기 전에도 알고 있었다. 수십 년 묵은 희미한 폭력의 흔적들을 제외하면 저택은 그냥 조용하기만 했다. 뭔가 쓸 만한 것이 있다면 지하에 있는 게 분명했다. 아니, 분명 지하에 뭔가가 있다. 저택 안을 돌아다니는 동안, 나는 이곳에 남아 있는 기억의 구조를 읽어낼 수 있었다. 위는 가볍고 아래는 무거웠다. 기억할 만한 중요한 일들은 언제나 밑에서 일어났다.

문제는 지하실로 내려가는 입구를 찾을 수 없다는 거였다. 공식적인 입구는 돌 더미로 막혀 있었다. 분명 다른 통로가 건물 안에 있을 것 같았지만 나로서는 찾을 수 없었다. 대장에게 물어봤지만 그도 여기에 대해서는 아는 게 별로 없었다.

나는 일층 바닥에 주저앉아 아직도 현관 앞에 서 있는 전령의 겁에 질린 얼굴을 올려다 보았다. 그는 분명 뭔가 알고 있었다. 하지만 그의 언어를 이해하지 못하는 한, 내가 읽을 수 있는 건 의미를 알 수 없는 흐릿한 그림자들뿐이었다.

통역이 필요해. 하지만 어디서 찾아야 할까? 이 도시에서 얼마나 많은 사람들이 죽었고 얼마나 많은 흔적들이 남아 있을까? 왜 난 이곳에서 시계 장치처럼 과거의 일을 반복하는 유령들을 찾을 수 없는 걸까? 해변과는 달리, 이곳엔 시간의 고리를 꾸준히 끊어주는 무언가가 있었다. 도대체 그게 뭐지?

추가 정보 없이 머리만 굴린다고 답이 나오지는 않았다. 나는 포기하고 자리에서 일어났다. 할 일은 많았다. 물건들의 목록을 작성하고, 돌아오는 길에 가져와야 할 물건들을 골라내야 했다. 지금은 눈을 녹여 식수로 쓸 수 있었지만 다른 때를 대비해 물 만드는 기계를 수리할 수 있는지도 알아 봐야 했다.

상자들을 정리하는 동안 나는 열선총 밑에 깔려 있는 몇 장의 서류들을 발견했다. 부식 방지 처리가 된 종이 위에 인쇄되어 있었고 날짜도 적혀 있었다. 처음 두 장은 표준력으로 꼭 오십이 년 전에 쓰인 편지의 보관용 사본들이었다. 나는 그중 한 장을 꺼내 소리 내어 읽어 보았다.

귀하의 요청에 대해 곰곰이 생각해 보았으나 이번에도 거부할 수밖에 없습니다. 우리의 생존은 폐하의 영생에 비하면 하찮습니다. 우리는 폐하를 통해서만 살아남을 수 있습니다. 죽음에 대한 찰나적인 공포는 모두의 죽음을 앞당길 뿐입니다.

다음 편지에서는 첫 장의 참을성이 조금 무너져 있었다.

귀하의 태도는 용납할 수 없습니다. 귀하의 요청은 폐하의 안녕을 위협합니다. 만약 이번에도 허락 없이 후퇴한다면 나 자신이 직접 귀하를 벌할 것입니다. 궁은 더 이상 비겁자들의 은신처가 될 수 없습니다.

나머지 서류들은 암호로 기록되어 있어 정보처리기의 도움을 빌릴 수밖에 없었다. 정보처리기가 해독한 결과물 역시 아리송하기는 마찬가지였다. 모두 42호라고 지칭되는 특정 집단의 동태에 대한 보고문으로, 그 집단은 반도에서 벗어나 해안 근처에 있는 강을 따라 남쪽으로 내려가려 했던 모양이다. 언제나 보고문은 폐하의 안녕을 위해 그들을 끝까지 추적하겠다는 선언으로 끝났다.

모두 이해할 수 없는 내용이었다. 오십이 년 전이라면, 우리 은하계에서 '폐하'라고 불릴 만한 사람은 단 한 명이었고 그 사람이 평생 동안 한 일은 수도행성의 궁에 머물면서 의미 없는 의례에 참여하는 것이 전부였다. 제1제정기 이후 황제의 존재에 종교적 의미를 부여하는 사람들은 거의 없었다. 적어도 이런 공식 서류를 쓰는 공무원들 중에는 한 명도 없었다. 지금의 제국 신민들에게 황제들과 황족들은 연예인이고 제국이라는 옷자락 끝에 다는 장식물에 불과하다.

그렇다면 그들이 말하는 '폐하'는 여왕이었을까? 그럴 수도 있다. 종이에 인쇄된 '폐하'라는 단어에는 이미 나에게 익숙해진 그 특별한 진동이 묻어 있었다. 하지만 언제부터 그들은 여왕을 '폐하'라고 불렀던 걸까? 서류들은 낡아빠진 유령들의 잔해에 감염된 사람들이 작성한 것치고는 지나치게 멀쩡했다. 내용 자체는 어처구니없었지만 적어도 논리는 서 있었고 형식도 분명했다. 분명 이들을 작성한 사람들은 자기가 무슨 일을 하고 있는지 알고 있었다.

무슨 일인지 기억해? 나는 상자들을 옮기는 대장에게 편지들을 보여주며 말했다. 오십이 년 전 일이라면 당신이 왔을 때도 흔적이 남았을 법한데. 제발 머리 좀 굴려 봐. 살려놨으면 보답을 해야 할 것 아냐.

대장은 대답하지 않았다. 물으면서도 헛수고일 줄 알았다. 그의 머릿속에 남아 있는 의미 있는 정보들은 대부분 교과서가 뇌에 직접 입력한 것뿐이었다. 직접 경험이 남긴 기억들은 모두 진흙탕처럼 흐릿했다.

포기한 나는 그에게 상자 정리를 맡기고 밖으로 나갔다. 전령은 여전히 현관 옆에 어색한 자세로 서 있었다. 내가 다가가도 여전히 그의 시선은 궁 안에 고정되어 있었다.

나는 현관 앞 계단에 앉아 도시와 미로를 내려다보았다. 밖은 벌써 어두웠고 묵직한 저녁 공기가 도시 전체를 누르고 있었다. 도시는 여전히 텅 비어 있었지만 죽은 자들이 내는 찌르륵거리는 소리는 점점 커져 가고 있었다. 풀벌레들이 가득한 밀림 한가운데에 있는 기분이었다.

해가 지자 미로는 조금씩 떨리기 시작했다. 우툴두툴한 폐허의 가장자리에 꿈틀거리는 죽은 자들의 몸이 덧입혀졌다. 처음엔 호기심 어린 표정으로 궁을 올려다보는 머리들뿐이었지만 곧 팔과 다리가 덧붙여졌고 온전한 몸이 하나씩 드러났다.

밖은 어두웠지만 유령들을 보는 데 조명은 필요하지 않았다. 내 눈에는 그들의 반투명한 육체가 존재하지 않는 햇빛을 받는 것처럼 보였다. 그들의 몸은 죽기 직전에 받았던 다양한 광량의 햇빛을 담고 있었다. 그 점에 있어서는 해변의 유령들도 마찬가지였지만 시계처럼 같은 시간대에만 움직이는 그들에겐 실제 시간과 육체가 기억하는 시간의 차이는 그렇게 크게 느껴지지 않았다.

그들은 천천히 궁 쪽으로 걸어왔다. 한 서른 명쯤 되어 보였다. 하지만 아직도 더 많은 유령들이 집 안이나 뒤에 숨어 있을 게 뻔했다.

그들의 옷차림은 잡다했다. 두 명 정도는 낡은 제국 군복을 깔끔하게 차려 입고 있었고 몇몇은 비교적 멀끔한 평상복 차림이었다. 나머지 유령들은 내가 전날 보았던 유령 장군처럼 현대복과 토착민의 투박한 갑옷을 겹쳐 입고 있었다. 모두 허리춤에 칼을 차고 있었지만 열선총과 같은 현대 무기를 가지고 있는 유령들은 보이지 않았다. 해변의 유령들처럼, 그들은 모두 남자들이었다. 그들의 발은 눈을 밟고 있었지만 발자국은 나지 않았다.

계단 앞에서 머뭇거리고 있던 그들 중 한 명이 현관을 향해 올라왔다. 그는 숱이 적은 짧은 턱수염을 기른 키 큰 노인이었다. 어차피 자기 이름을 기억하지 못할 게 분명했기 때문에, 나는 머릿속으로 그에게 노을 장군이라는 이름을 붙여 주었다. 그가 제2제정기의 예식 제복 위에 겹쳐 입은 가슴 받이가 희미한 석양의 빛으로 붉게 물들여 있었던 것이다. 그 빛으로 나는 그가 어느 시간대에 죽었는지 짐작할 수 있었다.

누구와 함께 왔느냐, 얘야?

그는 나에게 물었다. 그의 목소리는 낮고 부드러웠고 얼굴은 상냥해 보였다. 나는 그게 그의 원래 성격인지, 아니면 그가 나를 열두 살 소녀로 보고 있기 때문인지 알 수 없었다.

나는 일어났다. 내 키는 열두 살치고도 그렇게 큰 편은 아니었지만 그래도 일어나면 계단 몇 칸 밑에 서 있는 그를 내려다 볼 수 있을 정도는 되었다.

나는 어느 누구의 보호도 받지 않습니다. 나는 대답했다. 나는 내 몸과 마음의 온전한 주인이니 그에 적합한 방식으로 대접하십시오.

휴우, 힘들었다. 조금 투박하긴 했지만 이 정도면 나쁘지 않은 제2제정기식 궁중어다. 적당히 과장되어 있으면서도 논리를 잃고 방황하지도 않았다. 결정적으로 내 의미는 통했다. 장군은 알겠다는 듯 고개를 끄덕이며 한 발짝 뒤로 물러났다. 진정한 제2제정기의 장군답게, 그는 넘어지지 않으면서도 계단에서 맵시 있게 뒷걸음질 치는 방법을 알고 있었다. 나는 고개를 숙여 그에게 간단한 답례를 하고 현관 쪽으로 후퇴했다.

침묵이 흘렀다. 그들은 계단을 오르지도 않았고 나에게 궁을 떠나라고 하지도 않았다. 그들과 나는 말없이 서로를 바라보기만 했다.

과연 이들의 정신은 얼마나 멀쩡할까? 해변의 유령들과는 달리 이들은 고리 속에 갇혀 있는 것 같지 않았다. 그들의 정신 상태는 호위병보다 복잡했고 대장보다 안정되어 있었다. 하지만 이틀 전 내 오두막을 찾아왔던 유령이 이들과 한패라면 그들에게 온전한 정신을 기대하는 건 무리였다. 노을 장군의 행동은 멀쩡해 보였지만 그걸 믿고 안심할 수 없었다. 제2제정기의 궁중 장군들에게 아직도 엄격한 궁중 예절이 몸에 남아 있는 건 대장이 양자 동력기의 수리법을 기억하고 있는 것만큼이나 당연하다. 예절이야말로 그들의 진짜 존재 이유인 것이다.

저들은 모두 감염자다. 토착민 유령들에게 감염된 채 죽었다가 다시 유령으로 살아난 자들인 것이다. 저들이 모두 남자들인 것도 이로써 설명될 수 있었다. 이 행성에서 유령들을 살아남게 만드는 것은 전쟁의 기억이고, 토착민들의 세계에서 군인들은 모두 남자였던 것이다. 유령들에게 제2제정기의 냄새가 물씬한 것도 그 당시의 유행이 토착민들의 야만 문명과 더 잘 어울렸기 때문일까?

허락 없이 여러분의 집을 피난처로 택했습니다. 나는 침묵을 깼다. 날이 어둡고 갈 곳이 없습니다. 지금이라도 이곳에 머물 수 있도록 허락을 받을 수 있겠습니까? 만약 이곳이 여러분에게 소중한 곳이라면 떠나겠습니다.

머무시오. 노을 장군은 미소를 지으며 대답했다. 궁은 이제 빈 껍데기일 뿐, 우리가 지켜야 했던 분은 이미 그곳을 떠났습니다. 편히 쉬시길.

노을 장군은 이제 계단에서 완전히 내려와 있었다. 그와 함께 유령들도 한걸음씩 뒷걸음 쳐 궁에서 멀어져 갔다. 그들의 반투명한 몸은 바람 속의 촛불처럼 흔들리고 있었지만 눈은 못에 박힌 것처럼 내 얼굴에 고정되어 있었다.

불쾌한 생각이 머리를 스친다. 저들은 내가 이 행성에 존재하는 유일한 여자라는 걸 알고 있을까?

셋

1

이제 전령은 우리 말을 한다. 내가 도시 주변을 돌아다니며 바닥에 눌러 붙은 죽은 자들의 기억들을 모아 조립해 그의 머릿속에 넣어 준 덕분이다. 덕택에 그는 그들의 마지막 기억들까지 물려받았고 고통은 배가 되었다. 머릿속에서 그는 끊임없이 칼에 베이고 창에 찔리고 도끼에 머리가 박살나고 익사당하고 교살당했다. 딱하게도 유령들에게 기억하는 것과 경험하는 것은 특별히 다를 게 없다. 대장이 한동안 그랬던 것처럼 전령도 이제 툭하면 비명을 질러 대며 나를 깜짝깜짝 놀라게 했다.

그래도 그는 자기 역할을 한다. 내 주변에 토착어와 표준어를 한꺼번에 구사하는 이는 전령밖에 없다. 도시의 유령들도 토착어를 몰랐다. 그들의 머리 한 구석엔 토착민들의 유령이 기생 유령의 형태로 남아 있었지만 그들은 타자로만 존재했다. 그들의 머릿속에서 토착민들이 토착어로 지껄여도 그들은 그 뜻을 이해하지 못했다. 고리에서 풀려나온 토착민 유령에게 표준어를 가르치는 것이 그나마 가장 손쉬운 방법이었다.

그는 이상적인 통역이 아니다. 그의 머릿속에서 두 언어는 밀접하게 연결되어 있는 대신 그냥 같은 통에 들어 있을 뿐이다. 종종 그는 길이나 산과 같은 간단한 단어를 말할 때에도 그 자리에 멈추어 서서 오래 생각을 해야 한다. 그러는 동안 그는 토착어로 산이라는 단어를 떠올리고 그걸 다시 머릿속의 그림으로 옮긴 뒤 그걸 보고 다시 표준어로 짐작해 발음한다. 그의 표준어 문법은 어색하고 종종 단어를 잘못 이해해 엉뚱한 문장을 만들기도 한다.

그래도 그와 대화를 나누는 데에는 큰 문제가 없다. 정밀한 번역은 그에게서 어휘와 문법을 배운 정보처리기에게 맡기면 되고 나 역시 정보처리기를 통해 토착어를 배우고 있다. 전령의 머릿속으로 들어가 직접 정보를 끌어오면 편하겠지만 그럴 생각은 없다. 유령들의 썩은 정신에 잘못 감염되었다간 무슨 일이 생길지 모른다. 근본주의 일신론자들이나 썩은 생선처럼, 유령들은 거리를 둘수록 좋다.

대장과는 달리 그는 말이 많다. 내가 그의 말을 이해한다는 걸 안 뒤로 그는 끝도 없이 말을 했다. 그가 속해 있던 전쟁과 육체가 사라지자, 그에겐 다른 할 일도 없었다. 끊임없이 그를 자극하는 고통을 잊기 위해서라도 그는 이야기를 해야 했다.

우리 집 사람들은 모두 어부였어, 그는 말했다. 바다로 가서 물고기를 잡고 해초를 모았어. 나만 어부가 아니었어. 다리가 빠른 나는 육지가 더 좋았어. 나는 계속 달리고 달렸어. 도시 사람들이 나를 데리고 갔어. 내 다리가 필요하다고 했어. 전쟁이 있었어. 나는 그 사람들이 준 통을 들고 전쟁터 사이를 달렸어.

도대체 왜 전쟁이 일어난 건데? 내가 물었다.

나, 남쪽 사람들이 쳐들어왔어.

그래, 당연히 '남쪽 사람들'이겠지. 짜증나더라도 고유명사들이 모두 망각된 그들의 세계에 익숙해져야 했다.

그 남쪽 사람들은 왜 쳐들어왔는데?

그분을 데려가려고.

그분은 또 누구야?

그분…… 여왕님…….

또 여왕이었다. 내가 넣어준 찌꺼기 기억에 감염된 것일까? 아니면 여왕은 정말로 둘인가? 도시의 유령들이 떠나신 분이라고 부르는 이는 어느 쪽인가? 내가 지금도 존재를 느낄 수 있는 여왕은 누구인가?

저 사람이야? 나는 흉상을 가리키며 물었다.

몰라.

직접 못 봤어?

그분은 미로 속의 궁에 사셨어.

하지만 너도 궁 안에 들어가는 길을 알고 있잖아. 그런데도 못 만나 봤어?

그분은 아주 높은 곳이나 아주 깊은 곳에 사셨어. 우린 볼 수 없었어.

왜 남쪽 사람들이 여왕을 데려가려 했던 건데?

여왕님이니까.

그의 논리는 명료했지만 내가 만족할 정도는 아니었다. 하지만 그는 나를 설득할 생각이 없었다. 그에게 여왕의 존재는 주변의 공기처럼 당연했기에 억지로 증명할 필요가 없었다. 의미 있고 중요한 것은 그 자신의 경험이었다.

도시에서 나를 불렀어. 그는 말을 이었다. 나에게 통을 주고 섬을 지키는 군대에게 전달하라고 했어. 하지만 남쪽 사람들이 중간에 길을 막고 있었어. 나는 달아났어. 남쪽 사람들이 따라왔어. 나는 그 사람들을 피해 섬을 빙빙 돌았어. 한 바퀴, 두 바퀴, 세 바퀴, 네 바퀴, 다섯 바…….

그래서 전달했어?

잃어버렸어. 동굴 옆을 지나가 바위 틈 사이에 빠뜨렸어. 아무리 꺼내려 해도 꺼낼 수가 없었어. 나는 계속 달아났어. 남쪽 사람들이 나를 잡았어. 나는 그 통이 어디에 있는지 말하지 않았어. 사람들은 나를 때려 죽였어. 이제 기억 나. 잊고 있었어. 오랫동안.

그의 말은 사실이었다. 적어도 통에 대한 이야기는. 나는 다음 날 아침 그가 가리킨 바위틈에서 그가 전달해야 했던 가죽통의 일부를 찾아냈다. 통은 썩어서 반쯤 분해되어 있었고 내용물은 사라지고 없었다. 그가 전달해야 했던 중대한 전언이 무엇인지 영영 알 수 없게 되었다.

나는 통의 잔해를 외투 주머니에 넣고 전령과 함께 해변을 걸었다. 통이 발견되자 전령은 마음이 조금 편해진 것 같았다. 그의 임무는 완수되지 못했지만 그래도 그는 그로서 자기가 할 수 있는 일을 다한 것이다.

너는 왜 여기에 왔어? 그가 물었다.

우주선이 추락했어. 다른 사람들처럼.

그는 고개를 갸웃했다. 토착어에는 우주선에 대응하는 단어가 없었던 것이다. 나는 한숨을 내쉬고 단어의 뜻을 설명해 주어야 했다. 우주선이란 별들 사이를 나는 배야. 이곳 바다 위에는 근처를 지나가는 배들을 소용돌이처럼 빨아들이는 문이 있어.

어디 가는 중이었어?

나도 몰라. 아마 보건성의 연구시설이 있는 도시였겠지. 난 잡혀 가는 중이었어.

누구한테?

제국의 관리들에게. 첩보원들, 보건성 관리들, 외무성 직원들…….

왜?

그 사람들은 나 같은 사람들을 무서워했어.

눈 때문에?

글쎄, 내 눈 모양이 조금 다르긴 하지. 하지만 그건 징표일 뿐

진짜 이유는 아니었어. 나와 같은 사람들에겐 몇 가지 특별한 능력이 있었는데, 그 사람들은 그걸 이해하지 못했고 두려워했어.

어떤 능력?

나는 다른 사람들의 머릿속을 들여다볼 수 있어. 그냥 상대방이 무슨 생각을 하고 있는지 알아내는 정도가 아니라 그 사람 머릿속에 들어 있는 정보들을 송두리째 빨아들일 수 있는 거야. 내가 원하지 않아도 그래. 지하철역에 가만히 서 있어도 열차가 통과하는 동안 수천 명의 생각들이 내 머릿속을 뚫고 지나가. 아무리 방어막을 쳐도 소용이 없어.

그 때문에 나는 그만큼이나 많은 것들을 잊어버리기도 해. 그동안 빨아들인 정보들이 원래 가지고 있던 기억을 밀어내는 거야. 나는 더 이상 내 이름도, 고향도, 나이도 기억하지 못해. 내 몸은 열두 살 정도처럼 보이지. 하지만 정말 그런지 어떻게 알아? 나는 열두 살일 수도 있고 수백 살일 수도 있어. 내가 그동안 어떻게 살았는지 난 정말 몰라. 몇 개월의 기억을 온전하게 쌓는 것도 여기 와서야 가능했어.

아마 난 그밖에 다른 일을 할 수도 있을 거야. 너를 고리에서 탈출시키는 일과 같은 것들 말이지. 나도 내가 무슨 일을 더 할 수 있는지 잘 몰라. 계속 잊어버리고 계속 다시 기억을 되살리고 그러지.

전령은 혼란스러워 했다. 내가 들려준 이야기는 그의 지식으로는 결코 이해할 수 없는 것이었다. 그는 지하철이나 역, 제국, 보건성이 무엇인지 몰랐다. 하지만 나는 그에게 내 이야기를 들려주면서 별도로 내 이야기의 의미를 그의 머릿속에 불어넣었다. 그는 내 이야기 속에 들어 있는 단어들과 개념들을 반 이상 놓치면서도 내 이야기를 모두 이해했다. 그러는 동안 땅 밑의 굴 안을 달리는 긴 수레들과, 인간들이 바글바글한 수천 개의 행성들, 억겁의 진공 속에 묻혀 그 모든 세계를 연결시켜 주는 거대한 통로들의 영상이 그의 머릿속에 들어갔고 그는 겁에 질렸다.

입구 앞에 주저앉은 그를 내버려 두고 나는 동굴 안으로 돌아갔다. 세 명의 산송장들이 바다 밑에서 가져온 우주선 부품들을 대장이 지시한 곳에 쌓고 있었다. 이제 동굴은 고물상의 창고 비슷한 모습으로 변해 가고 있었다.

도시에서 돌아온 뒤로 나는 열두 구의 시체들을 살려냈다. 대장만큼 정교하게 만들어진 존재들은 아니었다. 나는 일부러 그들의 정신을 단순하게 만들었다. 말귀를 알아듣고 시키는 대로 움직이는 것만으로 족했다. 육체적으로 위협이 될 수도 있는 존재들을 지나치게 영리하게 만드는 건 어리석은 일이다. 나도 맨 처음엔 두뇌 구실을 할 존재들을 추가할 계획이었지만 상태가 좋은 정보처리기들을 발견한 뒤로 계획을 바꾸었다.

대장과 내가 만드는 건 항성간 우주선이 아니었다. 아직 이런 식의 조립품이 얼마나 안전한지 확신할 수 없으면서 쓸데없이 야심을 크게 잡을 필요는 없었다. 우리가 만드는 건 비행기였다. 이게 제대로 작동한다면 별의 문이 있는 궤도까지 올라갈 수 있는 왕복선을 만들고 그다음에 항성간 우주선을 만들어 볼 계획이었다.

비행기이건 왕복선이건 항성간 우주선이건 원리는 같다. 다른 것이 있다면 내구성과 조종 방식의 차이이다. 말이 항성간 우주선이지, 이것이 정말로 별과 별 사이의 빈 공간을 자기 힘으로 누비는 건 아니다. 항성간 우주선은 겨울 유원지의 얼음썰매에 가깝다. 우주선은 자체의 힘으로 나는 대신 별의 길이 만들어 내는 비틀린 중력에 끌려 미끄러진다.

대장은 비행기의 조향장치를 손보고 있었다. 손수 만든 지렛대들을 이어 조립한 원시적인 것이었지만 더 복잡해야 할 이유도 없었다. 반중력 비행기의 구조는 유체역학을 고려해야 하는 고전 비행기보다 오히려 간단하고 조종도 쉽다. 조종사가 둘이라면 조향장치도 필요 없다. 한 사람이 바깥을 보는 동안 다른 사람이 중력 통제기를 손으로 직접 움직여도 되는 것이다.

나는 동굴 구석에 놓인 중계기 앞의 의자에 앉았다. 산 위에 설치된 통신기는 지금 계속 별의 문과 접촉을 시도하고 있었지만 문은 언제나처럼 묵묵부답이었다. 별의 길을 만든 고대 문명의 입장에서 보면 이곳은 분명 금지지역이었다. 유령들이 살아남을 수 있는 조건이 너무 좋아서 그런가? 그렇다면 왜 드문드문 문을 열어 희생자들을 빨아들이는 걸까? 이 행성엔 대답할 수 없는 질문이 너무 많았다.

별의 문이 열렸을 때 내가 깨어 있었다면 좋았을 텐데. 유감스럽게도 유령들 중 당시의 일을 정확하게 기억하는 이는 하나도 없었다. 그런 사소한 일들은 잊는 게 당연하다. 그들에게 가장 중요한 건 여왕과 여왕의 안전이었다.

도시의 유령들은 몇십 년째 여왕 없이 보냈다. 여왕을 찾으러 남쪽으로 내려가지도 않았으니 42호라는 무리의 유령들이 유령 여왕을 납치한 게 아닐 수도 있다. 그렇다면 여왕은 스스로 그들을 떠난 걸까? 아니면 유령으로서도 죽은 걸까? 유감스럽게도 도시의 유령들은 거기에 대해서도 답변을 하지 못했다. 숨기는 게 아니라 그들은 그냥 몰랐다. 그들은 여왕이 사라졌다는 사실을 그냥 받아들이고 그 남은 체취와 기억을 보존하는 것으로 만족하고 있었다. 그들의 머릿속을 들여다봐도 특별히 대단한 건 나오지 않았다. 유령들은 감추는 게 없었다.

내가 찰흙으로 얼굴 윗부분을 복원한 여왕의 두상을 보여주었을 때 그들이 보여주었던 반응은 대단했다. 그때까지만 해도 비교적 예절을 차리는 살아 있는 인간들처럼 행동하던 그들은 갑자기 찌르륵거리는 벌레 소리를 내면서 내 주변으로 몰려들었다. 얼마 전까지만 해도 나름 인간적인 표정을 유지하고 있던 얼굴들은 단체로 멍해졌고 몇 명은 심지어 입맛까지 다셨다. 겁이 난 나는 두상을 주머니에 넣고 궁으로 후퇴했다. 다행히도 그들은 궁까지 따라오지는 않았다.

다음 날 저녁, 노을 장군과 부하들이 다시 궁을 찾았다. 장군은 별의 문을 열고 이 행성에서 탈출하려는 나의 계획을 돕겠다고 했다. 하는 말의 내용만 따진다면, 그들은 비교적 이성적이었다. 하지만 그들의 시선은 내 얼굴이 아닌 외투 주머니에 고정되어 있었고 가끔 사냥감을 노리는 지옥개처럼 으르렁거렸다.

차라리 저들에게 두상을 줘 버릴까? 한동안 난 정말 그런 생각도 해 봤다. 하지만 모래알 하나도 자기 손으로 줍지 못하는 허상뿐인 그들에게 내가 공들여 복원한 두상을 넘겨줄 생각은 없었다. 그들에게 내 두상을 넘겨준 뒤 일어날지도 모르는 불상사에 책임을 질 생각 역시 없었다.

그러나 내가 두상을 가지고 마을로 돌아간다고 해서 모든 일이 해결되는 건 아니었다. 전에 우리 집을 기습했던 유령은 분명 42호 출신이었다. 그 숫자가 무엇을 의미하건, 그들이 여왕을 긍정적으로 생각하고 있지 않다는 건 분명했다. 다른 유령들이 섬을 기습하는 것은 시간문제였다. 그들이 나를 죽이지는 못할 것이다. 하지만 매번 42호 유령들을 상대하는 건 귀찮은 일이었고 전령과 대장도 걱정됐다.

나는 도시의 유령들을 이용하기로 결정했다. 조각난 기억들을 모아 전령에게 이식한 뒤, 나는 노을 장군을 내 집으로 초대했다. 그는 한참 망설이다 내 제안을 받아들였다.

그를 데려오는 것은 예상외로 쉬웠다. 전령과는 달리 도시의 유령들은 자신이 유령이라는 것을 어느 정도 인식하고 있었고 늘 물리법칙을 따르는 척하지도 않았다. 우리가 궁에서 챙긴 물건들을 싣고 섬으로 돌아오는 동안 노을 장군과 그의 부하 둘은 우리가 탄 배를 따라 물 위를 걸어왔다. 하긴 전에 우리 집에 왔던 42호 유령도 배를 타고 온 건 아니었다.

그들은 섬에 도착하기도 전에 여왕의 존재를 알아차렸다. 여왕의 진동이 느껴지자마자 그들의 몸은 사시나무처럼 떨렸고 눈은 붉어졌다. 장군은 뭔가 나에게 말을 하려 했지만 목청을 울리는 찌르륵거리는 소리가 그 말을 가로막았다. 심지어 그들 중 한 명은 물에 빠지기까지 했다. 그렇다고 그가 익사한 건 아니었지만. 나중에 배에서 내리고 보니 그는 물방울 하나 안 묻은 몸으로 바다 밑에서 걸어 나오고 있었다.

그에 비하면 흉상을 본 뒤 그들이 보여준 행동은 오히려 차분하고 침착했다. 그들은 흉상이 다시 온전한 모습으로 발견되어 내 집에 모셔진 것에 흥분했고 만족해했지만 내가 걱정했던 것처럼 미친 짐승같이 날뛰지는 않았다. 그 침착함이 걱정되어 나는 다시 그들의 마음속을 들여다보았지만, 역시 그들은 숨기는 게 없었다. 그들은 그냥 주어진 조건에 기계적으로 반응하고 있을 뿐이었다. 당시로서는 이유는 알 수 없었지만 그들에겐 여왕이 어딘가에 있다는 막연한 인상이 여왕의 흉상 자체가 준 인상보다 더 강했다.

내가 입을 떼기도 전에 장군은 엄숙한 어조로 사악한 42호 무리로부터 폐하를 지키겠다고 선언했다. 그는 부하들을 남겨놓고 도시로 돌아갔고 하루도 지나지 않아 이백 명이 넘는 유령들이 섬으로 몰려왔다. 해변과 집 주변, 통로에 보초병들이 세워졌다.

남은 유령들은 빈 집을 찾아다니며 자기 자리를 찾았다. 도시의 유령들이 한 명도 빠짐없이 모두 섬으로 몰려온 것이다.

나는 도시의 유령들이 토박이인 섬의 유령들을 어떻게 대할지 궁금했다. 무시할까? 아니면 적극적으로 대항해 몰아낼까?

답은 중간 정도였다. 도시의 유령들은 섬의 토착민 유령들이 시계처럼 과거의 기억을 반복하고 있을 때는 무시했다. 하지만 그들이 조금이라도 이전의 습관에서 벗어나면 바보스러울 정도로 겁에 질리거나 반대로 난폭하게 공격했다. 어느 쪽이건 의미 있는 충돌이 일어나는 일은 거의 없었다. 전에 우리 집에 찾아왔던 42호 장군과 호위병의 대결 때와는 달리 그들의 몸과 무기는 그림자처럼 상대방의 몸을 통과했다. 흥분이 가라앉으면 그들은 다시 담담해졌다.

그러는 동안 가끔 그들은 빙의과정을 기억해 냈다. 지금 동굴 앞을 지키고 있는 보초병이 그랬다. 처음에는 밤에 꿈을 꾸었습니다, 그가 말했다. 도시를 수호하기 위해 싸우는 병사들의 꿈을 꾸었습니다. 하지만 시간이 흐르면서 꿈이 짙어지고 우린 깨어 있을 때도 꿈을 보았습니다. 그렇다면 그는 빙의되기 전의 현실과 토착민 유령들이 집어넣은 망상을 구별할 수 있을까? 그건 아니었다. 빙의된 것은 빙의된 것이고 그가 여왕을 수호하고 42호 무리를 증오하는 건 별개의 일이었다. 유령들에게 치밀한 논리를 기대해서는 안 된다. 그들을 통제하는 것은 주체적인 사고가 아니라 습관이다. 마음만 먹는다면 나는 그의 머릿속에서 기생하는 토착민의 유령을 쫓아 줄 수 있었다. 하지만 그는 42호 장군과는 달리 자기 머릿속의 유령과 비교적 편하게 공생하고 있었다. 그는 토착민 유령이 남긴 기억과 정체성의 일부를 물려받고 있었다. 현대 과학문명에 대한 지식은 거의 잃어버렸지만, 여전히 자신을 은하제국의 시민으로 여겼다. 그가 창문 밖에 서서 황실의 근친상간 소문을 다룬 천박한 유행가를 흥얼거릴 때는 내가 어디에 있는지 헛갈릴 정도였다.

그 노래는 친근하기도 했지만 불쾌하기도 했다. 나는 그 소문과 연결된 두 형제 모두의 기억을 가지고 있다. 자기 이름도 기억하지 못하는 주제에 왜 그런 걸 아직까지 머릿속에 담고 있는지 알다가도 모를 일이다. 하여간 나는 그 노래가 얼마나 사실과 다른지 알고 있다. 나는 형이 동생을 오 년 동안이나 강간해 왔다는 걸 알고 있고 그를 죽음으로 이끈 낙마 사고가 동생에게 매수된 황실의 심리 조종사에 의해 유도된 것이라는 사실도 안다. 나는 강간범인 형이 느꼈던 일방적인 쾌락과 피해자인 동생이 느꼈던 분노와 공포의 기억을 모두 떠올릴 수 있다. 귀찮고 짜증나는 일이다. 담거나 버릴 기억을 의식적으로 골라낼 수 없다는 것은.

2

내 육체는 열두 살이다. 아니면 열 살이나 열한 살인가? 나도 모르겠다. 나는 열 살짜리에 더 어울리는 작은 체격을 가지고 있지만 얼굴은 그보다 조금 더 나이 들어 보인다. 사람들은 대부분 나를 조금 어려 보이는 열두 살 정도로 받아들이고 나는 그들의 착각을 부정하지 않는다.

나는 내가 꽤 예쁜 편이라는 걸 안다. 얇은 입술이 조금 얄미워 보이고 노랗고 동공이 길쭉한 눈동자는 흑갈색 눈비늘로 덮어 감추어야 하지만, 전체적인 균형은 적절하고 아이다운 호소력도 있다. 나는 지금까지 정성껏 내 외모를 다듬었고 그걸 적극적으로 활용해 왔다. 항성간 여행을 위해서는 성인 보호자가 필요하고 나는 늘 세뇌 과정을 통해 그들을 얻는다. 그들의 마음속으로 들어가기 위해서는 일단 그들의 의심을 제거하고 무장해제를 시켜야 하는데, 그러기 위해선 길 잃은 어린아이처럼 구는 것만큼 좋은 방법은 없다. 네 엄마는 어디 있니? 불쌍하고 예쁜 어린 것.

한심하게도 나는 내 어린 시절을 전혀 기억하지 못한다. 어린아이처럼 행동하는 방법에 대해서는 진짜 아이들보다 더 많이 알지만 그건 모두 어른들의 머릿속에서 그들의 기대를 읽고 연구했기 때문이다. 내 머릿속에 들어 있는 것들은 대부분 어른들의 기억이다.

내가 체험하고 기억하는 세상은 폭력적이고 강렬하다. 진부한 일상에 대한 가벼운 기억들은 중성미자처럼 내 머리를 뚫고 지나간다. 머릿속에 들어와 밀려나지 않고 남는 것들은 학교나 기관에서 이식한 영구 지식이거나 어둡고 비극적인 개인사들이다. 나에게 고통과 두려움의 기억보다 강렬한 행복의 기억을 남겨주는 사람은 거의 없었다.

나는 이 은하계에서 벌어진 수많은 학살과 고문들을 피해자와 가해자 모두의 입장에서 기억한다. 나는 은행원의 공금횡령과 바람난 남편의 죄책감처럼 작은 죄악들도 마찬가지로 기억한다. 중요한 건 죄의 무게가 아니라 그 죄가 불러일으키는 고통의 정도이다. 직업적인 학살자들은 수십만 명을 죽이고도 공금을 횡령한 말단 은행원만큼의 죄의식도 느끼지 못한다.

그 때문인지, 나에게 기억을 보내온 사람들은 피해자들 쪽이 월등히 많다. 종종 그들은 죽어 가며 그들의 마지막 체험을 나에게 전송한다. 마치 익명의 유언이라도 남기는 것처럼. 내 머릿속에서 나는 수천 번 이상 죽었다. 나는 죽음 자체는 두렵지 않다. 나는 그 이후 찾아오는 텅 빈 평안함이 무엇인지 안다. 내가 두려운 건 그 직전에 겪어야 하는 육체적 고통이다.

나는 될 수 있는 한 그들의 기억을 내 것으로 만들지 않으려 노력한다. 내 육체는 여기서 어느 정도 도움이 된다. 그들의 기억 속에서 체험하는 어른의 육체와 내가 물리적인 세계에서 누리는 어린아이의 육체 사이에는 부정할 수 없는 간격이 있다. 하지만 그 고통 받는 사람이 나와 비슷한 육체를 가진 어린 여자아이라면? 난 방어할 겨를 없이 그 아이의 고통 속에 빠지고 문자 그대로 미쳐 버린다.

이 년 전에도 나는 미쳐 있었다. 내 머릿속은 반란군의 폭격으로 불타 버린 근처 고아원 아이들의 절규로 가득했다. 내 살갗은 그들과 함께 불탔고 폐는 존재하지도 않는 연기로 가득 차 숨을 쉴 수 없었다. 내 정체는 그 순간 발각되었다. 내가 비명을 지르며 시장바닥을 구르는 동안 내가 겪는 고통이 순식간에 주변 사람들에게 전염되었던 것이다. 잠시 뒤 난장판이 된 시장에 신경제어 훈련을 받은 보건성 직원들이 들이닥쳤고, 그들은 나를 잡아 수용소에 집어넣었다.

다음 날, 제국 첩보부에서 파견되었다는 젊은 남자가 나를 찾아왔다. 당시 진정제를 맞아 멍한 상태였던 나는 그의 이름도, 신원도 읽을 수 없었다. 내가 간신히 읽을 수 있었던 건 나에 대한 그의 강렬한 분노와 혐오였다. 내 몸을 진찰하고 서류를 작성하는 동안, 그는 필사적으로 그 감정들을 억누르고 있었지만 그런다고 그게 숨겨지는 건 아니었다. 오히려 그런 노력 덕택에 그가 숨기고 있는 감정의 성격이 더 명확하게 드러났다. 내가 그에게 무슨 일을 저질렀던가? 나는 기억할 수 없었다. 물론 그가 평범한 인종주의자일 수도 있었다. 그의 감정은 나와 같은 부류에 대한 기계적인 반응일 수도 있었다.

나는 거기에 대해 깊이 생각할 여유가 없었다. 내가 생각할 수 있는 최악의 결말은 수도 행성의 본부로 끌려가는 것이었다. 나는 그곳에서 무슨 일이 일어나고 있는지 알았다. 모르고 싶어도 모를 수가 없었다. 무슨 일이 있어도 그것만은 막아야 했다.

다행히도 그들이 눈치 채지 못하는 동안 내 몸은 내 정신과 별도로 움직이기 시작했다. 부상당한 선장의 명령 없이 배를 수리하는 선원들처럼 내 세포들은 자기 역할을 못하는 두뇌를 대신해 독자적으로 활동했다. 진정제는 비정상적으로 빠르게 분해되었고 신경은 되살아났다. 덕택에 내 뇌가 자기 기능을 다시 시작하자 세포들은 의기양양해 죽을 지경이었다.

이제야 기억이 난다. 내가 그때 탈출을 위해 시도한 방법은 회로를 만드는 것이었다. 지금 이 행성에서 만든 것보다 훨씬 단순한 것이었다. 나는 첩보원이 본부와 연락하기 위해 우주선으로 돌아가 있는 동안 수용소 직원들의 머리를 검색했다. 나는 아직도 반역자로 처형된 어머니에 대한 기억에 사로잡혀 있는 남자를 한 명 발견했다. 나는 그의 머릿속으로 들어가 어머니에 대한 기억을 모았고 그것들을 조립해 그의 머릿속에서 돌렸다. 회로가 완성되자 어머니의 기억으로 만들어진 유령은 그의 몸을 지배했고 그 유령은 내 설득에 넘어갔다. 첩보원이 나를 데리러 돌아왔을 때, 나는 그의 차를 타고 수용소를 탈출해 시내로 달아나고 있었다. 첩보원들이 시내를 이 잡듯 뒤졌지만 나는 이틀 뒤에 그 행성을 떠날 수 있었다. 나를 탈출시켜 준 남자에게 무슨 일이 일어났는지는 모른다. 달아나기 전에 그의 머릿속에 든 회로를 끊어주는 걸 잊었던 것이다. 아마 지금도 그는 죽은 어머니로서 살아가고 있을지도 모른다.

달아나느라 바쁘지 않았다면, 고아원의 악몽이 끊임없이 나를 괴롭히지 않았다면, 나는 그 첩보원의 머릿속을 들여다보았을 것이다. 지금 생각해 보면, 어느 정도 위험을 감수하고서라도 했어야 할 일이었다. 그 뒤로 그는 이 년 동안이나 나를 계속 쫓아다녔던 것이다. 그동안 그는 다섯 번이나 나를 잡을 뻔했고 결국 공항에서 나를 체포했다. 나는 끝끝내 그가 나에 대해 품고 있던 집착의 이유를 알아내지 못했다. 나에겐 단 한 번도 지긋하게 앉아 그의 마음을 읽을 여유가 없었다.

그는 지금 죽고 없다. 아마 당시 사고 때 우주선 안에서 죽었을 것이다. 더 운이 나빴다면 밖에서 죽었겠지. 나는 그의 몸이 별똥별처럼 대기권 안에서 불타 사라지는 모습을 상상한다. 가끔 나는 해변으로 나가 그의 기억이 밀려와 있지 않은지 찾아본다. 지금까지는 허탕이었지만 누가 알겠는가? 이 행성에서는 어느 누구도 단번에 죽지 않는다.

3

대장이 만든 비행기는 바퀴 달린 배처럼 생겼다. 실제로 바퀴가 달린 배이기도 했다. 우리는 버려진 구명선의 선체를 보수한 뒤 그 안에 중력장 통제기를 끼우고 망치로 두들겨 만든 지렛대들을 배의 조종간과 연결했다. 내가 조종간을 위로 밀자 배는 슬쩍 떠올라 앞으로 날아갔다. 조종간을 누르자 배는 다시 천천히 밑으로 내려갔다. 배의 바퀴가 동굴 바닥에 닿자, 나는 통제기를 껐다. 인공중력장은 사라졌고 배는 다시 정상적인 자기 무게에 눌려 끼익 소리를 냈다.

조종에 어느 정도 익숙해지자, 나와 대장은 배를 동굴 밖으로 끌어내 날렸다. 선체가 가끔 바람에 흔들려 엉뚱한 방향으로 흘러가긴 했지만 조종간을 잡고 꾸준히 신경을 쓰고 있으면 충분히 통제 가능했다. 나쁘지 않은 배였다. 수십 년 묵은 쓰레기들을 모아 만든 것치고는.

우리는 섬을 한 바퀴 돈 뒤, 조금씩 고도를 높이며 육지로 날아갔다. 도시를 지나자 그 뒤로는 빽빽한 침엽수 숲이었다. 군데군데 길이나 부서진 건물과 같은 문명의 흔적이 보였지만 흔하지는 않았다. 자연은 언제나처럼 죽은 문명을 먹어치우고 있었다.

남쪽으로 내려가자 눈과 얼음으로 덮인 작은 강이 보였다. 강은 동쪽에서 흘러오다가 도시에서 백 리 정도 떨어진 곳에서 해변을 따라 난 야트막한 산맥을 만나 꺾어져 보이지 않는 남쪽 해변을 향해 흘러가고 있었다.

의문이 하나 더 생겨났다. 왜 저들은 이렇게 좋은 자리를 내버려 두고 식수도 구하기 어려운 산 위에 도시를 지었을까? 강 주변엔 도시는커녕 집 한 채도 보이지 않았다. 산 위의 도시가 특별한 목적을 위해 세워진 요새라고 해도 이 부근에는 더 큰 도시들의 폐허가 남아 있어야 했다.

우리는 강을 따라 잠시 날다가 다시 섬으로 돌아왔다. 나는 해변 대신 방파제 옆의 바다를 착륙지점으로 삼았다. 배는 물 위를 스치듯이 날다가 인공중력장을 끄자 조용히 안착했다. 나는 선미에 달린 동력기를 작동시켜 배를 해변으로 몰고 갔다.

스무 명 정도의 도시 유령들이 우리를 맞아주었다. 노을 장군은 언제나처럼 과장된 어투로 우리의 성공을 축하했고 이 성공으로 우리가 제국의 품으로 돌아가는 길의 첫발을 내디뎠다고 선언했다. 그럼 여왕은? 그들이 그처럼 아끼는 여왕도 우리와 함께 제국으로 갈 것인가? 질문이 혀끝까지 올라왔지만 나는 묻지 않았다. 그들에게 의미 있는 답변을 기대했다간 속만 상할 뿐이라는 걸 지금까지의 경험을 통해 알고 있었다.

그들은 잔치를 열었다. 그들은 해변을 잔치터로 잡고 동료들을 불러 모았다. 그들은 존재하지 않는 장작을 가져와 그 위에 유령불을 붙였고 제복에 달고 다니는 작은 은잔에 존재하지 않는 술을 따라 건배를 했다. 적어도 그들의 노래와 춤은 진짜였다. 노을 장군의 장황한 축시도 마찬가지로 진짜였다. 유감스럽게도.

심지어 그들은 나에게도 노래를 부르라고 했다. 부르지 않겠다고 해도 막무가내였다. 그들은 술에 취해 있었다. 물리적으로 존재하지 않는 군인들이 물리적으로 존재하지 않는 술을 마시고 난리를 치고 있었던 것이다. 지치고 조금은 겁에 질린 나는 어쩔 수 없이 장작불 옆에 서서 그들 시대에 유행했던 우주인들의 속요를 하나 불러 주었다.

그들은 별과 함께 가네,
그들은 별과 함께 가네.
별의 문이 닫히고 길이 끊기면

그들이 어디로 갔는지 누가 알까.

별것 아닌 노래였고 대단한 의미도 없었지만, 그 노래가 그들에게 준 충격은 엄청났다. 유령들은 한 명씩 울기 시작했다. 울음은 순식간에 사방으로 전염되었고 곧 해변을 흔드는 요란한 통곡으로 이어졌다. 그들은 울먹이면서 내가 부른 노래를 합창했고 종종 단체로 중간에 가사를 까먹어 처음으로 돌아갔다. 그들은 지겨워진 내가 해변에서 달아나는 동안에도 여전히 세 번째 줄에서 벗어나지 못했다.

나는 바람소리에 묻혀 서서히 작아지는 그들의 노랫소리를 뒤로 하고 집을 향해 걸어갔다. 살을 찌르는 바닷바람 때문에 나는 걷는 동안 계속 고개를 수그리고 발끝만 보고 있었다.

그러다 나는 그 발자국을 발견했다.

처음에 나는 그게 내 발자국이라고 생각했다. 이 해변에 그 정도 크기의 신발을 신은 사람은 나밖에 없었으니까. 하지만 다시 보니 아니었다. 그럴 리가 없었다. 그 발자국은 물리적인 존재가 아니었다. 포석 위에 난 발자국은 모래밭을 누른 것처럼 깊이 파여 있었고 그 존재하지 않는 구멍은 포석 위에서 물결처럼 가볍게 흔들리고 있었다.

나는 주변을 둘러보았다. 노을 장군이 남겨놓은 보초병들이 폐허 구석마다 창과 총을 들고 서 있었다. 잔치터에서 빠져나온 너덧 명의 유령들이 내가 아까 부른 노래를 흥얼거리며 그들 주변을 돌아다니고 있었다. 가끔 고리에 갇힌 토착민 유령들이 튀어나와 서로에게 칼질을 했다. 그들 중 어느 누구도 저처럼 작은 발을 가지고 있을 리가 없었다. 게다가 이 발자국을 남긴 구두는 분명 끝이 뾰족하고 굽이 작은 여성용이었다.

나는 발자국이 시작된 방향으로 방향을 돌렸다. 시선 끝에 서 있는 건 바로 내 돌집이었다. 첫 번째 발자국은 문 옆의 벽 앞에나 있었다.

나는 집 안으로 들어갔다. 안은 텅 비어 있었다. 할 일이 있는 대장은 배 안이나 동굴 안에 있을 수도 있었다. 하지만 도시 유령들을 무서워하는 전령은 왜 혼자 밖에 나간 걸까? 호위병은 그가 그렇게 소중히 여기는 여왕의 흉상을 두고 어디로 간 걸까?

나는 다시 집 밖으로 뛰어나갔다. 발자국은 달빛을 받아 반짝이고 있었다. 약을 올리는 것 같기도 했고 유혹하는 것 같기도 했다.

나는 천천히 발자국을 따라 걸었다. 발자국을 남긴 유령은 대부분 일정한 보폭을 유지하며 걸었지만 가끔 앞에 놓인 얼음구덩이를 폴짝 건너뛰거나 춤추듯 원을 그리기도 했다. 사방에 깔린 보초병들을 피해 숨어 다닌 흔적은 전혀 없었다. 그들에겐 발자국의 주인이 보이지 않았고 유령 역시 그 사실을 알고 있었다.

발자국은 폐허를 가로질러 통로 입구로 들어갔다. 나는 정보처리기 화면의 흐릿한 빛을 전등 삼아 안으로 들어갔다. 동굴 입구에서부터 발자국은 조금씩 흐릿해져 결국 사라져 버렸지만 나는 계속 걸었다.

맞은편 입구 근처에서 나는 전령과 호위병을 만났다. 그들은 마치 그들 앞에 무언가가 서 있는 것처럼 무릎을 꿇고 위를 올려다보고 있었다. 나는 그들이 바라보고 있는 쪽으로 눈을 돌렸다.

처음엔 아무것도 보이지 않았다. 하지만 눈을 다시 전령에게 옮기는 그 짧은 순간에 나는 무언가를 본 것 같았다. 그건 하얗고 반투명한 여자의 얼굴 비슷했다. 나는 다시 위를 올려다보았지만 그곳엔 아무것도 없었다.

전령과 호위병은 여전히 허공을 노려보고 있었다. 나는 전령의 머릿속으로 들어갔다. 그가 보고 있는 것 역시 내가 보는 허공이었지만 그의 마음은 내 눈에는 보이지 않는 무언가가 촉발한 종교적 감흥으로 차 있었다. 그 감흥의 원인이 무엇인지는 알아낼 수 없었다. 그 감흥은 너무나도 강렬해서 그의 기억을 읽는 데 방해가 되었다. 호위병의 마음은 더 읽기 힘들었다. 그는 인간보다는 누군가가 버리고 간 자동차나 비행기에 가까웠다. 그에게 잠시 행동할 동기와 힘을 제공해 준 주체는 그의 내부에 없었다.

나는 그들을 가로질러 통로에서 빠져 나왔다. 비정상적으로 밝은 달빛이 무너진 낭떠러지를 비추고 있었지만 그 위에 발자국은 보이지 않았다. 누군가가 나를 잔뜩 약 올리고 사라진 것이다.

4

정체를 밝히느라 머리를 굴릴 필요도 없었다. 그건 여왕의 유령이었다. 통로 안은 여왕의 진동으로 가득 했다. 다시 생각해 보니 그녀의 발자국이 그렇게 떨리고 있었던 것도 순전히 그 진동 때문이었던 것 같다. 왜 통로 안에 들어갈 때까지 그걸 눈치 채지 못했던 거지? 그동안 마을에 깔린 여왕의 존재에 너무 익숙해져 있었던 걸까?

여왕은 어떻게 나타난 걸까? 지금까지 어딘가에 숨어 있다가 돌아온 것일까? 아니면 내가 지난 몇 달 동안 이 섬을 뒤지며 그녀에 대해 연구하는 동안 남아 있던 기억의 잔재들이 내 무의식의 도움을 받아 회로를 형성한 것일까?

나는 전자이길 바랐다. 그래야 모든 게 쉽게 풀리기 때문이다. 만약 내가 무의식적으로 남은 재료들을 모아 여왕을 형성한 것이라면 해결해야 할 골칫거리들이 너무 많다. 일단 그녀는 누구의 여왕인가? 토착민들의? 조난자들의? 그리고 그동안 만들어진 게 여왕뿐일까?

다음 날 아침, 나는 그래도 온전한 정신인 전령에게 어떻게 된 것이냐고 물어보았다. 그는 대답하지 않았다. 나에게 모든 사실을 고백하고 싶지 않아서이기도 했고 나에게 어떻게 대답을 해야 하는지 몰라서이기도 했다. 어젯밤에 일어났던 일들은 그의 머릿속에 이성적으로 이해 불가능한 감정의 조각들로 남아 있었다. 심지어 그는 자기가 무엇을 보았는지도 제대로 기억하지 못했다.

선반 위에 굴러다니는 과자들로 대충 아침을 때운 나는 해변으로 내려갔다. 그곳에는 대장과 그가 부리는 산송장들이 내 가슴 정도 높이의 허공에 떠 있는 배를 손보고 있었다. 느려터진 송장들에게 고함을 질러 대는 그의 모습은 그 어느 때보다도 산 사람 같았다. 내가 그에게 손짓을 하자, 그는 배를 천천히 해변 위에 착륙시켰다. 나는 사다리를 타고 배 위로 올라갔다.

여왕이 돌아왔어. 내가 말했다.

여왕이? 대장이 되물었다.

그래, 어젯밤에 전령이랑 호위병 아저씨가 여왕을 따라 나가는 걸 봤다니까.

어제?

당신한테도 왔었어?

나한테?

이가 갈렸다. 이런 식으로 하나씩 묻다간 기계적인 되물음만 끝없이 돌아올 판이다. 나는 그다음부터 그에게 되물을 틈을 주지 않고 어젯밤에 있었던 일에 대해 속사포처럼 이야기했다. 들려주는 동안에도 똑같은 놈에게 무엇 하러 이런 수고를 하고 있나…… 하는 생각을 멈출 수가 없었지만, 그래도 그는 이 행성에 굴러다니는 쓰레기들 중 그나마 말이 통하는 보통 사람에 가까웠다. 어쩌다 살아남은 산 사람의 찌꺼기에 불과한 유령들과는 달리, 그는 내가 직접 만들었던 것이다. 이제 그는 모순되는 기억들에도 적응했고 아무 때나 비명을 지르지도 않았다.

내 이야기가 끝나자, 그의 머리는 천천히 돌아갔다. 언어로 분해되어 그의 귓속으로 들어간 내 정보는 다시 그가 머릿속에 담고 있던 사물에 대한 구체적인 영상으로 재조립되었고 그 결과 투박한 그림자극 비슷한 것이 만들어졌다. 그 그림자극에서 나는 활인화에 출연하는 배우처럼 뻣뻣하게 굳어 있었고 장면이 바뀔 때만 가끔 팔과 머리를 움직였다. 그가 그린 나는 실제보다 조금 더 키가 컸고 서너 살 정도 나이가 더 들어 보였다. 하긴 나를 열두 살짜리로 보는 건 그에게 그렇게 쉬운 일이 아니었으리라.

그는 전령과 호위병이 여왕을 만나는 모습도 스스로 상상했다. 그의 상상 속에서 여왕은 허공에 떠 있는 길고 반투명한 망사 목도리와 같은 존재였다. 목도리 끝에는 얼굴이 달려 있었는데, 당연한 일이지만 그 얼굴은 흉상과 거의 똑같았다. 흉상은 전설에 나오는 인어처럼 달콤한 노래를 불렀고 그 노래를 들은 전령과 호위병은 몽유병 환자라도 되는 양 두 팔을 앞으로 내밀고 여왕을 따라 집에서 걸어 나와 통로 입구를 향해 걸어갔다. 마지막에 그들은 허공에 떠 있는 여왕을 향해 경배를 드렸는데, 그 장면의 구도와 분위기는 고대 임산부 숭배 성화들과 비슷했다.

물론 이것은 대장의 상상에 불과했다. 그의 그림자극은 여왕이 남긴 발자국이나 유령들의 머릿속에 여왕의 모습에 대한 기억이 남아 있지 않은 이유를 설명할 수 없었다. 하지만 그가 상상하는 목도리 유령이 허공에서 그냥 만들어졌을 것 같지도 않았다. 나는 분명히 발자국에 대해 이야기했고 그 역시 그 말을 제대로 듣고 정확히 이해했던 것이다. 하지만 그림자극이 만들어지는 동안 해변에 흔들리는 발자국을 남기며 춤을 추었던 유령의 모습은 중간에 사라져 버렸다.

당신에게도 비슷한 일이 일어난 적 있었어? 내가 물었다.

대장의 머리는 다시 움직였다. 이제 그의 생각은 과거를 향해 거슬러 올라갔다. 이전의 상상만큼 쉽지는 않았다. 그의 기억은 한 사람만의 것이 아니었고 종종 단절되어 있었다. 하지만 그의 머릿속에 긴 망사 목도리처럼 생긴 여왕의 유령에 대한 기억이 담겨 있는 건 분명했다. 흥미로웠다. 하지만 망사 목도리 유령은 내가 필요로 하는 답은 아니었다. 대장은 여왕을 추적하는 데 필요한 결정적인 정보는 가지고 있지 않았다.

나는 배에서 내렸다. 나는 다시 어제 남긴 여왕의 발자국을 찾아보았지만 그것들은 오래 전에 증발하고 없었다. 생각해 보니 내가 어젯밤 전령과 호위병을 다시 집으로 데려다 주는 동안에도 발자국은 보이지 않았던 것 같다. 발자국은 순전히 나를 유혹하기 위해 존재했던 걸까? 그렇다면 왜 여왕은 나에게 얼굴을 비추지 않고 사라졌던 걸까?

왜! 왜! 왜! 나는 계속 이유를 묻는 내 자신에 지겨워졌다. 그렇게 오랫동안 유령들과 함께 살아놓고 아직도 왜를 묻는 건가? 그들이 그렇게 논리적일 수가 없다는 걸 왜 아직도 받아들이지 못하느냔 말이야? 여기서 왜라는 말이 통하는 건 너밖에 없어. 그것도 기껏해야 그럭저럭이지. 넌 아직도 네 머리가 온전하다고 생각하니? 도대체 왜? 왜라고 물을 줄 알기 때문에?

분명히 큰 소리로 중얼거리고 있었던 모양이다. 폐허를 지키고 있던 유령들이 어리둥절한 표정으로 내 얼굴을 쳐다보고 있는 걸 보면. 이젠 유령들도 날 미친년 취급 하는구나. 차라리 잘 됐다. 여기서 멀쩡한 정신이 무슨 소용이 있어? 나는 수백 명의 군인들이 부글거리는 곳치고는 아직도 비정상적으로 깨끗한 눈 위에 쿵쿵 새 발자국을 내며 폐허를 가로질러 통로 입구를 향해 걸어갔다.

고물들을 찾으러 들어온 산송장들이 한둘쯤 있을 법도 한 시간이었지만 통로 안은 비어 있었다. 나는 통로 끝으로 걸어가 방수포를 덮은 썩은 의자를 반대편 입구 앞으로 끄집어 낸 뒤 그 안에 몸을 묻었다. 간신히 편한 자세가 만들어지자 나는 눈을 감고 통로 안에 깔린 기억들을 흡수하려 했다. 잘 되지 않았다. 남은 기억을 긁어모으기엔 통로와 여왕에 대한 내 선입견이 너무 강했다. 간신히 무언가가 내 머릿속에 들어와도 순식간에 기존의 기억에 묻혀 변질되어 버렸다.

한동안 자는 것도 아니고 그렇다고 깨어 있는 것도 아닌 멍한 정신으로 눈을 감고 의자에 앉아 있는데, 갑자기 이질적인 무언가가 내 머리 안에 침입했다. 처음엔 대장의 부하가 물건이라도 가지고 온 줄 알았다. 하지만 통로 안에 들어와 내 머리를 자극한 존재는 산송장이 아니었다. 그 존재의 사고 체계는 이질적이었고 생명력이 넘쳤으며 단순하고 명쾌했다.

나는 눈을 떴다. 내 키의 절반 정도 되는 이족 보행 동물이 지저분한 지푸라기 공을 양 앞발로 부여잡고 구슬 같은 까만 눈을 깜빡이며 나를 응시하고 있었다. 그 동물의 몸은 하얗고 폭신한 깃털로 덮여 있었고 작고 까만 부리가 앞으로 삐져나온 동그란 얼굴은 작은 새와 같았다. 처음 보는 동물이었다. 궁금해진 나는 그것의 머릿속으로 들어갔다. 녀석은 지금 태어난 지 얼마 되지 않은 두 아이의 엄마였고 땅굴 안의 온도를 유지하기 위해 사용할 발효용 쓰레기를 모으는 중이었다. 원래는 겁 많은 동물이었지만 내가 졸면서 통로 사방에 흘린 나른한 기운이 그 동물에게 일종의 진정 효과를 낸 모양이었다.

한참 최면에 걸린 것처럼 내 얼굴을 노려보던 그 두 발 동물은 깡충깡충 통로 밖으로 사라졌다. 호기심이 당긴 나는 그 동물을 따라 나갔다. 나는 녀석의 새끼와 둥지가 어떻게 생겼는지 궁금했다. 녀석의 머릿속에 담긴 기억은 구체적인 영상으로 재구성하기엔 지나치게 간략했고 나는 아직 토착 동물들의 생각을 읽는 데 익숙하지 않았다.

두 발 동물은 저번 산사태로 생긴 내리막길을 따라 해변으로 내려가더니 부서진 다리가 있는 오른쪽으로 꺾어졌다. 녀석은 순식간에 내 시야에서 사라졌지만 그렇다고 걷는 속도를 높일 필요는 없었다. 해변에는 발자국이 남아 있었고 발자국이 사라진 산 위에서도 녀석이 남긴 존재의 흔적을 찾는 건 어렵지 않았다. 그건 마치 체취를 따라 사냥감을 쫓는 것과 같았다. 나에겐 흔적을 따라가는 것보다 눈이 덮인 산 위를 오르는 게 더 힘들었다.

한 시간 좀 넘게 산을 오르던 나는 마침내 그 두 발 동물이 파 놓은 땅굴을 발견했다. 굴의 입구는 내가 들어가기엔 좁았다. 하지만 나는 안에서 퇴비를 쌓고 있는 엄마의 머릿속으로 들어가 그것의 눈을 통해 땅굴 내부와 솜털이 보송보송한 새끼들의 모습을 구경할 수 있었다. 엄마의 머리는 퇴비가 발산하는 따뜻한 기운과 모성애가 주는 쾌락으로 젖어 있었다. 나는 녀석의 단순한 정신이 진심으로 부러웠다.

구경이 끝나고 돌아서려는데 갑자기 딱 하는 소리가 들렸다. 나는 열선총을 움켜쥐고 소리가 난 방향으로 돌아섰다. 유령들이 악취를 뿜는 도시는 안전지대였지만 산속까지 그런 건 아니었다. 특히 도시의 유령들이 마을로 온 뒤로 지옥개들은 더욱 민감해졌고 화가 나 있었다. 조용한 날이면 그들이 섬을 바라보며 으르렁거리는 소리가 들릴 정도였다. 그들 중 한 마리가 무리에서 이탈해 여기까지 와 있지 않다고 어떻게 장담할 수 있을까.

소리가 난 곳에는 아무것도 없었다. 근처에 있을 법한 큰 동물의 존재도 느껴지지 않았다. 느껴지는 것은 땅 밑 곳곳에 숨어 졸고 있는 작은 야행성 동물들의 졸음뿐이었다. 그냥 겨울 숲이 저절로 내는 평범한 소음이었던 걸까? 아니면 내가 들은 건 아직도 숲 바닥에 깔려 있는 누군가의 희미한 기억이었던 걸까?

내가 확신을 갖지 못한 채 어정쩡하게 서 있는 동안 갑자기 자작나무 숲 저쪽에서 무언가 하얀 것이 휙 하고 지나갔다. 나는 열선총을 쥐고 숲 속으로 달려갔다. 아무것도 보이지 않았다. 하지만 내가 어리둥절해 주변을 둘러보는 동안 시야 왼편 가장자리에서 무언가가 움직였다. 그 하얀 존재는 마치 공간 도약이라도 하는 것처럼 불연속적으로 숲 속을 날아다니고 있었다.

나는 그 존재를 따라 숲 안으로 계속 들어갔다. 추적이 계속되는 동안 그 존재의 형체가 조금씩 드러났다. 처음엔 그건 하얀 치맛자락의 끝이었다. 다음엔 하얀 양말과 구두를 신은 날씬한 다리였다. 춤추는 무희처럼 가볍게 휘날리는 하늘하늘한 팔과 손이 보였고 곧 몸 전체가 드러났다. 내가 쫓고 있는 유령은 작고 마른 체격의 여자 형체를 하고 있었다.

십여 분 동안 숲을 가로지르는 추적을 펼친 끝에 나는 간신히 그 유령을 따라잡을 수 있었다. 지금까지 계속 달아나던 유령은 이제 참새 한 마리가 앉아도 부러질 것 같은 가느다란 자작나무 가지 위에 앉아 나를 내려다보며 웃고 있었다.

내 머리는 혼란스러웠다. 유령은 여왕의 얼굴을 하고 있었고 여왕처럼 두상이 그대로 드러나는 동그란 모자를 쓰고 있었다. 그러나 그녀는 내가 생각했던 것보다 훨씬 어려 보였다. 많아 봐야 열네 살? 열두 살일 수도 있었고 열한 살일 수도 있었다. 그녀가 입고 있는 하얀 겨울옷은 색깔이 빠지고 반투명해 보이는 것이 다를 뿐 내가 입고 있는 옷과 치수와 모양이 거의 같았다. 단지 그 겨울옷은 옷감의 물리적 성질을 무시하고 연기처럼 가볍게 흔들리고 있었다.

내려 와! 내가 외쳤다.

그럼 나를 폐하라고 불러! 소녀가 제국 표준어로 말했다. 작은 목소리였지만 또렷했다. 숲 속을 몰아치는 겨울바람에도 목소리는 잡음 없이 또렷했는데, 그건 그 목소리가 나무 위가 아닌 내 머릿속에서 들려오고 있었기 때문이었다.

왜? 죽은 군주는 군주가 아니야.

제국의 구닥다리 판례를 여기까지 끌고 오지 마. 여긴 산 자들의 나라가 아니야.

적어도 넌 내 군주는 아니야.

그 순간 소녀는 사라졌다. 몇 초 뒤 그녀는 내 앞에 다시 나타났다. 입이 찢어질 정도로 커다란 미소를 머금고.

난 뭐라고 말해야 할지 몰랐다. 그녀는 분명 여왕이었다. 그녀는 여왕의 얼굴을 하고 있었고 여왕의 진동을 발산하고 있었다. 하지만 왜 지금 이 나이인가? 물론 죽은 자들은 맘만 먹는다면 어느 나이든 취할 수 있었다. 그러나 난 지금까지 단 한 번도 여왕을 내 나이 또래 아이로 생각해 본 적이 없었다. 그건 여왕의 신민들도 마찬가지였다. 그들이 기억하는 여왕은 늘 삼십대 중반이나 사십대 초반의 모습이었다. 아무리 그들의 정신이 흐릿하다고 해도 그것까지 내가 잘못 읽을 리는 없었다.

더 불편했던 건 물리 법칙에 대한 여왕의 태도였다. 유령들은 특별한 경우가 아니면 물리법칙을 따르는 척한다. 유령으로 존재하는 건 일종의 타협이고 자기기만이다. 그들이 물리적 실체라는 환상에서 완전히 깨어나면 존재 자체가 파괴될 수 있다. 그건 도시의 유령들도 어느 정도 알고 있는 사실이다. 하지만 여왕은 자신이 육체를 잃은 유령이라는 점을 오히려 즐기는 듯했다. 그녀는 툭하면 걷는 대신 떠다녔고 귀찮으면 동선을 하나로 잇는 노력도 하지 않았다. 그녀에겐 존재하는 것 자체가 유희였다.

이제 여왕은 내 주변을 빙글빙글 돌고 있었다. 한 바퀴씩 돌 때마다 그녀의 존재 방식과 동작은 바뀌었다. 처음에는 보통 사람들처럼 걷다가 다음에는 발끝을 차고 하늘 위로 날아올라 떠다니다가 그다음엔 내 주변을 자신의 복제판으로 가득 채우는 식이었다. 심지어 그녀는 자신의 모습을 지우고 그 자리에 자신을 가리키는 추상적인 관념만을 남겨놓기도 했다.

그만 해. 어지러워. 나는 두 손으로 눈을 가리고 외쳤다.

여왕은 멈추었다. 이제 그녀는 웃고 있지 않았다. 웃음 대신 그녀의 얼굴을 지배하고 있는 감정은 나에 대한 약간의 동정과 걱정이었다. 나로서는 그것이 얼마나 진실한 감정인지 알 수 없었다. 내가 읽을 수 있었던 건 그녀의 표면뿐이었다. 그녀의 표면은 불투명했고 뚫기 불가능했다.

여왕은 천천히 나에게로 다가왔다. 그녀가 내 코앞까지 왔을 때, 그녀의 입김이 내 콧속으로 확 밀려왔다. 그녀는 천천히 왼손을 들어 내 볼을 쓰다듬었다. 내 볼의 신경은 손의 촉촉하고 부드러운 촉감을 그대로 잡아냈지만 정작 그 감각이 스치는 동안 볼은 돌처럼 단단하게 느껴졌다. 여왕의 한계였다. 아무리 그녀가 감각을 그럴싸하게 위조할 수 있어도 내 볼을 누르지는 못했던 것이다.

여왕은 내 볼에서 손을 뗐다. 여전히 나는 그녀의 내면을 읽을 수 없었지만 그녀가 내 마음을 송두리째 읽고 있다는 사실 정도는 알아차릴 수 있었다. 내 얼굴은 새빨갛게 달아올랐다. 그녀가 위조한 감각이 내 머릿속에서 되살린 건 모두 성적인 기억들이었던 것이다. 그것들 중 내 직접 경험은 하나도 없었지만 중요한 건 그게 아니었다. 내가 기억하는 한, 나는 남이 내 마음을 읽게 허락한 적이 없었다. 마치 사람들 앞에서 벌거벗겨진 듯한 느낌이었다.

나는 그만 집으로 돌아갈게……. 내가 뒷걸음질 쳤다.

그래? 늦게 들어가면 엄마한테 혼나니? 여왕은 어이가 없다는 듯 물었다.

나는 대답하지 않고 몸을 돌려 집을 향해 걷기 시작했다. 여왕은 휘파람을 불며 내 뒤를 따라왔다. 걷는 속도를 높여도 소용없었다. 그녀는 계속 내 뒤를 따라오고 있었다.

따라오지 마. 나는 뒤도 돌아보지 않고 중얼거렸다.

왜?

다른 유령들이 볼 거야.

걔들은 내가 눈앞에서 춤추고 고함을 질러도 날 못 봐. 너도 어제 알아차렸을 거라고 생각했는데? 그리고 또 보면 어때? 다 내 신하들인데.

42호 유령들은? 분명 첩자들이 어딘가 있을 거야.

걔들이라고 날 볼 수 있을 거라고 생각해?

나중에라도 눈치 채고 우리 집에 쳐들어오면 어떻게 해?

넌 정말 내가 가길 바라니?

나는 멈추어 섰다. 내가 생각해도 어이가 없었다. 마침내 여왕을 만났는데 기껏 하는 게 달아나는 거라니. 하지만 그때는 정말 다른 생각이 떠오르지 않았다.

나는 대답하지 않고 다시 걸었다. 여왕은 여전히 휘파람을 불며 나를 따라왔다. 마을 입구까지 여섯 명의 군인들을 지나쳤지만 그들 중 어느 누구도 여왕의 존재를 알아차리지 못했다. 여왕은 당연하지 않느냐는 듯 의기양양한 표정을 지으며 앞장서서 걸었다.

우리가 집 안으로 들어갔을 때 호위병과 전령은 처음엔 여왕의 존재를 눈치 채지 못했다. 호위병은 언제나처럼 흉상을 지키며 서 있었고 전령은 구석에 쪼그리고 앉아 덜덜 떠는 자기 손을 바라보고 있었다. 여왕은 쾅쾅 발소리를 내며 방을 가로질렀지만 그들은 꿈쩍도 하지 않았다.

대략 일 분쯤 지났을까. 그들은 서서히 집 안에 나와 그들 이외의 누군가가 있다는 것을 알아차리기 시작했다. 그들은 맨 처음 여왕의 체취를 느꼈고 그다음에 그녀의 다소 기분 나쁜 웃음소리를 들었으며 마침내 그녀의 얼굴을 보았다. 아니, 보다 정확히 말하자면 그들이 처음 본 것은 여왕의 미소였고 그다음이 얼굴이었다.

신하들이여, 내가 왔노라. 여왕은 허겁지겁 달려온 유령들의 머리 위로 손을 휘저으며 토착어로 말했다. 그녀의 말투와 태도는 건성이었고 그녀 앞에 무릎을 꿇고 앉은 유령들에게도 무관심한 것 같았다. 그녀는 자기 앞에 무릎을 꿇은 신하들을 지나쳐 그녀의 흉상을 향해 날아가더니 그 옆의 허공에 다리를 꼬고 앉았다.

드디어 나는 흉상과 여왕을 비교할 수 있었다. 둘의 유사점은 부인할 수 없었다. 하지만 코와 턱이 조금씩 짧은데다 골격의 전체적인 선이 작고 부드러운 여왕의 어린 얼굴은 흉상이 가진 당당한 성인의 위엄을 갖추고 있지 못했다. 입술 끝에 습관적으로 머문 건방진 미소에도 흉상이 가진 무게는 없었다. 여러모로 여왕의 흉상은 여왕보다 더 진짜 같았다.

흉상 옆에 편안하게 자리를 잡은 여왕은 나와 신하들을 바라보며 이야기를 시작했다. 그녀는 오랜 세월 동안 자기를 따라 준 그들의 충성심을 칭찬했고 그들과 함께 한 과거를 회상했다. 여왕의 이야기는 길고 장황했지만 어이가 없을 정도로 무의미했다. 나는 그녀의 이야기에서 단 하나의 새로운 정보도 골라낼 수 없었다. 나라도 그 정도 이야기는 할 수 있었다.

더 이상 견딜 수 없었던 나는, 여왕을 유령들에게 맡겨놓고 이야기 중간에 집 밖으로 나갔다. 내 무례함에 화가 난 여왕은 등 뒤에서 노골적인 분노의 진동을 발산했지만 그렇다고 나를 억지로 막지는 않았다. 집 안에는 그녀를 숭배하고 그녀가 하는 모든 말을 경청하는 신하가 아직도 둘이나 남아 있었다. 나가면서 나중에 이들이 단체로 나를 따돌릴지도 모른다는 생각을 했다.

해변을 향해 달려가던 나는 바다에서 밀려온 수확물을 짊어지고 동굴로 올라가는 산송장들과 마주쳤다. 대장은 큼직한 열교환기 하나를 어깨에 짊어지고 맨 뒤에서 걷고 있었다. 나는 그에게 뛰어가 외쳤다. 여왕이 돌아왔어!

산송장들은 모두 걸음을 멈추었다. 바보 같은 짓이었다. 내가 아무리 그들을 단순하게 만들었어도 여왕이라는 단어에 반응하지 않을 정도로 둔한 존재들은 없었다. 이 행성에서 여왕은 모든 산 자들과 죽은 자들의 존재 이유였다.

다행히도 이들 중 의미 있는 반응을 보인 건 대장뿐이었다. 대장이 그 자리에 우두커니 서서 내 눈을 바라보는 동안 나머지 송장들은 다시 물건들을 짊어지고 동굴로 걸음을 옮기기 시작했다. 당연한 행동이었다. 그들은 여전히 내 말에 충격을 받았지만 그렇다고 자발적으로 무언가를 할 만한 머리는 없었던 것이다. 그들에겐 놀라움을 표출하는 것도 대단한 정신노동이었다.

대장은 열교환기를 바닥에 떨어뜨리고 나를 따라 집으로 달려갔다. 나는 다시 낙천적이 되었다. 내가 아는 바로는 토착민들의 여왕과 조난자들의 여왕은 전혀 다른 존재다. 만약 대장이 그 차이점을 지적한다면 여왕은 어떻게 될까? 대장은 전에도 흉상을 여왕으로 인정하지 않았다. 이건 내가 거의 이길 게 확실한 내기였다. 대장이 여왕을 보지 못한다고 해도 상관없었다. 내가 보는 여왕의 모습을 그의 머릿속에 넣어주면 된다.

그러나 내가 문을 열고 대장을 집 안으로 불러 들였을 때 그가 보여준 행동은 내 기대와 정반대였다. 반대도 그 정도로 반대일 수 없었다. 허공에 뜬 여왕의 모습을 본 대장은 그 즉시 커억 하는 요란한 숨소리를 내더니 넘어지기라도 하는 것처럼 바닥에 엎어졌다. 그는 썩어 가는 입술을 바닥에서 채 떼지도 않고 여왕에게 외쳤다. 폐하, 폐하, 폐하, 소신은 지금까지 폐하가 돌아오기만을 기다리고 있었나이다.

충실한 신하의 머리를 쓰다듬으러 다시 지상으로 내려온 여왕은 짜증으로 새빨갛게 달아오른 내 얼굴을 바라보며 방글방글 웃었다.

5

넌 그냥 삐친 거야. 여왕이 놀려 댔다. 지금까지 혼자 여왕 흉내를 내고 있었는데 진짜 여왕이 나타난 거잖아. 이제 좋은 날은 다 끝난 거지.

아냐.

그럼 왜 그렇게 뚱해 있는데?

내 말은 네가 진짜 여왕이 아니라는 거지. 내가 대답했다. 넌 내 무의식이 주물러 만든 조립품에 불과해. 네 옷을 봐. 색깔과 재질만 빼면 내가 너를 처음 만났을 때 입고 있었던 것과 똑같아. 네 말투를 봐. 수천 년 전에 멸망한 고대 문명의 여왕 말투가 어떻게 동네 미성년 무도 연맹 회원과 똑같냐? 그리고 네 나이를 봐. 왜 여왕이 열두 살인 거야?

내가 왜 열두 살인 건데?

그거야 내가 열두 살이니까. 아마도 내가 좀 외로웠나 보지. 무의식적으로 내가 내 나이 또래의 여자 친구를 원했던 거겠지. 그래서 네가 그렇게 만들어진 거야.

또래라니, 웃기시네. 말이 났으니 하는 말인데, 네가 어떻게 열두 살이냐? 심지어 네가 여자이긴 하니? 네 머릿속을 들여다 봐. 그 안을 채운 것들 중 인간 여자들의 기억이 얼마나 되니? 뭐? 오분의 이? 그걸 계산까지 했단 말이야? 생각보다 많네. 하지만 그렇다고 네가 여자가 되는 건 아냐. 인간이 되는 건 더더욱 아니고.

좋아. 난 인간도 아니다. 마찬가지로 넌 여왕이 아냐.

왜 아닌데? 네가 날 만들었다고 치자. 그럼 그 재료들은 어디에서 왔지? 여왕이야. 나란 말이야. 네 무의식은 혼자 힘으로 허공에서 뭘 만들 수 있을 정도로 똑똑하지 않아. 그 정도는 알고 있어야지.

어느 여왕? 토착민 여왕? 아니면 조난자 여왕?

어느 쪽이 더 네 맘에 드니?

나로서는 대답할 수 없었다. 여왕도 대답 따윌 기대하지는 않았다. 내가 머리를 푹 수그리고 해변을 걷는 동안, 여왕은 새처럼 날아올라 내 머리 위를 날아다녔다.

쿵쿵거리는 발소리가 들렸다. 고개를 들지 않아도 누군지 알 수 있었다. 지금 이 시간쯤 되면 쫓고 쫓기면서 해변으로 달려 나오는 토착민 병사가 둘 있다. 십 분만 지나면 붉은 투구를 쓴 남쪽 병사가 하얀 투구를 쓴 도시 병사를 칼로 찔러 죽인다. 남쪽 병사는 다시 마을로 돌아가고 도시 병사의 몸은 바닷물에 녹아 사라진다.

여왕은 바닷물 위에 떠 있는 채로 도시 병사의 유령 시체가 분해되는 과정을 구경했다. 맨 처음에 떨어져 나가는 건 눈이었다. 그다음에 머리털이 빠졌고 입과 눈구멍을 통해 반투명한 액체 비슷한 것이 흘러나왔다. 순식간에 빈 자루가 된 피부는 군복과 투구 속에서 녹아 사라졌다. 유령 시체가 완전히 녹아 사라지자, 그때까지 남아 있던 군복과 투구는 갑자기 비눗방울처럼 픽 터져 버렸다.

실망이다, 여왕이 말했다. 조금 더 위엄을 차리고 죽을 줄 알았는데.

아는 사람이었어?

응. 전쟁 때 나를 지켜 주던 친위 장교들 중 한 명이었어.

그렇다면 왜 죽을 때 네 곁에 있지 않았어?

나름 충성스러운 신하답게 군 거지. 내가 동굴에 숨어 있는 동안 적들의 시선을 돌리려고 여기까지 달아난 거야.

나중에 넌 어떻게 됐어? 전쟁에서 이겼어?

여왕은 어이가 없다는 듯 헛웃음을 쳤다.

여기서 그런 건 중요하지 않아. 아직도 모르겠어?

중요하건 중요하지 않건, 전쟁은 끝이 났을 거 아냐. 누가 이겼어?

여왕은 대답하지 않고 마을을 향해 날아갔다. 나는 억울해 발을 동동 굴렀다. 감히 내 눈앞에서 이죽거리고 돌아다니면서 속마음을 숨기다니. 나에겐 대역죄나 마찬가지였다. 세상 모든 마음은 나에게 공개되어야 했다. 그게 세상의 법칙이었다.

나는 여왕을 따라 마을로 들어가는 대신 해변에 방치된 배를 향해 걸어갔다. 대장이 여왕을 본 뒤로 작업은 거의 중단되어 있었다. 아직도 산송장 일꾼들이 배 주변을 어슬렁거리긴 했지만 대장의 명령이 없는 한 그들은 무용지물이었다. 그들이 하는 일이라곤 배를 지키거나 바다 속으로 들어가 먹을 것을 찾는 게 전부였다. 그들이 먹는 건 바다 밑에 가라앉은 물짐승들의 분해된 시체와 작은 미생물들이 섞여 있는 진흙이었다.

나는 배 위에 올랐다. 마무리 작업이 끝나지는 않았지만 배는 완성된 것이나 다름없었다. 선실 벽의 칠이 덜 끝났고 마지막 시험 비행 때 깨진 유리창을 갈아 끼워야 했지만 기본 기능엔 아무런 문제가 없었다. 조종간을 슬쩍 위로 밀자, 배는 아무런 진동

없이 하늘 위로 떠올랐다.

나는 마을 위로 날아갔다. 언제나처럼 과거의 기억 속에 갇혀 있는 섬의 유령들과 한가하게 마을의 골목을 오가는 도시의 유령들이 보였다. 위에서 보니 그들의 모습은 그 어느 때보다도 공허하고 투명해 보였다. 내 시선이 그들의 의식과 마주치며 영향력을 행사하지 않는다면 그들의 존재는 종잇장처럼 가벼울 수밖에 없었다. 그들이 지금까지 문제를 일으키지 않으며 조용히 살아왔던 것도 그 때문이었을 가능성이 컸다.

그때 한 가지 불쾌한 생각이 떠올랐다. 그들이 계속 싸움을 이어가기 위해 산 사람들이 필요했다면? 그래서 그들이 별의 문을 조작해 우주선들을 납치하고 있는 거라면? 물론 유령들이 그렇게 똑똑할 리는 없다. 하지만 여왕은 달랐다. 여왕의 능력이 얼마나 되는지 내가 어떻게 아는가? 만약 여왕이 별의 문을 마음대로 열고 닫을 수 있다면? 이 모든 게 여왕의 계략이고 나도 그 일부분이라면? 그렇다면 나는 어떻게 되는 거지?

그래서 뭐?

나는 소스라치게 놀라 뒤를 돌아보았다. 여왕이 중력통제기 뒤에 고정된 안락의자에 앉아 나를 쏘아보고 있었다.

정말 네가 그랬어? 내가 물었다. 네가 우주선들을 여기로 끌고 온 거야?

내가 어떻게 그런 걸 해? 난 네 얼굴도 못 만지잖아.

못할 건 또 뭐 있어? 아무도 별의 문이 어떻게 작동하는지 모르잖아.

아하, 네가 모르니까 그건 사실이다?

그런 말이 아니라는 건 너도 알잖아. 네가 그랬어?

여왕은 잠깐 동안 말없이 내 얼굴을 노려보다 느릿느릿 대답했다. 아니.

내가 그 말을 어떻게 믿어야 하는데?

안 믿으면 어쩌려고. 내가 네 책이니? 세상이 네 책이야? 세상엔 네가 못 읽는 것들도 있어. 그냥 인정하고 받아들여.

나는 제동기를 밟아 배를 공중에 세웠다. 창문 너머에서 지나가던 바깥 배경이 갑자기 멈추었지만 통제기가 만들어 낸 인공중력장 안에 있는 선실에서는 미동도 느껴지지 않았다. 감각의 부조화 때문에 현기증이 올라왔고 나는 균형을 잡기 위해 조종간을 움켜쥐었다.

네가 여왕이라는 걸 증명해 봐. 현기증이 멎자 나는 간신히 말했다.

그게 아까 네 말하고 무슨 관계가 있는데?

관계가 있건 없건 증명해 봐. 네가 계속 나와 붙어 있고 싶다면 아무 거라도 증명해 보란 말이야. 넌 지금까지 내가 모르는 건 단 한 마디도 안 했어. 내 토착어 실력은 별 볼일 없지만 네가 지금까지 한 토착어 중 알아들을 수 없었던 건 단 한 마디도 없었어. 아까 네가 한 죽은 장교 이야기 같은 것 따위야 나도 충분히 지어낼 수 있는 거고. 내가 아는 한 넌 허깨비야. 내가 만든 허깨비.

그래? 그렇다면 왜 넌 내 마음을 읽지 못하는 건데?

아하, 바로 그게 네가 허깨비라는 결정적인 증거지. 내가 네 마음을 읽을 수 없는 건 네가 내 무의식의 산물이기 때문이야. 등잔 밑이 어둡듯 난 내 마음만은 완전히 읽지 못하지. 넌 내 머리 어딘가에 있는 사각에 숨어 있는 거야.

말도 안 되는 소리.

그렇다면 증명해 봐. 내가 지금 모르는 것들 중에 네가 사실이라는 걸 증명할 수 있는 아무 거라도 얘기해 보란 말이야.

예를 들어?

궁의 지하실은 어때? 지하실 입구는 어디에 있지? 그것만 알려줘도 넌 네가 허깨비보다 나은 존재라는 걸 증명할 수 있어.

여전히 내가 여왕이라는 증거는 안 되잖아.

하나씩 하자고. 하나씩. 지하실 입구는 어디 있지?

여왕은 팔짱을 끼고 한참 인상을 쓰더니 포기하고 말했다.

도시로 가.

나는 다시 조종간을 잡았다. 배가 도시를 향해 날아가는 동안 여왕은 심술궂은 얼굴로 선실 바닥을 노려보고 있었다. 나는 그게 싫었다. 그녀가 심술을 부리고 있기 때문이 아니라 그런 행동이 징그러울 정도로 친근했기 때문이다. 그녀는 마치 나와 평생을 알고 지낸 친구처럼 굴고 있었다.

배가 광장에 착륙하자, 여왕은 벽을 뚫고 날아갔다. 내가 사다리를 타고 내려가는 동안 그녀는 광장 바닥에 굴러다니는 돌을 툭툭 차고 있었다. 돌은 꿈쩍도 하지 않았지만 발이 돌의 표면에서 정확히 멎었기 때문에 그녀의 몸이 실제로 존재한다는 강한 착각을 불러 일으켰다.

내가 배에서 내리자 여왕은 앞장서서 걸었다. 나는 여왕을 따라 궁전 안으로 들어갔다. 여왕은 주저하지 않고 내가 맨 먼저 찾은 지하실 입구로 걸어가더니 손가락으로 입구를 막고 있는 돌더미를 가리켰다.

실망이다. 나는 이죽거렸다. 겨우 이거였어?

급하기는. 여왕은 한심하다는 듯 혀를 찼다. 앞에 있는 저 돌덩어리들을 좀 치워보는 게 어때? 재미있는 걸 보여줄게.

여왕이 팔짱 끼고 기다리는 동안 나는 옆방에서 화물 운송용 인공 팔을 가져와 문 앞에 설치하고 그걸로 앞에 놓인 작은 돌덩어리들을 하나씩 치웠다. 자잘한 것들을 다 치우자 커다란 바위 셋만이 남았다.

더 이상 못 치우겠어. 내가 말했다.

그럴 필요도 없어. 바위 표면을 자세히 봐. 뭔가 좀 이상하지 않아?

여왕의 말이 맞았다. 입구를 막고 있는 바위는 보통 바위가 아니었다. 거친 표면은 접착제로 이긴 석회 가루로 만들어져 있었고 손으로 때리자 텅 하고 속이 빈 소리가 났다. 자세히 보니 바위 세 개처럼 보였던 건 정교하게 위장된 금속 문이었다. 나는 여왕이 뒤에서 가리키는 지점을 손가락으로 눌렀다. 덜컥 하고 자물쇠가 풀리는 소리가 났고 문이 쑥 들어갔다. 나는 틈 사이로 얼굴을 밀어 넣었다. 넓고 단단하게 지어진 긴 계단이 아래로 나 있었다. 나는 허리띠에 달려 있던 회중전등을 들고 계단을 내려갔다.

지하 공간은 예상외로 넓었다. 보이는 부분만 해도 광장 지하 대부분을 포함하고 있는 것 같았다. 그곳은 헐거운 미로였다. 드문드문 서 있는 좁고 높은 벽들은 순전히 기둥 역할을 하기 위해 세워진 것처럼 보였다. 군데군데 무너진 벽들은 우주선 잔해임이 분명한 금속 골격으로 보수되어 있었다.

어때? 어느새 내 옆으로 다가온 여왕이 물었다.

여기서 뭘 했어?

그냥 먹고 자고…… 전쟁이 일어나면 여기로 내려가 숨었어.

별로 안전해 보이지 않는데? 사방으로 뚫려 있잖아. 입구도 한두 개가 아니지? 차라리 궁이 더 안전하지 않았어? 여긴 도주로 역할밖엔 못하겠다.

바닥을 발로 쳐 봐.

나는 여왕이 가리키는 부분을 발로 찼다. 쿵 하는 빈 소리가 들렸다.

아하, 밑에 지하실이 더 있구나. 하지만 그래도 들키기 쉬운 건 마찬가지네. 이 정도라면 다른 사람들이 찾기도 쉬웠을 거 아냐. 도대체 왜 여기에 숨었던 거야?

네 잘난 능력으로 한번 직접 알아내 보지그래? 여왕은 어이가 없다는 듯 맞받아쳤다.

나는 벽에 등을 기대고 눈을 감았다. 지하 공간의 기억들은 훨씬 농밀했지만 세월이 흐르는 동안 분해되고 뒤섞여서 의미를 찾기가 쉽지 않았다. 내 머릿속에 들어오는 것은 죽처럼 끈적거리는 감정뿐이었다. 공포, 희망, 절망, 분노…….

그때 무언가 이질적인 느낌이 내 신경을 건드렸다.

처음엔 그건 덩어리져 남은 과거의 기억 같았다. 생기가 없고 불분명했으며 둔감했다. 하지만 내가 읽는 동안 그 덩어리는 서서히 움직였고 조금씩 의지와 생명력을 더해갔다. 마치 사냥감을 노리고 움직이는 짐승과 같았다.

내 신경이 비명을 질러 댔다. 그 덩어리는 유령이 아니었다. 엄연히 물리적 공간을 점유하고 있고 만만치 않게 무거운 동물이었다. 그 무언가는 지금 벽 뒤에 숨어 나와 여왕을 번갈아 훔쳐보고 있었다. 잔뜩 긴장한 내 신경은 그 짐승이 내는 숨소리와 몸에서 나는 악취까지 잡아낼 수 있었다.

나는 천천히 뒷걸음질 쳤다. 계단에서 얼마나 걸어왔던가? 지금부터 전력질주를 하면 이 괴물한테서 달아날 수 있을까? 왜 난 열선총을 가져오지 않았던 거지?

내 생각은 너무 느렸다. 계단으로 달아나려고 몸을 돌리는 순간, 그 괴물은 총알처럼 튀어나오더니 나와 계단 사이를 가로막았다. 나는 그 자리에 얼어붙어 괴물의 불붙은 석탄처럼 번뜩이는 붉은 눈과 거대한 두 개의 뿔을 노려보았다.

그 괴물은 갑옷소였다. 하지만 녀석은 마치 사람이라도 되는 것처럼 두 발로 서 있었다. 녀석의 비늘 덮인 피부는 군데군데 터져 있었고 근육의 구조는 이상할 정도로 인간과 비슷했다. 녀석의 두 눈은 증오로 가득했고 그 느낌은 이상할 정도로 나에게 익숙했다.

회중전등의 밝기를 높이자 녀석의 정체가 보다 확실하게 드러났다. 녀석은 갑옷소가 아니라 갑옷소의 시체였다. 어떤 분노한 유령이 갑옷소의 몸으로 들어가 녀석의 근육과 뼈를 꺾어 인간을 어색하게 모방한 거인의 육체를 만들었던 것이다. 부러진 뼈가 다시 붙고 썩은 근육이 개조된 꼴을 보아하니 지금 이 모습을 갖추기까지 적어도 한 달은 걸렸음이 분명했다.

나는 여왕을 훔쳐보았다. 그녀의 눈은 크게 뜨여져 있었고 입은 반쯤 벌어져 있었다. 도대체 저 표정은 뭔가? 공포인가? 당혹감인가?

그때 갑옷소가 나를 향해 달려들었다. 나는 거의 기계적으로 바닥에 엎드렸고 녀석의 묵직한 몸은 내 머리 위를 스치며 날아갔다. 잠시 뒤 쾅 하는 소리가 들렸다. 착지한 뒤 계속 돌바닥을 미끄러지던 갑옷소가 맞은편 벽에 부딪히며 내는 소리였다.

처음엔 그 순간을 노려 계단으로 달아날 생각이었다. 하지만 갑자기 여왕이 내 앞에 나타나 손을 흔들었다. 여왕의 입은 벌어지지 않았지만 그녀의 외침은 내 머릿속에서 종처럼 울렸다. 이쪽으로!

나는 일어나 여왕이 있는 쪽으로 달려갔다. 생각해 보니 계단은 정말 바보 같은 생각이었다. 계단을 오르느라 속도가 떨어지면 입구에 도착하기도 전에 갑옷소의 밥이 될 판이었다.

다시 일어난 갑옷소가 나를 향해 달려오는 동안 여왕은 보다 좁고 복잡한 미로로 나를 이끌었다. 갑옷소는 맹렬한 속도로 달려오고 있었지만 그러는 동안 계속 자기 속도에 못 이겨 벽에 부딪혀 넘어지거나 길을 잘못 들거나 미끄러졌다. 내 속도가 그렇게 빠르지 않았음에도 불구하고 갑옷소와 나 사이의 거리는 쉽게 좁혀지지 않았다. 두 번인가 잡힐 뻔하긴 했지만 엉성하게 사람 손을 모방한 소의 앞발은 내 옷자락을 제대로 잡지 못했다.

십 분 정도 전속력으로 달린 끝에 우린 입구에 도착했다. 내 몸 하나만 간신히 빠져 나올 정도의 넓이였고 바깥은 거의 낭떠러지에 가까운 산이었지만 선택의 여지가 없었다. 나는 입구 바깥에 난 나뭇가지를 잡고 밖으로 빠져 나왔다. 나뭇가지에 어설프게 매달려 발 디딜 틈을 찾는 동안 갑옷소는 안에서 쿵쿵거리며 입구에 몸을 박았다. 다행히도 녀석은 단번에 입구를 뚫지는 못했다.

나는 무너져 내려 거의 형체를 찾아 볼 수 없는 오르막길을 따라 다시 도시로 올라왔다. 여왕을 따라 미로 안으로 들어가기가 무섭게 등 뒤에서 갑옷소의 울음과 돌이 무너져 내리는 소리가 들렸다. 저 덩치로 오르막길을 올라올 수나 있을까? 불가능할 것 같았지만 오르지 말라는 법도 없었다. 언제부터 저들이 자연법칙에 충실했나? 시체에 기생하는 유령들은 처음부터 존재 자체가 불가능한 놈들이다.

내 생각이 맞았다. 녀석은 용케 오르막길을 올라 미로 안으로 들어왔고 나는 녀석이 뿜어내는 희망과 증오의 감정을 다시 느낄 수 있었다. 다행히도 녀석은 미로 안에 들어오자마자 그 안에 갇혀 버렸다. 나와 연결될 것 같던 길은 점점 녀석을 미로의 외곽으로 이끌었고 녀석이 품고 있던 희망은 곧 좌절과 짜증으로 바뀌었다. 녀석이 질러 댄 비명이 미로 안에 메아리쳐 울리는 동안 나와 여왕은 간신히 배에 올랐다.

배가 다시 날아오르자 나는 미로 위를 돌면서 갑옷소를 찾았다. 녀석은 미로의 일부분인 무너진 돌집 벽 위에 올라가 배를 향해 앞발을 휘젓고 있었다.

저건 도대체 뭐야? 나는 여왕에게 물었다. 여왕은 여전히 눈을 크게 뜨고 고개를 잘래잘래 흔들었다. 연극일 수도 있었지만 아닌 것 같았다. 괴물 갑옷소는 이상 현상이었고 여왕의 통제에서 벗어나 있었다. 그렇다면 갑옷소를 조종하는 유령은 비교적 새것이고 행성의 과거에 거의 감염되어 있지 않다는 말이다.

이 행성에 떨어진 마지막 우주선은 바로 내가 타고 온 것이었다.

소름이 돋았다. 이제 나는 괴물 갑옷소가 나를 향해 뿜어 댄 증오의 감정이 왜 그렇게 친숙하게 느껴졌는지 알 수 있었다. 거대한 외계 생물의 머리에 어색하게 박힌 채 어처구니없을 정도로 인간적인 감정을 쏟아내던 그 눈은 나와 함께 이 행성에 추락한 승무원들의 저주를 담고 있었다. 육체는 대기권에서 불타 흔적도 없이 사라져 버렸지만 그들이 남긴 정신의 잔해는 살아 있을 때 가졌던 증오와 공포를 그대로 품은 채 이 땅에 추락했던 것이다.

넷

1

내가 보다 능숙한 이야기꾼이었다면, 나는 이야기 중간에 노을 장군의 부관인 매부리코 장교에 대해 언급했을 것이다. 내가 조금만 덜 솔직했다면, 나는 그의 초라하고 빈약한 외모와 불쾌한 미소를 언급하며 처음 만났을 때부터 그에게서 뭔가 냄새가 났다고 허풍을 떨었을 것이다. 시간 여유가 조금만 더 있었다면, 이 행성에서 만난 유령들 중 유일하게 자기 이름을 기억하는 자라는 점도 언급했겠지. 하지만 난 그냥 그를 매부리코라고 부르겠다. 여왕도 자신의 이름을 갖지 못하는데 그에게 원래 이름으로 불리는 특권 따위는 주고 싶지 않다.

전에 그를 언급하기는 했다. 그는 노을 장군과 함께 섬을 방문한 두 부하들 중 하나였다. 그는 물에 빠지지 않고 섬까지 왔고 내 집에서 처음으로 흉상을 보았을 때 장군 옆에서 그의 장황한 연설을 들어 주었으며 장군이 내가 부른 우주인 속요를 따라 부르는 동안 그의 옆에서 흐르는 눈물을 닦아 주었다. 생각해 보니 그는 내가 궁에서 도시의 유령들을 만난 뒤로 언제나 내 근처에 있었다. 말없이, 조용히, 늘 누군가의 그림자 밑에 서서.

그가 나에게 무언가를 숨기고 있었는가? 아니. 도시의 모든 유령들과 마찬가지로 그는 그냥 표면적인 존재였다. 차이가 있다면 그가 살아 있었을 때 음모꾼이었던 남자 또는 남자들의 표피라는 것이었다. 그에겐 음모가 제1의 본성이었다. 구체적인 음모를 실행할 수 있을 정도로 분명한 사고가 가능하지는 않았지만 적어도 그는 늘 음모꾼처럼 행동했고 음모꾼처럼 이야기했다. 주체로서 그는 무의미했지만 도구로서는 완벽했다.

그가 갑자기 사라졌을 때 나는 그 사실을 기억해야만 했다.

실종 자체는 놀라운 일이 아니었다. 유령들은 연약한 존재다. 자극 없이 안전한 곳에 보관된다면 몇천 년도 버틸 수 있지만 자극이 조금만 잘못 주어져도 회로가 끊어질 수 있다. 지난 몇십 년 동안 비교적 안정된 반수면 상태를 유지하고 있었던 도시의 유령들이 내가 일으킨 소용돌이의 영향을 받아 한 명씩 망가진다고 해서 이상할 건 없었다.

내가 걱정했던 건 매부리코가 아니라 노을 장군이었다. 매부리코가 사라지자 장군은 심한 불안감에 휩싸였다. 유령들은 알게 모르게 자신과 자신을 둘러싼 상황이 영원히 유지될 것이라고 믿는다. 그런 믿음 속에서 가까운 사람의 갑작스러운 실종은 심각한 불안감의 원인이 된다. 그게 지속되면 그들은 생각을 하게 되고 생각은 존재론적 의심으로 연결된다. 그다음 단계는? 회로가 끊어지는 것이다. 만약 노을 장군의 회로가 끊어진다면 어떻게 해야 하는가? 그의 잔재를 모아 새로운 장군을 만들어야 하는가? 아니면 내가 직접 그의 부하들과 상대해야 하는가? 이럴 때 42호 부대가 우리를 습격한다면 나는 어떻게 해야 하는가? 내가 직접 그들을 이끌고 싸워야 하는가? 아니면 여왕만 데리고 달아나야 하는가?

당연한 일이지만, 여왕은 매부리코의 실종엔 별 관심이 없었고 전령이나 대장은 내 고민을 들어줄 만한 상대가 아니었다. 어쩔 수 없이 나는 혼자서 머리를 쥐어 짜며 고민해야 했다. 그 때문에 매부리코가 이틀 뒤에 슬그머니 장군 옆으로 돌아왔을 때 나는 그동안 그에게 무슨 일이 일어났는지 궁금해하는 대신 그냥 안도의 한숨을 내쉬었다. 심지어 나는 그의 머릿속을 들여다볼 생각도 하지 못했다. 이건 아마 습관 때문이었으리라. 유령들이 자발적으로 무언가를 숨기는 건 그냥 불가능하다고 생각했던 것이다.

도시의 유령들에 대한 매부리코의 영향력이 조금씩 커지는 동안에도 나는 그게 그냥 당연한 현상이라고 생각했다. 매부리코가 없던 이틀 동안 장군은 살아 있는 사람의 신경쇠약과 같은 증상을 심하게 앓았던 것이다. 단지 장군에게 신경쇠약은 회복 불가능한 병이었다. 매부리코가 없는 동안 그의 신경 또는 신경의 허상은 말 그대로 그의 몸에서 조금씩 떨어져 나가 증발되고 있었다. 그의 언어 능력은 감퇴했고 심지어 궁중 예절에 대한 그의 집

착도 예전 같지 않았다. 권력이 매부리코에게 넘어가는 건 너무나도 자연스러웠다. 자연스럽지 못했던 건 매부리코가 그런 권력 이동의 과정에 너무나도 쉽게 적응했다는 것이었다. 이건 결코 유령답지 못했고 그답지도 못했다. 그는 음모꾼이었지만 지휘자는 아니었다.

매부리코의 변화를 처음으로 눈치 챈 건 엉뚱하게도 대장이었다. 여왕이 우리 집에 숨어 살기 시작한 뒤로 대장은 거의 살아 있는 사람 수준으로 똑똑해졌다. 그의 최대 목표는 여왕을 수호하는 것이었고 그러기 위해서는 우주선을 만들고 배를 만들 때와는 달리 그의 남아 있는 지능을 최대한으로 활용해야 했다. 그는 여왕을 제외한 모든 유령들을 의심했고 그 의심을 정당화하기 위해 수많은 이유를 만들었다. 그러다 보니 어쩌다 매부리코가 걸려든 것이다.

새 사령관은 무언가를 꾸미고 있어. 대장이 나에게 말했다. 그가 폐하를 해할까 봐 염려돼.

우린 그때 통신기로 별의 문과 대화를 시도하고 있었다. 언제나처럼 별의 문은 묵묵부답이었고 우리가 할 수 있는 건 동굴의 중계기 옆에 앉아 가끔 날아드는 비정상적인 신호를 어떻게 해석해야 할지에 대해 이야기하는 것뿐이었다. 배는 완성되었지만 우주선 제작 과정은 지지부진했기 때문에 급할 건 없었다.

왜 그렇게 생각해? 나는 중계기가 마지막으로 뱉어낸 종이 띠에 기록된 신호를 검토하며 건성으로 물었다.

나는 그가 겉으로 드러나는 것과 모순되는 또 다른 생각을 가지고 있다는 것을 알았어. 대장이 대답했다. 그래서 그의 뒤를 미행했어. 그러다 남쪽 병사들과 그가 이야기하는 것을 보았어.

나는 멈칫했다. 첫 번째 정보는 어떻게든 해석될 수 있는 애매한 내용이라 특별히 신경 쓰이지 않았다. 하지만 두 번째 정보는 그냥 지나갈 수 없었다. 매부리코가 남쪽 병사들과 의사소통에 성공했다는 건가? 스스로 시간의 굴레에서 빠져온 남쪽 유령들이 자기네들의 의지를 되찾았단 말인가?

무슨 이야기를 하는지 들었어?

아니, 하지만 그들이 무언가를 꾸미고 있는 건 분명해. 무슨 일이 있어도 그 음모에 맞서 폐하를 수호해야 해.

그 뒤로 그는 의심이 가는 다른 유령들에 대해 이야기했고 그에 대한 이유를 조목조목 나열했다. 하지만 내 머릿속은 남쪽 유령들과 대화를 나누는 매부리코의 모습으로 가득 차 다른 것은 생각할 수 없었다.

나는 통신기를 대장에게 맡겨 두고 산에서 내려왔다. 해변과 마을을 산책하듯 걷던 나는 정말 무언가가 잘못되었다는 사실을 알아차렸다. 시계처럼 정확히 일과를 반복하던 섬의 병사들이 은근슬쩍 궤도에서 벗어나 있었다. 가장 심하게 궤도에서 벗어난 이들은 늘 해변에서 사투를 벌였던 여왕의 친위 장교와 남쪽 병사였다. 더 이상 남쪽 병사가 친위 장교를 쫓아오지 않았기 때문에 장교는 어쩔 줄 몰라 했다. 그는 혼자 달아나다 혼자 쓰러졌고 당연히 닥쳐야 할 마지막 일격이 떨어지지 않자 힘없이 바닷물에 쓸려가다가 녹아 사라졌다. 죽음의 예식이 취소되었어도 그의 존재는 이어질 수 없었다. 그를 지탱하는 삶의 재료가 더 이상 남아 있지 않았던 것이다.

그 뒤 이틀 동안 나는 섬을 돌아다니며 섬의 유령들을 한 명씩 검사했다. 스물일곱 명이나 되는 유령들이 궤도에서 벗어나 있었다. 물론 이들 중 몇 명은 나에게 빙의하려 덤벼드는 등 처음부터 어느 정도 이탈된 상태였다. 하지만 스물일곱 명은 지나치게 많았다. 그리고 한두 명을 제외하곤 모두 남쪽 병사들이라는 것도 걸렸다.

나는 매부리코의 마음도 읽어 보았다. 놀랍게도 그의 마음은 정말로 두 겹의 층을 형성하고 있었다. 겉으로 그는 여왕과 노을 장군의 충성스러운 신하였다. 하지만 밑에서는 자신의 권력을 강화하고 남쪽 병사들을 포섭해서 용병으로 쓸 생각을 하고 있었다. 하지만 왜? 어이없는 일이지만 그의 마음속에는 답이 없었다. 그는 그냥 그렇게 했다. 지금 그를 움직이는 새로운 동기와 생각은 음모꾼으로 조각된 정신의 골에 고인 빗물과 같았다. 그와 자연스럽게 어울리기는 했지만 그의 것은 아니었다. 그는 감염되어 있었다.

매부리코가 어디에서 감염되었는지 알 것 같아. 나는 여왕에게 말했다. 사라지기 전에 부하 두 명과 함께 강 근처로 정찰을 갔더라고. 남쪽으로 간 거지. 십중팔구 저 안에 들어간 건 남쪽 사람들이나 42호 무리의 찌꺼기일 거야. 내 생각엔 42호 무리 같아. 토착민치고는 하는 짓이 너무 야무져.

그렇겠네. 여왕은 내 침대 위에 앉아 모피 외투를 손가락으로 쓸면서 성의 없이 대답했다.

도대체 남쪽에 뭐가 있는 거야?

해안이 있고 도시도 하나 있고…….

왜 42호 무리는 남쪽으로 갔는데?

거기가 더 살기 좋거든. 너도 그렇게 생각했잖아.

왜 널 싫어했는데?

걔들이 날 싫어했다고 누가 그래?

전에 온 42호 장군은 널 그렇게까지 좋아하는 것 같지 않던데?

어떻게 모든 사람들이 다 날 좋아할 수 있니. 그럼 재미없지.

남쪽 사람들은? 그 사람들은 왜 널 잡으러 왔어? 아니, 질문을 말자. 자기가 누군지도 말하지 않는 유령한테 이런 이야기를 해 봐야 무슨 소용이 있어? 다시 한 번 묻자. 넌 도대체 뭐야? 어느 여왕이냐고?

정말 모른단 말이야?

그녀가 내 짜증을 즐기고 있고 지금의 질문도 끝없는 말장난의 일부라는 걸 너무나도 잘 알았기 때문에 나는 대답하지 않고 집에서 나왔다.

해변을 걸으며 나는 계속 매부리코와 남쪽에 있다는 도시에 대해 생각했다. 아무리 생각해도 직접 가 보는 수밖에 없었다. 못

갈 이유도 없었다. 이미 배는 완성되어 있었다. 나는 지도도 하나 가지고 있었다. 통로의 쓰레기를 옮기는 동안 누군가가 금속판에 새긴 지도가 하나 나왔다. 해안선과 강줄기들만 엉성하게 그려져 있는 투박한 지도였지만 남쪽 해안 근처에 있다는 정체불명의 지역에 가는 데에는 아무런 문제가 없었다. 오로지 그 목적만을 위해 그려진 지도였던 것이다.

나는 섬의 크기에 맞추어 척도를 계산했다. 강을 따라간다면 기껏해야 천오백 리 정도였다. 우리가 만든 배는 그렇게 빠른 편은 아니었지만 그래도 이틀 정도면 충분히 왕복할 수 있는 거리였다. 하지만 얼마나 준비를 해야 할까? 남쪽 도시엔 얼마나 많은 유령들이 살까? 그들은 얼마나 적대적일까?

아니, 남쪽 유령들이 정말 적대적이고 매부리코를 직접 감염시켰다면, 이미 그들은 섬 근처에 와 있을 가능성도 컸다. 전에 우리 집을 찾았던 42호 장군도 혼자서 그렇게 멀리 오지는 않았을 것이다. 만약 그들이 섬 근처 어딘가에 숨어 있다면 그들이 매부리코를 감염시킨 것도 이해가 된다. 감염된 매부리코는 지도자로 행세하면서 섬의 유령들을 한 명씩 세뇌시킨다. 섬에 세뇌된 유령들의 수가 충분히 늘어나면 안과 밖에서 동시에 공격이 시작된다. 섬은 혼란에 빠지고 그들은 여왕을…….

아니다, 아직도 뭔가 이상해! 난 마치 그들이 육체가 있는 산 사람들인 것처럼 생각하고 있다. 일단 섬의 유령들을 공격하는 것도 쉬운 일이 아니다. 지금도 도시의 유령들과 섬의 유령들은 마치 다른 세계의 존재들처럼 서로의 몸을 뚫고 지나간다. 만약 그들이 섬을 정복했다고 치자. 그런다고 그들이 여왕을 어떻게 할 수 있는 건 아니다. 그들에게 여왕은 흉상이다. 그들이 호위병을 처리할 수 있다고 해도 그들은 흉상에 손끝도 대지 못한다. 그런 물건을 차지하기 위해 전쟁을 일으킨다는 게 말이 될까?

하지만 42호 장군도 손댈 수 없는 나무 흉상인 여왕을 죽이러 혼자 섬까지 왔다. 그들이라고 그러지 말라는 법은 또 뭔가? 여기와는 달리 42호 무리와 남쪽 나라 유령들이 합세해서 보다 효율적인 군사 문화를 이룩했는지도 모르는 일이다.

어느 가설이 사실인지 알아내는 방법은 하나밖에 없었다. 매부리코를 계속 감시하는 것이다. 진실이 무엇이건 매부리코는 그를 감염시킨 존재와 접촉할 수밖에 없었다. 그를 감염시킨 생각들은 지금도 서서히 희미해져 가고 있었다.

2

매부리코가 다섯 명의 남쪽 병사들과 함께 섬을 떠나는 걸 목격하고 그들을 따라 나선 건 전령이었다. 그는 여왕이 자기를 첩자로 임명한 뒤로 매부리코를 감시하고 있었다. 어린애에게 시킬 짓은 아니었지만, 그는 내가 주변에서 일을 맡길 수 있는 유일한 첩자였다. 육체를 가진 나나 대장은 너무 쉽게 들통이 났다. 호위병과는 말이 통하지 않았다. 여왕은 첩자질 따위는 하지 않으려

했다. 남은 건 전령뿐이었다.

전령은 목숨이라도 걸린 것처럼 심각하게 자신의 임무를 수행했다. 마치 몇천 년 전에 가죽통을 잃어버린 것을 이번 임무로 벌충하려 하는 것 같았다. 갑자기 생겨난 충성심 때문에 그의 머리도 비교적 잘 돌아갔다. 심지어 그는 변장도 하고 다녔다. 매부리코를 따라다니는 동안 그의 옷과 투구는 서서히 남쪽 병사들과 비슷해졌다.

전령은 매부리코 일행과 함께 이틀 동안 섬을 떠나 있다가 다시 돌아왔다. 이틀 뒤 매부리코 일행이 아무런 일도 없었다는 듯 자기 자리로 돌아갔을 때, 그는 내 돌집으로 돌아왔다. 여왕은 마침 외출 나가 돌아오지 않았기 때문에 그는 나에게 그동안 있었던 일들에 대해 보고해야 했다.

매부리코와 부하들은 남쪽으로 갔어. 그가 말했다. 그들은 물 위를 걸어서 육지로 갔어. 우리는 숲으로 들어갔어. 남쪽 병사들은 내가 뒤에서 따라오는지 모르는 것 같았어. 그래도 그들은 가끔 뒤를 돌아봤어. 그럴 때마다 나는 나무 뒤에 숨어서 숲처럼 생각했어. 그러면 내 몸은 녹색이 되었고 투구와 옷에서는 가지가 났어.

나는 전에 숲에 들어간 적이 없었어. 나는 언제나 바다와 해변에서만 살았어. 도시 주변에도 숲이 있었지만 이렇게 크고 깊지는 않았어.

나무들은 검고 컸어. 눈이 쌓이고 얼음이 얼었는데도 나뭇잎이 무성했어. 숲에는 내가 처음 보는 동물들이 살았어. 어떤 것은 국수가닥처럼 길고 발이 없고 끈끈했어. 어떤 것은 벌레 다리 같은 것들이 가장자리에 잔뜩 난 둥근 원반이었는데 다리로 기어 다니는 대신 굴러다녔어. 전에는 이런 것들을 본 적이 없었어. 생각해보니 이런 숲도 본 적이 없었어. 이제 기억나. 내가 살아 있었을 때 그곳은 자작나무 숲이었어. 들어간 적은 없지만 그 정도는 알았어. 전엔 이렇게 검은 나무들은 없었어. 누가 자작나무들을 밀어내고 이 나무들을 심었지? 당신은 알아?

길은 동쪽으로 가다가 남쪽으로 꺾어졌어. 꺾어진 뒤 조금 더 걷자 강이 나왔어. 매부리코는 강을 따라 내려갔어. 그리고 그들은 그 뒤로 한참 걸었어.

당신은 매부리코가 어떻게 변하는지 관찰하라고 했어. 그래서 나는 그렇게 했어.

매부리코는 강에 이르기 전까지는 지도자처럼 굴었어. 이들 중 길을 알고 있는 자도 매부리코밖에 없었어. 강까지 걷는 동안 매부리코는 쉴 사이 없이 이야기를 했어. 그는 남쪽 여왕을 예찬했어. 그들의 목표는 수천 년이 지나도 바뀔 수 없다고도 했어. 병사들은 뒤를 따르면서 매부리코의 말을 듣다가 가끔 옳소! 라고 외쳤어.

하지만 저녁이 되어 강에 도착한 뒤부터 매부리코는 이상해졌어. 더 이상 말을 하지 않았고 길을 알고 있는 것 같지도 않았어. 그는 그냥 무작정 걸었어. 한동안 길을 걷던 그는 더 이상해졌어.

마치 자기가 왜 여기에 왔는지 모르는 것 같았어. 그는 자길 따라 오는 병사들이 누군지도 몰랐어. 가끔 병사들이 허공에 대고 옳소! 라고 외치면 그는 깜짝 놀랐어.

병사들은 동요했어. 처음엔 그냥 자기네들 말을 따라하지 않자 짜증을 내는 정도였어. 하지만 매부리코의 태도가 이상하다는 걸 알아차리자 웅성거렸어. 마침내 그들은 매부리코를 둘러싸더니 그를 잡고 흔들었어.

매부리코는 그 순간 완전히 정신을 차린 것 같았어. 그는 병사들을 밀치고 뒷걸음질 치더니 칼을 뽑아들었어. 그가 말했어. 이 미친한 야만인, 더러운 기생충들아, 너희들은 왜 나를 여기로 끌고 왔느냐.

잠시 조용해졌어. 그러다 병사 중 한 명이 말했어. 왜 당신은 그렇게 말하는가? 당신이야말로 우리보고 우리 여왕을 위해 다시 싸우라고 하지 않았는가? 당신이 지금까지 보여준 충성은 어디로 갔는가?

매부리코는 대답하지 않았어. 그는 눈을 커다랗게 뜨고 병사들을 바라보다가 숲 속으로 달아났어. 병사들은 매부리코를 따라 달려갔고 나도 그들의 뒤를 따라 달렸어. 병사들은 곧 매부리코를 놓쳤어. 오로지 나만이 매부리코를 따라갈 수 있었어. 그럴 수밖에 없었어. 어떤 일이 있어도 그를 따라가겠다고 폐하께 맹세했기 때문에.

길을 잃은 매부리코는 겁에 질려 있었어. 그는 나무들 사이에서 계속 이름들을 불러 댔어. 수많은 이름들을, 아무도 기억하지 못하는 이름들을. 아마 누군가가 그 근처에 있어 자기 이름을 들었어도 대답하지 못했겠지. 우린 모두 이름을 잊어버렸으니까.

한참 다른 이들을 불러 대던 매부리코는 갑자기 조용해졌어. 달아나면서 그렇게 요란하게 고함을 질러 대면 위치가 들통 날 뿐이라는 걸 알아차렸나 봐. 자기가 얼마나 어리석었는지 알아차린 그는 그 때문에 다시 겁에 질렸어. 그는 커다란 나무에 등을 붙이고 서서 사방을 번갈아 보다가 달아났어. 자기가 어디로 가고 있는지도 모른 채.

주변이 웅성거렸어. 잠시 매부리코를 놓쳤던 병사들이 쫓아오고 있었어. 병사들이 휘두르는 칼은 달빛이 반사되어 나무들 사이에서 번뜩거렸어. 숲 속에서는 머릿수가 언제나 많아 보여. 우리가 내는 소리뿐만 아니라 우리 자체가 메아리가 되지. 당신은 그걸 알고 있어?

병사들은 다시 매부리코를 따라잡았어. 그러는 동안 몇 명이 내 몸을 뚫고 지나갔지만 아무도 나를 보지 못했어. 그들이 매부리코를 에워싸는 동안 나는 나무 위로 올라갔어. 죽은 뒤로 처음이었어. 이상했어. 그처럼 가는 가지들이 내 몸을 지탱할 수 있었다는 게. 종종 나뭇가지를 놓쳐도 내 몸이 떨어지지 않고 여전히 허공에 떠 있다는 게.

내가 바늘처럼 생긴 검은 나뭇잎 사이로 엿보는 동안 병사들은 매부리코를 넘어뜨리고 팔다리를 붙잡았어. 그들은 뭐라고 떠들었지만 무슨 소린지 알아들을 수 없었어. 그들도 자기들이 무슨 말을 하는지 몰랐던 것 같아. 그들은 그냥 소리를 질러 댔어.

모두가 매부리코에게 고함을 질러 대느라 정신이 팔려 있었어. 그래서 아무도 눈치 채지 못했어. 목도리처럼 긴 하얀 안개가 우리를 향해 숲 속으로 몰려오고 있었는데도.

순식간에 안개는 병사들과 매부리코를 휘어 감았어. 안개 속에서 병사들은 잠이라도 든 것처럼 가라앉았어. 매부리코는 일어나 달아나려 했지만 안개가 사람 팔 비슷한 걸 꺼내 매부리코를 잡아끌었어. 매부리코는 뒤로 나자빠졌고 안개는 그를 먹어버렸어.

그 뒤로 안개는 조용히 고여 있기만 했어. 가끔 꿈틀거리며 병사들의 얼굴이나 팔이 튀어나왔지만 다시 안개가 먹어버렸어. 매부리코의 얼굴은 보이지도 않았어.

새벽이 되어 햇빛이 나무 사이로 들어오자 안개는 꿈틀거리면서 후퇴했어. 나는 나무 꼭대기로 올라가 안개가 사라지는 쪽을 바라봤어. 그 안개는 강에서 와서 강으로 가고 있었어.

안개가 사라지자 바닥에 누워 있던 병사들과 매부리코는 다시 눈을 뜨고 일어났어. 일어나는 모습이 이상했어. 누운 자리에서 다리를 모으더니 무릎도 구부리지 않고 뻣뻣하게 튕겨 올라선 거야. 더 이상 사람 흉내는 내지 않겠다는 것 같았어.

안개 속에 갇혀 있는 동안 매부리코도 변해 있었어. 매부리코뿐만 아니라 병사들도 변해 있었어. 전에는 막 정신을 차린 오합

지졸들이었지만 이제는 마치 산 사람 같았어. 심지어 머릿수가 전보다 많았어. 안개가 들어오기 전보다 두 배는 더 많아 보였어.

매부리코는 다시 지휘자가 되었어. 그는 칼을 뽑아들고 외쳤어. 여왕 폐하 만세! 병사들도 외쳤어. 폐하 만세! 한동안 그들은 그 자리에 서서 만세를 외쳐 대기만 했어. 만세가 잦아들자, 매부리코는 병사들을 이끌고 앞장 서 걸었어. 그들은 숲에서 빠져나오기 전까지 계속 한 노래를 반복해 불렀어. 행진곡이었는데 가사가 없었어. 그 노래는 전에 남쪽 병사들이 불렀던 노래와 비슷했지만 아주 같지는 않았어. 더 서글펐고 꾸밈음이 많았어.

해변에 도착하자 매부리코는 병사들을 둘로 나누었어. 첫 번째 무리는 그와 함께 섬으로 왔고 다른 무리는 도시로 갔어. 지금도 그 무리는 아마 도시에 있을 거야. 거기서 무슨 일을 꾸미고 있는지 내가 가서 염탐해야 해? 아니면 계속 매부리코를 감시해?

3

나는 배를 타고 도시로 날아갔다. 배 위에서 도시를 관찰했지만 유령들은 보이지 않았다. 유령들이 뿜는 것일 수도 있는 썩은 기운이 희미하게 느껴지는 것 같기도 했지만 분명치는 않았다. 그렇다고 내려가서 집과 미로와 지하 공간을 뒤질 생각은 전혀 들지 않았다. 나는 여전히 괴물 갑옷소가 두려웠다. 열선총을 가지고 간다고 두려움이 사라지는 건 아니었다. 그리고 그 괴물이 없다고 해도 도시의 유령들에게 나를 노출시키는 건 결코 현명한 일이 아니었다. 일이 어떻게 돌아가고 있는지 알고 그에 대한 대책을 세우기 전까지는 내가 그들의 음모를 알고 있다는 사실을 밝혀서는 안 되었다. 그런 식으로 생각한다면 지금처럼 배를 타고 도시 주변을 도는 것도 위험한 일일 수 있었다.

섬으로 돌아온 나는 시치미를 뚝 떼고 섬의 일상생활로 돌아왔다. 대장 역시 다른 유령들을 의심하고 감시하는 동안에도 자기 일을 하고 있었다. 얼마 전에 그는 부하들을 데리고 바다 밑으로 내려가 작지만 입구 빼고는 거의 손상을 입지 않은 왕복선의 선체를 끌어왔다. 그는 일에만 매달린다면 열흘 안에 별의 문까지 진입 가능한 왕복선을 만들 수 있다고 했고 나는 제발 그러라고 했다. 나는 그가 동굴 안에서 일만 하길 바랐다. 나는 다른 유령들이 그의 의심을 눈치 채지 않길 바랐다. 무엇보다도 나는 점점 괴상해져 가는 이 행성을 빨리 떠나고 싶었다. 왕복선이 완성된다고 여기서 당장 빠져나갈 수 있는 건 아니지만 그래도 뭔가 하는 편이 나았다. 휴가는 이 정도로 충분했다. 나는 문명 세계와 살아 있는 정신을 가진 살아 있는 사람들이 그리웠다.

하지만 도시 유령들은? 그게 곤란했다. 어느 순간부터 나는 그들에게 책임감을 느끼고 있었다. 나는 그들이 나의 편이라고 믿었고 곧 닥쳐올 남쪽 군대의 습격에 맞서 싸울 수 있게 그들을 돕는 게 나의 의무라고 생각했다. 귀찮기 짝이 없는 감정이었다. 오래 전에 죽어 자기 이름도 제대로 기억하지 못하고 자기네들이 누구인지도 잘 모르는 허깨비들을 돌봐야 한다니.

결국 나는 동굴 안을 돌아다니며 왕복선을 만드는 산송장들을 방해하고 있는 여왕에게 달려가 따졌다. 당장 네 모습을 드러내! 내가 말했다. 이건 네 일이야. 여왕이라면 여왕의 책임감을 좀 느껴보는 게 어때?

왜? 여왕은 어이가 없다는 듯 되물었다.

왜라니? 네 신하들이잖아. 넌 어떻게 된 애가 그 모양이냐? 곧 남쪽에서 군대가 쳐들어 와. 네 신하들을 죽이고 너를 잡으러 온단 말이야. 네가 진짜 여왕이라면 제발 여왕답게 굴어!

넌 뭔가 중요한 것을 잊고 있는 것 같구나. 걔들은 모두 죽었어. 유령들이란 말이야. 네가 말하는 남쪽 군대도 다 유령들이야. 유령들의 전쟁이 어떤 건지 너도 알잖아. 너도 동굴에 들어오면서 봤을걸. 그건 다 헛것이야. 피 한 방울 흐르지 않는 그림자극.

넌 너도 유령이면서 어떻게 그렇게 매정하니? 섬의 유령들과 도시에서 온 유령들은 달라. 도시 유령들은 회로를 가지고 있잖아. 회로를 가지고 있다면 살아 있는 거야. 육체가 있건 없건.

그럼 네가 가서 앞으로도 계속 살라고 그래. 그럼 걔들은 그냥 사는 거잖아. 유령들이 싸워서 뭘 어쩐다고? 칼로 상대방을 찌르기라도 하디?

생각해 보니 여왕의 말은 다 맞았다. 유령들은 이미 죽었다. 그들이 아무리 진지하게 전쟁을 기획해도 그건 그림자극이었다. 내가 신경 쓸 필요가 없었던 것이다.

그럼에도 불구하도 뭔가 수상쩍다는 생각이 드는 건 어쩔 수 없었다. 뭔가 심하게 잘못되어 있었다. 가장 괴상한 건 매부리코를 첩자로 삼아 섬 안의 유령들을 단결시킨다는 계획 자체였다. 그건 유령들의 썩은 머릿속에서 나온 것치고는 지나치게 야무졌다. 새로 생긴 무언가가 지금까지 썩은 물처럼 고여 있던 죽은 자들의 세계를 흔들어 놓고 있었다. 미로 속의 괴물소처럼.

그래, 괴물소. 나는 슬슬 뭐가 어떻게 돌아가는 건지 알 수 있을 것 같았다. 섬과 도시의 유령들을 뒤흔든 건 바로 나였다. 그렇다면 남쪽 도시를 뒤흔든 건 비슷한 시기에 그쪽으로 떨어진 누군가이다. 나 말고도 생존자가 있었던 걸까? 그 누군가가 지금 도시와 섬을 정복하려는 음모에 장작을 더해 주고 있는 걸까?

숨이 턱 하고 막혔다. 이 행성에서 여왕이란 뭔가? 모든 것이면서 아무것도 아니다. 유령들은 여왕을 위해 싸웁네 하고 난리를 치고 있지만 코앞에 여왕이 돌아다니는 것도 모른다. 이들에게 여왕은 어떤 것이 될 수도 있다. 심지어 나도 여왕이 될 수 있다. 왜 안 되는가? 지금 이곳에서 그들 눈으로 볼 수 있는 여자는 나뿐이다. 물론 노을 장군의 부하들이 나를 여왕으로 인정할 가능성은 없다. 하지만 남쪽 병사들은 어떤가? 권위를 가진 누군가가 위에서 내가 여왕이라고 우기면 그들은 그냥 믿을 수도 있다.

그 위의 누군가가 나를 노리고 있다면 이 가설은 설득력을 얻는다.

나는 나를 체포했던 제국 첩보부의 첩보원을 생각했다. 나는 그의 이름도 일련번호도 몰랐지만, 그가 나에 대해 품고 있는 증오의 감정만은 알고 있었다. 그가 만약 살아남았다면? 그에게 유령들을 통제할 만한 힘이 있다면? 그가 유령들을 이용해 나에게 해를 끼치려 한다면?

생각해 보니 다 있을 법한 일이었다. 첩보부와 보건성에서 우리를 잡기 위해 우리와 같은 부류를 이용한다는 말을 들은 적이 있었다. 소문에 따르면 첩보부에서는 같은 부류에 대한 증오심을 인공적으로 생성한 뒤 그들의 뇌에 주입해 우리를 잡는 사냥개처럼 부린다고 한다. 다른 소문도 떠돌았는데, 그건 보건성에서 우리의 능력을 모방하는 뇌시술법을 발명했지만 사회적 파장을 고려해 비밀로 붙여두고 몇몇 첩보부원들에게만 시술한다는 것이었다. 나를 추적하던 첩보원이 바로 그런 인물일 수도 있었다. 어느 쪽이 사실이어도 그는 유령들을 나만큼 통제할 수 있다.

확인하려면 한 가지 방법밖에 없다. 배를 타고 남쪽 도시까지 날아가 그와 직접 대면하는 것이다.

4

그냥 떠날 수는 없었다. 그럴 수도 있었지만 그럴 생각이 들지 않았다. 내가 떠나면 도시에서 온 유령들은 무방비 상태로 노출된다. 그들 앞에서 매부리코의 정체를 폭로한다고 해도 사정은 달라지지 않는다. 그들은 여전히 나 대신 매부리코를 믿을 것이다. 의심은 유령에겐 힘겨운 일이다. 아무리 세상 돌아가는 게 수상쩍어도 이전부터 믿었던 걸 계속 믿는 게 낫다. 그건 유령들에게만 해당되는 일도 아니다.

매부리코를 몰래 처치하는 것도 고려해 봤다. 내 능력을 적절하게 활용하면 그의 회로를 끊을 수 있을 것이다. 그러나 잘 돌아가는 누군가의 정신을 일부러 파괴한다는 생각은 불쾌했다. 아직 사정이 어떻게 돌아가는지도 잘 모르면서 유일한 연결고리라고 할 수 있는 존재를 제거하는 것도 위험한 일이었다.

한참 머리를 굴리던 나는 대책을 하나 고안했다. 아직 노을 장군은 소멸되지 않았고 남쪽에서 온 수상쩍은 존재에 오염되지도 않았다. 그렇다면 그를 고치면 어떨까? 그의 정신이 회복된다면 매부리코는 사령관 자리를 돌려주어야 할 것이고 병사들은 다시 장군을 따를 것이다. 매부리코가 또 음모를 꾸밀 수도 있겠지만 사흘 만에 모든 게 다 뒤집힐 만큼 빠르지는 못할 것이다. 그는 음모꾼이 아니라 음모꾼의 껍질이었다. 새 음모를 꾸미기 위해서는 도움이 필요했다.

매부리코가 부하들을 이끌고 섬을 순찰하는 동안, 나는 노을 장군이 머물고 있는 빈 집으로 들어갔다. 매부리코에게 권력을 넘겨준 뒤로, 그는 산송장들이 먼지를 치우고 새로 지붕을 지어 준 그 집에서 한 발자국도 나가지 않았다. 그는 구석에 세워놓은 의자에 앉아 멍하니 맞은편 문을 바라보고 있기만 했다. 가끔 노래 비슷한 걸 흥얼거리기도 했지만 무슨 노래인지는 알 수 없었다. 그의 정신처럼, 그가 흥얼거리는 노래들도 썩어 가고 있었다.

나는 노을 장군의 머릿속을 진찰했다. 그의 머리는 톱니바퀴들이 반쯤 떨어져 나간 낡은 괘종시계와 같았다. 아직 태엽은 멀쩡했고 남은 톱니바퀴도 가끔 돌아갔지만 가리키는 시각은 맞지 않았고 가끔 엉뚱한 때에 종을 울렸다. 한 시간 동안 그의 헛소리를 들으며 장단을 맞추어 주다 보니 어디가 모자라고 어디가 남아 있는지 알 만했다. 나는 정보처리기에 그동안 얻은 정보를 입력하고 다시 집에서 나왔다.

그날 오후, 나는 배를 타고 도시 주변을 돌아다니며 조각난 정신의 찌꺼기들을 긁어모았다. 내가 모은 것은 대부분 언어와 관련된 것들이었다. 나는 그가 엄청나게 똑똑해지길 바라지 않았다. 수도 행성의 황실 가족처럼, 병사들 앞에서 기름기 번지르르한 말을 쏟아 붓는 것으로 충분했다. 원래부터 그게 노을 장군이 하는 일의 전부였다.

충분한 양의 찌꺼기들을 머릿속에 담아 집으로 가져온 나는 탁자 앞에 앉아 그 찌꺼기들을 토해냈다. 찌꺼기들이 꿈틀거리며 옆에 있는 다른 찌꺼기들과 연결되려고 하는 동안 나는 잽싸게 손가락을 놀려 그들을 배분하고 정리하고 끄트머리를 다듬고 조립했다. 모르는 사람이 봤다면 내가 빈 탁자를 건반 삼아 악기 연습이라도 하고 있는 줄 알았을 것이다.

자정 무렵에 부품들이 완성되었다. 나는 남은 찌꺼기를 불어 증발시키고 완성된 부품들을 다시 머릿속에 넣었다. 그것들이 내 머릿속으로 들어가지 않게 하기 위해서는 걸으면서 계속 다른 생각을 해야 했다. 나는 그럴 때마다 시골의 작은 돌집 앞에 늙은 개와 함께 서서 하늘을 쳐다보는 나이 든 남자의 뒷모습과 그의 머리 위로 지나가는 불타는 비행선을 떠올린다. 근거는 없지만 나는 그가 내 할아버지들 중 한 명이라고, 그것이 내 머릿속에 남은 유일한 어린 시절의 기억이라고 추측한다.

나는 곧장 집으로 들어갈 수 없었다. 원래부터 노을 장군을 지키던 호위병 둘 말고도 다른 두 명이 집 앞에 서 있었다. 매부리코의 부하들이었다. 하필이면 이럴 때 왜 온 거야? 나는 욕을 씹으며 모퉁이로 후퇴했다. 잠시 방심한 틈을 타서 머릿속의 부속품들이 내 정신에 침투했다. 나는 이를 악물고 그 피투성이 기억들을 다시 튕겨냈지만 찌꺼기를 완전히 제거할 수는 없었다. 나는 그 뒤로 반나절 동안 군인들의 음란한 교미가交尾歌가 내 머릿속에서 빙빙 도는 걸 참고 견뎌야만 했다.

집 근처 골목을 빙빙 돌면서 기다리자 매부리코가 집에서 나왔다. 나는 구석에 숨어 그가 부하들과 함께 그들이 본부로 삼은 방파제 앞의 빈 집으로 떠나가는 걸 바라봤다. 그가 사라지자 나는 노을 장군 집 안으로 들어갔다. 호위병들이 매부리코에게 새 지령 같은 걸 받았을까 봐 조금 걱정이 되었지만, 그들은 언제나처럼 나를 들여보내 주었다. 하긴 그들이 나를 막을 수 있는 것도 아니었다.

노을 장군은 언제나처럼 멍한 표정으로 문을 쳐다보고 있었다.

하지만 그의 정신은 뭔가 달랐다. 이전보다 축축했고 축 늘어져 있었고 굳어 있었다. 나는 그의 정신을 검토하고 싶었지만 일단 내 머릿속에 든 부품들을 먼저 치워야 했다. 나는 그의 머리를 양손으로 잡고 동공을 풀었다. 부품들은 내 눈을 통해 쏟아져 나와 장군의 머릿속으로 빨려 들어갔다.

내 계산이 맞았다면 그 순간부터 장군의 머리는 다시 움직였을 것이다. 하지만 장군은 여전히 멍한 상태였다. 나는 부품들의 위치와 역할을 확인했다. 실수는 없었다. 문제가 있는 건 장군의 남은 정신이었다. 내가 마지막 진찰을 한 뒤로 장군의 정신은 더 죽어 있었다. 자연스러운 퇴화인가? 그런 것치고는 붕괴가 지나치게 빨랐다.

그렇다면 대답은 하나다. 매부리코가 장군을 조금씩 암살하고 있었던 것이다. 못할 것도 없다. 그는 이미 남쪽 유령들을 시간의 굴레에서 해방시켜 회로를 만들었다. 회로를 파괴하는 데에도 같은 지식과 기술이 적용된다. 나는 화가 났다. 왜 지금까지 그 사실을 눈치 채지 못했는가.

나는 장군의 멍한 얼굴을 내려다봤다. 다행히도 그의 정신은 고칠 만했다. 부품들이 특별히 부족한 건 아니었다. 단지 정신이 보다 굳어 있었을 뿐이다. 나는 그걸 치료하는 몇 가지 방법을 알고 있었다. 대부분 대장을 만들면서 새로 익힌 기법들이었다.

내가 맨 처음 도구로 사용한 건 노래였다. 다행히도 내가 가져온 부품엔 장군이 전에 부른 적 있었고 아직도 곡조의 일부가 지워지지 않고 남아 있는 군가가 하나 들어 있었다. 나는 그에게 그 군가를 콧노래로 부르도록 유도했고 그가 흥얼거리는 동안 그 안에 가사를 집어넣었다. 그러는 동안 언어를 다루는 정신 부품은 서서히 돌아가는 그의 정신과 섞이기 시작했고 녹슨 톱니바퀴 덩어리와 같았던 그의 정신은 삐걱거리며 돌아갔다. 그가 첫 번째 의미 있는 말을 할 때까지 두 시간이 걸렸다. 그것들이 의식과 연결될 수 있을 때까지는 한 시간이 더 걸렸다. 새벽이 지나고 해가 뜰 무렵에야 그는 이전의 장군처럼 말을 했다. 여전히 정신은 온전치 않았지만 상관없었다. 내가 새로 고친 노을 장군은 이전의 노을 장군보다 더 그다웠다. 인간적인 기억과 감정이 증발해 버리자 사전 입력되어 쉽게 지워지지 않는 예의와 의무감이 더 두드러졌던 것이다.

장군께서 정신을 차리셨다니 참으로 기뻐할 일입니다. 그가 내 말을 이해한다는 확신이 서자 나는 말했다. 분노하십시오, 경계하십시오. 적들이 음모를 꾸미고 있습니다.

어떤 적들이 말이오? 장군은 막 재조립된 정신치고는 놀라울 정도로 야무진 목소리로 물었다.

남쪽 군대, 아니, 42호 무리들이지요. 그들은 남쪽 야만족들과 합세해 섬과 여왕 폐하를 노리고 있습니다. 섬에 남아 있던 야만족들은 그들과 다시 한패가 되었습니다. 도시는 그들의 손 안에 들어갔습니다. 그리고 통탄하고 또 통탄할지어다. 지금의 사령관 역시 그들과 한패입니다.

그럴 리가 없소. 장군은 고개를 흔들었다. 그는 폐하의 가장 헌신적인 신하요.

얼마 전까지만 해도 그랬습니다. 하지만 악귀는 가장 충성스러운 신하도 배반자로 만드는 법입니다. 한때 맑고 총명했던 그의 눈은 이제 썩은 생각과 음탕함으로 물들었습니다. 그는 폐하를 시해할 음모를 꾸미고 있을 뿐만 아니라 얼마 전까지 장군을 천천히 독살하려 했습니다. 제가 때마침 음모를 알아차리고 약을 가져와 장군께 먹였기에 망정이지 그렇지 않았다면 어찌되었을지 소름이 끼칩니다.

말을 마치자, 나는 과장된 동작으로 고개를 돌리고 흐느끼는 척했다. 요란한 연극이었지만 궁중예절이란 어차피 연극이었기에 장군이 내 말을 믿지 말아야 할 이유는 전혀 없었다. 그는 주먹을 불끈 쥐고 일어났다. 뒤에서 끼익 하면서 의자가 밀리는 소리가 들렸지만 물론 진짜로 의자가 움직인 건 아니었다. 소리는 단지 그의 결연한 의지를 표현한 것뿐이다.

그는 쿵쿵 발소리를 내며 문을 뚫고 밖으로 나왔다. 호위병이 그의 뒤를 따랐고 우연히 그 근처를 지나가던 다른 병사들도 기계적으로 그를 따랐다. 그들 중 어느 누구도 무슨 일이 벌어지고 있는지 몰랐다. 단지 장군을 둘러싼 극적인 분위기에 말려들었을 뿐이다.

장군은 조금의 망설임도 없이 본부 건물로 들어갔다. 매부리코가 경례를 올려붙이자 장군은 다짜고짜 그의 따귀를 후려쳤다.

그의 손은 매부리코의 얼굴을 뚫고 지나갔지만 그러는 동안에도 짝 하고 요란한 소리가 났다.

그대의 맹세는 어디로 갔는가, 사령관. 장군이 외쳤다. 어떻게 폐하를 저버릴 수 있는가? 어떻게 전우들을 배신하고 42호 배반자들과 함께할 수 있는가?

매부리코의 얼굴은 순식간에 괴상하게 변했다. 그의 왼쪽 얼굴은 아직도 어리둥절한 상태였지만 오른쪽 얼굴은 전형적인 음모꾼의 표정으로 일그러지고 있었다. 살아 있는 사람이었다면 근육이 그 어색한 분열을 견뎌낼 수 없었을 것이기에, 그의 얼굴은 거의 반쪽으로 토막 난 것처럼 보였다.

그 순간 그의 몸은 혼자 지진을 겪는 것처럼 격렬하게 흔들리며 분열되었다. 이제 그의 몸은 인간의 형상을 흉내 내며 공중에 떠 있는 자갈 무더기 같았다. 불쾌하게도 그 무더기는 분열되는 동시에 증식했다. 이제 그는 팔과 다리가 각각 넷이었고 머리도 둘로 갈라지고 있었다. 그러는 동안 지금까지 그의 머릿속에서 기생하고 있던 토착민의 유령은 두 개의 머리에 양쪽 끝을 각각 박고 밀가루 반죽처럼 길게 늘어나고 있었다.

장군은 고함을 질렀고 병사들은 매부리코의 몸에 칼을 찔러 댔다. 그러나 그건 자갈 사이에 칼을 박는 것과 다를 게 없었다. 병사들이 공격하는 동안에도 분열은 계속 되었고 결국 매부리코는 두 명이 되었다. 어느 쪽이 진짜인지 궁금해할 필요는 없었다. 왼쪽 매부리코의 머리칼이 남쪽 병사들의 투구처럼 시뻘건 색으로 물들어 있었던 것이다.

이제 방 양쪽 끝에서 휘청거리는 그들을 연결하는 것은 실처럼 늘어진 토착민의 유령이었다. 나로서는 그 유령의 머리가 어느 쪽에 붙어 있는지 알 수 없었다. 그 유령에겐 방향을 확인할 만한 팔이나 다리도 없었다. 있는 건 그냥 하얗고 길쭉한 몸통뿐이었고 그것도 점점 가늘어지고 있었다.

토착민 유령의 몸통이 탁 하고 끊어졌다. 모두가 긴장한 채로 두 매부리코를 번갈아 응시하는 동안 유령의 머리를 차지한 운 좋은 승자가 밝혀졌다. 오른쪽 매부리코가 덜컹거리며 부서지는 동안 빨강 머리 매부리코는 붉은 눈을 번뜩이며 껄껄 웃더니 갑자기 벽을 뚫고 달아났다. 병사들이 우르르 뒤를 쫓아갔지만 그의 모습은 이미 보이지 않았다. 보이는 것은 도시를 향해 이어진 가늘고 붉은 궤적과 그가 남긴 너털웃음의 메아리뿐이었다. 그래, 누군가는 자기 역할을 진심으로 즐기고 있군.

나는 웅성거리는 병사들을 밖에 남겨놓고 다시 집 안으로 들어왔다. 장군은 이제 한 줌의 안개가 되어 바닥에 깔린 옛 부하의 잔해를 바라보고 있었다.

운명은 옳고 그름을 가리지 않는가 보오. 그는 서글픈 표정으로 말했다. 그는 폐하의 충실한 신하였고 훌륭한 군인이었소. 하지만 그런 그가 어떻게 되었는지 보오.

난 웃기고 자빠졌네라고 말하고 싶었지만 그 의미를 담을 만한 의고체 문장이 떠오르지 않았다. 나는 억지로 충동을 억누르고 그에게 다가가 그의 어깨 위에 손을 올려놓는 척하며 말했다. 지금은 슬픔에 잠길 때가 아닙니다. 섬의 안과 밖에서 적들이 폐하와 장군을 노리고 있습니다. 지금 당장 병사들을 모아 붉은 투구의 야만인들을 처단하고 섬을 방어하십시오. 저는 제 동료들과 함께 남쪽으로 내려가 그들의 동태를 살펴보고 오겠습니다.

장군은 일어났다. 불끈 쥔 주먹과 결의에 찬 얼굴을 보아도 그렇게까지 믿음이 가지는 않았다. 머릿속을 들여다봐도 그가 상황을 완전히 이해한 것 같지는 않았다. 그가 만약 사정을 이해했다고 해도 일을 제대로 처리하리라는 법도 없었다. 그래도 이 정도면 성공한 편이다. 나는 그와 다른 장교들을 위해 상황을 정리한 보고문을 정보처리기로 간단히 써서 종이에 인쇄한 뒤 문에 붙여놓고 본부를 떠났다. 밖으로 나가자마자 머리가 핑 돌았다. 그때까지 밤을 꼴딱 센 걸 까맣게 잊고 있었던 것이다. 아무리 일이 급했다고 해도 그렇지 도대체 뭐하는 짓이었던 걸까. 무슨 일이 있어도 애들은 밤에 잠을 자야 한다.

5

일어나.

나는 눈을 떴다. 대장의 썩은 갈색 얼굴이 시야 반을 가로막고 있었다. 나는 눈을 비비며 윗몸을 일으켰다.

무슨 일이야?

대장은 대답하지 않았다. 아니, 하지 못하는 것이었다. 지금 그가 내게 전달하려는 전문 지식은 아직 그의 머릿속에서 언어화되어 있지 않았다. 그는 필사적으로 떠오르는 심상을 표현할 단어들을 찾으려 노력했지만 잘 되지 않았다.

하지만 그가 말하지 않아도 어떻게 된 일인지 사정을 알 것 같았다. 선실은 가볍게 흔들렸고 불안하게 가감속을 반복하고 있었다. 인공중력장이 작동중이라면 이럴 리가 없다. 지금 배는 강 위에 떠 있었다.

중력장 발생기가 고장 났어? 내가 물었다.

대장은 고개를 끄덕였다. 그럼 간단히 그렇게 말할 것이지. 나는 짜증이 났다. 하지만 그건 대장 탓이 아니었다. 사전 입력된 지식을 융통성 있게 출력하는 능력을 달아주지 못한 내 탓이 더 컸다.

나는 긴 의자에서 일어나 선실 밖으로 나갔다. 아직 늦은 오후였지만 벌써 해는 나무들 너머로 사라진 지 오래였다. 하류로 내려오는 동안 강은 조금 넓어졌지만 여전히 시야에 들어오는 건 양쪽에 빽빽하게 찬 나무들과 상류에서 내려오는 얼음 덩어리들이 전부였다.

나는 정보처리기로 위치를 확인했다. 지도가 맞다면 우린 목적지에서 약 이십 리 정도 떨어져 있었다. 강도 배가 흘러갈 수 있을 정도로 넓고 깊었다. 이대로 그냥 강을 따라 내려가도 한 시간 정도면 목적지에 도착할 수 있을 것 같았다.

나는 찬바람에 쫓겨 몸을 부들부들 떨며 선실 안으로 들어왔다. 그제야 지금까지 존재도 인식하지 못했던 유령들이 눈에 들어왔다. 전령은 방구석에 쪼그리고 앉아서 불안한 표정으로 천장과 벽을 번갈아 응시하며 뭔가를 웅얼거리고 있었고, 여왕은 창문가의 의자에 앉아 유리창에 손을 통과시켰다 뺐다를 반복하고 있었다. 호위병은 나무 흉상을 지키기 위해 집에 남아 여기엔 없었다.

대장이 키를 잡고 있는 동안 나는 중력장 발생기를 슬쩍 들여다보았다. 예상대로 부품 하나가 과부하를 일으킨 것이었다. 속도를 내지 않고 조심스럽게 날아왔는데도 낡은 부품들은 어쩔 수 없었다. 좀더 날아보고 기능을 확인했어야 하는 건데. 하지만 우리가 섬에서 빠져나올 때는 그럴만한 시간 여유가 없었다.

나는 장군과 부하들이 지금 무엇을 하고 있는지 궁금했다. 우리가 떠날 때만 해도 그들은 주변에 몰려다니는 붉은 투구의 남쪽 유령들을 사냥하고 있었다. 이전 같았다면 도시 유령들의 존재 자체를 무시했을 남쪽 유령들은 날카로운 비명을 질러 대며 그들에게 쫓겨 다니고 있었다. 원래부터 그렇게 겁쟁이들이었는지, 아니면 그 역시 전술의 일부인지는 아직 알 수 없었다. 나에게 중요한 건 그들이 더 이상 시간 속에 갇혀 있지 않다는 것이었다. 심지어 그들과 짝이 되어 과거를 보존하고 있던 섬의 유령들도 궤도에서 이탈하고 있었다. 이제 그곳은 더 이상 옛 기억을 담은 죽은 섬이 아니었다. 죽은 자들은 살아나고 있었고 그들을 가르던 시간의 벽은 붕괴되고 있었다.

네가 엄청나게 대단한 일을 했다고 생각하겠지, 언제나처럼 내 마음속을 바닥까지 꿰뚫어보는 여왕이 말했다.

그럼 아냐? 내가 되물었다.

하긴 너처럼 이곳을 시끄럽게 만든 사람이 전에 없긴 했어.

넌 언제부터 여기에 있었는데?

충분히 오래.

왜 네 이야기를 하지 않는 거야? 늘 그렇게 간단하지 않다고 말하는데, 간단하지 않을 이유가 어디 있어? 난 여기 몇 년간 있었다라고 말하는 게 그렇게 어려워?

네가 그렇게 생각하는 이상 답은 결코 쉽지 않아.

여왕은 더 이상 말하기 귀찮다는 듯 눈을 감았다. 의자 위에 축 늘어진 그녀의 몸은 종잇장처럼 평평해 보였다.

배가 강을 따라 내려가는 동안, 붉은색으로 물들었던 하늘은 점점 진한 흑청색으로 변해 갔고 그동안 숨겨져 있던 별들이 하나씩 드러났다. 별자리는 이 행성의 위치를 추정할 수 있는 유일한 단서였다. 나는 정보처리기에 입력된 모든 별자리들을 검토해 이 행성의 별자리와 비교했고 그 왜곡된 각도를 통해 은하계 내의 위치를 알아냈다. 이곳은 212 개발 성군에서 사백 광년 정도 떨어져 있었다. 먼 거리지만 제대로 별의 길을 탄다면 사흘 안에 문명 세계에 도착할 수 있다. 아니, 더 빠른 지름길로 연결되어 있을 가능성이 크다. 그렇지 않다면 이곳에 떨어진 수많은 우주선들을 설명할 수 없다.

나는 섬과 바다에서 발견된 우주선 부품들을 하나씩 검토해 그들의 제조사와 제조년, 소속 성군을 알아냈다. 이들의 소속 성군은 전 은하계에 퍼져 있었다. 이 행성으로 연결된 함정들이 은하계 곳곳에 퍼져 있는 것이다. 아마 그래서 이곳의 위치가 파악되지 못했던 것이리라. 한 구멍에서만 우주선들이 사라졌다면 사고다발 지역의 위치가 들통 났을 것이고 그곳엔 탐사대가 파견되었을 것이다.

도로 건설자들의 숨겨진 음모일까? 도로 건설자들이 중간에 들어간 문장 대부분이 그렇듯, 그 역시 의미 없는 질문이다. 우린 도로 건설자들에 대해 아무것도 모른다. 우리는 그들이 과연 존재했는지도 확신하지 못한다. 내가 기억을 훔친 몇몇 괴짜 과학자들에 따르면 도로 건설자들은 처음부터 존재한 적이 없었다. 별의 길 자체가 차원의 틈바구니 속에서 진화한 특수한 종류의 생명체이기 때문이다. 우리가 별의 길의 당연한 일부라고 생각하는 인공 기계들은 나중에 우리처럼 별의 길에 무임승차한 고대 문명이 추가한 것에 불과하다.

별의 길이 고대 문명의 유물이건, 살아 있는 생명체이건, 제국에 사는 사람들 중 거기에 신경 쓰는 사람들은 많지 않다. 별의 길은 신비의 대상이 되기엔 너무나도 가까이 있다. 별의 길은 하루에도 수백만의 우주선들을 나르고 은하 전역에 통신 신호를 보낸다. 별의 문에서 차단 현상이 일어날 때마다 그 행성에 사는 수

억 명의 사람들이 집단으로 공포증을 일으키는 것도 그 때문이다. 그들은 문이 닫히는 바로 그 순간부터 은하계 전체로부터 떨려나가는 것 같은 착각을 겪는다. 아니, 그건 착각이 아니다. 그들은 차단과 함께 정말로 은하계 전체로부터 격리된다. 지금의 나처럼.

정신 차려, 거의 다 왔어. 여왕이 등 뒤에서 속삭였다.

나는 등 뒤에서 뻗어 나온 여왕의 손가락 끝이 가리키는 방향을 바라보았다. 강 오른편에 붕괴된 제방 비슷한 것이 보였다. 대장은 천천히 배를 오른쪽으로 꺾었고 잠시 뒤 선체가 강바닥의 진흙을 긁는 소리가 들렸다.

배가 멈추자 대장은 밖으로 나가 닻을 내리고 널빤지를 꺼내 제방과 배 사이에 걸쳤다. 먼저 제방으로 건너간 그가 맞은편에서 나에게 손을 내밀었다. 난 깡충깡충 세 번 뛰어 육지에 내렸다.

비교적 상태가 좋은 포장도로가 동쪽을 향해 나 있었다. 길 양편엔 드문드문 무너진 건물들이 서 있었는데, 그 상태는 내가 도착하기 전에 섬에 있던 건물들과 특별히 다를 게 없었다. 도로는 숲에서 떨어져 나온 나뭇가지들로 지저분했다. 나는 나뭇가지를 하나 집어 살펴봤다. 나뭇잎 바로 밑에 붙은 옹이에 생물개발공사의 문장이 새겨져 있었다. 유전자에 입력된 이 문장은 4세대가 지나면 읽기 어려울 정도로 흐려지고, 개척 행성의 환경 개량을 위해 만들어진 이런 나무들의 수명은 기껏해야 이백 년이다. 다시 말해 이 숲은 비교적 최근에 생긴 것이었다. 전령이 못 알아보는 것도 당연했다.

얼마나 가면 돼? 나는 어느새 배에서 내려와 흥미 없다는 듯 강과 나무들을 바라보는 여왕에게 물었다.

어디로 가고 싶은데?

남쪽 유령들이 사는 도시.

조금 걸려.

아무 짝에도 쓸모없는 대답이었지만 더 이상 캐묻고 싶지 않았다. 적어도 길의 끝에 도시가 있다는 건 확인했으니까. 나는 대장이 넘겨준 열선총을 외투 주머니에 넣고 가방을 짊어진 뒤 대장을 따라 걷기 시작했다. 두 유령들은 그림자처럼 소리 없이 내 뒤를 따랐다. 가끔 여왕은 만화극에서나 나올 법한 과장된 목소리로 으흐흐흐 하는 유령 울음소리를 내며 내 신경을 건드렸다.

불쾌한 밤 산책이었다. 아무리 열선총을 손에 쥐고 있어도 정체를 알 수 없는 짐승들이 숨어 있을 게 뻔한 숲은 무서웠다. 더 무서운 건 점점 숲 속 깊이 들어가는 길 자체였다. 우리는 강에서 조금씩 멀어지고 있었다. 왜 이들은 도시를 강 옆에 세우지 않았는가? 왜 물과 교통을 포기하고 숲 속으로 들어갔는가?

삼십 분쯤 걷자, 도시의 끄트머리처럼 보이는 공터가 나왔다. 무너진 건물들은 전보다 조금 컸고 길들은 건물들 사이로 갈라지고 있었다. 나는 회중전등을 휘두르며 도시 전체의 모습을 확인하려 했지만 쉽지가 않았다. 이미 생물개발공사의 인공 침엽수들이 도시를 반쯤 먹어버린 뒤였던 것이다.

나는 짊어지고 있던 가방에서 인공 눈이 달린 비행구를 꺼내 집어던졌다. 비행구는 포로록 날아올라 밤하늘 속으로 사라졌다. 비행선이 충분한 고도에 오르자 나는 정보처리기를 켜 비행구가 보내온 영상을 분석했다.

숲 속 도시의 넓이는 요새 도시의 두 배는 되는 것 같았다. 하지만 도시를 덮은 나무들 때문에 분명한 구조를 알기는 어려웠다. 그래도 도시 중앙에 거대한 원형 구조물이 있는 건 확인할 수 있었다.

나는 눈을 감고 도시와 숲이 주는 정보들을 빨아들였다. 무언가가 꿈틀거리며 폐허에 기생하고 있었다. 당혹스러운 것은 그 무언가의 정체를 구별하기가 쉽지 않다는 것이었다. 도시에 기생하는 존재들의 사고는 이상할 정도로 언어화되어 있지 않았다. 그렇다고 폐허를 집으로 삼는 토착 동물들이 내는 진동이라고 보기엔 지나치게 복잡했고…… 죽어 있었다.

더 들어갈까? 아니, 너무 이르다. 해가 뜬 뒤에 들어가도 늦지 않다. 사실 지금 와서도 안 되는 거였다. 배 안에서 죽치고 있다가 아침에 출발했어야 하는 건데. 주변에 머리가 멀쩡한 사람이 하나라도 있었다면 말렸겠지만, 내 동료들이란 산송장과 유령들뿐이니!

나와 대장은 머물 만한 빈집을 찾았다. 다행히도 이 도시에는 지붕이 남아 있는 집이 많았다. 지어진 건물 대부분이, 내구성이 좋은 반구형 지붕을 얹고 있었던 것이다. 적절한 집을 발견한 나는 마른 잎을 바닥에 깔고 그 위에 대장이 얼마 전에 바다 밑에서 주워 온 휴대용 침낭을 풀었다.

대장이 보초를 서는 동안 나는 침낭 안으로 들어가 눈을 감았다. 오후 내내 배 안에서 퍼질러 잤으니 잠이 올 리가 없었다. 수면 조절제를 먹을 수도 있었지만 무슨 일이 닥칠지도 모르는 숲 속에서 무방비 상태로 인공수면을 취할 수는 없었다.

몇 시간 동안 침낭 안에서 몸을 뒤척이던 나는 결국 자는 걸 포기하고 침낭에서 기어나왔다. 시계를 보니 새벽 다섯 시 일 분이었다. 아직 겨울이니 해가 뜨려면 멀었다. 게다가 이 행성은 표준 행성보다 하루가 두 시간이나 더 길다. 아무리 시계가 다섯 시를 가리킨다고 해도 내 몸이 느끼는 다섯 시는 아닌 것이다.

짜증이 난 나는 머리를 쥐어뜯으며 신음 소리를 냈다. 대장은 그런 나를 흘낏 쳐다보았지만 대단한 반응은 보이지 않았다. 아마 관심도 없었을 것이다. 그에게 나는 이제 여왕에 딸린 부속품에 불과했다. 쓸데없이 무게만 나가는 살덩어리.

간신히 진정한 나는 다시 침낭 안으로 기어들어 갔다. 잠을 잘 생각은 없었다. 대신 나는 신경을 집중해 숲과 도시에서 퍼져 나오는 정보들을 다시 빨아들이고 분석했다.

주변은 이전보다 시끄러웠다. 내가 침낭 안에서 뒹구는 동안 야행성인 무언가가 깨어나 기세를 부리고 있었던 것이다. 그게 무엇인지는 여전히 알 수 없었다. 그것의 상념은 인간과 비슷했지만 인간은 아니었고 인간이 남긴 무언가도 아니었다. 여왕의 진동과 비슷한 느낌도 감지되었지만 곧 배경으로 밀려나 버렸다.

한참 애쓰다가 결국 분석을 포기한 나는 다른 것에 집중했다. 이번에 나는 사방에서 날아오는 잡음 속에서 언어의 파편들만을 찾았다. 처음에는 아무런 성과가 없는 것 같았다. 하지만 신경을 바짝 세우고 기다리다 보니 몇몇 단어들이 잡혔다. 표준어와 토착어가 반반씩 섞여 있긴 하지만 의미는 익숙했다. 폐하, 여왕, 충성, 성지, 42호. 결국 이곳 어딘가에 숨어 있는 유령들도 신세타령의 내용은 우리 동네와 다를 게 없다는 뜻이다. 하지만 이 단어들을 품고 있는 건 누구인가? 그리고 우리 섬과 도시를 공격하려고 하는 건 누구인가? 지금으로서는 그 정도의 계획을 짤 정도로 야무진 존재는 느껴지지 않았다. 더 화가 나는 건 당연히 살아남아 나를 기다리고 있을 거라고 생각했던 첩보원의 존재가 전혀 감지되지 않는다는 것이었다. 결국 그는 죽은 걸까? 아니면 나로부터 정신을 숨길 수 있는 방법을 알아낸 걸까?

한참 분석 결과를 놓고 고민하고 있는데, 갑자기 누가 뒤통수를 쳤다. 보나마나 여왕이겠지. 대장이 그런 무례한 짓을 할 리가 없고 그의 손은 그 부분을 칠 수도 없으니까. 나는 누워 있었던 것이다.

여왕은 다시 내 뒤통수를 쳤다. 나는 눈을 비비며 몸을 일으켰다. 뭔가 험한 소리를 쏘아 주고 싶었지만, 여왕의 표정을 보자 그 말은 쏙 들어가 버렸다. 여왕의 표정은 진지했다. 난 저번에 지하 미로에서 괴물소에게 쫓길 때를 제외하곤, 그녀가 그런 표정을 짓는 걸 본 적이 없었다.

당장 나가. 그녀가 말했다.

뭐야? 내가 물었다.

일이 생겼어. 들어봐.

나는 귀를 기울였다. 아무 소리도 들리지 않았다. 그렇다. 정말로 아무런 소리도 들리지 않았던 것이다. 나는 침낭 밑에 깔린 마른 잎을 꺼내 손바닥에 넣고 비볐다. 아무 소리도 들리지 않았다.

그 순간 나는 무슨 일이 일어나고 있는지 알아차렸다. 내가 지금 듣고 있는 건 진짜 침묵이 아니었다. 여왕처럼 나의 감각을 통제할 수 있는 무언가가 내 정신으로 들어와 외부의 소리를 지워버린 것이다.

그건 지금 무언가가 밖에서 나를 노리고 있다는 뜻이다.

나는 침낭에서 빠져나와 신발을 신고 허겁지겁 외투를 걸쳤다. 열선총 손잡이가 잡히자 조금은 안심이 되었지만, 사실, 그것만으로 충분할지는 알 수 없다. 나를 해칠지도 모르는 그 누군가에게 열선총으로 제압할 수 있는 육체가 달려 있는지 내가 어떻게 알겠는가?

여왕의 지시를 받은 대장이 무표정한 얼굴로 문 앞의 자기 자리를 고수하고 전령이 방구석에서 벌벌 떠는 동안, 나는 열선총을 꺼내 들고 벽에 붙어 섰다. 벽이 등에 닿자, 나는 천천히 옆걸음질을 치며 문 쪽으로 다가갔다.

그때 누군가의 커다란 손이 내 머리칼을 휘어잡고 위로 잡아당겼다. 나는 비명을 지르며 위를 올려다보았다. 바보같이 난 내 머리 위에 환풍창이 나 있다는 걸 까맣게 잊고 있었던 것이다. 나는 열선총을 꺼내 팔을 겨누고 쏘았다. 세 번째 발사한 열선이 손목에 맞았지만 팔은 꿈쩍도 하지 않았다. 보통 육체라면 심한 상처를 입었을 것이다. 하지만 내 머리칼을 움켜쥔 그 손은 대장의 몸과 같이 죽은 정신의 믿음과 착각에 의해 유지되고 있었다. 단지 대장과는 달리 그 손의 주인을 통제하는 정신은 훨씬 단단하게 정련되어 있었다. 이런 정신이 존재한다는 걸 이제야 눈치 챘다니, 있을 수 없는 일이었다. 나보다 힘이 강한 무언가가 이들과 나 사이를 가로막고 있었던 게 분명하다. 아마 그 존재는 이 괴물이 나를 공격할 수 있게 침묵의 연막을 친 존재이기도 할 것이다.

쏘지 마! 대장이 나에게 달려들며 외쳤다. 내가 열선총의 총구를 아래로 내리자, 그는 등에 메고 있던 커다란 칼을 꺼내 들고 손목을 내려쳤다. 다섯 번 만에 손은 몸에서 잘려 아래로 떨어졌다. 나는 잘린 손을 머리칼에서 떼어내 방바닥에 집어던졌다. 팔에서 떨어져 나간 뒤에도 그 손은 손가락들을 다리삼아 방 안을 돌아다녔다.

그 손은 인간과 비슷했지만 인간의 손이 아니었다. 이전엔 깃털이 난 짐승의 앞발이었던 것이 억지로 변형된 것이었다. 아직도 손가락 사이는 완전히 아물지 않은 상처에서 흘러나온 피로 얼룩져 있었고 새끼손가락 끝에는 반투명한 뼈가 튀어나와 있었다. 그건 갑옷소의 앞발이 아니었다. 손가락 끝에 박힌 커다란 발톱은 결코 초식 동물의 것일 수 없었다.

그 순간 갑자기 침묵의 연막이 걷혔다. 이제 집 밖은 짐승들의 으르렁거리는 소리로 요란했다. 그때까지 마취된 것처럼 무력했던 내 신경은 다시 녀석들의 존재를 읽을 수 있었다. 집 밖에는 서른여섯 마리나 되는 반인반수의 육식 동물들이 오로지 내 몸을 찢어발기기 위해 모여 있었다. 어떻게 할 것인가, 내 신경 어딘가에 남아 있는 죽은 강하병의 총무銃舞 실력을 믿고 뛰쳐나갈 것인가? 아니면 문도 제대로 달려 있지 않은 이 좁은 집을 요새로 삼아 버틸 것인가?

나는 전자를 택했다. 집은 결코 안전한 요새가 될 수 없었다. 그들은 벌써 사방에 난 환풍창 주변의 벽돌들을 하나씩 뜯어내고 있었다. 이 정도 속도라면 곧 벽과 천장이 무너져 내릴 판이다.

숨을 크게 들이쉬며 총무의 기본자세를 기억해 낸 나는 열선총을 연사連射로 맞추고 대장과 함께 집에서 뛰쳐나왔다. 구석에서 부들부들 떨고 있던 전령도 우리 뒤를 따라 왔다. 밖으로 나오자마자 지금까지 집을 둘러싸고 있던 두 마리의 인간형 동물이 나에게 덤벼들었다. 나는 그들이 아직 공중에 떠 있는 그 짧은 순간 동안 열선총으로 녀석들의 머리를 그어 주었다. 첫 번째 녀석의 머리는 순식간에 몸에서 떨어져 나갔고 두 번째 녀석의 머리는 아슬아슬하게 남은 피부에 매달려 왼쪽으로 넘어갔다. 녀석들의 몸은 여전히 살아 있었지만 그들은 한동안 위험하지 않았다. 머리에서 떨어져 나간 몸에는 나를 공격할 만한 지능도, 시청각 정보도 없었다. 잘려나간 머리 역시 몸을 다시 통제하려면 한참 시간이 걸릴 것이다.

그러나 그들은 시작에 불과했다. 침엽수 숲과 도시에서 몰려든 괴물들이 순식간에 내 주변으로 몰려들었다. 터져 나갈 듯한 근육과 번뜩이는 이빨로 무장한 그 괴물들은 두 발로 선 늑대와 같았다. 지옥개들인가? 아니, 그보다는 훨씬 컸고 꼬리와 팔 다리도 더 길었고 내가 귀라고 생각했던 건 귀와 비슷한 모양의 장식용 뿔이었다. 내가 지금까지 본 적이 없었던 토착 육식 동물들의 몸이 죽은 영혼의 욕구에 맞추어 변형된 것 같았다.

한동안 나와 대장은 등을 맞댄 채 우리를 둥그렇게 둘러싸고 으르렁거리는 괴물들을 향해 열선총을 휘둘러 댔다. 전령이 나와 대장의 몸속에 숨어 낑낑대고 있었기 때문에 심장과 간이 근질거렸다. 그들은 섣불리 덤벼들지 않았다. 그들은 우리가 손에 쥔 무기의 힘을 알고 있었다. 그들이 걱정하는 건 죽음이 아니라 실수로 나를 놓칠지도 모른다는 것이었다. 나 역시 함부로 총무 실력을 과시할 수는 없었다. 일단 내가 기억하고 있는 기술이 지금의 내 몸에 얼마나 맞을지 확신할 수 없었고 내가 어느 한쪽으로 선제공격을 시작하는 순간 그 반대쪽에서 역공이 시작될 것임을 알았기 때문이다.

도와줄까? 여왕의 목소리가 머릿속에 들렸다. 그와 함께 그녀의 존재가 내 주변에 강하게 느껴졌다. 그녀는 건방진 여자아이

대신 흐릿한 안개의 형태로 나와 대장 주변을 둘러싸고 있었다.

어떻게?

내가 신호를 하면 도시 쪽으로 뛰어.

내가 고개를 끄덕이자 안개는 슬슬 단단해지기 시작했다. 처음에 그건 거대한 왕관처럼 보였다. 잠시 뒤 그 왕관은 여섯 개의 사람 몸으로 분열되었고 순식간에 나와 똑같이 생기고 거의 같은 파장을 발산하는 여자아이들로 변했다.

갑자기 채찍으로 후려친 것 같은 날카로운 통증이 등에 느껴지자 나는 도시를 향해 달렸다. 대장과 전령은 여왕으로부터 다른 명령을 받았는지, 나와 조금씩 어긋난 방향으로 뛰었고 그와 함께 여왕이 만들어 낸 여섯 분신들도 사방으로 흩어졌다. 우리를 포위하고 있던 괴물들의 무리도 그와 함께 분열되었다. 이제 나를 쫓는 괴물들은 서른넷에서 다섯으로 줄어 있었다.

나는 당장 열선총을 쓸 수는 없었다. 내 분신들이 그들의 시야 밖으로 사라지기 전에 열선총을 쓰는 건 진짜 내가 누구인지 밝히는 것이나 다름없었다. 다행히도 괴물들의 달리기 실력은 미로의 괴물소보다 크게 낫지는 않았다. 그들은 빨랐지만 자주 넘어졌고 그만큼이나 자주 벽에 부딪혔다.

도시 중앙을 향해 난 골목길에 들어서면서부터 나는 본격적으로 내 총무 실력을 발휘했다. 나는 나에게 달려드는 괴물들을 피해 몸을 숙였고 그들이 머리 위로 날아가는 동안 열선총을 쏘아 그들 중 한 마리의 배를 긁었다. 녀석이 터져 나오는 창자를 움켜잡고 나에게 달려오는 동안 나는 맞은편에서 나를 덮치려 하는 녀석의 머리 윗부분을 잘라냈다. 머리는 눈과 함께 떨어져 나갔고 시력을 잃은 녀석은 나를 지나쳐 창자가 터져 나온 동료에게 달려들었다. 녀석들은 순식간에 한 몸이 되어 서로의 육체를 찢어발겼다.

그 순간 다른 세 마리들은 폐허의 벽 속으로 사라졌다. 나는 가쁜 숨을 고르며 천천히 골목길을 걸었다. 그들의 육체는 보이지 않았지만 존재는 여전히 느껴졌다. 그들은 마치 내 그림자라도 되는 것처럼 무너진 집과 벽 너머에서 나를 따르고 있었다.

나는 걷는 동안에도 춤추고 있었다. 처음엔 몰랐지만 걷다 보니 느낌이 왔다. 괴물들과 싸우는 동안, 내 몸은 천천히 총무의 기술을 기억해 냈고 그 기술을 내가 알고 있는 다른 무용 동작과 결합시켰다. 나는 덩치 큰 우주군 강하병의 총무 동작을 막 무도회에 나온 십대 소녀의 동작으로 변형시켜 행하고 있었다. 전에도 이런 적이 있었나? 알 수 없었다. 내가 알 수 있는 건 이 변형된 동작이 나에게 무척 자연스럽게 느껴졌다는 것이었다. 내 몸은 자기가 무엇을 하고 있는지 알고 있었고, 나에겐 그것으로 충분했다.

자신감을 얻은 나는 괴물들의 육체가 뇌로 보내는 감각들을 엿듣고 그 정보들을 분리했다. 괴물 두 마리는 내 왼편에서, 한 마리는 오른편에서 걷고 있었다. 세 마리 중 육체 변형의 부작용이 가장 심한 건 오른편 괴물이었다. 녀석의 왼발은 아직 변형된 모양에 적응하지 못해 살짝 절룩거리고 있었다.

나는 선제공격을 했다. 춤추듯 가볍게 뛰다가 오른쪽 벽과 벽 사이의 틈이 나타나자 잽싸게 오른쪽으로 뛰어든 것이다. 나는 괴물의 앞을 가로막고 열선총으로 녀석의 무릎 아래를 쳐 냈다. 괴물이 무너지는 나무처럼 바닥에 쓰러지자 나는 녀석의 목을 긋고 잘라낸 머리를 맞은편 벽에 있는 두 괴물들에게 집어던졌다. 잠시 뒤 벽 너머에서 찢어지는 비명과 함께 누군가가 쿵 하고 넘어지는 소리가 들렸다. 벽 너머로 날아간 머리가 동료들의 몸이 자기 것이라 착각하고 운동 신호를 보내 그들의 발이 엇갈렸던 것이다.

그 틈을 이용해 나는 도시 중심으로 달아났다. 지금까지는 운이 좋았다. 하지만 언제까지 작은 건물들 사이에서 숨어 있을 수는 없었다. 그들은 맨손의 짐승들이었고 나는 열선총을 가진 혼자였다. 부서진 건물들 사이에서 숨어 다니는 것보다 넓은 공간에서 정면 승부를 하는 편이 더 유리했다. 어떻게든 그들보다 먼저 도시 중앙에 도착해야만 했다. 중앙에 있는 구조물의 정체는 중요하지 않았다. 중요한 건 그 구조물을 둘러싼 광장이었다. 만약 그 광장에 다른 괴물들이 모여 나를 기다리고 있다면? 알 게 뭐람. 그때 일은 그때 생각해도 늦지 않다.

다행히도 광장은 텅 비어 있었다. 건물 주변에도 몸을 가진 존재는 보이지 않았다. 나는 숨을 돌리며 건물을 관찰했다. 그건 요새 도시에 있는 궁의 서너 배 정도 되어 보이는 상아빛 구조물이었다. 운 좋게도 그 건물에는 일종의 성지 분위기가 풍겼다. 괴물들은 그 건물에서 나오는 명령을 받고 움직였지만 광장을 넘어 그 건물 안까지 들어가지는 않는 게 분명했다. 그들에겐 그럴 자격이 없었다. 나는 물론 그런 자격 따위에 신경을 쓰는 사람이 아니었다. 다시 말해 그들의 두목이 사는 집은 나에겐 오히려 피난처였다.

문제는 어떻게 그 건물 안으로 들어가느냐였다. 이층 높이의 둥그렇고 매끄러운 그 건물에는 문이나 창문이 보이지 않았다. 자세히 보니 창문은커녕 벽돌이나 돌을 쌓은 흔적도 없었다. 건물의 벽은 매끄러운 단일체였다.

벽을 만지던 나는 내가 얼마나 바보였는지 깨달았다. 그건 건물이 아니었다. 거대한 생물 또는 생물들이 만들어 낸 껍질이었다. 한마디로 그건 거대한 달팽이껍질이었다. 그 비유는 너무나도 정확해서 비유처럼 느껴지지도 않았다. 나는 정말로 거대한 달팽이껍질 안에 있었다.

나는 껍질에 손을 대고 그 안에 담긴 정보들을 빨아들였다. 그 벽을 만든 생명체는 오래 전부터 죽어 있었다. 무언가 묵직한 것이 안에서 꿈틀거리고 있긴 했지만 그게 살아 있는 존재일 가능성은 얼마 되지 않았다.

벽을 따라 천천히 돌던 나는 마침내 입구를 찾아냈다. 그건 옆으로 튀어나온 둥글고 커다란 구멍으로 반쯤 무너진 하얀 벽돌벽이 막고 있었다. 나는 벽을 넘어 껍질 안으로 들어갔다. 광장 너머에서 으르렁거리는 괴물들의 울음소리가 들렸지만 나는 신경 쓰지 않았다. 그들은 이곳까지 들어올 수 없었다. 안에 무엇이 살고 있는지는 몰라도 그들에게 내 살을 찢어발길 손톱이나 이빨이 없음이 분명했다.

죽은 동물의 껍질 안이었는데도, 그 안은 박물관이나 도서관 같은 인공적인 느낌을 강하게 풍겼다. 바깥에서 울려 대는 짐승들 절규와 같은 야만성은 거의 느껴지지 않았다. 껍질 안을 지배하는 것은 차분하게 정돈된 죽은 회색 지식의 울림이었다.

날카로운 휘파람 소리가 뒤에서 들렸다. 나는 뒤를 돌아다보았다. 여왕과 전령이 벽을 뚫고 껍질 안으로 들어오고 있었다.

대장은? 내가 물었다.

강으로 달아나고 있는 중이야. 네가 사라지자 칼과 열선총을 하나씩 잡고 그 괴물들을 일곱 마리나 해치우더라.

왜 돕지 않았어?

어떻게? 내가 가짜라는 걸 금방 알아차리던데. 그리고 어차피 산송장들은 쉽게 죽지 않잖아. 팔다리가 날아가면 적당한 걸 잘라 와 붙여주면 그만인 거고. 내가 해 줄 일은 없어.

여긴 어디야?

붉은 여왕의 궁전.

아하, 너 말고도 여왕이 있었다는 말이네.

너도 이미 알고 있는 이야기잖아. 네가 지금까지 몰랐던 건 내가 그쪽을 붉은 여왕이라고 부른다는 것뿐이지. 새삼스럽긴.

그럼 넌 뭐니? 하얀 여왕?

그 색이 마음에 든다면 그렇게 불러.

그럼 그 붉은 여왕은 여기에 있는 거야?

그렇다고 할 수도 있고, 아닐 수도 있고…….

나는 더 이상의 질문을 포기하고 복도를 따라 걸었다. 복도는 나선형으로 돌며 중심으로 들어가는 동안에도 어두워지지 않았다. 포장을 뜯은 지 그리 오래되어 보이지 않는 발광종이가 벽을 따라 붙어 있었던 것이다. 양쪽 바닥에는 우주선에서 꺼내온 물건들이 깔끔하게 쌓여 있었는데, 그 모습은 섬의 통로와 비슷해 보였다. 단지 훨씬 깔끔했고 정돈이 잘 되어 있었다. 먼지가 쌓인 정도를 보니, 바로 며칠 전까지만 해도 부지런한 가정부의 관리를 받은 것 같았다.

조금 더 안으로 들어가 보니, 그 가정부의 정체가 드러났다. 그건 원통형 몸과 짧은 다리, 익살스럽게 생긴 동그란 얼굴을 가진 가사용 기계 인간이었다. 전지가 닳았는지, 그것은 몸을 기울인 자세로 멈추어 있었다. 청소용 관이 아직도 몸에서 반쯤 삐져나와 있었고 왼손에는 말라붙은 걸레를 들고 있었다.

조금씩 안으로 들어가자, 다른 기계들이 하나씩 모습을 드러냈다. 몇몇은 가정부 기계 인간처럼 독립된 존재였고 다른 것들은 보다 복잡한 구조물의 일부였다. 반짝이는 은선과 아직도 끈적거리는 절연막이 덮인 그 구조물은 마치 거대한 이끼처럼 껍질의 내벽을 덮고 있었다.

인공지능 군체群體야. 내가 말했다. 어쩌다 여기까지 날아와서 번식했을 것 같지는 않아. 그럴만한 조건이었다면 대륙 전체가 이것들로 뒤덮였겠지. 지금처럼 여기에서만 번식하지는 않았을 거야. 몇십 년 전쯤에 누군가가 여기에 이걸 설치하고 죽었던 것 같아. 아니면 죽은 뒤에 그랬거나.

아직도 작동하고 있을까? 여왕이 물었다. 그건 질문이 아니라 독촉이었다. 그녀가 내 머릿속에서 정보를 빨아들이기 위해선 내가 먼저 그 정보를 만들어 내야 했던 것이다.

나는 손가락으로 군체의 표면을 더듬었다. 짜릿한 감촉이 손가락 끝에 느껴졌다.

잠들어 있지만 죽지는 않았어. 얼마 전까지만 해도 활동하고 있었어. 기억이 남아 있어.

어떤?

이 동네의 뻔한 소리들. 증오, 분노, 열광, 충성…… 잠깐만. 뭔가 다른 게 있어.

그 뻔한 소리들 밑에 숨겨져 있었던 건 우주선 인공두뇌의 기억이었다. 천문학과 물리학, 기계공학과 관련된 차갑고 정돈된 지식들이 내 머릿속을 청소하듯 쓸고 지나갔다. 그다음 층을 형성하는 건 우주선의 마지막 임무와 관련된 지식이었다. 우주선은 제국 첩보부에 소속되어 있었고 무역 연합의 상선으로 위장하고 있었다. 우주선의 마지막 임무는…….

나는 군체에서 눈을 떼고 여왕을 쳐다봤다. 이미 내 머릿속에 입력된 정보를 훑어본 그녀는 다소 딱하다는 듯 내 눈을 바라보았다.

그래, 바로 네가 타고 온 우주선이었던 거야. 그녀는 나 대신 정보를 정리해 주었다. 우주선은 대기권에서 타 버렸지만 운 좋게도 인공지능이 가지고 있던 기억은 타 버리기 직전에 이곳의 군체가 빨아들였겠지. 우주선의 마지막 임무는? 물론 너를 사로잡는 것이었고.

그럼 군체가 붉은 여왕이었던 거야?

어림없는 소리. 붉은 여왕은 그 이전에도 있었어. 나처럼. 게다가 너네 문명이 만든 인공지능에겐 아직 유령들을 통제할 능력이 없어. 군체가 그 우주선의 정보만 빨아들였던 것도 아니고. 게다가 이 한심한 행성에서는…… 당장 열선총 뽑아들고 벽에 붙어 서.

여왕이 어조를 조금도 바꾸지 않고 마지막 문장을 말했기 때문에, 하마터면 나는 그 안에 담긴 의미를 놓칠 뻔했다. 다행히도 나의 다른 감각들이 나에게 경고신호를 보냈다. 껍질 중앙에 있던 정체를 알 수 없는 무리들이 깨어나 나에게 다가오고 있었다.

잠시 뒤 그것들의 정체가 밝혀졌다. 그들은 가느다란 네 개의 다리를 빠르게 놀리는 작은 탁자만 한 기계 동물들이었다. 몸 위에 다소 위태롭게 붙어 있는 두 개의 팔에는 빙빙 돌아가는 황금색 톱날이 달려 있었다. 전령은 비명을 질러 댔지만, 그들은 전령이나 여왕을 보지도, 듣지도 못했다. 그들에게 침입자는 나뿐이었다.

공포 대신 가벼운 흥분이 내 몸을 감쌌다. 몇 마리나 되나? 백 마리? 백오십 마리? 아무리 수가 많고 위협적으로 보인다고 해도, 저들은 결국 톱니가 달린 걸어 다니는 탁자들에 지나지 않는다. 게다가 그들은 느려 터졌고 대부분 다리나 팔이 하나 정도 고장 나 있었다. 중요한 건 그들이 왜 나를 공격하느냐는 것이었다. 분명 이 껍질의 한가운데에는 이곳을 성지로 만드는 무언가가 숨어 있었다.

신경 속에 숨어 있던 무도회 소녀와 죽은 강하병의 기억이 되살아났다. 나는 몸을 한 번 떨어 그 감각을 생생하게 한 뒤 탁자들 사이로 달려갔다. 몇 마리가 톱니날로 내 다리를 자르려 했지만 나는 그들의 몸을 밟고 도약했다. 잠시 뒤, 나는 그들의 뒤에 있었다. 녀석들은 180도로 방향을 바꾸는 동안 옆에 있는 동료들과 발이 얽히거나 균형을 잃고 넘어졌다. 나는 벽에 쌓여 있는 상자 위로 올라가 열선총으로 그들을 한 마리씩 쏘아 제거했다. 말처럼 쉬운 일은 아니었다. 몇몇 기능이 정상적인 탁자들이 내가 올라가 있는 상자를 쓰러뜨리려고 했다. 높이 올라온 톱니는 내 외투 자락을 잘라내거나 양말을 뚫고 발목에 상처를 냈다. 하지만 그들이 아무리 무섭게 공격을 해 온다고 해도 열선총을 가진 내가 유리했다. 상황은 이십여 분 만에 종결되었다.

마지막 기계 동물이 작동을 멈추자, 나는 상자에서 내려와 등을 돌리고 껍질의 중앙을 향해 걸어갔다. 복도의 각도는 조금씩 급해졌고 그와 함께 폭도 좁아졌다. 껍질 중앙에 도착했을 때, 복도는 나 같은 아이 둘이 들어가기에도 어려울 정도로 좁아져 있었고 벽에는 균체와 발광종이도 더 이상 붙어 있지 않았다.

복도 끝에는 하얀 천으로 덮인 무언가가 놓여 있었다. 천 밑에서 희미하게 지직거리는 소리가 들렸다. 나는 그것이 진짜 물리적인 소리인지, 아니면 여왕의 진동처럼 내 신경이 익숙한 다른 감각으로 통역해 낸 초감각적인 신호인지 확신할 수 없었다. 어느 쪽이건, 그 소리엔 어떤 의미도 담겨 있지 않았다. 그건 단지 소음일 뿐이었다.

나는 천을 걷었다.

그 안에 놓여 있는 건 상자였다. 나무 섬유를 이겨 만든 흔해 빠진 운송용 상자. 값어치 나가지 않는 싸구려 물건들을 화물선으로 운송할 때 주로 사용하는 것이었다. 나는 회중전등을 켜고 상자 위에 인쇄된 문구를 천천히 읽어 내려갔다.

운송번호: 42

상품분류: 관광특산물

상품내용: 장식용 석제 인형으로 수도권 숙녀분들의 세련된 취향에
맞추어 최신식 가공 기계로 제작했음

가격: 개당 7.4화

수량: 50개

특기사항: 의상은 별도 판매

나는 떨리는 손으로 뚜껑을 열었다. 그 안에 들어 있던 건 완충용 포장지에 싸여 있는 길쭉한 물체들이었다. 세어 보니 인쇄된 문구와는 달리 여섯 개가 모자랐다. 하나를 꺼내 포장을 뜯었다. 뚜껑의 문구가 맞았다. 그건 장식용 인형이었다. 내 손 안에서 가볍게 진동하는 인형은 발끝을 살짝 들고 양손을 허리에 얹은 채 거만한 표정으로 나를 쳐다보고 있었다.

뻔뻔스럽게도 그 인형은 여왕의 얼굴을 하고 있었다.

에헴 하는 헛기침 소리가 내 머리 위에서 들렸다. 여왕이 나를 내려다보고 있었다. 그녀의 표정은 언제나처럼 읽기 힘들었다. 멸시인가? 짜증인가? 무관심인가? 한동안 입을 벌리고 그녀의 얼굴을 바라보던 나는 간신히 입을 열었다.

넌 도대체 정체가 뭐야?

여왕은 웃기지도 않는다는 듯 어깨를 으쓱하더니 가볍게 대답했다.

낸들 아니?

다섯

1

왔던 길로 돌아갈 수는 없었다. 우린 여전히 중력장 통제기를 고칠 수 없었다. 그냥 상류로 올라간다고 해도 중간에 길이 막혔다. 강은 상류로 갈수록 얕아졌고 아직도 상류에서 흘러 내려오는 얼음조각들은 위험했으며 끝까지 올라간다고 해도 어차피 그 다음엔 배를 버리고 산을 넘어 해변까지 간 뒤 섬으로 가는 운송 수단을 찾아야 했다.

대안은 강을 따라 해안으로 내려간 뒤 다시 해변을 따라 북쪽으로 거슬러 올라가는 것이었다. 다행히도 우린 지도를 가지고 있었다. 남쪽 도시로 내려오는 동안 나는 비행구들을 날려 주변의 항공지도를 만들었다. 해안은 그리 멀지 않았고 강 길을 막는 장애물도 없었다.

배로 돌아간 뒤에도 우리는 도시에서 있었던 일들에 대해 이야기하지 않았다. 우리 모두 거기에 있었고 그 일들을 직접 겪었다.

대장과 전령에겐 그것으로 충분했다. 보다 깊은 이야기를 들어줄 쪽은 여왕밖엔 없었는데, 그녀는 배에 도착한 뒤로 거의 말을 하지 않았다. 언제나 내 옆에 붙어 있긴 했지만 그게 전부였다. 그녀는 어떤 상호작용도 시도하지 않았고 심지어 모습도 비추지 않았다. 그냥 일정한 진동으로 자신의 존재감만 알릴 뿐이었다.

그렇다고 배가 조용한 건 아니었다. 전령은 배로 돌아가자 이전보다 더 수다스러워졌다. 내가 남쪽 도시에서 뜯어온 균체의 견본들을 정리하고 거기서 정보를 뽑아내는 동안, 그는 얼마 전 도시에서 겪은 일들을 제외한 모든 것들에 대해 이야기했다. 여왕, 달리기 시합, 고기잡이, 이전에 있었던 자작나무 숲, 토착민들의 전설, 오래 전에 죽어 버린 마을 사람들에 대한 소문, 유령 이야기……. 심지어 그는 나한테서 들었던 소설이나 만화극의 이야기를 자기 식으로 적당히 각색해서 다시 들려주기도 했다. 처음에는 귀찮았지만 시간이 좀 지나자 배경음악쯤으로 받아들이고 적당히 무시할 수 있었다. 생각해 보면 아무 소리도 나지 않는 것보다 누가 계속 이야기를 하는 게 나았다.

전령의 수다에 짜증을 내는 건 오히려 대장이었다. 그는 툭하면 닥치라고 전령에게 고함을 질러 댔고 전령이 그의 말을 무시하면 귀를 막고 고함을 지르며 선실 밖으로 뛰쳐나갔다. 도시에서 괴물들과 싸운 뒤로 그는 기분이 좋지 않았다. 특히 뜯겨나간 왼팔 대신 내가 붙여 준 괴물 팔을 싫어하는 티가 역력했다. 종종 그의 새 손은 자기 의지와는 상관없이 독자적으로 움직였다. 툭하면 그의 뺨을 후려쳤고 오른편 어깨나 팔을 긁어 댔으며 종종 그의 입속으로 들어가 손가락으로 혀를 잡아 당겼다. 견디다 못한 그는 가죽 끈으로 왼팔을 몸통에 묶어 버렸다. 나는 도시로 돌아간 뒤에 새 팔을 달아 주겠다고 약속했지만 그의 마음은 쉽게 풀어지지 않았다. 나는 그의 변화를 어떻게 받아들여야 할지 알 수 없었다. 이전보다 더 인간적으로 반응하는 걸 발전의 증거로 보고 기뻐해야 할까? 아니면 그의 바뀐 성격을 붕괴의 징조로 받아들여야 하는 걸까? 두 가지 모두 가능했다. 그 짐승들과 싸우는 동안 그의 머릿속에서 무슨 일이 일어났는지 알아내는 건 결코 쉬운 일이 아니었다. 그의 머리는 원래부터 그렇게 정상이 아니었던 것이다. 정상이 아닌 정신이 역시 정상이 아닌 조금 다른 형태로 바뀐 것이다.

배가 북쪽으로 천천히 올라가는 동안 날씨는 조금씩 풀리기 시작했다. 남쪽 바다에서 습기 찬 따뜻한 바람이 불어왔고 비가 내렸다. 항해 셋째 날부터는 겨울 동안 잠시 보이지 않았던 바다 안개가 위로 몰려왔다. 식량 제조기에 넣을 재료를 얻기 위해 넣었던 그물에는 그때까지 한 번도 본 적이 없는 빨간 불가사리 비슷한 작은 동물들과 동그란 고리 모양의 새파란 해초들이 걸렸다. 봄의 기운이 서서히 섬을 향해 올라오고 있었다.

나는 그물에 걸린 생물들을 전령에게 보여주었고 전령은 그것들의 이름을 하나씩 알려주었다. 빨간바다수염, 파란물고리, 큰입풍선, 흰배뻐끔이……. 그게 그들의 진짜 이름인지는 알 수 없었다. 내가 알 수 있는 건 전령이 그 이름을 진짜라고 믿고 있다는 것뿐이었다.

파란물고리가 오면 봄이 와. 그가 말했다. 봄이 되면 바다는 파란물고리로 파래졌다가 그걸 먹는 빨간바다수염으로 다시 새빨개져. 빨간바다수염은 겨울 내내 조용히 있다가 남풍이 불고 파란물고리가 깨어나면 알을 깨고 나와. 수만 마리씩. 엄청나게 많이. 그때가 되면 우린 배를 내고 기다려. 빨간바다수염을 먹는 다른 물고기들이 몰려올 때까지. 빨간바다수염은 다른 물고기들이 올라오기 전에 바위틈에 알을 낳아. 그러면 그것들이 다음해 봄에 깨어나는 거야. 빨간바다수염은 맛이 없어. 그것들을 먹는 물고기들이 맛이 있지. 우린 한 해에 잡는 물고기의 반을 이른 봄에 잡아. 바닷물을 빼서 쓴 맛을 없애고 말리고 훈제하고 소금에 절여. 내 사촌 형들 중 한 명은 소금 장인이었어. 염전에서 바닷물을 말려서 그걸로 쓴 맛이 전혀 나지 않는 짠 소금을 만들었어. 성 안의 사람들도 사촌 형이 만든 소금을 사 갔어. 우린 절인 생선에서 뺀 소금물을 다시 말려 썼지만 성 사람들은 한 번 쓴 소금물은 그대로 버렸어. 그래서 사촌 형의 일감은 떨어진 적이 없었어.

집에서 만든 수많은 해산물 요리에 대해 이야기하던 그는 더 이상 그 음식들을 먹을 수 없다는 걸 깨닫고 우울해졌다. 그는 과거의 기억을 끌어내어 그 감각을 되살리려 했지만 음식이 주는 자잘한 쾌락의 기억은 고문과 죽음의 기억만큼 생생하지 못했다.

수천 년 전에는 진수성찬이었을 흰배뻐끔이 구이의 맛은 전령의 썩은 기억 속에서 식량 제조기가 만든 지렁이 과자만도 못한 시시한 맛으로 변질되었다.

여왕이 존재하길 거의 멈추고, 전령이 우울증에 빠지고, 대장이 새 팔에 대해 투덜거리는 동안, 배는 점점 더 짙은 안개 속으로 들어갔다. 나는 슬슬 걱정이 됐다. 내 눈엔 해변도, 암초도, 바닷물도 보이지 않았다. 보이는 것이라고는 작은 물방울로 구성된 회색의 벽뿐이었다. 한심하게도 배에는 내 눈을 보완할 만한 장치가 거의 없었다. 그렇다고 해변에 정착해 안개가 걷힐 때까지 기다리는 것도 어려웠다. 주변의 암초들이 만만치 않았던 것이다. 그들은 우주선 잔해가 아닌 진짜 암초들이었다. 기왕 부딪힐 거라면 차라리 우주선들과 부딪히는 게 나았다.

나는 대장을 훔쳐봤다. 대장 역시 걱정되긴 하는 모양이었지만 여전히 꿈틀거리는 새 팔 때문에 영 집중을 못하고 있었다. 저 팔을 뜯어내기 전까지 그에게 온전한 역할을 기대하는 건 무리였다. 결국 믿을 건 나밖에 없었다.

나는 연장통을 뒤졌다. 유도복사선 측정장치가 있었다면 좋았을 텐데. 유감스럽게도 쓸 만한 장비들은 모두 새로 만드는 왕복선에 있었다. 쓸모 있어 보이는 건 소리를 바꿀 수 있는 경적밖에 없었다. 나는 경적과 정보처리기를 들고 밖으로 나갔다.

맨 처음에 내가 한 일은 정보처리기로 내가 이전에 날려 보냈던 비행구들의 위치를 확인하는 것이었다. 대부분 힘을 잃고 추락했지만 아직 두 개가 육지 위를 날아다니고 있었다. 나는 이들의 위치 정보를 이용해 삼각측량으로 배의 위치를 알아냈다. 유감스럽게도 비행구가 보낸 지도 정보의 대부분은 육지에 제한되어 있었기 때문에 이것만으로는 안심할 수 없었다.

그래서 경적이 필요했다. 나는 경적에 딸깍거리는 소리를 입력한 뒤 배의 진행 방향으로 그 소리를 쏘아 댔다. 희미한 반향이 들려왔고 나는 그 소리를 이용해 안개 뒤의 지리를 머릿속에 그려낼 수 있었다. 이 단순하지만 간단한 방법은 전에 잠시 내 보호자였던 행성 탐험가에게서 배운 것이었다. 그녀는 이 방법을 이용해 회중전등 없이도 사십구 일 동안이나 칠흑 같은 지하 세계에서 살아남았다. 물론 익숙해지려면 훈련이 필요하지만, 나는 그 훈련의 경험까지 머리에 담고 있었다. 여담이지만, 그녀는 내 정체를 안 뒤에도 나를 계속 보호해 주겠다고 제안했다. 그때 불평하지 않고 얌전히 그녀를 따라갔다면 지금 이런 고생을 하지 않아도 되었을 텐데. 하지만 난 문명 세계를 벗어나 총인구가 열두 명밖에 되지 않는 미개척 행성에서 몇 년 동안을 숨어 지낼 생각 따윈 없었다. 적어도 자발적으로는.

배는 서서히 우주선 묘지 쪽으로 접근했다. 원래 내 계획은 묘지를 피해 동쪽으로 꺾어져 섬의 남쪽 끝에 상륙하는 것이었다. 하지만 그 지역엔 내가 생각했던 것보다 암초가 많았고 해류가 우리 배를 조금씩 서쪽으로 밀어냈다. 그곳이 괜히 우주선 묘지가 된 게 아니었다. 해류와 기후, 지형이 모두가 합심해서 일종의 그릇처럼 잔해들을 가두고 있었다.

묘지의 바닷물은 시궁창 물처럼 더러운 갈색이었다. 바다를 꽉 채운 파란물고리들과 그것들을 뜯어먹는 빨간바다수염 무리가 수면 바로 밑에서 꿈틀거리고 있었다. 바다에서 올라오는 비린내가 코를 찔렀지만 그건 내가 첫날 맡았던 썩은 냄새와는 달랐다. 바다는 어이가 없을 정도로 생생하게 살아 있었다.

바다는 더러운 만큼 시끄럽기도 했다. 겨울 동안 잠들어 있다가 깨어난 수많은 생명체들의 미미한 의식들이 내 머릿속으로 들어와 다양한 감각으로 전이되었다. 그것들은 대부분 웅웅거리는 소음으로 변했지만, 일부는 손가락 끝과 귀 뒤의 통점을 자극하거나 눈앞에 티끌만 한 빨간색 점들을 만들기도 했다.

이 잡다한 배경 소음 속에는 보다 크고 영리한 존재들도 느껴졌다. 그들 중 몇몇은 내가 전에 상대한 적 있는 지렁이들임이 분명했다. 다행히도 그들은 그때와는 달리 나를 직접 공격할 수는 없을 것이다. 물론 그들이 멋모르고 공격한다고 해도 나는 얼마든지 그들을 상대해 줄 수 있었다. 그들이 고통과 공포를 느끼는 육체를 지니고 있는 한, 나는 그들보다 우월했다.

걱정되는 것은 지렁이들이 아니라 배의 나선날개였다. 벌써 구동축에는 빨간바다수염의 살점들과 파란물고리들이 감겨 있었다. 우리는 십 분마다 배를 세우고 갈퀴가 달린 막대기로 나선날개와 축에 엉킨 찌꺼기들을 떼어내야만 했다. 열에 한 번 정도 물속의 무언가가 막대기를 물고 잡아당겼고 한 번은 정말 물에 빠질 뻔했다. 물론 툭하면 배를 스치거나 박고 지나가는 우주선의 잔해들도 조심해야 했다.

안개 속을 더듬거리며, 우린 조금씩 묘지 한가운데로 들어갔다. 이제 배 주변은 진짜로 시끄러웠다. 배를 먹잇감으로 생각한 온갖 바다동물들이 몰려들어 입과 꼬리와 지느러미로 배를 두들기거나 긁고 있었다. 몇 마리는 그러다 나선 날개에 말려들어 고통과 분노를 내 머릿속에 배설하며 조각조각 찢겨져 죽어갔다. 견디다 못한 나는 그들에게 증폭된 고통의 감각을 퍼부어 주었다. 일 분가량 고함을 질러 대자, 녀석들은 그제야 배에서 물러났다. 나는 안도의 한숨을 내쉬고 이물의 난간에 몸을 기대었다.

그때 나는 그것을 발견했다.

처음에 나는 그것이 나선 날개에 찢겨나간 바다동물의 시체라고 생각했다. 하지만 저녁햇빛을 받아 반짝이는 건 분명 얇은 금속이었다. 나는 막대기의 갈퀴로 그 물건을 걸어 끌어올렸다.

그건 아직도 군복을 입고 있는 남자의 상체 일부였다. 손은 뜯겨져 나갔고 머리는 없었지만 제복과 제복에 달려 있는 금속판은 익숙했다. 그는 바로 내가 만든 산송장이었다. 나는 그들을 구별하기 위해 이름 대신 숫자를 새긴 금속판을 제복에 달아 주었던 것이다.

배가 앞으로 나가면서 다른 것들도 하나씩 보이기 시작했다. 어떤 것은 엉덩이와 연결된 왼쪽 다리였고, 어떤 것은 아직도 보호 안경을 쓰고 있는 머리였으며, 어떤 것은 내장이 흘러나오는 상체였다. 모두 날카롭고 단면이 고르지 않은 정체불명의 도구에 의해 찢겨져 있었다.

떠다니는 시체들을 하나하나 세어 보던 나는 갑자기 뭔가 심하게 잘못되었다는 사실을 알아차렸다. 내가 살려낸 산송장들은 대장을 제외하면 열두 명이다. 묘지 위를 떠다니는 시체들은 머리만 대충 세어도 서른 명 이상의 몸들에서 나온 게 분명했다.

그렇다면 나머지들은 도대체 어디서 온 것인가.

2

섬은 시끄러웠고 역한 냄새로 가득 차 있었다. 우리가 떠나 있던 며칠 동안 급작스럽게 봄이 찾아왔고, 그동안 잠들어 있던 섬의 생명체들이 하나씩 깨어나고 있었던 것이다. 묘지의 바다도 만만치 않게 시끄러웠지만 섬과는 비교가 되지 않았다. 섬은 바다가 배경음악을 연주하는 동안 지지 않으려 요란하게 나팔을 불어 대는 금관악대 같았다. 이 행성에서도 두뇌가 더 발달한 육지동물들의 소음과 악취가 더 요란한 건 마찬가지였다.

나는 눈을 감고 갑판 위에 누워 천천히 깊은 숨을 들이쉬면서 이들이 백색 소음이 되어 사라질 때까지 기다렸다. 십여 분이 지나자 바다는 조용해졌고 섬의 소음은 파도 소리와 바람 소리와 같은 물리적인 소음 속에 섞여 사라졌다.

머리가 견딜 만해지자, 나는 미리 해변에 내려 나를 기다리고 있던 대장의 부축을 받아 배에서 내려왔다. 휘청거리며 모래밭을 기어오르던 나는 망가진 포석 위에 발을 올려놓았을 때에 무엇이 잘못되었는지 알아차렸다.

유령들이 사라진 것이다.

처음에는 주변의 소음을 처리하는 동안 내 감각이 무뎌졌기 때문이라고 생각했다. 하지만 아무리 신경을 집중해도 달라지는 건 없었다. 지난 몇 개월 동안 내가 당연하게 생각했던 유령들의 잡음은 더 이상 느껴지지 않았다.

나는 배에서 내려 집까지 이어진 길을 달려갔다. 길은 텅 비어 있었다. 시간 속에 갇힌 고대 병사들도, 감염된 정신의 도시 유령들도 없었다. 내가 지금까지 당연한 배경의 일부라고 생각했던 것들이 사라지자, 섬은 이전보다 더 폐허처럼 보였다.

현관문은 열려 있었다. 문짝은 휘어져 있었고 자물쇠는 부서져 있었다. 안은 텅 비어 있었다. 호위병도, 여왕의 흉상도 없었다. 다리가 부러진 의자가 방구석에 처박혀 있었다.

어이가 없어 한참 머리를 긁고 있는데, 대장이 전령과 함께 나타났다. 동굴에 갔었어. 대장이 말했다. 부하들이 안 보여. 만들고 있던 왕복선은 누군가가 부숴놨어.

심하게 망가졌어?

그 정도까지는 아니야. 선체는 무사해. 문짝이 떨어져 나갔지만 고칠 수 있어. 그냥 누군가가 선실 안에서 망치를 휘두르다 달아난 것 같아. 열선총이나 유도 폭탄은 건드리지도 않았어.

너! 나는 손가락으로 전령을 가리키며 명령했다. 당장 본부로 가 봐. 아직도 누군가 남아 있다면 여기로 불러와.

전령은 벽을 뚫고 사라졌다. 내가 침대 위에 엉거주춤 앉아 손가락으로 벽을 두드리는 동안 대장은 없어진 물건들을 조사했다. 식칼과 작살, 연장통의 장도리와 송곳이 사라지고 없었다. 열선총과 우주복, 여벌의 정보처리기들은 그대로 남아 있었다. 동굴에서도 우주선 파괴에 사용된 건 망치뿐이었다. 결국 그 누군가는 첨단 도구들을 사용하는 방법을 모른다는 뜻이다. 그렇다면 이건 이전에도 일어났던 빙의 전쟁의 반복일까? 나는 그러길 바랐다. 적어도 나는 거기에 대처할 수 있었다.

잠시 뒤, 전령이 돌아왔다. 예상했던 대로였다. 유령들은 없었고 본부 건물은 부서져 있었다. 전령 말에 따르면 누군가가 문을 부수고 창문을 깨고 가구에 불을 지른 것 같았다.

어떻게 해야 할지 알 수가 없었다. 이전처럼 여왕이 온전한 모습으로 곁에 있기만 했어도 우린보다 치밀하게 생각했을 것이다. 하지만 여왕은 우리 곁에 없었다. 우리 옆에 있는 건 그녀가 근처에 존재한다는 신호에 불과했다. 옆에 없는 존재를 어떻게 지킬 수 있겠는가? 그렇다고 흉상에 대한 이전의 충성을 다시 불러올 수도 없었다. 말이 났으니 하는 말인데, 흉상이 여왕 구실을 할 수 있다면 굳이 사라진 흉상을 찾으러 갈 이유도 없었다. 이미 보다 온전한 모습을 한 전신상이 배 안에 한 상자나 있었던 것이다. 그렇다면 우리들의 안전은? 그건 답변하기 더 어려웠다. 우린 무엇이 이 섬을 휩쓸고 지나갔는지 몰랐다. 결정적으로 우리는 같은 대상에 '위험'이라는 말을 쓰기엔 존재의 상태가 너무 달랐다. 살아 있는 여자아이와 산송장, 유령이 같은 존재를 같은 이유로 두려워 할 수는 없었다.

흉상을 찾아야 해. 나는 간신히 말했다.

대장과 전령은 어이가 없다는 듯 나를 노려봤다.

그래, 나도 알아. 흉상은 여왕이 아니지. 하지만 호위병은? 지금 흉상과 같이 있을 거야. 호위병은 우리의 친구야. 동지라고. 그렇지 않아?

내가 생각해도 낯간지러운 소리였다. 지금까지 대장이나 나에게 호위병은 흉상에 딸려 있는 자리 차지하지 않는 가구에 불과했다. 전령에게도 사정은 특별히 다르지 않았을 것이다. 우린 그와 대화를 나눌 수도 없었고 그와 같이 음식을 먹을 수도 없었으며, 심지어 그와 같은 시간대를 살고 있지도 않았다. 완전히 시간의 고리에서 빠져나오지도 못했고 그렇다고 다른 유령들처럼 이전의 하루를 반복하지도 않는 그는 여왕과 자신만이 온전하게 존재하는 외로운 세계에 살고 있었다. 아마 우리와 도시의 유령들을 다 합쳐도 그에겐 몇 달 전 내 집을 난장판으로 만들었던 42호 장군만큼의 존재감도 없었을 것이다. 적어도 42호 장군은 흉상을 공격하면서 자신의 존재를 증명하기라도 했다.

하지만 놀랍게도 내 시시한 연설은 대장과 전령에게 서서히 먹히고 있었다. 그들은 여전히 말없이 나를 바라보고 있었지만 조금씩 마음이 움직이는 것이 느껴졌다. 그들이 호위병에게 내가 지금까지 눈치 채지 못했던 애정을 품고 있었던 것은 아니었다. 그들을 자극한 건 내가 별 생각 없이 중간에 사용했던 '동지'라는 단어였다. 그들은 모두 다른 시대, 다른 세계에서 왔지만 '동지'라는 단어에 동기화가 되어 있는 건 같았던 것이다.

그들의 감정이 조금씩 달아오르자, 나는 그 자체로는 아무런 의미가 없지만, '동지'와 비슷한 역할을 하는 몇몇 단어들을 적절하게 섞은 연설을 이어갔다. 심지어 어느 정도 작업이 진척된 뒤로는 의미 있는 문장을 구성하려는 시도도 하지 않았다. 동지, 전우, 연대, 용기와 같은 단어들을 적절하게 나열하기만 해도 충분했다. 물론 나는 제국 표준어와 토착어를 적절하게 섞어 의미를 차별화하는 것도 잊지 않았다. 목표는 같았지만 둘이 해야 할 일은 달랐던 것이다.

그들의 의욕이 충분히 살아나자, 나는 그들에게 임무를 분배해 주었다. 전령은 다른 유령들과 흉상을 찾으러 다시 밖으로 나갔다. 대장과 나는 배를 고칠 장비들과 부품들을 가져오기 위해 동굴로 갔다. 이 섬에서 무슨 일이 일어났는지는 알 수 없었지만 배를 고치는 건 중요했다. 위험이 현실화되면 당장 섬을 떠날 수 있어야 했던 것이다.

대장이 동굴 주변에 동작 감지기를 설치하는 동안, 나는 비행구를 몇 개 더 찾아내 명령어를 입력한 뒤 날렸다. 비행구는 유령들을 볼 수 없었지만 그래도 왕복선과 내 집을 엉망으로 만든 그 존재들을 찾아낼 가능성은 있었다.

도대체 그들의 정체는 무엇일까? 내가 생각할 수 있는 가장 손쉬운 해답은 그들이 내가 남쪽 도시에서 보았던 것과 같은 부류의 괴물들이라는 것이었다. 아마 그들은 흉상을 탈취하기 위해 물리적인 존재들이 필요했던 것이리라. 하지만 그건 유령들이 사라진 것에 대한 해답은 되지 못했다. 그들이 남쪽 도시에서 전령을 건드리지 못했다면 우리 유령들도 건드릴 수 없었다. 그리고 그건 내가 묘지에서 발견한 시체들의 숫자도 제대로 설명해 주지 못했다.

잠시 뒤, 마을을 돌던 비행구가 사진 정보들을 보내왔다. 마을 이곳저곳에 전투가 벌어진 흔적이 남아 있었다. 마을 건물들의 벽은 움푹움푹 패여 있었고 산송장이나 다른 괴물들의 몸에서 나온 것으로 추정되는 갈색 진액의 얼룩도 발견되었다. 나중에 그들은 해변 근처에서 잘려나간 팔을 하나 더 발견하기도 했다. 그러나 적들의 모습은 아직 보이지 않았고 시체들도 그게 전부였다.

젠장. 대장이 욕을 퍼부었다. 놀라서 쳐다보니 그는 왼손 검지를 입에 물고 우물우물 욕을 씹고 있었다. 아직도 조종이 잘 안 되는 새 왼손으로 일을 하다 뭔가 일이 잘못된 모양이다. 그러는 동안에도 그의 왼팔 근육은 불뚝불뚝 경련을 일으키고 있었다. 대장의 다른 신체부위와는 달리 그의 새 왼팔은 통증에 의외로 민감한 듯했다. 아마 아직 덜 죽어서 그런 모양이다.

도와줄까? 내가 물었다.

아니, 하지만 이걸 좀 봐.

대장은 아직도 검지를 입에 문 채 오른손에 들고 있던 부서진 작은 기계를 나에게 넘겨주었다. 그것은 통신기와 연결된 중계 장치였다. 기계는 망치에 맞아 부서져 있었지만 왼쪽의 터진 상처에서 삐죽 튀어나온 톱니가 아직도 째깍째깍 돌아가고 있었다.

나는 기계가 긴 혓바닥처럼 내밀고 있는 종이 띠를 펼쳐 그 내용을 읽어 보았다. 앞부분이 떨어져 나갔고 도로 언어에서 번역된 몇몇 단어들은 이해 불능이었지만 내용 자체는 잘못 읽을 수 없었다. 이틀 전에 통신기는 별의 문과 접촉에 성공했던 것이다. 재수 없게도 그런 엄청난 일이 일어나는 동안 중계기는 고장 난 상태였다. 덜컹거리며 돌아가는 톱니로 인쇄된 종이 띠를 뱉어낼 수는 있었지만 배의 정보처리기에 연락하는 건 불가능했던 것이다.

나는 기계의 뚜껑을 열고 아직도 작동중인 통신장치를 꺼내서 내 정보처리기와 연결했다. 잠시 뒤 화면이 밝아지며 통신장치가 보내온 정보들이 하나씩 뜨기 시작했다. 아직도 통신기는 별의 문과 연결되어 있었다. 그쪽에서 날아오는 도로 언어 문장들은 망령 난 영감의 헛소리처럼 두서가 없고 갈팡질팡했지만 한 가지는 확실했다. 이틀 전 별의 문은 열렸다가 닫혔고 그동안 이물질 하나가 그 문을 통해 빠져나왔다.

나는 그 '이물질'의 정보를 뽑아내 간단한 계산을 해 보았다. 예상대로였다. 그것의 질량은 표준 왕복선만 했고 추락한 곳은 묘지였다.

3

우주선이 아닐 가능성도 있지 않을까? 만약 별의 문이 떠돌던 운석 같은 걸 내뱉은 거라면?

하지만 그럴 가능성은 거의 없었다. 같은 질량이고 똑같은 각도로 추락하는 동안에도 우주선과 운석은 떨어지는 방식이 전혀 다르다. 총알처럼 지상으로 곤두박질치는 운석과는 달리 우주선은 비교적 빨리 종속도終速度에 도달한다. 방어막 안에 갇힌 공기가 낙하산 효과를 내기 때문이다. 같은 질량의 운석이 마찰열로 타 버리는 동안, 우주선들이 비교적 멀쩡한 상태로 추락하는 것도 이 때문이다. 별의 문이 보내 온 정보에 따르면 그건 결코 운석일 수 없었다.

그게 사실이라면 그 안에 있던 사람들은 살아남았을까? 떨어진 것이 왕복선이라면 충분히 가능했다. 혹시 난 이미 그들의 우주선을 지나친 게 아닐까? 가능했다. 내가 본 시체들이 그 왕복선의 승무원들일 가능성은 있을까? 그럴 것 같지는 않았다. 내가 만든 산송장들과 그 여분의 시체들은 구별이 불가능했다. 그들은 모두 산송장들이나 오래 전에 죽은 시체들이었다.

어찌 해야 할지 몰라 망설이며, 나는 정보처리기에 조금씩 더

해져 가는 사진들을 물끄러미 들여다보았다. 아직까지 섬에는 살아 있는 사람들의 흔적은 보이지 않았다. 눈이 녹아 지저분한 진흙탕이 된 섬의 곳곳에는 몸싸움의 흔적과 발자국이 남아 있었지만, 도대체 어느 것이 살아 있는 사람들의 것일까? 차라리 내가 직접 찾아나서는 게 더 빠르겠지만, 아직 내 감각은 새 환경에 적응하지 못해 둔하고 위태로웠다. 하지만 해변에서 유령들을 찾을 때 그들이 내 신경에 걸리지 않았다면 그들은 없는 거다, 그렇지 않은가? 아니, 유령, 조난자, 산송장들이 섬에 부글거리는데도, 내가 감각 조절을 잘 못해 그들 중 어느 누구도 걸러내지 못했을 수도 있다. 나로서는 그 어느 것도 확신할 수 없었다.

맥이 풀려 바닥에 주저앉아 있는데, 도시로 간 두 번째 비행구가 사진들을 보내왔다. 도시는 섬보다 더 심하게 변형되어 있었다. 해변에는 인공침엽수로 만든 뗏목들이 놓여 있었고 반쯤 무너진 계단들은 나무판자로 보강되어 있었다. 판자들 위에는 아직까지 생생한 흙발자국들이 남아 있었다. 절벽 구석구석에는 기중기처럼 보이는 나무 탑들이 길쭉한 팔을 늘어뜨리고 서 있었다.

십 분쯤 미로 위를 떠돌던 비행구는 마침내 움직이는 존재를 발견했다. 그것은 붉은 투구를 눌러 쓴 덩치 큰 남자 모양의 존재였다. 확대해 보니 썩어 문드러진 갈색 얼굴과 새끼손가락이 날아간 오른손이 보였다. 처음 보는 산송장이었다. 그는 새끼줄을 엮어 만든 엉성한 그물을 끌고 미로 안을 걷고 있었다. 사람 손처럼 보이는 검은 물체가 그물 틈 사이로 삐져나와 있었다.

매부리코는 내가 그랬던 것처럼 산송장들을 만든 것이다. 하긴 몸을 가진 누군가가 있어야 흉상을 빼돌릴 수 있는 거지. 지금쯤 흉상은 궁 어딘가에 보물처럼 보관되어 있을 게 분명하다. 대장의 부하들은 매부리코의 산송장들과 싸우다 모두 죽었고 양쪽 전사자들의 시체는 바다에 휩쓸려 갔을 거다. 그렇다면 우리 유령들은? 글쎄, 아마 지금쯤 미로 어딘가에서 매부리코의 부하들과 싸우고 있지 않을까? 아무리 섬에 남아 있는 여왕의 진동이 강하다고 해도 흉상이 도시로 옮겨졌다면 그들도 도시로 가는 게 당연했다.

모든 게 이치에 맞아 떨어지자 나는 안심이 됐다. 유령들과 산송장들이 모두 도시에 있다면 내 감각이 무뎌졌다고 걱정할 필요는 없다. 유령들의 안위를 걱정하는 건 바보짓이다. 남은 건 우주선과 함께 추락했다가 살아남았을지도 모르는 사람들인데, 일단 그들이 꼭 살아 있다는 법도 없었고 살아 있다고 해도…….

갑자기 불쾌한 생각이 머리를 쳤다. 만약 생존자들이 지금 미로나 궁에 있다면? 섬을 순찰하던 매부리코의 산송장들이 그 생존자들을 잡아갔다면? 그들은 어떤 일을 당하게 될까? 빙의될까? 적으로 취급되어 살해될까? 아니면 복종을 강요당할까?

슬슬 산송장이 그물에 넣어 끌고 가던 물체가 걱정되기 시작했다. 처음에 난 그게 산송장의 재료로 쓸 시체라고 생각했다. 하지만 만약 살아 있는 사람이라면? 그럴 때 난 어떻게 해야 하는 거지?

배는 수리됐어? 나는 한 짐 짊어지고 동굴을 나섰다가 빈손으로 돌아오는 대장을 보고 물었다.

응. 대장이 대답했다. 전지만 갈면 다시 날 수 있어.

잠시 도시로 날아가 한 바퀴 돌 수 있을까?

왜?

흉상이 거기 있을지도 모르니까 한 번 정찰을 해 봐야지.

대장은 기계적으로 고개를 끄덕였지만 미심쩍어 하는 티가 역력했다. 그가 유달리 눈치가 빨라서 그런 건 아니었다. 내가 그에게 던진 몇 마디에 내 두려움이 감염되어 있었던 것이다. 다행히도 그건 그에게 내 명령을 거역해야 할 근거는 되지 못했다. 대신 그는 그의 머릿속에 떠오르는 첫 번째 말을 꺼내는 것으로 그 가벼운 긴장을 해소했다.

비가 오고 있네.

그의 말은 사실이었다. 섬에 도착했을 때에도 묵직하게 깔려 있던 비구름이 한 방울씩 봄비를 떨구고 있었다. 빗줄기는 우리가 배에서 이륙 준비를 하는 동안 점점 굵어졌고 멀리서는 잔잔한 천둥소리도 들렸다. 바위 구석에 조금 남아 있던 눈은 비를 맞아 녹아내렸고 마을과 길은 진창이 되었다.

이륙 준비가 거의 끝났을 때, 전령이 돌아왔다. 그는 해변에 도착하자 거의 여왕처럼 날아올라 갑판 위로 뛰어올랐다. 착지할 때 계산을 잘못했는지 갑판에 발목까지 푹푹 박혔지만 그는 그런 사소한 실수엔 신경 쓸 여유가 없는 것처럼 보였다. 상기된 얼굴을 한 그는 선실 문 옆에 기대어 비옷에 묻은 물방울을 털고 있는 나에게 성큼성큼 다가왔다. 내가 어떻게 된 거냐고 물으려는 그 순간 그는 내 코앞에서 고함을 질렀다. 섬에 살아 있는 사람이 있어!

어디서 찾았어? 내가 물었다.

다리 근처 산길에서. 숨어 있었어. 많이 다친 것 같았어. 얼굴과 손이 피로 시꺼멨어.

다리 근처라. 그럼 산 너머였다. 내가 그의 존재를 읽을 수 없었던 것도 이해가 됐다.

여자야, 남자야?

남자. 주머니가 많이 달린 회색 옷을 입고 있었어. 몸집이 컸어. 손엔 저런 것도 들고 있었어.

전령이 손가락으로 가리킨 '저런 것'은 선실 구석에 뒹굴고 있는 열선총이었다. 점점 더 난처해졌다. 지금까지 이 섬에서 현대무기로 무장한 존재는 나와 대장뿐이었다. 그런데 한 명이 추가된 것이다. 과연 그는 어떤 부류의 인간일까? 군인일까? 공무원일까? 민간인일까? 그는 내가 없는 동안 이 섬에서 무슨 일을 겪었을까? 상처입고 잔뜩 겁에 질린 그가 갑자기 나를 발견하면 어떻게 반응할까?

나는 조종간을 잡고 있는 대장을 바라봤다. 고개를 돌리지 않고 말없이 창문 밖을 응시하던 그는 거의 일 분이 지나서야 조용히 우물거렸다. 그래도 가 봐야겠지?

나는 고개를 끄덕이고 문을 닫았다. 내가 왼쪽 창가에 있는 의자에 앉고 전령이 구석에 다리를 꼬고 웅크리자, 대장은 중력장 통제기를 작동시켰다. 물 위에 떠 흔들거리는 느낌이 딱 멎고 인공중력장 특유의 안정된 진동이 그 자리를 차지했다. 배는 하늘로 날아올랐다.

배가 빗줄기를 뚫고 해변을 따라 천천히 날아가는 동안, 나는 내 감각을 이용해 섬을 직접 관찰했다. 섬에 더 이상 유령이 없는 건 사실이었다. 하지만 그렇다고 야생동물들만 남겨놓고 모두 도시로 후퇴한 건 아니었다. 분명 무언가가 느껴졌다. 완전히 동물도 아니고 완전히 인간도 아닌 어떤 것이. 산송장들일까? 하지만 산송장들이라면 비행구들이 잡아냈을 것이고 신호도 훨씬 강했을 것이다.

마침내 무너진 다리와 통로의 맞은편 입구가 보였다. 통로에 접근하는 동안 바뀐 지형이 눈에 들어왔다. 아마도 저번에 비가 내렸을 때 언덕의 한 층이 무너진 모양이다. 내가 전에 대장의 시체를 꺼냈던 해변은 흘러내린 지 얼마 되지 않은 새 흙으로 덮여 있었다.

대장이 해변 위를 천천히 도는 동안 나는 눈을 감고 머릿속으로 주변의 지도를 그렸다. 바닷가의 미생물들과 자작나무 숲 속의 작은 벌레들이 내는 잡음이 바다와 섬의 형태를 이루었고 그 위에서 몸집이 큰 고등동물들이 내는 신호가 반짝이는 점처럼 신호를 보내고 있었다. 머릿속에서 점들과 점들 사이를 떠돌던 나는 마침내 익숙한 인간의 신호를 발견했다. 토착 동물들이 둔한 붉은색을 발산하는 동안 그 점은 보라색과 파랑을 오가며 반짝이고 있었다.

나는 눈을 뜨고 그 위치를 확인했다. 그곳은 통로 바로 밑에 있는 바위틈이었다. 쌍안경을 꺼내 들여다보자 틈 사이에서 사람 그림자 비슷한 것이 삐죽 나와 있는 게 보였다. 일단 위치가 확인되자 슬슬 그의 마음이 읽히기 시작했다. 유감스럽게도 의미 있는 정보를 캐내기엔 그의 마음은 너무 혼란스러웠다. 내가 읽을 수 있는 건 낯선 장소와 존재들에 대한 극단적인 공포와 그가 쥐고 있는 열선총 손잡이의 우툴두툴한 감촉뿐이었다. 적어도 그는 하루 이상을 그런 공포 속에서 잠도 못자며 보낸 게 분명했다.

내가 그의 위치를 확인하자 대장은 조종간을 놀려 배를 조금씩 하강시켰다. 바닥이 모래에 스칠 정도로 닿자, 그는 유리창 밑으로 고개를 숙였고 나는 갑판 위로 뛰어나가 사다리를 내리고 바위틈을 향해 소리쳤다. 어이!

잠시 뒤, 바위틈 사이에서 모지고 커다란 얼굴 하나가 삐죽 나왔다. 그는 왼쪽의 머리칼이 우스꽝스럽게 타 버렸고 볼과 코에 화상 자국이 난 중년 남자였다.

거, 거기 누구야! 그가 외쳤다.

같은 조난자예요! 안심하고 나와요!

내 어린아이 목소리에 안심한 남자는 비척거리면서 틈 사이에서 나왔다. 그가 입고 있는 '주머니가 많이 달린 회색 옷'은 무역 연합 상선들의 기술자들이 입는 작업복이었다.

어른들은 어디 있니? 그가 물었다.

다 죽었어요. 그쪽은요?

우리도 다 죽은 것 같아.

추락할 때요?

그때도 반쯤 죽었고 여기에 도착했을 때는…… 바다 건너 저 산에 사는 원주민 괴물 말이다. 그것들에게 당했어. 지금도 섬 어딘가에 있을지 몰라.

그럴지도 모르죠. 그러니까 어서 올라와요. 빨리 여기서 떠나자고요.

그는 한 발짝 한 발짝 배를 향해 걸어왔다. 주변에 아무도 없는 게 확인되자, 그는 열선총을 입에 물고 천천히 사다리를 타기 시작했다.

사다리를 중간쯤 올랐을 때 그의 동작이 딱 멈추었다. 난간에 기대어 그의 얼굴에 집중하고 있던 나는 잠시 그게 무슨 뜻인지 알 수 없었다. 그의 머릿속에 들어가서야, 나는 내가 무슨 실수를 저질렀는지 알아차렸다. 그가 보고 겁에 질린 건 바로 내 눈이었다. 고양이처럼 길쭉한 동공이 달린 노란 눈동자들. 순식간에 예민해진 그의 감각은 갑판 곳곳에 묻어 있는 대장의 흔적을 잡아냈고 마침내 유리창 너머에 살짝 드러난 그의 머리를 발견했다. 그와 함께 이론이 정립되었다. 나는 묘안猫眼의 마녀다. 그의 동료들을 죽인 산송장들은 모두 나의 부하들이다. 나를 따라가면 그는 죽는다.

그는 잡고 있던 사다리를 놓았다. 그의 몸은 볼품없이 땅에 떨어졌고 튕겨나간 열선총은 바닷물에 빠졌다. 간신히 뒤척이며 일어난 그는 열선총을 찾아 바닷물을 뒤지기 시작했다.

바보짓 말고 당장 올라와! 내가 외쳤다.

닥쳐라, 마녀!

해치지 않는다니까!

닥쳐!

간신히 열선총을 찾아낸 그는 나를 향해 총구를 겨누었다. 나는 고개를 숙였고 사태를 눈치 챈 대장은 조종간을 잡고 배를 날렸다. 배는 사람 키 높이로 떠올라 45도로 방향을 꺾었다. 대장의 얼굴이 드러나는 바람에 감언이설로 남자를 배로 끌어들일 가능성은 없어졌다. 그는 배를 향해 열선총을 서너 발 쏜 뒤 맞은편을 향해 달렸다.

대장은 그와 거의 비슷한 속도로 뒤를 따랐다. 지나치게 가깝게 접근하면 열선총이 선체에 치명적인 손상을 입힐 수도 있었다. 우리가 타고 있는 건 아무리 현대 기술로 무장했다고 해도 결국 나무배에 불과했던 것이다. 남자는 내 도움이 필요한 조난자이기도 했지만 우리를 파괴할 수 있는 가장 치명적인 적이기도 했다.

방법은 딱 하나밖에 없었다. 빨리 그를 세뇌하는 것이다. 하지만 공포와 분노로 바짝 신경이 서 있는 저 두뇌의 문을 어떻게 연다? 나는 이렇게 흥분한 사람의 마음을 조종해 본 적이 없었다.

갑판 위에 엎드려 그의 머릿속을 툭툭 찔러 보던 나에게 갑자기 내 신경이 경고신호를 보냈다. 발가락과 손가락 끝이 짜릿했고 뜨겁게 달은 바늘로 찔린 것처럼 뒤통수가 아팠다. 뭐가 잘못됐지? 여기 뭐가 있는 거지? 주변을 둘러봐도 보이는 건 이제 장대처럼 퍼붓기 시작한 비와 달아나는 남자, 그리고 해변을 따라 병풍처럼 선 낮은 절벽뿐이었다.

그래, 절벽이었다. 뭐가 잘못되었는지 알아차린 나는 여전히 달리고 있는 남자에게 고함을 질러 댔다. 바보야! 당장 서! 그렇지 않으면 죽는단 말이야! 네 앞에 뭐가 있는지 알기나 하고 뛰는 거야?

조금만 더 시간이 있었다면 나는 그것이 무엇인지 남자에게 대충이나마 설명을 해 줄 수 있었을 것이다. 하지만 언제나처럼 나는 조금 늦었다. 남자가 자기 앞을 가로막은 절벽을 돌아가기 위해 오른쪽으로 방향을 꺾는 바로 그 순간, 비에 젖어 기반이 약해진 절벽이 우르르 무너져 내렸다. 절벽의 흙은 순식간에 그의 앞길을 가로막았고 그와 함께 떨어진 바위 하나가 그를 넘어뜨리며 왼쪽 다리를 깔아뭉갰다.

남자가 놓친 열선총을 다시 쥐려고 쏟아져 내리는 흙탕물 속에서 몸을 일으키는 동안, 무언가 둥그런 것이 위에서 굴러와 그의 어깨를 쳤다. 무심코 머리에 손을 가져간 그는 그것이 죽은 사람의 머리가 담긴 투구라는 것을 알아차리고 비명을 질렀다. 흙이 무너지자 그 밑에 묻혀 있던 병사들의 시체가 드러났던 것이다.

하지만 저번과는 달리 그 시체들은 살아 있었다. 그들은 몇백 년 동안 땅 속에 묻혀 있던 팔과 다리를 뻣뻣하게 움직이며 흙탕물 폭포에서 한 명씩 빠져나왔다. 그들 중 몇 명은 여전히 마지막 전투 때 휘둘렀던 칼과 창을 들고 있었다.

남자는 흙탕 속에서 빠져나와 그를 향해 기어 내려오는 산송장들과 배에서 고함을 질러 대는 나를 번갈아 바라봤다. 선택의 여지가 없었다. 그는 다리 위에 떨어진 바위를 치우고 비척거리면서 배를 향해 달려왔다.

사다리를 타고 올라오는 그의 손이 막 내 손과 닿으려고 하는 순간 퍽 하는 소리와 함께 날카로운 통증이 파문을 일으키며 번져 나갔다. 그를 따라 사다리를 타고 올라오던 산송장 한 명이 남자의 등에 칼을 박았던 것이다. 남자는 버둥거리며 사다리에 매달렸지만 산송장은 칼을 잡고 날을 천천히 깊이 박았다. 몸속에 들어간 칼날은 남자의 내장을 하나씩 끊어 댔고 그와 함께 그의 상처와 입에서는 폭포수처럼 피가 터져 나왔다. 결국 남자는 사다리를 놓고 바닥으로 굴러 떨어졌고 그와 함께 그의 의식도 깨진 유리잔처럼 조각나 어둠 속으로 흩어져 버렸다.

남자가 떨어지자 산송장들은 사다리를 타고 배 위로 오르기 시작했다. 나는 사다리를 끊으려고 열선총을 잡았지만 이미 첫 번째 산송장은 갑판 위에 올라와 있었다. 내가 막 총의 안전장치를 풀려고 하는 순간, 아직도 흙냄새가 물씬한 커다란 주먹이 튀어

나와 내 얼굴을 후려쳤다. 내가 마지막으로 본 것은 내 몸이 갑판 위에 쓰러질 때 주머니에서 튀어나와 바다로 굴러 떨어지는 여왕의 두상이었다.

4

그래, 난 죽은 거야. 차라리 잘 됐지. 더 이상의 고통과 혼란은 없어. 난 그냥 사라질 거야. 내 의식도 몸과 함께 썩고 사라져 더 이상 남들을 귀찮게 하지 않겠지.

그러나 아무리 긴장을 풀고 기다려도 내 정신은 여전히 나 자신을 인식하고 있었다. 조금 더 지나자 뒤늦게 깨어난 내 육체의 신경들이 다시 수다스럽게 속삭이기 시작했다. 나는 아직 살아 있었고 외풍이 들어오지 않고 인공조명이 있는 방의 나무 탁자 위에 누워 있었으며 정신을 잃었을 때 입고 있었던 비옷 차림으로 결박되어 있었다.

나는 한쪽 눈을 떴다. 무언가 흐릿하고 둥근 것이 나와 천장에 매달린 등 사이를 가로막고 있었다. 두 눈을 뜨고 서너 번 껌뻑이자 그것의 정체가 밝혀졌다. 그건 남자의 얼굴이었다.

내가 허리에 힘을 주고 상체를 살짝 세우자 그는 한 발짝 뒤로 물러났다. 그는 그냥 평범한 외모의 남자였다. 얼굴을 설명하기 위해 특징을 찾는 것 자체가 귀찮은 그런 남자. 평범하지 않은 건 그의 옷차림이었다. 그는 세탁물 자루를 엉성하게 재단해 만든 소매 없는 외투를 입고 머리에는 바닥과 손잡이를 잘라낸 냄비를 뒤집어쓰고 있었다. 수염을 지운 얼굴은 비교적 깨끗하고 상처도 없었지만 외투 안에 입고 있는 옷은 피투성이였다. 그의 뒤에는 무표정한 표정의 산송장들이 열 명 정도 서 있었는데, 다들 얼마 전에 무너진 절벽에서 기어 나온 병사들임이 분명했다.

머릿속을 들여다보니 그 남자의 정체가 분명해졌다. 얼마 전까지만 해도 무역 연합 상선의 선원이나 기술자에 속해 있었을 그 육체는 빙의되어 있었다. 뇌손상은 심각해서 정상적인 상태라면 섬 어딘가에 쓰러져 시체가 될 날만을 기다려야 할 판이었다. 하지만 빙의가 시작된 뒤로 신경계는 멋대로 끼워 맞춘 조각그림 맞추기 장난감처럼 개조되어 나름대로 뇌 구실을 하고 있었다. 이제 그 육체는 소뇌로 생각을 하고 신피질로 숨을 쉬었다. 그리고 그 안에 든 유령의 정체는…… 아, 미쳐. 그는 매부리코였다. 지금 그의 얼굴에 달려 있는 뭉툭한 사자코는 그 이름에 어울리지 않았지만.

옷 꼬락서니가 그게 뭐야? 내가 물었다.

뭐가? 그는 무심코 되물었다가 후회했다. 첫 인사로 보다 극적이고 멋있는 의고체 문장을 준비했다가 그 기회를 날려 버린 것이다.

왜 세탁물 자루를 뒤집어쓰고 있냐고.

이, 이것? 본인의, 짐의 차림을 뭐라 하느……냐…….

매부리코는 당황했다. 그가 머릿속으로 만들었던 멋진 문장은 반쯤 썩고 뒤틀린 신경을 거쳐 입 밖으로 나오는 동안 원래의 모양을 잃고 일그러졌다. 그는 다시 시작하려 했지만 그러는 동안 그가 원래 만들었던 문장은 벌써 반쯤 망각 속으로 사라졌다.

도대체 왜 그 속에 들어간 거야? 나는 잽싸게 그 틈을 비집고 들어가 다시 캐물었다. 너 같은 유령들에게 몸은 짐에 불과해. 네가 지금 들어 있는 반송장도 특별히 다를 게 없어. 덜 떨어진 섬 유령들처럼 왜 스스로 감옥에 들어간 거야? 몸은 부하들에게나 주지.

물질을…… 지배…… 정복하려면 물질을, 아니, 그러니까…… 손이 필요하느니…… 발도 필요하더니…….

그래, 무슨 소리인지 알겠어. 몸이 있어야 집도 고치고 흉상도 가져오겠지. 하지만 넌 왜 그 안에 들어간 거야? 부하들만으로 충분하잖아.

매부리코는 대답하지 않았다. 그가 생각을 정리하고 문장들을 만드는 동안 나는 손을 뒤로 제껴 밧줄을 더듬었다. 둥글게 묶인 고리 두 개가 만져졌다. 이 바보들은 내가 명절 선물이라도 되는 양 토끼 귀 매듭으로 밧줄을 묶었던 것이다! 웃음이 저절로 나왔지만 이를 악 물고 참았다. 그러자 지금까지 잊고 있던 얼굴의 통증이 되살아났고 나는 정말로 아파서 비명을 질렀다.

짐은 여왕이다! 매부리코는 채찍이라도 맞은 것처럼 갑자기 외치더니 천장에 매달린 등을 손가락으로 가리켰다. 짐은 군주요, 어머니요, 달이다. 나는 그대를 낳았고 저들을 낳았다!

이제 사정이 어느 정도 이해가 갔다. 그가 입고 있는 세탁용 자루는 여왕의 관복이었고 머리에 쓴 망가진 냄비는 왕관이었다. 이제 난 그가 찍찍 갈라지는 어색한 고음으로 여자 목소리를 흉내 내고 있다는 걸 눈치 챌 수 있었다.

바보스럽게 보일지 몰라도, 이치는 맞았다. 내가 알고 있는 한 이 행성에서 군주는 언제나 여자였다. 은하제국의 신민이었던 과거의 기억이 얼마나 남아 있는지 몰라도, 매부리코 역시 그 전제 조건을 의심 없이 받아들였음이 분명하다. 만약 그가 이곳의 지배자가 되어야 한다면 방법은 하나였다. 자신이 여자라고 선언하고 여자 흉내를 내는 것이다.

하지만 그건 그가 며칠 전에 떨어진 뇌사 상태의 선원을 끌어내 그 몸 안에 들어간 것까지는 설명할 수 없었다. 나도 유령들이 그렇게 야무지게 생각을 하지 못한다는 건 안다. 하지만 난 그들이 내가 만든 산송장들을 경멸하고 있다는 사실도 알고 있었다. 임무를 위해 억지로 남의 몸에 들어갈 수는 있다. 하지만 왜 자칭 여왕이라는 자까지 들어가야 하는가? 남자 몸 안에 들어가면 오히려 여자 흉내는 더 어렵다.

답은 나중에. 지금은 일단 이들한테서 달아나는 것이 더 중요했다. 나는 천천히 밧줄의 매듭을 풀면서 상황을 파악했다. 매부리코는 무장하고 있지 않았다. 부하들은 모두 창을 들고 있었지만 방 안에서 쉽게 쓸 수 있는 물건은 아니었고 나한테 오려면 바닥에 굴러다니는 물건들을 피해야 했다. 출구는 두 개였다. 문은 부하 한 명이 막고 있었고 비교적 최근에 단 듯한 나무로 만든 덧창문은 닫혀 있었다. 내가 쓸 만한 무기는 있을까? 답은 부정적이었다. 내 열선총은 사라지고 없었고 내 손이 닿는 곳에서는 바늘 하나 찾을 수 없었다.

결국 내가 쓸 수 있는 무기는 내 머리밖에 없었다. 풀린 매듭을 왼손으로 잡고 다시 상체를 일으켜 앉은 나는 자기도취에 빠진 매부리코를 무시하고 뒤에 선 부하들의 마음속을 천천히 들여다보았다. 멍청했지만 그래도 경제적이고 질서정연하게 정신이 조립되었던 내 일꾼 산송장들과는 달리 그들의 머릿속은 흐릿한 난장판이었다. 살아 있을 때 뇌에 새겨졌던 기억과 욕망이 어느 정도 남아 있었지만 그 어느 것도 지금 당장 행동으로 옮길 정도로 강하지는 못했다. 그 위엔 한 방향으로 난 손톱자국에 비교할 수 있을 만한 커다란 상처가 나 있었는데, 그건 세뇌의 흔적 같았다. 힘 있고 난폭한 어떤 존재가 그들의 정신을 조종했다가 잠시 풀어놓은 것이다.

매부리코의 짓은 당연히 아니었다. 그에겐 그럴 힘이 없었고, 그 상처에는 인간성이 거의 느껴지지 않았다. 그보다는 파도나 바람처럼 무감각한 자연의 힘이 그들의 마음속을 휘젓고 지나간 것 같았다. 매부리코는 이들을 지배하고 있는 게 아니었다. 그에겐 그럴 힘도 없었다. 그 역시 그 힘에 말려들었다가 어쩌다 이들이 가는 방향의 맨 앞에 서서 어부지리를 취하고 있는 것뿐이었다. 그는 그들을 자기만의 방법으로 세뇌했지만 그 영향력은 미미했다. 매부리코가 그들에게 명령을 하면 그들은 그가 말한 대로 행동하겠지만 그건 기계적인 반응이지 충성스러운 복종은 아닐 것이다.

나는 천천히 숨을 들이켜고 내쉬면서 그들의 정신을 움직였다. 처음에는 입김을 부는 것처럼 슬쩍 건드리기만 했다. 그들이 흐름을 타고 같은 박자에 맞추어 흔들리자 나는 조금 더 깊이 들어갔다. 나는 구체적인 내용 자체를 읽지 않으려 노력하며 그들의 분노와 증오를 끌어내고 증폭시킨 뒤, 그것들을 그들이 품고 있는 매부리코의 심상 쪽으로 몰고 갔다.

방향과 목표가 조금씩 분명해지자 그들은 동요하기 시작했다. 창을 잡은 손에 힘이 들어가자 창대 끝이 바닥에 부딪혀 다다닥 소리를 냈다. 나는 현수교를 흔들듯 그들의 감정에 조금씩 힘을 더해 주며 그들을 임계점까지 밀어붙였다.

내가 마지막으로 힘을 주자 그들은 폭발했다. 지금까지 바들바들 떨면서도 그럭저럭 천장을 향하고 있던 창들의 각도가 흐트러졌다. 그들은 그르륵거리는 가래 끓는 소리를 내며 아직까지 자신의 위대함에 푹 빠져 있는 매부리코를 향해 걸어갔다. 매부리코가 무엇이 잘못되었는지 알아차리기 직전에 그들은 그의 몸에 창끝을 박았다.

매부리코는 바늘꽂이처럼 가슴과 배에 창이 박힌 뒤에도 자신에게 무슨 일이 일어났는지 모르는 것 같았다. 변형된 신경계 때문에 그는 내장이 찢겨나가고 피가 쏟아지는 동안에도 거의 고통을 느끼지 못했다. 그를 맨 처음 자극한 건 육체의 고통이 아니라 그의 의지에서 벗어나 멋대로 움직이는 산송장들의 모습이었다. 그의 신성은 위축되었고 공포가 서서히 그의 머릿속으로 침투해 들어갔다.

그가 그 상황에서 어떻게 대처할지는 내가 알 바 아니었다. 산송장들이 매부리코의 몸을 창으로 찔러 대는 동안 나는 허겁지겁 밧줄을 풀고 문 쪽으로 달려갔다. 다행히도 만든 지 얼마 되지 않아 보이는 나무문은 비교적 쉽게, 소리 없이 열렸다.

밖으로 나가서야 나는 내가 어디 있는지 확인할 수 있었다. 그곳은 도시의 미로 안이었다. 아직도 비가 오고 있는 중이라 정확한 시각은 알 수 없었지만 늦은 오후나 저녁 같았다. 담 너머에서는 쿵쿵거리는 발소리가 희미하게 울렸고 가끔 금속성의 물체들이 부딪히는 소리나 비명이 들렸다.

소름이 쫙 끼쳤다. 이 행성에 도착한 뒤로 지금처럼 육체적으로 무력했던 적은 없었다. 나에겐 열선총도, 정보처리기도, 탈출용 탈것도 없었고 출구로 빠지는 길이 어디인지도 몰랐으며 사방에 나를 진짜로 해칠 수 있는 육체를 가진 적들이 부글거렸다. 매부리코의 부하들로부터는 용케도 빠져 나왔지만, 그것도 순전히 운이었다. 만약 그들이 무덤에서 나온 지 얼마 되지 않은 초보들이 아니었다면 난 아직도 탁자 위에 누워 매부리코의 연설을 들어야 했을 것이다.

무엇보다 필요한 건 정보다. 나는 왼쪽으로 길을 잡고 천천히 걸으면서 미로와 도시의 상황을 파악하려 시도했다. 도시는 생각하는 존재들로 가득 차 있었다. 하지만 그들 대부분은 묵직하고 끈적끈적한 육체에 갇혀 있었다. 내가 지난 몇 개월 동안 익숙해졌던 순수한 유령들의 가볍고 공허한 느낌은 거의 읽혀지지 않았다. 유령들은 모두 분해된 걸까? 아니면, 매부리코처럼 각자 몸을 하나씩 찾아 들어간 걸까? 전자일 가능성이 높았다. 도시 곳곳에서는 아직도 폭력적인 충돌의 소음이 감지되었다. 도시는 전쟁중이었다. 다시 말해 남쪽에서 온 무리들에 맞서 싸우는 누군가들이 아직 존재한다는 것이다. 그렇다면 전에 만났던 괴물소는? 이미 죽었을 수도 있고 사방 어디에 있을 수도 있다.

전체적인 분위기의 확인이 끝나자, 나는 동료들을 찾기 시작했다. 가장 먼저 발견된 건 원래부터 산송장이었던 대장이었다. 그는 살아 있는 것 같았고 미로 밖 어딘가에서 움직이고 있었다. 전령의 위치는 찾아내기 쉽지 않았다. 가끔 그를 구성하는 사고 단위였던 것처럼 보이는 무언가가 잡히긴 했어도 곧 사라지거나 다른 신호들 속에 묻혀 버렸다. 지금으로서는 그가 유령인지, 산송장인지도 확신할 수 없었다. 오히려 호위병이 발산하는 것처럼 보이는 신호가 전령보다 더 분명하게 잡혔다. 다른 유령들처럼 새 육체를 걸친 듯 여겨지는 그는 발밑 지하 공간 어딘가에 있었다. 십중팔구 흉상도 그 근처에 있을 것이다.

그렇다면 여왕은? 도대체 여왕은 어디 있는가? 지금까지 나는 당연히 여왕이 내 곁에 있고 육체의 환상을 거둔 뒤에도 끊임없이 내 곁에서 나에게 자신의 존재를 알리고 있다고 생각했다. 하지만 그게 사실인가? 지금 내가 여왕의 신호라고 생각하는 것이 정말 여왕으로부터 온 건가? 그건 그냥 신호이고 느낌일 뿐이었다. 그녀가 내 곁에 있다면 왜 지금처럼 도움이 필요할 때 나타나지 않는가?

아무리 걸어도 출구는 나오지 않았다. 갈림길이 나올 때마다 바깥쪽의 길을 택했지만 모두 막다른 골목에서 끝났다. 거기서 빠져 나와 구불구불한 길을 따라가다 보면 점점 더 궁에 가까워졌지만 그렇다고 그게 광장으로 가는 길을 찾은 것도 아니었다. 결정적으로 길들이 모두 낯설었다.

그제야 나는 내가 미로 안의 구불구불한 섬 안에 갇혀 있다는 걸 깨달았다. 아무리 걸어도 골목 안에서 다른 산송장들과 마주치지 않았던 것도 그 때문이었다. 애당초부터 문을 열고 나온 것 자체가 실수였다. 내가 갇혀 있던 집의 진짜 출구는 아마 지하로 이어져 있었을 것이다.

어떻게 한다? 아무리 출구가 있다고 해도 다시 매부리코의 집으로 돌아가고 싶지는 않았다. 차라리 무너지거나 낮은 벽을 넘어 바깥으로 넘어가는 편이 낫다. 그러나 다시 생각해 보니 무턱대고 담을 넘어 가는 것도 위험하긴 마찬가지였다.

해결책은 지붕이었다. 나는 아직 지붕의 일부가 끄트머리에 남아 있는 집을 하나 골라 안으로 들어갔다. 지붕으로 연결된 계단은 없었지만 비교적 높게 나 있는 큼직한 창문이 하나 있었다. 나는 굴러다니는 돌들로 위태로운 발 디딤대를 만들어 그걸 딛고 창문을 통해 밖으로 빠져나왔다. 밖으로 나와 창문틀에 발을 디디고 서자 지붕은 가슴 높이 정도였다. 얼마 동안 낑낑거리던 나는 드디어 집 위로 올라갈 수 있었다.

지붕 위에 엎드린 나는 그제야 도시의 난장판을 확인할 수 있었다. 이제 미로는 더 이상 미로가 아니었다. 벽 곳곳에 사람 여럿이 드나들 수 있는 구멍이 나 있었고 어떤 곳은 벽 전체가 무너져 있었다. 특별히 위에서 길을 확인하지 않아도 충분히 미로 외곽이나 궁의 광장으로 빠질 수 있어 보였다.

산송장들의 무리는 몇 개의 커다란 덩어리로 나뉘어져 있긴 했지만 대부분의 전투는 광장 서쪽의 미로에서 일어나고 있었다. 시각 정보가 추가되자, 지금까지 짐작만 하고 있던 사태가 보다 확실하게 이해가 됐다. 도시 유령들이었던 무리들은 광장 또는 광장 서쪽에 있는 특정 지역으로 침입하려 하고 있었고, 남쪽 군대인 듯한 무리들은 그들을 막고 있었다.

주목할 만한 것은 양쪽의 동기가 그렇게 아귀가 잘 맞는 편이 아니라는 것이었다. 도시의 군인들은 정신이 조금 흐릿하긴 해도 분명한 하나의 사명감으로 뭉친 개체들의 무리였다. 그들은 분명히 전술적인 목적을 위해 행동하고 있었다. 하지만 그들이 상대하는 적들에겐 그런 인간적인 목표나 감정은 존재하지 않았다. 집단의 전체 행동은 더할 나위 없이 효율적이고 논리적으로 구성되어 있었지만 개개인의 사고나 감정에는 인간의 흔적이 전혀 느껴지지 않았다. 그들의 정신은 마치 공장과 야수를 혼합한 것 같았다. 그들에겐 사명이나 임무 따위는 없었다. 눈앞의 상대를 죽이고 고문하며 폭력적인 쾌락에 취하는 것이 유일한 목표였다. 그들을 조직하고 통제하는 것은 외부에 있는 어떤 존재의 몫이었다.

당연한 일이지만 일방적으로 사상자를 내고 밀리는 건 도시의 병사들이었다. 그러나 이 전쟁터에서 죽음은 끝이 아니었다. 병사들이 목이나 사지가 잘려 쓰러지고 정신이 새어나와도 전투는 계속되었다. 유령들은 가장 가까운 다른 몸속으로 들어갔고 목 없이 비틀거리며 일어난 산송장들은 손에 닿는 머리와 팔다리를 아무거나 찾아 빈자리에 끼우고 다시 전투로 뛰어들었다. 내 시야 안에 들어오는 병사들은 아무리 적어도 사오백 명은 넘어 보였다. 내가 없는 동안 도대체 얼마나 많은 시체들이 다시 살아난 것인가? 도대체 섬과 도시에는 얼마나 많은 시체들이 묻혀 있었던 것인가?

5

나는 지붕에서 내려와 왔던 길을 돌아가기 시작했다. 중간에 매부리코를 찔러 대던 산송장들을 서넛 만났지만, 그들은 나를 무시하고 그냥 지나쳤다. 그들은 남쪽 부대의 보이지 않는 우두머리에 의해 관리되고 있지 않았다. 그들에게 그 우두머리는 정신의 한구석에 남아 있는 상처일 뿐이었다. 매부리코가 그들과 함께 있었던 것도 그 때문이었다. 매부리코는 승리자가 아니라 이용당했다가 배반당한 뒤 미로 안의 섬으로 망명한 군주였고, 산송장들은 그에게 충성하는 몇 안 되는 신하들이었다. 그가 지난 며칠간의 난장판 동안 그 풋내기들을 세뇌하고 보존하기 위해 얼마나 공을 들였는지 누가 알랴. 그런데 그가 그렇게 정성껏 만든 신하들을 내가 다시 몇 분 만에 배반자들로 개조했던 것이다.

나는 문을 열고 안으로 들어갔다. 바닥은 피로 흥건했고 그 가운데에는 매부리코가 부들부들 떨며 앉아 있었다. 벌써 사후경직이 오고 있는지, 뻣뻣해진 근육을 풀려고 팔다리를 마구 휘젓는 중이었다. 여전히 창을 든 산송장 셋이 몽유병자들처럼 그 주변을 빙빙 돌고 있었는데, 그들은 자기가 몇 분 전에 무슨 짓을 왜 저질렀는지 벌써 까맣게 잊고 있는 것 같았다.

나는 그들을 무시하고 주변의 돌무더기를 뒤집으며 지하로 이어지는 통로를 찾았다. 마침내 돌들로 막힌 구멍을 찾아낸 나는 지레로 쓰기 위해 산송장들로부터 창 두 개를 빼앗았다.

한참 창끝을 돌들 사이에 박고 낑낑대고 있는데, 뒤에서 매부리코가 다가왔다. 관절 부위만 간신히 경직이 풀렸기 때문에 여전히 그의 동작은 어색하고 기계 같았으며 힘이 없었다.

어디로 가나. 그가 물었다.

지하로.

왜?

흉상을 되찾아야지. 일단 저 전쟁을 끝내야 할 것 아냐.

왜 흉상을 찾나? 내가 있는데.

바보 같은 소리 마. 넌 여왕이 아니야. 심지어 넌 여자도 아니잖아.

매부리코는 끼긱거리는 소리를 냈다. 그의 마음을 읽을 수 없었다면 그게 웃음이라는 사실을 눈치 채지 못했을 것이다. 그는 나에게 한 발짝 다가와 과시하는 듯한 동작으로 세탁물 자루 외투를 벌리고 그의 벌거벗은 왼쪽 가슴을 드러냈다. 거기엔 며칠 전까지만 해도 없었음이 분명한 커다란 유방이 늘어져 있었다. 그는 새 육체가 살아 있는 동안 자신의 의지만으로 성전환을 시도했고 어느 정도 성공하기까지 한 모양이었다. 심지어 그는 여왕 고유의 진동까지 조금 풍기고 있었다.

웃긴다. 그 정도로 너네 부하들이 넘어갈 거라고 생각했니?

여왕은 외모만으로 결정되지 않는다. 중요한 건 본질이니라. 나는 그걸 가지고 있다.

그걸 어떻게 아는데?

나는 지도자다.

아냐. 넌 지도자가 되고 싶었던 모험꾼이야. 왜 저들이 널 버렸는데? 모험이 끝난 뒤로는 네가 쓸모없었거든.

나는 지도자다!

아니라니까!

몇 번 힘을 주자 덜컹 하고 걸렸던 돌이 빠졌다. 큰 돌이 하나

빠지자 얽혀 있던 돌무더기가 우르르 밑으로 굴러 내려갔다. 돌들이 사라지자 난간이 없고 중간중간에 벽돌 이가 빠져 있긴 했지만 그럭저럭 견딜 만해 보이는 계단이 나왔다. 나는 창을 하나 골라잡고 비옷 두건에 달린 전등을 켠 뒤, 아직도 자기가 지도자라고 징징대는 매부리코를 남겨두고 밑으로 내려갔다. 잠시 뒤 쿵 하는 소리가 뒤에서 들렸다. 휘청거리며 나를 따라 내려오던 매부리코가 중간에 계단에서 굴러 떨어진 것이다.

따라오거나 말거나. 나는 그를 무시하고 호위병의 신호가 들려오는 쪽을 향해 걸어갔다. 지하 곳곳에서 드문드문 남쪽 병사들의 신호가 잡히긴 했지만 많지 않았다. 그들 대부분은 여전히 위에서 도시 병사들을 학살하고 있었다. 흉상이 그렇게 중요하다면 왜 이렇게 주변이 허술한가? 아니면 의무감으로 따라나섰던 호위병이 흉상을 보호하는 걸 포기한 걸까?

호위병이 흉상 보호를 포기한 것 같지는 않았다. 호위병의 위치는 도시 병사들이 공략하려는 위치에서 그렇게까지 벗어나 있지 않았다. 결국 그들은 남쪽 병사들이 그들을 학살하는 동안 미로 바닥에 구멍을 뚫고 내려와 여왕을 구출하려는 속셈인 것이다. 상식적이다. 그렇다면 왜 남쪽 병사들은 이 계획을 방치하는가? 그들에겐 여왕이 중요하지 않은가? 아니면 그것도 모를 만큼 어리석은가? 아니면 호위병이 살해당하지 않고 여왕 곁에 방치되었을 거라고 생각하는 내가 더 괴상한가?

아니면 이 모든 게 기계적인 걸까? 난 또 이들에게 지나친 논리를 기대하는 실수에 빠진 건가? 도시 병사들이 호위병이 있는 곳으로 가려는 건 그들이 호위병 옆에 당연히 여왕의 흉상이 있다고 믿기 때문이다. 하지만 아무리 호위병이 충성스럽다고 해도 지금 상황에서 그가 여왕 옆에 있을 거라고 믿는 건 어리석다. 게다가 난 호위병이 무엇에 충성하는지도 확신할 수 없었다. 진짜 여왕인가, 아니면 흉상인가?

그러는 동안 나는 서서히 호위병의 신호 쪽에 가까워졌다. 이제 그는 다섯 기둥 정도밖에 떨어져 있지 않았다. 지하 곳곳에 흩어져 있는 남쪽 병사들이 지금 내 정확한 위치를 알아낸다고 해도 충분히 달아날 수 있는 시간 여유를 확보했다는 확신이 들자, 나는 호위병을 향해 토착어로 작게 외쳤다.

호위병.

잠시 뒤, 키 큰 남자의 모습이 기둥 사이에서 나타났다. 산송장이었다. 팔다리의 길이나 모양이 비교적 고른 걸 보면 도시에서 버티는 동안 크게 다치지는 않은 것 같았다. 그의 짐은 손에 들고 있는 커다란 도끼 하나였다. 여왕 흉상을 등에 매달고 있거나 하지는 않았다. 생각해 보니 그랬다면 나도 그 흉상이 보내는 신호를 눈치 챘을 것이다.

호위병은 칼을 아래로 내리고 천천히 내 쪽으로 걸어왔다. 내 두건의 불빛에 그의 얼굴이 들어왔다. 길쭉한 코와 방울 모양의 큰 눈이 서글프고 우스꽝스러운 낯선 얼굴. 나에게 그처럼 익숙한 존재에게 이처럼 낯선 얼굴이 달려 있다는 게 어색하긴 했지만, 그렇다고 당연한 사실을 부정할 정도까지는 아니었다.

나는 그에게 어떤 일이 일어났는지 묻고 싶었지만, 그럴 수는 없었다. 새 육체를 얻었다고 해서 그가 호위병이 아닌 어떤 존재가 된 건 아니었다. 그는 여전히 나와 의미 있는 대화가 불가능했고 그런 대화의 기반이 되는 넓은 사고를 할 수도 없었다. 언제나처럼 그는 한 가지 집착에 빠져 있었다. 무슨 일이 있어도 여왕을 지키고 보호한다. 지금 나를 향해 천천히 절룩절룩 걸어오는 그의 행위도 바로 그런 목적의 결과였다. 그렇다면 여왕을 지키기 위해서는 내 도움이 필요하다는 걸까? 아니면?

악수라도 할 수 있을 정도로 우리 둘 사이의 거리가 가까워졌을 때, 갑자기 그는 도끼를 쳐들었다. 나는 비명을 질렀지만 그의 목표는 내가 아니었다. 그는 몸을 웅크린 채 옆으로 나자빠진 나를 지나쳐 아직도 천천히 나를 따라오고 있던 매부리코를 향해 달려갔다. 그는 아무런 말도 없이 매부리코의 머리를 도끼로 잘라버렸다. 머리는 데굴데굴 오른쪽으로 굴러갔지만 그는 곁눈질도 하지 않았다. 그는 내 집에서 가져온 작은 식칼을 주머니에서 꺼내 매부리코의 배에 문 모양의 구멍을 낸 뒤 거기에 손을 쑥 집어넣더니 위액에 젖어 끈적거리는 달걀 모양의 나무덩어리를 끄집어냈다.

처음에 난 그것이 뭔지 알 수 없었다. 나는 그가 넘겨준 덩어리를 손으로 만지작거리다 갈라진 틈을 발견하고 힘을 주어 벌렸다. 덩어리는 두 개로 쪼개졌고 그 안에서 익숙한 얼굴이 드러났다. 그건 여왕의 두상이었다. 내가 가지고 있는 것처럼 목 밑이 잘려나가고 없었지만 목 윗부분은 비교적 보관이 잘 되어 있었다.

이제 알겠어. 내가 말했다. 흉상 안에 이게 들어 있었군. 누군가가 여왕의 신성을 증폭하기 위해 확대한 흉상을 만들고 그 안에 이 두상을 넣었어. 네가 지키고 있었던 것은 흉상이 아니라 이 두상이었어. 왜 남쪽 군대가 여왕을 지키는 데 그렇게 성의가 없는지도 이해가 가. 매부리코가 이 두상을 훔쳐가자 흉상의 신성함이 분산된 거야.

맞아. 희미한 대답이 들렸다. 당연히 호위병이 한 말은 아니었다. 그 소리는 바닥에 떨어진 메부리코의 머리에서 흘러나오고 있었다.

이제 네가 한 짓이 뭔지도 알겠어. 나는 매부리코의 머리에게 말했다. 저들에게 쫓겨나기 전에 너는 이 두상을 삼킨 거야. 여왕의 진동을 뱃속에 넣고 네가 여왕이라 주장하려 한 거지.

난 여왕이니라. 매부리코는 절대로 굴복하지 않았다.

뭔가 우르르 무너지는 소리가 들렸다. 드디어 도시 병사들이 미로 바닥에 구멍을 낸 것이다. 그 구멍을 통해 온갖 소리들이 흘러내려 왔다. 쿵쿵거리는 발자국 소리, 무기 부딪히는 소리, 비명…… 그중에는 온갖 지저분한 욕설들을 제2제정기식 고상한 궁중어로 번역해서 외치는 노을 장군의 외침도 섞여 있었다. 적어도 내 귀엔 그게 노을 장군의 외침처럼 들렸다.

그래? 나는 슬쩍 뒤를 돌아보며 건성으로 이죽댔다. 그럼 저들이 나와 너 중 어느 쪽을 쫓는지 한번 볼까?

매부리코는 뭐라고 대답했지만 내 귀엔 들리지 않았다. 나는 나무 달걀을 다시 붙여 비옷 주머니에 넣고 호위병과 함께 뛰었다. 다리를 다친 호위병은 곧 뒤로 처졌지만 나는 뒤돌아보지 않았다. 그에게 내가 여왕의 부품이었던 것처럼 나에게 그는 여왕의 도구였다. 동지라니, 어쩜 그렇게 바보 같은 소리를 생각해냈담!

미로에서와는 달리, 나는 정확한 길을 찾아가고 있었다. 괴물소에게 쫓기던 당시의 기억이 아직도 생생하게 남아 있었던 것이다. 뒤에서 들려오는 쿵쿵거리는 발소리를 애써 무시하며 나는 출구를 향해 뛰었다.

출구는 내가 기억하고 있던 것보다 넓었다. 괴물소가 빠져나가려고 발버둥치는 동안 입구를 부숴놨던 것이다. 하지만 그 괴물이 버둥거리며 위로 올라가는 동안 도시로 이어지는 오르막길이 훨씬 더 망가져 있었고 그나마 도시에서 쏟아지는 빗물로 폭포가 되어 있었다. 전에 매달려 몸을 지탱했던 나무도 뽑혀 나가고 없었다.

어쩔 줄 몰라 입구에 몸을 내민 채 위아래를 번갈아 바라보고 있는데, 갑자기 위에서 창이 하나 쑥 내려왔다. 나는 소스라치게 놀라 몸을 뒤로 뺐지만 그 위에서 흘러나오는 익숙한 존재감에 안심하고 다시 고개를 내밀었다. 대장이 입구 위에 난 나무에 매달려 창을 아래로 내려뜨리고 있었다. 내가 들고 있던 창을 버리고 그 창을 잡자 그는 새 손으로 나와 창을 위로 끌어올렸다. 이제 그의 새 손과 팔은 어설프지만 충실하게 복종하고 있었다. 대장의 몸에 붙어 있는 동안 반항심과 장난기를 지탱하던 생명력이 희석되고 증발되었던 것이다.

대장이 서 있는 자리도 길과 연결되어 있지는 않았지만 그래도 튀어나온 바위들이 많아서 그럭저럭 위로 오를 만했다. 바위는 비에 젖어 미끄러웠지만 나는 그래도 용하게 버텼다.

여기 있는 걸 어떻게 알았어? 간신히 도시 입구에 도착하자 내가 물었다.

폐하께서…… 그는 더듬기렸다. 폐하께서, 네가 만약 여기 온다면 반드시 여기서 나올 거라고 해서…… 반드시 기다리라고 하셨고…… 네가 왔다는 소문이 퍼졌고…… 그래서…….

여왕을 봤어?

얼마 전에. 보이지는 않고 그냥 소리만.

뭐야. 지금까지 가만히 있다가 너한테만 살짝 나타났단 말이야?

응.

뒤에서 요란한 비명과 무언가 묵직한 것들이 떨어지는 소리가 들렸다. 나를 따라 올라오던 병사들이 비와 동료들에 미끄러져 낭떠러지 아래로 추락하고 있었다. 그들이 도시 병사들인지 남쪽 병사들인지, 반반씩 섞였는지는 아직 알 수 없었다. 신경쓰이지도 않았다. 아무리 팔다리가 부러지고 뼈와 근육이 끊겨도 그들은 다시 살아나 기어 올라올 것이다.

낭떠러지에서 올라와 성벽을 도는 동안, 나는 상황이 바뀌었음을 알았다. 이제 두 무리의 대결은 중요하지 않았다. 그들의 새 목표는 바로 나였다. 이제 그들은 거대한 군집 동물처럼 섞여서 나를 향해 달려오고 있었다. 그들의 목적과 의무는 여전히 달랐지만 전선이 무너지고 양측 병사들이 뒤섞이자 더 이상 의미 있는 구별은 불가능했다.

그들이 성문을 통해 기어 나오기 전에 어떻게든 우리는 아래로 이어지는 보다 안전한 길을 찾아야 했다. 하지만 말처럼 쉬운 일은 아니었다. 그런 것들이 가는 데마다 있다면 이곳은 요새 도시로서 존재할 수가 없었다. 우리가 새 길을 찾아 뛰어다니는 동안 벌써 성벽 위에서는 산송장들이 굴러 떨어지기 시작했다.

대장은 나에게 그의 열선총을 넘겨주었고 그는 창을 고쳐 잡았다. 우리는 등을 맞대고 벌써 먹이를 둘러싼 쥐 떼처럼 좌우에서 우르르 몰려들기 시작한 산송장들을 바라봤다. 마음 같아서는 열선총으로 모두를 날려 버리고 싶었지만 그래서는 안 되었다. 이들 중 몇 명은 도시 병사들이었고 나는 아직 그들이 필요했다.

걱정했던 공격은 곧바로 시작되지 않았다. 그들은 모두 반투명한 내 비옷 주머니를 바라보고 있었다. 흉상 밖으로 나왔지만 두상이 가진 여왕의 신성은 여전히 강렬했고 양쪽 모두 그 거룩한 진동을 무시할 수 없었다. 내가 호위병으로부터 받았을 때만 해도 무디고 조용하던 것이 이제는 기상 시각을 알리는 자명종 시계처럼 요란하게 흔들리고 있었다.

그때 통통하고 자그만 남자 한 명이 내 옆으로 뛰어내렸다. 그는 새로 붙였는지 키에 비해 지나칠 정도로 긴 양팔을 휘두르며 나에게 다가왔다. 폐하, 그는 말했다. 충신을 믿으소서. 제가 목숨을 걸고 지켜드리겠나이다.

그의 어투와 정신에는 노을 장군의 분위기가 묻어났지만 내가 알고 있는 온전한 노을 장군은 아니었다. 전투중 찢겨 나갔다가 조각 이불처럼 이어 붙은 건 그의 육체뿐만이 아니었던 것이다. 육체와 함께 그의 정신도 함께 찢겨져 나갔고 육체가 조립되는 동안 정신 역시 새 부품을 얻어 조립되었다. 지금처럼 한 목적을 가지고 싸우는 무리들이 많을 경우 공명이 이루어져 이런 혼합은 비교적 쉽게 일어났다. 내가 아는 노을 장군이 할 줄 아는 일이라곤 아부성 발언을 남발하는 게 전부였으니 차라리 잘된 일일지도 모르겠다. 적어도 그가 반월도를 뽑아 휘두르는 폼은 꽤 그럴싸해 보였다.

새 노을 장군에 자극을 받았는지 순식간에 우리 주변에 작은 보호막이 형성되었다. 남쪽 병사들이 아직도 무엇을 해야 할지 확신하지 못하는 동안, 도시 병사들은 노을 장군을 따라 대장과 내 주변을 몇 겹으로 둘러쌌다. 이런 상태로 우리는 조금씩 성문을 향해 옆으로 움직였다.

우리가 막 성문 옆에 도달했을 때, 갑자기 껄껄거리는 웃음소리가 들렸다. 그 목소리는 어이가 없을 정도로 저음이었고 인공적이고 연극적이었다. 발돋음을 하고 콩콩 뛰면서 그 웃음소리를 낸 주인의 얼굴을 확인한 뒤에야 나는 그 이유를 알 수 있었다. 뿔이 달린 길쭉한 그 얼굴은 사람의 것이 아니었다.

그는 바로 괴물소였다. 그는 남쪽 군대에게 살해당한 게 아니었다. 그동안 얼굴과 몸을 개조하고 정신을 안정시켜 보다 그럴싸한 인간 형태를 갖춘 그는 이제 남쪽 군대의 사령관처럼 굴고 있었다. 그렇다면 남쪽 병사들도 오래 전부터 그의 분노와 증오에 동조해 왔다는 뜻일까? 그가 스스로 그들의 지도자가 된 것일까? 아니면 남쪽 도시의 조종자가 매부리코 대신 그를 선택하고 목적에 맞게 개조한 것일까?

오래간만이네! 내가 외쳤다.

섬 구석에 숨어 있으면 다시 못 만날 줄 알았나? 괴물이 으르렁거렸다.

무슨 소릴 하는 거야? 여긴 섬이 아니잖아.

괴물소는 움찔했다. 재미있었다. 그는 분명 자기 논리의 허점을 인식하고 있었다. 그건 예상외로 그의 정신이 치밀하다는 뜻이다. 그동안 무슨 일이 일어난 것일까?

네가 미로를 부순 거야? 나는 될 수 있는 한 가벼운 어조로 떠보았다.

닥쳐라, 마녀야!

그래, 마녀라고 치자. 하지만 이거 알아? 네가 날 죽이면 넌 영원히 여기서 살아야 해. 돌조각을 숭상하는 산송장들과 살면서 죽지도 못하지. 하지만 나를 살려 주면 넌 다시 제국으로 돌아갈 수 있어.

어떻게?

바로 며칠 전에 별의 문이 열렸다 닫혔어. 그 틈으로 얼마 전에 우주선 하나가 떨어진 건 너도 알겠지? 우리에겐 그쪽과 연락할 수 있는 기술도 있고 조금만 기다리면 왕복선도 완성돼. 알겠어? 고향으로 돌아가는 거야. 거기서 넌 영웅 대접을 받을걸. 내가 따라가건 따라가지 않건 말이야. 네가 원한다면 황실 과학원에서는 너에게 새로운 몸을 달아줄 거야. 지금 몸으로 있는 건 더 괜찮지. 어때? 한번 이성적으로 생각해 봐. 넌 유명 인사가 돼. 아마 광고 제안도 여럿 받을걸. 그중 하나만 제대로 걸려도 넌 황제만큼이나 부자가 되는 거야.

그의 커다란 소머리 속에서는 나에 대한 증오와 실리적 계산이 오르락내리락했다. 그건 내가 이 행성에 불시착한 뒤로 접한 가장 인간적인 갈등이었다. 어느 쪽이 이길 것인가? 나는 열선총을 잡고 한 쪽이 다른 한 쪽을 뒤집을 때까지 기다렸다.

그는 채 생각을 끝마치지 못했다. 우두머리의 우유부단함에 진력이 난 부하들 중 한 명이 칼을 뽑아들고 나를 향해 달려들었던 것이다. 마녀를 죽여라!

뭐야? 언제부터 저들의 목표가 마녀를 죽여라! 였어? 여왕을 납치하라! 가 아니었나? 하지만 그런 걸 하나하나 확인하기엔 내 사정이 너무 급했다. 나를 보호하려 몰려든 도시 병사들의 목이 날아가고 팔다리가 떨어져 나가는 동안 나와 대장은 허겁지겁 돌계단을 타고 아래로 내려갔다. 가끔 미끄러져 낭떠러지로 떨어진 병사들의 몸이 우리를 앞질러 옆으로 굴러갔다.

간신히 해변으로 내려왔을 때 병사들과 나 사이에는 기껏해야 열 걸음 정도의 차이밖에 나지 않았다. 이제 나는 그들의 정체가 무엇인지 전보다 더 확신하기 어려웠다. 그들은 42호도 아니었고 남쪽 병사들도 아니었고 도시 병사들도 아니었고 토착민들도 아니었고 토착민들의 기생 유령도 아니었고 얼마 전에 떨어진 조난자들도 아니었고 나와 함께 떨어진 우주선 선원들도 아니었다. 그들은 이제 그 모두를 조금씩 가지고 있었다. 더 이상 논리는 존재하지 않았다. 남은 건 나를 쫓겠다는 갈망뿐이었다. 추적자들 중 괴물소의 정신은 느껴지지 않았다. 벌써 그들 속에 녹아 버렸는가? 아니면 용케 제정신을 유지하고 뒤에 남았나? 그리고 도대체 여왕은 어디서 무얼 하는 거야? 지금 같은 상황에서 왜 나타나지 않는 거지?

턱 하는 소리와 함께 대장이 쓰러졌다. 뒤를 따라온 수많은 발들이 그를 짓밟았다. 그를 돕는 건 의미 없는 일이었다. 나는 가끔 겨냥도 하지 않고 열선총을 뒤를 향해 쏘면서 계속 달렸다. 다행히도 위기상황을 알아차린 내 육체는 나를 지원해 주었다. 혈관이 부풀고 피로 물질들이 급속도로 제거되었으며 다리는 그 어느 때보다도 빨리 움직였다.

낭떠러지를 따라 도는 동안 익숙한 분위기가 내 앞에서 느껴졌다. 명쾌하고 잔인한 육식 동물들의 본능. 산송장들이 풍기는 악취를 맡고 몰려나온 지옥개 떼였다. 지금 그들은 굶주림만큼이나 격렬한 증오에 의해 이끌리고 있었다. 나는 늘 무엇이 인간에 대한 그들의 증오심을 불러일으켰는지 궁금했다. 이들은 아마 내가 오기 전까지는 인간이라는 동물을 단 한 번도 본 적이 없었을 텐데.

한 가지 계획이 떠오른 나는 그들의 머릿수를 세어 보았다. 서른 마리쯤 될까? 그 정도면 충분하다. 나는 산송장들에게 부족한 싱싱한 피의 냄새를 위조해 지옥개들이 있는 쪽으로 날렸고 그들의 정신이 반응하자 그들의 증오심과 굶주림을 조금씩 부풀렸다. 서서히 지옥개들의 으르렁거리는 소리가 숲 저쪽에서 들려왔다. 나는 산송장들의 진로와 지옥개들의 진로가 마주치는 해변의 한 지점을 가상의 점으로 잡고 그 점에 도달하기 직전에 바다에 뛰어들었다. 내가 간신히 도착한 곳은 해변에서 스무 발짝 정도 떨어진 작은 암초였다. 밀물이 아니었다면 해변 위에 서 있는 그냥 바위에 불과했을 곳이었지만 지금은 바다에서 몰려온 온갖 종류의 생물들이 주변에 몰려들어 온갖 요란한 소리를 내고 있었다. 그중에는 바다 지렁이들이 이를 부딪치는 딱딱거리는 소음도 섞여 있었다.

백여 명이 넘는 무장한 군인들과 서른 마리의 육식 동물들. 정상적인 상황이라면 이들은 서로를 피하기 마련이다. 하지만 지금은 사정이 달랐다. 산송장들은 나를 따라오는 데 정신이 팔려 지옥개들 따위에는 신경도 쓰지 못했다. 굶주림에 시달리고 증오심에 불타는 개들은 두려움이나 상식 따위는 무시하고 닥치는 대로 산송장들의 등에 뛰어올랐다.

그 뒤에 벌어진 건 지옥이었다. 산송장들과 지옥개들은 얕은 바닷물 안을 굴렀고 서로의 팔과 목을 잡아 뜯거나 잘랐으며 죽은 뒤 뜯겨져나간 그들의 정신들은 다시 엉뚱한 데에 달라붙어 재조합되었다. 이제 그 난장판을 지배하는 건 죽은 뒤에도 여전히 그 자리에 남아 조각난 육체들을 자극하는 지옥개의 일그러진 본능이었다. 절대로 들어가서는 안 되는 곳이었지만, 그럼에도 불구하고 산송장들은 여전히 그곳으로 몰려들었다.

바다를 물들인 지옥개의 피 냄새를 맡고 지렁이들이 몰려들자, 상황은 더 나빠졌다. 지렁이들은 산송장들과 지옥개들만 먹어치운 게 아니라 유령들도 씹어 삼켰다. 나중에 그것들은 다시 토해졌고 재조립되었지만 더 이상 이전의 형태는 갖추지 못했다. 제대로 작동하는 회로를 갖추기엔 그들의 정신은 지나치게 잘게 조각나 있었다. 지렁이들이 배를 불리고 다시 조용해졌을 때, 그 부근에 남은 것은 막연한 증오와 공포와 갈망의 메아리뿐이었다.

주변이 서서히 조용해지자 나는 바위 구석에 몸을 웅크리고 눈을 감았다. 미친 것 같은 거대한 달이 피로 물든 바다와 내 얼굴을 비추고 있었고 바다에서는 아직도 죽은 동물들의 비명 소리가 들려왔지만 나는 신경 쓰지 않았다. 비옷 안에 입은 옷의 단추를 풀고 그 안에 얼굴을 묻으면 그럭저럭 견딜 만했다. 다른 병사들이 나를 찾아 따라올 거라는 생각도 들지 않았다. 나는 이 모든 소동이 끝났다는 걸 알고 있었다.

다음 날 아침, 잠에서 깨어난 나는 이미 어느 정도 물이 빠져 해변에 가까워진 바위에서 내려왔다. 해변은 조용했고 침울했다. 다른 동물들이 시체들을 처리했는지, 주변의 바다는 생각보다 깨끗했다.

도시로 가는 길에서 나는 가끔 송장들과 마주쳤다. 그들 중 몇 명은 여전히 어색하게 팔다리를 놀리고 있었지만 대부분 죽어 있었다. 적들이나 짐승들과 정신이 뒤섞이는 난장판 속에서 회로가 끊기고 의식이 증발되었던 것이다. 중간에 만난 대장의 시체도 마찬가지였다. 그의 박살난 두개골을 보자 울컥했다. 호위병과는 달리 적어도 그는 말이 통하는 동지였다.

성문으로 통하는 계단 밑에서 나는 또 다른 익숙한 존재를 발견했다. 그건 두 다리가 잘려 나가고 팔도 하나 떨어져 나간 채 누워 헐떡거리는 나이 든 남자의 시체였다. 나는 그 남자의 머릿속에서 희미한 전령의 신호를 읽었다. 역시 순수한 건 아니었다. 그의 정신은 그가 죽이고 그를 죽인 수많은 유령들의 파편들을 짐처럼 달고 있었다. 하지만 내가 조립하고 그 뒤로 내가 알고 지낸 전령 역시 처음부터 그렇게 순수한 존재가 아니었다.

남자는 숨을 헐떡거리고 멈추기를 반복하다가 나를 바라봤다. 턱뼈가 떨어져나가 말을 할 수 없었지만 그래도 그의 생각을 이해하는 건 어렵지 않았다.

다 죽었어? 그가 물었다.

거의.

어떻게 했어?

그냥 생각이 떠오르고 몸이 움직였어.

어쩌다?

그냥. 아마 이런 일이 처음이 아니었나 봐. 세상을 돌아다니면서 난 이와 비슷한 일들을 끊임없이 겪고 잊으며 지금까지 살아왔겠지. 그래서 다들 우릴 미워하나 봐. 누가 알겠어.

전령은 조용해진다. 그의 회로가 돌아가며 딸려온 다른 유령들의 아우성과 고통들을 집어삼킨다. 그는 이를 악물려 하지만 윗니와 맞물릴 아랫니들은 더 이상 존재하지 않는다.

고통스러우면 회로를 끊어줄까? 내가 말한다.

남자는 잠시 망설이다 고개를 끄덕인다.

나는 그의 머리에 손을 얹고 그의 머릿속에서 빙빙 도는 회오리바람을 끄집어낸다고 상상한다. 바람이 두개골 밖으로 나오자 나는 손가락을 살짝 꺾어 그 바람을 흐트러뜨린다. 회오리바람은 흩어지고 지금까지 그 안에 갇혀 있던 수천 년 된 기억과 욕망은 공기 속으로 사라져 버린다.

여섯

1

따뜻한 봄바람 속에서 모든 것들이 썩어 가기 시작했다. 마지막 전쟁이 토해 낸 병사들의 시체들은 급속도로 부패하면서 공기 중에 병균들과 독소를 뿜어 댔다. 유령들의 악취가 잠잠해지자 방심하고 그 근처로 왔다가 시체의 살점을 뜯어먹은 짐승들은 눈과 입으로 피를 쏟으며 죽어 갔고 그 짐승들의 시체들을 먹은 다른 짐승들 역시 같은 증상을 일으키며 죽었다.

해결 방법은 단 하나. 대청소였다. 나는 해변에 버려진 배를 수리하고 선미에 커다란 갈퀴를 달았다. 배가 다시 날 수 있게 되자 나는 날아다니면서 시체들을 긁어모았고 그것들을 방파제 위에 쌓아 불태웠다. 구석에 박혀 있거나 배로 접근하기 어려운 곳에 있는 것들은 기름에 적신 다음 열선총으로 태웠다. 시체들이 정리가 되자 나는 날아다니면서 식량 제조기로 만든 살충제를 사방에 뿌렸다.

그 뒤로 전염병은 어느 정도 소탕된 듯했다. 하지만 여전히 섬과 해안은 죽어 있었다. 병으로 죽은 짐승들의 유령들이 해안 곳곳에서 경고의 외침을 짖어 대자 겁에 질린 짐승들은 달아났고 더 이상 섬으로 들어오지 못하고 남아 있던 짐승들도 한 마리씩 빠져나갔다. 남은 건 그 경고를 해석할 만큼 머리가 좋지 않은 하등동물들밖에 없었다. 이제 섬은 전보다 더 조용하고 더 죽어 있었다.

처음엔 다행이라고 생각했다. 유령들의 소음이 줄어들었으니 남쪽 도시에서 다시 군대를 보내도 비교적 쉽게 알아차릴 수 있으리라. 하지만 남쪽 도시는 조용했고 침략의 징조도 없었다. 왜 오지 않는 걸까? 내 집에는 여전히 마흔네 개나 되는 여왕의 조각상과 궁에서 다시 빼앗아 온 여왕의 흉상, 그 안에 들어 있던 여왕의 두상, 그리고 해변에서 다시 찾아 주워온 복원된 두상까지 보관되어 있었다. 왜 그들은 이 근사한 보물을 약탈하러 오지 않는가?

기다리는 게 지겨워진 나는 충격 대포로 무장한 배를 타고 남쪽으로 내려갔다. 왕복선에 있던 장비들을 뜯어 보완한 배는 저번처럼 쉽게 고장 나지 않았고 속도도 빨랐으며 조종하기도 쉬웠다.

이번에 도착했을 때도 밤이었지만 저번과는 달리 도시는 조용했다. 여전히 익숙한 신호가 군데군데 들리긴 했지만 붉은 여왕의 압도적인 신호나 짐승들의 움직임은 잡히지 않았다. 나와 대장이 괴물들을 학살한 뒤로 여왕은 새 부하들을 만들지 않은 걸까?

달팽이 껍질 앞에 착륙해 주변을 수색하자 이유가 밝혀졌다. 전염병은 산맥을 넘고 강을 따라 남쪽 도시까지 내려왔던 것이다. 이곳도 요새 도시처럼 죽어 있었다. 군데군데 짐승들의 시체가 뒹굴고 있었고 근처에는 아직도 자기의 죽은 몸을 떠나지 못하는 유령들이 처량하게 울부짖고 있었다.

나는 열선총과 장비가 든 가방을 들고 달팽이 껍질 안으로 들어갔다. 껍질 안은 여전히 텅 비어 있었고 기계 인간들은 내가 떠났던 때와 같은 자세로 정지해 있었다. 하긴 움직일 이유가 없었다. 그들에게 몇십 년 동안 전력을 공급하던 중앙의 핵진지는 오래 전에 방전되어 있었다. 그나마 조금 남아 있는 전력은 수면 상태의 군체를 유지하는 데 사용되고 있었다.

껍질 중앙에 도착한 나는 드디어 붉은 여왕의 존재를 온전히 인식할 수 있었다. 인공지능 군체의 차가운 이성과 논리 속에 숨어 있던 군내 나는 짐승의 본능.

지금까지 그녀와 군체는 공생하면서 서로의 의무감과 본능을 유지해 왔다. 이전까지 죽은 짐승의 외침에 불과했던 그녀가 잠시나마 인간처럼 치밀하게 계획을 세우고 유령들을 세뇌하고 그들을 썩은 송장 속으로 몰아넣을 수 있었던 것도 군체가 가진 이성의 힘 때문이었다. 나는 달팽이 껍질을 기지로 삼은 순진한 조난자들이 그 안에 군체를 설치하고 기계 인간들을 가져왔을 때 그녀가 느꼈던 엄청난 희망과 그 뒤에 이어졌던 무자비한 학살을 상상할 수 있었다.

그러나 공생 관계는 전쟁이 일어나기 전부터 서서히 해체되고 있었다. 균체를 지탱해 주는 전지가 조금씩 힘을 잃자, 여왕의 이성은 그와 함께 서서히 무너져 내렸다. 그녀는 필사적으로 기계의 이성을 그녀가 존재하는 신경계의 허공 속에 이식하려 했지만 성공하지 못했다. 기계를 대신할 단단한 뇌를 제공해 줄 만한 도시 짐승들은 피를 토하며 죽어 가고 있었다.

이제 그녀는 흐릿한 기계의 꿈속에 달라붙어 으르렁거리는 짐승의 메아리에 불과했다. 그녀는 여전히 나에게 증오의 감정을 뿜어 댔지만 나는 더 이상 신경 쓰지 않았다. 열선총을 주머니에 넣고 가방을 연 나는 그 안에서 표본 채취기를 꺼냈다. 나는 점점 희미해져 가는 여왕의 비명을 들으며 천천히 균체를 벽에서 떼어 냈다.

2

다른 이야기를 해 볼까? 괴물소의 뒷이야기가 궁금한가? 궁금하다면 그 이야기를 먼저 해 볼까?

마지막 전투가 끝나고 섬과 도시의 유령들이 죽어 가는 육체에서 벗어나 서서히 증발되어 갈 때도, 괴물소는 멀쩡하게 살아 있었다. 살아 있었을 뿐만 아니라 머리도 비교적 잘 돌아갔다.

그래서 그는 달아났다. 맨 처음에는 붕괴되는 다른 유령들이 만들어 내는 혼란의 소용돌이 속에 빠져들지 않기 위해서였다. 소용돌이가 가라앉자 그는 나를 피하기 위해 계속 동쪽으로 달아났다. 현대 무기로 무장한 나와, 짐승의 자신감을 잃고 인간의 이성을 되찾은 그는 도시의 지하 공간에서 처음 만났을 때와 입장이 전혀 달랐다. 나는 더 위험해졌고 그는 더 허약해졌다. 물론 나는 그에게 평화를 제안했다. 하지만 그가 내 말을 믿어야 할 이유는 무엇인가? 설사 잠시 믿는다고 해도 중간에 우리의 입장이 바뀌지 말라는 법은 어디 있는가? 어느 쪽이건 칼을 쥔 쪽은 그가 아니라 나였다.

도시와 섬의 모든 유령들이 회복 불가능할 정도로 손상되었다는 걸 확인하고, 붉은 여왕의 궁전에 침입해 남은 인공지능 군체를 다 떼어내 여왕의 힘을 완전히 무력화시키자마자 나는 괴물소를 추적했다. 그가 나를 믿지 못하는 것처럼 나 역시 그를 믿을 수 없었다. 더 이상 나에게는 나를 보호해 줄 산송장 부대가 없었다. 나에게 악의를 품고 있을 게 뻔한 지적인 존재가 대륙 어딘가에서 날뛰고 있는데, 가만히 보고만 있을 수는 없었다. 대화를 시도하거나 그의 육체를 무력화시켜야 했다.

나는 배를 타고 열흘 가까이 그를 추적했다. 이전과는 달리 배는 도시를 떠난 뒤로 단 한 차례도 강 근처에 가지 않았다. 배는 인공침엽수의 숲을 뚫고 적갈색의 수풀이 우거진 평야와 바위 사막 위로 날아갔다. 괴물소는 나보다 일주일 가까이 앞서 있었지만 나는 여전히 그가 남기고 간 흔적을 읽을 수 있었다. 그만큼이나 그는 이질적인 존재였던 것이다.

괴물소를 따라가면서 나는 그가 흘린 감정들과 기억들을 하나씩 챙길 수 있었다. 그가 남긴 것들은 대부분 현재의 불안과 공포였지만 가끔 그를 구성하는 정신의 재료들이 배설한 이전의 기억들도 남아 있었다. 갑판 위의 의자에 앉아 원격조종기로 배를 조종하면서 나는 그 기억들을 천천히 흡수했다. 나와 나의 동료들에 대한 그들의 기억은 대부분 인종차별적인 막연한 공포에 바탕을 두고 있었지만 그중 일부는 구체적인 경험의 파편이었다. 나는 마땅히 내 기억이기도 해야 할 그 경험들을 조용히 씹어 삼키며 음미했다.

나는 괴물소의 정신과 육체가 서서히 허물어지는 것도 느낄 수 있었다. 의지가 약해지고 자신의 존재에 대한 확신이 사라지는 동안, 그가 살아 있다는 환상은 조금씩 깨어져 갔고 그와 함께 육체는 썩어 갔다. 그나마 그의 정신을 지탱하는 것은 나에 대한 공포였다. 그는 점점 그 공포에 중독되어 갔다.

그를 죽음으로 몰고 간 것도 바로 그 공포였다. 나에 대한 공포가 너무나도 커서, 더 이상 그 공포는 그를 보호하는 정상적인 기능을 수행하지 못했다. 그의 냄새를 맡고 몰려든 지옥개 떼 사이에서도 그는 코앞까지 몰려든 성난 육식 동물들 대신 하루거리나 떨어져 있는 나를 두려워하고 있었다. 그들이 그의 죽은 살점을 뜯어 먹는 동안, 그가 느꼈던 유일한 고통은 첨단 무기로 무장한 내가 그를 언젠가 따라잡을지도 모른다는 걱정에서 촉발된 것이었다. 그의 육체가 골수가 빠진 뼛조각들과 가죽 일부만 남긴 채 지옥개들의 뱃속으로 사라지고 정신이 한 줌의 소용돌이가 되어 관목 숲 위에 흩어진 뒤에도, 허망한 공포는 묘비처럼 그 자리에 남아 나를 기다리고 있었다.

3

괴물소가 나를 피해 동쪽으로 질주한 길은 중간 부분이 말굽처럼 볼록하게 부푼 활 모양을 그리며 동남쪽으로 이어져 있었다. 겁에 질린 짐승이 멋대로 선택한 경로처럼 보이지만, 사실 이 길은 나와 그가 이 행성에 추락하기 수천 년 전부터 존재하고 있었다. 심지어 그 길은 내가 전에 사용했던 지도에도 남아 있었다. 나는 흐릿한 점선으로 이어진 그 길이 말라붙은 강의 흔적이라고 착각했다. 아니, 완전한 착각은 아니었다. 그 길이 처음으로 생겼던 수천 년 전에는 정말로 강이 존재했고 남쪽의 반도 끝에서 출발한 그 길은 강을 만난 뒤부터 그를 따라 동쪽에서 서쪽으로 그어졌다. 괴물소가 삼백 리 정도만 더 남쪽으로 내려갔다면, 그는 붉은 여왕의 궁전과 거의 똑같은 모양을 한 달팽이 껍질의 부서진 잔해가 해변에 뒹굴고 있는 걸 발견했을 것이다.

나는 이제 이 달팽이들에 대한 상당한 양의 자료들을 가지고 있다. 표준력으로 3324년 전, 재수 없게 이 행성에 추락한 탐사선에서 살아남은 서른일곱 명의 생존자들이 이 대륙의 생태계에 대한 상세한 기록을 남겼다. 달팽이들을 피해 대륙 한가운데로 달아난 그들은 평야 위에 둥근 요새를 짓고 그 안에 도서관을 세웠다. 그들은 후손들이 별의 문이 열릴 때까지 문명을 보존하다 다시 그들이 왔던 세계로 돌아가길 바라면서도 달팽이들과 망각의 힘이 그들의 희망보다 강하다는 걸 알았을 것이다.

나는 대륙의 지도를 만드는 동안 그 요새를 발견했다. 완벽한 반구형으로 구성된 그 건물의 내부는 미완성인 상태로 남아 있었다. 중간에 무슨 일인가가 일어나 요새를 만들던 사람들이 한 명씩 요새를 떠났던 것이다. 그건 갑작스러운 재난이 아니라 몇 년에 걸쳐 서서히 진행된 붕괴였다. 다행히도 그들이 만든 도서관은 그 이전에 완성되어 있었고 수제 종이로 만든 책은 지금도 맨손으로 들고 읽을 수 있을 정도로 잘 보존되어 있었다.

그 달팽이의 분류번호는 1764였다. 생존자들이 남긴 기록에 따르면 당시에도 그 달팽이들은 멸종 위기 상태에 놓여 있었다. 대륙 전체를 통해 그들이 발견한 살아 있는 달팽이집은 다섯 개에 불과했고 그들 역시 죽어가고 있었다. 이는 결코 좋은 소식이 아니었는데, 그건 이 생물이 살아 있을 때보다 죽어 있을 때 더 위험했기 때문이다.

1764호는 생식력 있는 왕족들과 무성의 일꾼들로 구성되어 있었다. 커다란 배를 가진 털없는 태아처럼 생긴 왕족들 중 단 한 마리만이 여왕이 되어 껍질 중앙에서 살며 알을 낳았고 나머지는 미성숙한 상태로 껍질 내부에 붙어 가수면 상태로 남은 평생을 보냈다. 거북이 등껍질을 머리에 뒤집어 쓴 털 없는 승냥이처럼 생긴 일꾼들은 여왕을 보호하고 궁의 껍질을 만들거나 보수하고 사냥을 했다.

이들의 생태에서 가장 흥미로운 부분은 조직적인 전쟁을 연상케 하는 짝짓기였다. 매년 여름이 되면 이들은 이웃 달팽이집으로 대규모의 군대를 보냈다. 그들은 달팽이집 안에 침입해 상대방 일꾼들을 죽이고 내벽 안에 붙어 있는 미성숙한 다른 왕족들을 납치해 왔다. 납치된 왕족들은 강제로 깨어나 여왕의 입 안에 생식 세포를 배설했고 여왕은 그것을 삼켜 위 근처에 있는 작은 자루에 보관했다가 나중에 이들을 이용해 알을 낳았다. 생식 세포가 말라버린 왕족들은 일꾼들의 먹이가 되었다. 몇백 년의 세월이 흐르는 동안 일꾼들이 지나간 길에는 화학물질들이 누적되어 보이지 않는 길이 생겼고 그 길은 이들이 멸종된 뒤에도 유령들의 기억속에서 살아남았다.

1764호는 여러 면에서 비능률적인 생명체였다. 이들의 행동양식은 지나치게 복잡했고 왕족들이 일꾼들을 이끌고 새로운 달팽이집을 만드는 경우는 전혀 없었기 때문에 무리가 늘어나지도 않았다. 이 자료를 수집한 사람들에 따르면, 이 대륙에서 1764호의 달팽이집이 스물세 개를 넘은 적은 단 한 번도 없었고 그 이후로도 계속 감소 추세였다고 한다. 그렇다면 1764호는 이곳에서 특별한 목적으로 제작된 인공 생명체거나 고향행성에서는 존재했던 특정 조건을 박탈당한 채 간신히 현상 유지만 하고 있던 외래종이라는 뜻이다.

1764호의 치명적인 위험은 물리적인 것이 아니었다. 지렁이들과 마찬가지로 1764호의 개체들은 무리의 다른 개체들과 정신감응으로 밀접하게 연결되어 있었다. 그 결과 만들어진 신경계는 그 자체로도 무시할 수 없을 정도로 강력했지만, 무엇이든 기억하고 그 기억을 확장하는 이 행성의 생태계 안에서는 더욱더 치명적이었다. 그들의 강렬한 욕망과 감정은 주변 동물들에게 엄청난 영향을 끼쳤다. 순식간에 수많은 생명체들이 달팽이 여왕의 명령을 받으며 일꾼처럼 행동하고 상대편과 전쟁을 했다. 그러는 동안 달팽이집들은 하나씩 파괴되었고 무리들은 서서히 줄어들었다.

문제는 그들이 죽은 뒤에 더 커졌다. 버려진 달팽이집 안에는 여전히 1764호의 유령들이 남아 있었다. 이전에 그들의 욕망과 감정을 담고 있던 육체들이 사라지자, 그들의 본능은 이전보다 훨씬 탐욕스럽게 주변 생명체들을 집어삼켰다.

이들 유령들의 운명은 그들에게 빙의된 동물들이 어떤 종류이냐에 의해 결정되었다. 평야에서 이들은 오래 살아남지 못했다. 머리 나쁜 원시 초식 동물들은 그들의 파괴적이고 공격적인 정신을 담을 만큼 야무지지 못했고 그들을 사냥하는 맹금류들은 1764호의 집단성에 복종하기엔 지나치게 독립적이었다. 결국 평야의 유령들은 느긋한 초식 동물들의 정신 속에서 분해되어 사라져 버렸다. 지옥개와 같은 육식 동물들을 지배했던 숲 속의 유령들은 보다 성공적이었다. 이 유령들 역시 몇백 년을 버티지 못하고 짐승들의 원래 정신 속에 녹아들었지만 그래도 완전히 사라진 건 아니었다. 지옥개들의 독특한 집단 사냥법은 1764호의 종족 기억에서 물려받은 것임이 분명했다.

가장 마지막까지 살아남은 유령들은 해변과 가까운 곳에 집을 지었던 두 무리였다. 그들은 운이 좋았다. 단순히 그들의 욕망에 복종할 뿐만 아니라 그것을 하나의 문화로 만들고 거기에 새로운 의미를 담아 발전시키는 동물들을 만났던 것이다.

4

그래. 그게 전부였던 거다.

한동안 나는 섬과 도시에서 일어나는 일들을 거대하고 복잡한 음모나 계획의 일부라고 착각했다. 하지만 그런 것들은 처음부터 존재하지 않았다. 존재하는 것은 오래 전에 죽은 달팽이들의 썩어 문드러진 꿈이었다. 주변의 모든 사물에 습관적으로 질서와 규칙을 찾는 버릇이 있는 인간들은 그 꿈을 자기 멋대로 해석하고 의미를 부여하고 그러는 동안 그들 고유의 신화와 전설을 만들었던 것이다.

모든 것들은 우연과 오해의 결과였다. 여왕을 제외한 유령들이 모두 남자였던 건 그들을 감염시킨 무성의 일꾼들이 자신은 수컷이고 생식력 있는 왕족들은 암컷이라고 오인했기 때문이었다. 토착민들이 서로의 여왕을 종교적인 증오의 대상으로 여겼던 건 달팽이들의 강간 본능을 잘못 이해했기 때문이었다. 도시 주변에서만 유령들이 시간의 고리를 끊을 수 있었던 건 그곳에 지켜야 할 여왕과 그 여왕에 대한 기억이 남아 있었기 때문이었다. 그토록 많은 여왕들이 존재했던 것도 그 뒤로 떨어진 조난자들이 반복되는 빙의 과정 속에서 여왕의 존재를 모두 자기만의 방식으로 받아들이고 해석했기 때문이었다. 요새 도시가 절벽 위에 세워졌던 건 바로 거기에 달팽이 껍질이 놓여 있었기 때문이었다. 미로와 궁전, 미로 밑의 지하 공간은 모두 달팽이 껍질의 모방이었고 지하 공간 밑에 있는 지하실에는 아직도 껍질의 잔해가 보관되어 있었다.

그래, 그게 전부였던 거다.

어떻게 그게 다일 수 있느냐고? 도로건설자들의 전 우주적인 음모는 어떻게 된 것이냐고? 왜 별의 문은 주기적으로 우주선들을 삼켜 두 도시에 공급한 것이냐고?

미안하지만 나는 거기에 대한 해답도 갖고 있다.

모든 것들이 정리되자, 나는 개량한 비행구들을 별의 문으로 쏘아 올렸다. 다섯 개 중 두 개는 추락했지만 세 개는 궤도에 도착해 별의 문에 대한 정보들을 나에게 보내왔다.

거기서 내가 무엇을 발견했는지 아는가? 그건 별의 문과 통로를 연결하는 중간 지점에서 빙빙 돌고 있는 거대한 공 모양의 물체였다. 그게 뭐였냐고? 부서진 우주선의 파편들과 운석들이 뭉쳐진 덩어리였다. 보통 별의 문은 알아서 쓰레기들을 처리하지만 이 경우엔 청소를 하기 전에 쓰레기들의 부피가 임계점을 넘어 버려 그만 문의 기능을 막아 버렸고 그 결과 원래 차단되었어야 했던 별의 문은 이 이상 현상 때문에 비주기적으로 열리면서 연결된 통로 근처의 우주선들을 빨아들인 뒤 정상적인 출입구 대신 아직도 섬 부근에 과녁이 고정되어 있는 화물 운송용 사출기로 내뱉었다. 우주선들이 통제력을 잃고 한 자리에 추락한 것도 그 때문이었다.

그래, 그게 전부였던 거다. 죽은 달팽이들과 고장 난 출입구.

5

세 번의 여름과 네 번의 겨울과 자잘한 봄과 가을의 조각들이 나와 배를 스치고 지나갔다. 지난 일 년 동안 나는 섬과 도시를 떠나 이 행성을 방황하고 있었다.

내 목표는 이 행성의 실용적인 지도를 만드는 것이었다. 별의 문에 도착한 비행구들이 쓸 만한 사진들을 보내왔지만 나는 그것으로 만족할 수 없었다. 내가 원하는 건 해안선의 모양이나 산맥의 길이가 아니라 이 행성에 대한 보다 깊이 있는 지식이었다.

그동안 나는 이 행성의 다섯 대륙을 탐사했다. 나는 우리 대륙에서 열아홉 개의 달팽이 껍질을 발견했고 그들이 주변 환경에 미친 영향력을 연구했다. 나는 우주선을 타고 날아온 온갖 외래 종들이 그 대륙을 어떻게 변화시켰는지 보았고 상대적으로 영향을 덜 받은 다른 대륙의 생태계를 관찰하며 이 행성의 원래 모습을 그려냈다. 그러는 동안 나는 사출기에서 튀어나왔다가 운 좋게 통제력을 되찾아 다른 두 대륙에 온전한 형태로 착륙한 왕복선들을 세 대 발견했다. 유감스럽게도 그들은 나에게 그들의 이야기를 직접 들려 줄 후손들을 남기지 못하고 죽었다. 아니, 일부러 남기지 않았는지도 모른다. 아무런 희망도 남겨줄 수 없는 별에서 아이들을 잉태하는 것은 죄다.

그러는 동안 나는 계속 비행구들을 궤도로 쏘아 올리며 별의 문을 고칠 방법을 연구했다. 지금도 '고치려면' 고칠 수는 있다. 작은 폭탄들을 별의 문에 보내 쓰레기 구를 파괴하면 된다. 하지만 나에겐 그럴 용기가 없다. 쓰레기 구의 파괴는 영구적일지도 모르는 차단을 의미한다. 그것이 앞으로 이곳에 추락할 수도 있는 다른 우주선들을 돕는 것이라고 해도 나는 아직 제국으로 가는 유일한 길을 막고 싶지는 않다.

아마 다른 방법이 있을 것이다. 수선한 왕복선을 타고 별의 문으로 올라가 사출기를 막거나 통로를 손보아도 된다. 그렇게 되면 우주선들은 별의 문으로 빨려 들어온다고 해도 지금처럼 난폭하게 추락하지 않을 수 있다. 하지만 내가 제국에서 날아온 낯선 이들과 이 행성을 공유하고 싶기는 한 걸까?

난 아직도 모르겠다. 내가 무엇을 원하는지. 나는 내가 과연 제국으로 돌아가고 싶어 하는지, 아니면 이 행성에 남아 평생을 외롭게 살고 싶어 하는지 확신하지 못한다.

6

나는 조금씩 나이를 먹어간다. 뼈 사이의 성장판들은 가벼운 통증을 일으키며 한동안 멈추었던 성장이 재개되었음을 나에게 알린다. 입고 있는 옷과 신발은 조금씩 작아지고 짧아진다. 기억과 경험이 누적되고 나 자신으로서 존재하는 시간이 길어질수록 나는 점점 내가 어린아이의 세계에서 벗어나고 있음을 알게 된다.

그러던 어느 날 밤 피가 묻은 속옷을 벗어 들고 초경임을 확인한 나는 이 어처구니없는 생물학적 농담에 배를 잡고 웃어 댄다.

중세 시대 때 월경억제제로 쓰였다는 종양 치료제의 화학식을 정보처리기에서 찾아보는 동안, 처음으로 나는 나 자신의 죽음에 대해 진지하게 생각한다. 이곳에 오기 전까지만 해도 나는 은하 이곳저곳에서 불연속적으로 번뜩이는, 탄생도 죽음도 존재하지 않는 점이었다. 하지만 지금의 나는 서서히 나이 들어가는 육체와 점점 길어져 가는 나만의 기억을 소유하고 있다. 하나의 나로서 영원히 존재할 수는 없다. 그 끝은 죽음이다.

그렇다면 그 뒤는 어떻게 될까. 내 의식은 앞으로도 이 행성의 신경계 안에 살아남아 종종 떨어질 운 없는 조난자들을 괴롭히게 될까? 아니면 그들을 일부러 외면하고 아무도 오지 않는 다른 네 대륙들 사이를 떠돌다 조금씩 희석되어 결국 망각 속으로 사라지게 될까?

7

내가 다시 남쪽 도시를 찾은 건 춘분 다음 날이었다. 도시는 조용했고 지성과 언어의 흔적은 완벽하게 지워져 있었지만, 전에는 없었던 새로운 질서의 향기가 희미하게 느껴졌다. 한동안 눈을 깔고 주변을 탐색하던 나는 마침내 그 향기가 어디에서 나오는지 알아낼 수 있었다. 언젠가 전령이 신기해했던 벌레 다리가 자잘하게 달린 원반형의 동물들이었다. 그들은 도시 안을 맹렬하게 굴러다니면서 내 위치에서는 정확한 구조를 파악하기 어려운 복잡한 군무를 추고 있었다. 여왕은 인간들을 대체할 새 동물들을 찾은 걸까? 그들에겐 목적이 있을까? 언젠가 그들은 그들만의 새로운 전쟁을 시작하게 될까? 모를 일이다.

한동안 별다른 성과 없이 도시 주변을 돌아다니던 나는 다시 배를 타고 북쪽으로 올라갔다. 곧장 집으로 돌아가도 되었지만, 무언가 막연한 느낌이 나를 다른 쪽으로 이끌고 있었다. 나는 그 느낌이 구체적으로 무엇을 의미하는지는 알 수 없었지만 내가 어디로 가고 있는지는 알고 있었다. 그건 요새 도시와 남쪽 끝에 있는 제3의 달팽이 껍질을 연결하는 길이었다.

그동안 나는 정보처리기에 입력된 옛 토착 문헌들을 통해, 토착민들에게 그 길이 어떤 의미였는지 알아낼 수 있었다. 당시 요새 도시 사람들은 그 길의 끝에 지상 천국이 존재한다고 믿었다. 그건 어느 정도 사실이었다. 실제로 세 번째 달팽이 껍질이 존재하는 곳의 기후는 요새 도시보다 좋았고 식량과 자원을 구하기도 쉬웠다. 그러나 그들이 지상 천국을 믿었던 이유는 다른 데에 있었다. 세 번째 달팽이 껍질의 여왕이 오래 전에 죽어 사라졌기 때문에 그곳에는 적대감의 진공이 생겼고, 그들은 그 이상 현상을 천국으로 해석했던 것이다.

요새 도시에서 보낸 수많은 탐사대들이 그 길을 따라 남쪽으로 내려갔고 그곳에 식민지를 세웠다. 그 시도는 모두 실패로 돌아갔다. 그곳은 분명 이상향이었지만 그들의 정신은 이상향에 맞게 설계되어 있지 않았다. 그들에겐 전쟁과 그들 위에 군림하는 독재적인 존재가 필요했다. 그것들이 없는 남쪽의 지상 천국에서 그들은 자기네들이 만들어 낸 정신적 공허함에 빠져 자멸했다. 아직도 해변에 버려진 달팽이 껍질 주변엔 그들이 만들다 만 마을의 폐허가 남아 있다. 남쪽 도시에 도착하기 하루 전, 나는 잠시 그곳을 방문했었다.

마침내 작은 언덕 밑에서 보이지 않는 길과 마주치자 나는 배를 세우고 땅 위로 내려왔다. 저녁이었다. 산들바람이 불었고 공기 중에는 말라붙은 꽃잎이 나비처럼 떠돌아다녔다.

나는 혼자가 아니었다. 세 마리의 지옥개들이 멀찌감치 떨어져 나를 관찰하고 있었다. 어미와 새끼 두 마리였다. 동료들은 보이지 않았지만 무리에서 이탈한 것 같지도 않았다. 어미는 나와 눈이 마주치자 새끼들을 불러들이더니 조용히 퇴각했다. 내가 인간이라는 걸 분명히 눈치 챘을 텐데도 그들에게는 어떤 증오나 두려움도 느껴지지 않았다. 그들은 마치 처음 온 손님에게 정중하게 자기 자리를 비켜주는 예절바른 기사 같았다.

이곳의 지리는 익숙했다. 괴물소가 지옥개들에게 뜯어 먹힌 바로 그곳이었다. 시체의 흔적은 오래 전에 사라지고 없었지만 귀를 기울이면 여전히 그가 남긴 희미한 비명 소리가 들렸다. 내가 그쪽으로 걸어가면 그 목소리는 얕은 물 위에 인 파문처럼 내 주변에 동심원을 그리며 멀어져 갔다.

외투 주머니에 양손을 쑤셔 넣고 멍하니 산맥 저쪽으로 지는 해를 바라보고 있는데, 뒤에서 어떤 존재가 느껴졌다. 물리적 공간을 점유하고 있지는 않지만 그와 아주 비슷한 존재감을 만들어낼 수 있는 무언가가 내 등 뒤에서 서서히 나타나고 있었다. 내가 고개를 돌리려고 하는 바로 그 순간, 그 존재가 말했다.

돌아보지 마.

처음엔 종이에 인쇄된 글자들처럼 어떤 육체적 특성도 가지고 있지 않았던 그 토착어 문장은 내 머릿속에서 메아리치며 조금씩 자기 개성을 찾아갔다. 그건 작고 나직하고 조금은 심술궂게 들리는 소녀의 목소리였다.

돌아보면 어쩔 건데? 네 엄마한테 이를 거야? 내가 대꾸했다.

유령은 대답하지 않았다. 내가 천천히 고개를 돌리자, 그녀는 회오리바람처럼 잽싸게 남쪽으로 나 있는 야트막한 언덕 저편으로 사라졌다. 나는 그녀가 달아난 방향으로 천천히 걸어갔다. 나는 그녀가 정말로 달아난 것이 아니라는 걸 알고 있었다.

유령은 언덕 밑에 모여 있는 갈색 관목 숲 속에 숨어 있었다. 부채 모양의 작은 나무들 사이로 물고기 가죽으로 만든 갈색 신발과 투박한 외투, 다듬지 않은 길고 검은 머리칼이 보였다. 정신을 조금 집중하자, 열네 살 정도로 보이는 소녀의 몸 전체가 내 눈에 들어왔다. 어차피 그녀는 나무 뒤에 있는 게 아니라 나무 뒤에 있는 것처럼 보이는 환영이었다. 보는 방법만 안다면 나무 따위는 시야를 막지 못한다. 나는 그녀의 긴장한 눈을 응시하며 오래 전에 내 몸과 정신 속에 녹아들어 나의 일부가 되어 버린 여왕의 진동과 그녀의 진동을 비교해 보았다. 비슷한 것 같기도 했고 다른 것 같기도 했다. 그녀의 긴장한 얼굴 역시 여왕과 비슷했지만 아주 닮은 건 아니었다. 생각해 보니 어떤 여자 형상을 봐도 나는 여왕과 비교했을 것이고 그 존재가 예쁘다면 자동적으로 여왕과 닮았다고 했을 것이다. 나에게 여왕은 더 이상 고유의 개성을 가진 한 사람이 아니었다. 그녀는 그냥 막연한 여성적 미의 상징이었다.

넌 전에도 여기에 왔었구나, 내가 말했다. 어떻게 그럴 수 있었지? 여왕은 평생 궁 안에 갇혀 있어야 하는데. 너의 신하들이 그걸 허용했을 리가 없는데. 너는 여왕이었어. 그렇지 않아?

내가 다가가자 유령은 몇 발짝 뒤로 물러났다. 나는 다시 멈추어 서서 그녀의 눈을 통해 흘러나오는 기억의 파편들을 조금씩 빨아들였다.

이제 알겠어, 나는 말을 이었다. 넌 달아난 거야. 넌 여왕이 되기 싫었어. 아니, 보다 정확히 말하면, 넌 다른 여왕들처럼 살기 싫었어. 평생 궁 안에서 살다가 죽은 여왕들의 기억에 갇혀 신탁 노릇이나 할 수는 없었지. 왜 그렇게 살아야 해? 넌 여왕이 되고 싶다고 한 적도 없었어. 네가 여왕이 된 것도 순전히 우연이었어. 죽어 가는 여왕을 대신할 여자아이들을 찾으러 섬으로 내려온 성직자들이 그때 해변에서 놀던 널 지목한 것뿐이지. 네가 그 자리에 없었다면 마을의 다른 아이가 그 자리에 올랐을 거야. 누가 오르건 상관없었으니까.

나는 천천히 관목 숲 속으로 들어갔다. 유령은 뒷걸음질 치면서 그녀 주변에 자잘한 메아리를 만들었고 그 메아리 때문에 그녀의 존재는 숲 안에서 증식했다. 여전히 유령은 한 명이었지만 지금은 마치 관목 숲 전체에 물결처럼 퍼져 있는 것처럼 느껴졌다.

궁은 지옥이었어. 나는 계속했다. 성직자들은 너를 지하실에 가두고 억지로 꿈을 꾸게 했어. 지난 몇백 년 동안 그 궁에 살았던 수십 명의 여왕들이 밤마다 너의 머릿속에 들어왔지. 네가 지쳐서 깨어나면 그때까지 밖에서 기다리고 있던 성직자들이 방으로 들어와 네가 기억해 낸 것들을 하나하나 받아 적었어. 네가 꿈을 꾸지 못하거나 잠을 자지 못하면 그들은 너에게 약을 먹였어. 약이 몸에 들어가면 너는 네 머릿속에 갇혀 버렸고 그 안에서 너의 꿈은 현실보다 더 단단해졌어.

너는 달아나기로 결심했어. 너에게 부여된 임무 따위는 중요하지 않았어. 넌 바깥 세계에서 남은 평생을 어떻게 보낼 것인지에 대해서도 걱정하지 않았지. 궁에 갇혀 있는 동안, 너는 서서히 인간 동족들로부터 멀어지고 있다고 느꼈어. 죽은 여왕들의 꿈들이 한 겹씩 누적되는 동안, 너는 네가 더 이상 인간이 아니라고, 그들에게 소속감을 느낄 필요가 없다고 느꼈어. 평범한 인간들은 겁에 질려 도시 밖의 황무지에 눈도 제대로 돌리지 못했지만, 너는 달랐어. 그곳은 오히려 너의 의지를 실험하고 새로운 백성들을 찾아낼 수 있는 기회의 땅이었어. 넌 네 백성들이 인간이 아니라도 상관없었어.

궁에서 죽은 여왕들의 기억을 빨아들이는 동안, 너는 궁의 숨은 통로들과 비밀 창고들에 대해 조금씩 알아갔지. 너는 궁 안의 누구보다도 네가 갇혀 있는 감옥에 대해 더 많이 알았어. 다른 여왕들에게도 달아날 기회가 있었어. 하지만 정말로 달아나겠다고 결심한 건 너뿐이었지.

그러던 어느 날 넌 정말로 달아났어. 시녀들과 함께 식당으로 가던 도중 갑자기 방향을 바꾸어 무작정 뛰었던 거지. 근위병들과 시녀들이 어떻게 해야 할지 몰라 당황하는 동안, 너는 비밀 통로를 통해 궁에서 탈출했어. 너는 미로에 사는 평민들에게 사정해서 식량과 외투를 얻었고 그들을 방패로 삼아 도시에서 빠져나왔지. 너를 추적하기 위해 수많은 군인들이 몰려나왔지만, 너는 가짜 발자국을 만들고, 남들이 절대로 모르는 샛길로 빠지고, 종종 길 가다 만난 평민들을 협박하고 속이면서 그들을 앞서갔어.

너는 그냥 도망간 것이 아니었어. 너에게는 지도가 있었고 목적지도 있었어. 너는 강에 있는 유일한 다리를 건너 남쪽 도시를 북쪽으로 우회해 동쪽으로 간 뒤, 산맥을 만나면 대륙의 남쪽 끝까지 내려갈 생각이었어. 남쪽 끝에는 지상 천국이 있었어. 어느 누구도 그곳에 정착하는 데 성공하지 못했지만, 너는 포기한 개척자들로부터 그곳에 대한 이야기를 들었어. 겨울이 되어도 얼음이 얼지 않고, 땅 속에서는 노랗고 달콤한 버섯이 자라며, 사방에 독기 없는 샘물이 솟아나는 곳. 심지어 그들 중 한 명은 숲 어딘가에서 또 다른 궁을 보았다고까지 했지.

근사한 계획이었어. 성공했다면 너는 새로운 식민지를 개척한 최초의 여왕이 되었을 거야. 포기한 네 신하들이 다른 여자아이를 골라 새로운 여왕으로 삼고 안주하는 동안, 너는 새로운 신하들을 맞이하고, 나중에 나이가 들면 후계자들을 선택해 대륙의 이곳저곳으로 보냈겠지. 그러는 동안 여왕과 신하들을 지배하던 고대 짐승들의 기억들은 서서히 희미해지다 사라졌겠지. 그 기회를 잡았다면 인간들은 온전한 정신을 가진 주체로서 이 행성을 지배할 수 있었어.

너는 실패했어. 하지만 그렇다고 나무라거나 비웃을 수는 없겠지. 무기도, 탈것도 없는 열네 살짜리 여자아이가 무장한 군대를 따돌려 가며 여기까지 온 것만 해도 엄청난 일이었으니까.

게다가 너는 새 부하들을 만들기까지 했어. 숲 속에서 한 떼의 지옥개들을 만난 너는 네 신성함으로 그들을 굴복시켰지. 충실한 신하가 된 그들은 너에게 사냥감을 바쳤고 밤에는 잠을 잘 수 있게 온기를 더해 주었어. 너는 그들 모두에게 이름을 붙여 주었고 그들에게 영생을 약속했지. 아직도 이 벌판엔 그 이름들이 떠돌고 있어. 한 번 읊어볼까?

아니, 그만 둬.

그들은 모두 죽었어. 쫓아오는 군인들로부터 너를 지키다가. 스물네 마리 모두가 죽었지. 하지만 그들은 그냥 얌전히 죽지는 않았어. 열일곱, 아니, 열여덟 명의 군인들이 여기서 목숨을 잃었지. 하지만 얼마나 많이 죽였는지는 중요하지 않아. 생존자들이 얼마나 되느냐가 중요하지. 그 피투성이 살육 속에서도 다섯 명의 군인들이 살아남았고 그들은 너를 바로 이 관목 숲에서 붙잡았어. 아직도 너의 팔을 잡고 정중하게 말하던 장교의 목소리가 이곳 어딘가에 각인되어 있는 것 같아. 폐하, 궁이 폐하를 기다리고 있나이다.

이제 유령은 더 이상 뒷걸음질 치고 있지 않았다. 그녀는 관목 숲 끝에 서서 울고 있었다.

난 그들을 지켜 주지 못했어, 내 신하들이었는데. 내 친구들이었는데. 내가 줄 수 있는 모든 걸 다 주겠다고 약속했는데.

아니, 넌 약속을 지켰어. 그들은 영생을 얻었어. 네 신하들은 죽은 뒤에도 여전히 이 벌판 위를 군림하고 다니며 이 지방의 살아 있거나 죽은 지옥개들을 지배했어. 이곳은 여전히 네 영토이고 지옥개들은 네 신하들이야. 왜 지옥개들은 평생 한 번도 본 적이 없을지도 모르는 인간들을 증오하고 그들을 갈기갈기 찢어발기는 데 목숨을 바칠까? 바로 너 때문이야. 네가 몇천 년 전에 내린 명령이 지금도 남아 있는 거야.

나는 유령의 팔목에 내 손을 살짝 걸치고 그녀를 관목 숲에서 끌어냈다. 나는 그녀를 언덕 위로 이끌었고 그녀는 거부하지 않았다.

나는 마지막 여왕이었어. 그녀가 말했다.

알아. 내가 대답했다.

더 이상 여왕이 나올 수가 없었어. 모두가 죽었으니까.

알아. 전염병 때문이었어. 네 탓은 아니었어. 반대로 네가 계획대로 남쪽까지 내려가 거기서 새 도시를 세웠다면 거기서 몇 명은 살아남았을 거야. 바보들이지.

사람들은 죽은 뒤에도 널 기억했어. 네가 한 일이라고는 궁에서 가출한 것밖엔 없었지만 그것만 해도 대단한 일이었거든. 별의 문에서 떨어진 사람들은 이유도 모르면서 여기를 여왕의 길이라고 불렀어. 몇몇 사람들은 그 때문에 긴 목도리 모양의 몸 끝에 여자 머리가 달린 모습으로 너를 상상했지. 넌 몰랐을 거야. 죽은 뒤 도시와 달팽이들을 피해 다른 대륙들을 떠돌아 다녔을 테니.

네 기억이 상하지 않고 지금까지 유지된 것도 그 때문이지. 다시 별의 문이 열리고 사람들이 떨어지는 동안에도 너는 고집스럽게 그들로부터 달아났어. 아마, 너는 다른 유령들처럼 천천히 소실되고 망각되길 바랐던 것인지도 모르지. 하지만 너는 그럴 수도 없었어. 여왕은 그렇게 쉽게 지워질 수 없었으니까. 수십 명의 죽은 기억들이 네 정신 속에서 촘촘하게 겹쳐지고 그것이 다시 행성 신경계에 반복되어 새겨지는 동안 너는 거의 불멸의 존재가 되었어. 너는 이곳에 온전하게 살아남은 유일한 인간의 유령이야. 붉은 여왕도 너 같은 존재는 만들어내지 못했어. 남쪽 도시에서는 죽은 사람들의 기억이 누적되지 않았으니까. 남쪽 도시에서 붉은 여왕은 인간과 닮지 않은 흐릿한 안개와 같았지.

네가 달아났다고 여왕의 흔적까지 사라진 건 아니었어. 별의 문에서 떨어진 사람들과 아직도 도시와 섬에 남아 있는 유령들은 네가 사라지며 생긴 빈 공간을 그대로 내버려둔 적이 없었어. 그들은 늘 그들만의 여왕을 만들었어. 어떤 때는 살아 있는 진짜 여자들이, 어떤 때는 인형이나 조각상들이 그 자리를 차지했어. 한심하지만 나도 예외는 아니었어. 하지만 아무리 많은 이야기들이 만들어져도 진실은 하나뿐이야.

그 사람들은 나를 만든 게 아니야. 그냥 여왕을 만들었던 거지. 그녀가 말했다.

그랬지. 하지만 난 달랐어. 나는 너를 만들었어. 아니, 내가 만든 여왕은 어느 정도는 여전히 너였어. 내가 재료로 삼은 것들은 다른 사람이 아닌, 바로 네가 남겨놓은 흔적들과 메아리, 신호들이었어. 다른 사람들과는 달리 난 무의식적으로나마 너와 막연한 여왕 일반을 구별할 수 있었지.

네가 아무리 다른 대륙으로 달아나 숨어 있어도 그 흔적들은 여전히 너와 연결되어 있었어. 내가 만든 여왕이 나와 함께 있는 동안 너는 그녀와 연결되어 있었어. 네가 이곳에 다시 온 것도 그 때문이야. 그렇지 않아? 좋건 싫건, 우린 더 이상 떨어져 있을 수 없었던 거야. 내가 만든 여왕이 나에게 녹아들어 나의 일부가 되면서 너 역시 나와 연결되어 버렸어.

우리는 언덕 위에 올라와 있었다. 해는 졌고 하늘은 별들로 가득 했다. 유령은 나와 함께 언덕 아래에 착륙해 있는 배를 말없이 바라보다 조용히 입을 열었다.

끊어 버리려고도 해 봤어.

알아. 우리가 42호 상자를 발견했을 때가 기회였겠지. 여왕의 존재에 대한 나의 불신이 극에 달했을 때니까. 하지만 우리는 완전히 끊어질 수 없었어. 이미 나는 너에 대해 알 만큼 알았는걸. 여왕의 인형과 조각상들이 사방에 굴러다닌다고 달라질 건 없었어. 게다가 넌 그 뒤에도 완전히 날 버리지 않았잖아. 난 네가 직접 대장에게 구조요청을 했다는 걸 알고 있어. 그 전에 그 애가 나를 돕도록 영향력을 행사한 것도 알고. 내가 만든 아이가 그렇게 살갑게 굴었을 리가 없지. 걔는 나를 닮아 못됐거든.

유령은 웃었다. 그와 함께 나와 그녀 사이를 막고 있던 마지막 장벽이 깨졌고 나는 아까까지만 해도 기억을 담은 흐릿한 그림자와 같았던 그녀를 거의 산 사람처럼 분명하게 바라볼 수 있었다. 나는 여왕과 살짝 닮았으면서도 여전히 보통 사람다운 비대칭과 어긋남을 간직한 그녀의 얼굴을 바라보며 따라 웃었다.

도대체 내가 왜 웃는 걸까, 나는 생각했다. 어차피 내가 지금 바라보고 있는 것은 수천 년 전에 병으로 죽은 아이의 흔적일 뿐인데. 아무리 그녀가 말이 통하고 나와 비슷한 점이 많다고 해도, 여전히 이 행성에 살아남은 인간은 나 혼자이고, 내가 허공을 바라보며 혼잣말을 중얼거리는 미친년이라는 사실은 달라지지 않는데. 하지만 그러는 동안에도 왕년에 요새 도시의 여왕이었고 지금은 지옥개들의 명예 여신인 그녀는 이가 다 드러나는 커다랗고 촌스러운 미소를 지으며 나를 바라보고 있었다. 그녀의 미소는 그녀의 반투명한 팔과 손을 타고 내 핏줄로 들어왔고 잠시 웃음을 멈추었던 나는 다시 키들거리기 시작했다.

나는 여왕과 함께 언덕 위를 데굴데굴 뒹굴며 배를 잡고 웃어댔다. 너무 웃어서 목이 아리고 배가 아프기 시작하자 간신히 정신을 차린 나는 윗몸을 일으키고 앉아 헛기침으로 입 안에 남은 웃음을 지웠다. 그럭저럭 견딜 만해진 나는 고개를 돌려 아직도 풀밭에 반쯤 파묻힌 채 빙글거리고 있는 여왕의 얼굴을 내려다보았다.

이제 뭐하고 놀까? 내가 물었다.

작가의 말

1

책을 낼 때마다 늘 고민하게 되는 건 후기를 어떻게 쓰느냐이다. 지금은 덜하지만 몇 년 전까지만 해도 출판사 사람들은 내 후기가 늘 불만이었다. 그들은 내가 자신을 조금 더 드러내고 '감성적'이 되길 바랐는데, 그게 듀나 캐릭터와 어울리나?

그럼 무얼 써야 할까? 내가 가장 이상적으로 생각하는 후기 작가는 마르그리트 유르스나르다. 유르스나르의 작품 뒤에 따라붙는 방대한 후기는 관련 정보가 풍부하고 그 자체로 재미가 있어서, 나는 지금도 가끔 『어둠 속의 작업』이나 『하드리아누스 대제의 회상록』을 꺼내 본문을 건너뛰고 후기만 읽는다. 하지만 그렇다고 그 스타일을 무작정 흉내 낼 수는 없는 노릇이니, 난 유르스나르처럼 역사적 정보가 빽빽한 대작을 쓰지 않기 때문이다. 그렇다면 테드 창처럼 집필의도와 아이디어에 대해 유익한 정보를 깔끔하게 정리해 제공해 주는 건 어떨까? 역시 좋은 생각이지만,

내 빈약한 자존심이 그걸 용납하지 않는다. 난 여전히 내 이야기들을 설명하는 걸 좋아하지 않는다. 아니, 사실은 좋아한다. 하지만 자발적으로 하기엔 너무 쑥스러운 일이다.

결국 나는 후기에서 이야기 재료들의 출처를 밝히는 것으로 타협을 봤고 몇 년 동안 그렇게 밀고 나갔다. 그게 이치에도 맞는 것 같았다. 어차피 내가 상대해야 할 사람들은 대부분 장르 독자들이 아니니. 그들에게 필수적인 사전 정보를 제공해 주면 독서 중 쓸데없는 곳에서 길을 잃지 않을 테니까.

하지만 그러다 보니 부작용이 생긴다. 독자들이 이 정보의 무게를 과장하기 시작하는 것이다. 수많은 사람들이 안내판을 따라가는 대신 안내판 앞에 주저앉는다. 순식간에 듀나는 인용이 많은 작가라는 딱지가 붙는다. 그 의견에 대해서 어떻게 생각하느냐 묻는다면 난 그냥 웃기지도 않는 소리라고 하겠다. 내가 옛 작가의 어떤 발명품을 빌려왔다고 고백한다고 해서 그 발명품의 의미가 갑자기 커지는 것도 아니고 다른 작가들이 그 발명품을 안 쓰는 것도 아니다.

슬슬 후기에 대한 입장이 바뀌기 시작한다. 일단 페어플레이에 대한 집착을 버리자. 장르 자료들이 어디에서 나왔는지 독자들이 눈치 못 채도 내가 걱정할 일이 아니다. 선입견을 만들 정보를 제공해 주느니 차라리 입 닥치고 있자. 잠시 이를 악물고 '감성적'이 되어서 어제 내린 눈에 대해서나 쓰자.

하지만 그건 더 못할 짓이다.

2

『용의 이』의 아이디어는 칠팔 년 전 크리스마스 밤, 옛 친구 Z. N과 채팅하던 중에 나왔다. 우린 당시 몇몇 이미지스트 시인들에 대해 이야기를 나누고 있었는데, 그때 난 대화 도중 별 생각 없이 이렇게 말했던 것 같다. "맞아, 그렇다면 난 나무 헬레네에 대해 쓰겠어." 어쩌다가 그 이야기가 나무 헬레네로 흘러갔는지는 각자 알아서 추리해 보시기 바란다.

그날 밤에 기본 줄거리가 거의 완성되었고 심지어 제목까지 정해졌는데도 불구하고, 최근에야 간신히 이야기를 시작할 수 있었던 건 아주 단순한 이유 때문이었다. 나는 봉건제도가 남아 있는 스페이스 오페라 설정을 좋아하지 않고 긴 글을 쓰는 것도 좋아하지 않는데, 이 둘을 피하고 이야기를 완성할 수 있는 방법이 없었던 것이다.

이야기들을 머릿속에 담아두고 방치하면 어떻게 되나? 그것들은 새끼를 친다. 『용의 이』 앞에 실린 세 편의 단편들은 모두 당시 완성되지도 않았던 장편에서 파생되었다. 슬쩍 봐도 아이디어나 문구들이 흩어져 독립한 것이 보인다. 이 정도는 괜찮다. 하지만 조금만 더 방치했다면 난 장편을 쓸 핑계를 만들어 내지도 못했을 거다. 이미 단편 재료로 다 써먹은 뒤였을 테니.

교훈. 게으름 피우지 말자.

3

이제 앞으로 뭘 해야 하나?

얼마 전 어떤 대학생 독자 한 명이 나에게 메일을 보내 심각하게 물었다. "왜 요새 글들은 다 그렇게 우울해요?" 생각해 보니 최근 들어 대학살과 멸망을 다루지 않고 이야기를 끝낸 적이 없었다! 정신이 퍼뜩 든 나는 그동안 《판타스틱》을 위해 쓰고 있던 지구 멸망 이야기를 중도 포기해 버렸다. 하긴 전에도 그런 적이 있었다. 몇 년 전엔 쓰는 이야기마다 좌절한 중년 남자들이 계속 등장했다. 아무리 분위기를 바꾸려 노력해도 그들은 울상을 지으며 계속 내 글 속으로 들어왔다.

좋다, 그렇다면 목표를 정하자. 다음엔 지구가 멸망하지도 않고 사람들도 덜 죽고 삐딱한 아이러니를 담보로 잡지 않는 순수한 해피엔딩으로 끝나는 발랄깜찍한 글을 쓰자.

하지만 어떻게 하면 그런 글을 쓸 수가 있는 거지?

—듀나

개정판 작가의 말

작품집 구성을 어떻게 하느냐는 질문을 종종 듣는데, 그런 걸 생각할만큼 여유로웠던 적이 없다. 그냥 이야기들이 쌓이면 적당한 순서로 배열해서 싣는다.

그래도 관심사의 흐름이랄까, 그런 게 있어서 책이 어떤 일관성을 가질 때가 있다. 이 책을 냈을 무렵 내 관심사는 판타지/호러 설정을 SF와 결합하는 것이었다. 주인공이 우주선을 타고 낯선 행성에 불시착했는데 거기 좀비도 있고 유령도 있다? 재미있겠지?

또다른 관심사는 내가 어린 시절 읽었던 어린이 문학이나 청소년 문학의 캐릭터와 장치들을 성인용 이야기와 결합하는 것이었다. 어렸을 때 나는 세계명작소설의 축약판으로 구성된 계림문고와 딱따구리 그레이트 북스 시리즈를 주로 읽었고 이들과 비슷한 책을 만들고 싶었다. 『너네 아빠 어딨니?』는 그 목표에 가장 충실한 책이다. 그리고 나는 이 책에 실린 이야기들이 괜찮은 베드타임 스토리라고 생각한다. 아이들이 읽으면 안 되겠지만.

2007년엔 넣지 않았던 조금 상세한 배경 정보들. 어떤 독자들에겐 당시 냈던 퀴즈의 정답처럼 보일지도 모르겠다.

「너네 아빠 어딨니?」는 판타스틱 2007년 5월호에 처음 실렸다. 「구부전」과 함께 굴리고 있던 좀비 이야기다. 연결 지점처럼 보이는 특정 설정은 의도적이지만 이 두 이야기가 같은 유니버스에 속한 건 아니다. 그런 식으로 이야기를 푸는 걸 그렇게까지 좋아하지는 않는다.

두 이야기 모두 브라이언 올디스가 '아늑한 파국cozy catastrophe'이라고 이름 붙인 서브 장르에 속한다. 단지 이 장르의 거장 존 윈덤과는 달리 나는 이 장르를 중산층 남자들의 안락함을 보존하는 방식으로 쓰고 싶지 않았다. 반대가 더 좋았다.

다시 읽으면서 세월이 흘러간 것을 느꼈다. 이 이야기에서 '할인마트'는 그냥 대형마트를 의미한다. '3D 애니메이션 영화'는 안경 쓰고 보는 입체영화가 아닌, 그냥 CG 애니메이션 영화를 뜻한다. 코팅은 종이를 필름 사이에 열처리해 보존 처리하는 라미네이트 작업을 의미하고 80년대 아이들은 이걸로 좋아하는 연예인 사진을 책받침으로 만들었다. 이 기술은 지금도 사용되지만 그와 상관없이 2007년 당시엔 아이들 사이에서 오래 전에 유행이 지났었다. 지금 아이들에게 코팅은 접착비닐로 하는 손코팅이라고 들었는데.

《판타스틱》에서 삽화를 그린 강소희가 이 책의 삽화도 맡았다. 나는 이 그림들이 주는 심술궂고 고집 센 여자아이 같은 느낌을 좋아한다. 삽화가 들어가면서 내가 옛날에 읽었던 어린이책들과 모양이 비슷해졌는데 이 역시 만족스럽다.

「천국의 왕」은 대산문화 2005년 12월호에 실렸던 초단편을 확장한 것으로 2006년 8월에 나온 《파우스트》에 실렸다. 이 잡지에 단편을 두 편이나 실었으니 이 정도면 라이트 노벨 작가의 자격증을 땄다고 할 수 있지 않을까.

어린 시절, 친척집 다락방에 박혀 심령학자 안동림이 쓰고 엮고 번역한 온갖 책들을 읽은 기억이 이 이야기의 기반이 됐다. 그렇다고 정말 안동림 유니버스에 충실한 이야기를 쓸 생각이 있었다는 것은 아니지만 구체적인 영향은 그 책들 여기저기에서 받았다. 예를 들어 레지널드 M. 레스터의 『저승에서 온 아내의 편지In search of the hereafter: A personal investigation into life after death』에는 외계 문명과 접촉을 시도하는 저승의 과학자가 나온다. 저승이 진짜로 있고 과학자들도 거기에 간다면 당연히 거기서도 과학자로서 일을 해야지. 아마 나이젤 닐이 각본을 쓴 여러 영국 드라마의 영향도 받았을 것이다. 『더 스톤 테이프』 같은.[1] 당시는 영국 유령 드라마 같은 걸 DVD로 열심히 챙겨보던 때였다. M.R. 제임스의 단편 상당수는 각색물을 통해 처음 접했다.

「평형추」처럼 남자(들)이 남고 여자가 떠나는 이야기다. 내가 그 동안 읽은 책이 늘 반대였기 때문에 반항하고 싶었다.

마지막 문장을 쓰는 동안 토머스 하디의 「어둠 속의 지빠귀새 The Darkling Thrush」를 읊조리고 있었음이 확실하다.

「거울 너머로 건너가다」는 웹진 문장(2005년 8월 9일)에 처음 수록되었고 「토끼굴」이 그랬던 것처럼 앨리스 단편이다.

---

1 『더 스톤 테이프』는 이 글을 쓰고 있는 2022년 크리스마스에 50주년을 맞았다. 대저택의 유령 현상이 저택에 자연적으로 녹화된 기록의 재생이라는 걸 엔지니어들이 밝혀낸다는 이야기다. 재미있는 SF 아이디어였는데, 거기서 멈추지 않고 이걸 진지하게 생각하는 사람들이 꽤 있다.

주인공 모녀가 살고 있는 세계는 6,70년대 홍콩 멜로드라마 영화들을 챙겨보던 시절의 산물이다. 당시 영화들에서 여기저기 재료들을 가져와 엮으면 주인공 엄마의 사정이 만들어진다. 〈솔라리스〉의 영향을 받은 건 말할 필요도 없다.

「용의 이」 이야기는 조금 길어진다. 아무래도 장편이니까.

한동안 나는 트로이의 헬레네에 빠져 있었다. 세상에서 가장 아름다운 사람이었기 때문이 아니라 신화가 이 캐릭터를 다루는 방식이 영 수상쩍었기 때문이다. 트로이 전쟁을 일으킨 장본인인데 전쟁 내내 거의 언급이 되지 않고 결말이라고 주어진 이야기도 영 건성이다. 그러니까 헬레네에 대한 이야기는 고전 추리소설에 단서로 등장하는 수기 같았다. 도저히 믿을 수가 없고 다른 진상이 있을 것 같았다.

아이리스 머독의 『바다여, 바다여』를 읽다가 '헬레네의 허상'에 대해 처음 알게 되었다.[2] 이 설정에 따르면 트로이에 간 건 신들이 만든 헬레네의 허상이고 전쟁 중 진짜 헬레네는 이집트에 있었다. 나중에 힐다 둘리틀 그러니까 H. D.[3] 의 장시 「이집트의 헬렌」을 읽으면서 이 아이디어를 최초로 낸 사람은 시칠리아의 스테시코로스였고 그것이 나중에 에우리피데스의 『헬레네』의 기반이 되었다는

---

2 안정효는 그냥 '유령 헬렌'이라고 번역했다.

3 H.D.는 「헬렌」이라는 아름답고 싸늘한 시도 썼는데 내가 한때 암송할 수 있었던 몇 안 되는 영시 중 하나였다. H.D.의 자서전적 소설 주인공 이름이 헬레네의 딸에서 따온 허마이오니였고 책 제목도 『HERmione』였으니 대놓고 헬레네 덕후였다고 할 수밖에.

것을 알게 되었다.[4] 내가 가장 좋아하는 그리스 신화 파생물인 크리스타 볼프의 『카산드라』도 이 설정을 일부 차용한다. 이 소설에서도 헬레네는 트로이에 없었다. 바보 같은 파리스가 중간에 이집트에서 빼앗겼다.[5]

이 이야기의 '나무 헬레네'는 '헬레네의 허상'과 네페르티티 흉상을 결합한 것이다. 이 석회암 조각상이 모델의 구체적 외모가 아니라 당시 이집트의 미인 기준을 반영한 것이라는 가설을 어디서 들었다. 정말로 무개성적인 '세상에서 가장 아름다운 여자'라는 수식과 어울리는 이야기가 아닌가. 게다가 이 흉상이 독일로 빼돌려지고 아직도 이집트가 흉상 반환을 요구하는 지금 상황까지 헬레네 이야기와 그럴싸하게 닮았다. 당연히 둘을 엮어 써먹어야 한다고 생각하고 몇 년 동안 이야기를 찾고 있었다. 그렇다면 '석회암 헬레네'여야 하지 않냐고? 일단 입에 잘 안 붙고 석회암은 너무 무거웠다. 하지만 나무 흉상도 무거운 건 마찬가지이고 내구성이 있는 재

---

4 전설에 따르면 스테시코로스는 헬레네를 욕하는 시를 쓰고 눈이 멀었다가 헬레네를 찬양하는 시를 쓰고 나서야 시력이 회복되었다고 한다. 개심한 악플러인 셈이다. 에우리피데스의 『헬레네』는 이야기만 따지면 소망성취 해피엔딩 같아서 그렇게까지 재미있지 않은데 (헬레네는 이집트에서 남편과 재회해 오해를 풀고 그 동안 추근댔던 이집트 왕을 피해 함께 달아난다) 대사를 읽어보면 가짜뉴스와 악플러 때문에 고통받는 여성 셀럽의 울분이 느껴진다. 에우리피데스는 이래서 재미있다. 그리스 신화 역할극을 하는 여자들이 갑자기 현대적이고 현실적인 고민을 터트리는 것이다.

5 여담이지만 이 책을 읽은 뒤로는 아킬레우스를 낭만화하려는 이후의 어떤 시도도 나에겐 먹히지 않는다. 여기엔 『이집트의 헬렌』도 포함된다. 이 시에서 아킬레우스는 아킬레우스 코스프레하는 에즈라 파운드이긴 한데…….

질이 필요해서 쓰는 동안 다시 석재로 돌아갔다. 단지 크기를 줄였다.

처음엔 문명이 붕괴된 후에 사람들이 백화점 마네킹을 발견해 숭상한다는 이야기를 떠올렸다. 하지만 이런 이야기는 5,60년대 미국 작가들이 수도 없이 써먹었을 것 같고, 나는 백화점 마네킹이 특별히 아름답다고 느낀 적이 없다. 그리고 기왕 트로이 전쟁 이야기를 할 거라면 전쟁 이야기를 본격적으로 하는 게 맞을 것 같았다.

이야기를 풀어가기 위해 은하제국 설정을 끌어들였다. 전에도 말했지만 이 설정을 아주 좋아하지는 않는다. 가장 큰 문제는 이런 걸 만들어 세워놓으면 독자들이 극중 인물을 자동적으로 서양 사람이라고 생각한다는 것이다. 요즘은 좀 다르겠지만 그리스 신화에서 재료를 가져왔고 제목도 거기서 따왔으니 아무래도 서양 쪽으로 기울겠지. 이를 막으려고 몇 가지 장치를 넣었는데, 아마 눈치 챈 사람은 별로 없었을 것 같다. 하나, 이 작품에는 유럽에서 온 외래어가 들어가 있지 않다. 둘째, 주인공이 가진 건축학 지식의 일부는 동아시아, 정확히 말해 한국어권에서 온 것이다. 하여간 가능하다면 익숙한 서양 중심 심상에서 잠시 벗어나주시길 바란다. 안 그런다고 내가 어쩔 수 있는 건 아니지만.

이상이 내 '유르스나르 후기'이다. 만족하셨길.

'세계 몰락' 프로젝트

정성일(영화평론가)

(듀나의 문체를 빌려서) 저는 맨 처음에 메일을 잘못 읽었어요. 출판사 '북스피어'에서 보내준 메일을 열어보고 듀나가 영화평 모음집을 내니 추천사를 써달라는 줄 알았답니다. 당연하잖아요! 설마 저에게 SF 소설에 관한 해설서를 써달라고 할 리야 없지 않겠어요, 라고 생각한 거지요. (같은 말의 다른 판본은 이렇습니다. 저는 문학평론가들이 쓴 영화평이 늘 지겹다고 생각하는 쪽입니다. 혹은 병원 원장들이 소개하는 음반해설서를 보면서 그냥 아, 하던 진찰이나 잘하세요, 라고 말하고 싶어집니다.) 그러나 저는 듀나가 쓴 영화평을 꼼꼼하게 읽어본 적이 없기 때문에 그냥 정중하게 거절할 생각이었습니다. 그런데 문득 덧붙인 파일 제목을 본 다음 제가 무언가 잘못 읽었다는 것을 알았어요(최근 십 년간 개봉된 영화 중 〈너네 아빠 어딨니?〉라는 제목이 기억나지 않았습니다). 그래서 다시 메일을 읽어본 다음에야 비로소 아, 듀나의 다음 소설이 이제 나오는구나, 라는 사실을 알게 되었지

요. 그런데 이걸 왜 나에게 보냈지, 라는 생각이 들었습니다. (이를테면 저는 〈2001, 우주 오디세이〉나 〈스타 워즈〉, 혹은 〈블레이드 러너〉를 내 생애의 영화라고 생각하는 사람이 아닙니다. 뭐 필요하다면 좀더 컬트적인 영화 제목을 열거할 수도 있겠지만 그게 무슨 소용이 있겠어요.) 그러다가 제가 잡지 앙케트에 듀나를 추천했던 사실이 떠올랐습니다. 그게 말하자면 이 우주적 인연의 시작인 셈이 된 거지요! 이크. *^^*

저는 지난겨울이 거의 끝나갈 즈음 《판타스틱》이라는 잡지의 창간호에서 "당신이 영화로 만들어 보고 싶은 장르문학 혹은 만화는 무엇입니까"라는 앙케트 설문을 받은 적이 있었어요. 제가 이 분야의 전문가는 아니지만 그냥 독자로서 참견(참여가 아니라!)하고 싶어졌답니다. 왜냐하면 이 목록에 듀나의 『대리전』을 올리고 싶었기 때문입니다. 사실 저는 우리 나라에서 SF 소설을 쓰는 건 황당한 일이라고 생각하는 쪽입니다. (분개하는 당신, 잠시만 그냥 참고 읽어주세요.)

아니, 달나라에 우주선 한번 보내 보지 못한 나라에서 우주적 상상력이라니! 그걸 왜 당신이 고민해야 하는데? 차라리 그게 정말 고민이 되긴 하는 거야, 라고 물어보고 싶어지기 때문입니다. (하지만 황우석 '생쑈' 이후 저는 생각을 바꾸었습니다.) 어떤 자리에서 그렇게 불평을 털어놓았습니다. 그러자 그 자리에서 누군가가 저에게 그러면 『대리전』을 읽어 보라고 했습니다. 인터넷에서 주문한 책들이 그렇듯이 사 놓은 다음 얼마간은 그냥 책장에 머물러 있었습니다. 그런 다음 지난겨울이 막 시작될 때 비로소 읽었습니다.

전 이 소설이 제법 마음에 들었답니다. 무엇보다도 아, 이건 우리 동네에서도 일어날 수 있는 SF야, 라는 생각이 들었기 때문입니다. 말하자면 한글로 쓰여진 SF 소설을 읽으면서 처음으로 실감이 난다, 는 느낌을 받은 겁니다. 심지어 전 이걸 얼마나 심각하게 받아들였던지 「너네 아빠 어딨니?」 혹은 「천국의 왕」을 읽으면서 듀나가 『대리전』을 쓴 다음 이사를 갔을지도 모른다고 생각했을 정도입니다. 물론 부천과 목동은 그렇게 멀리 떨어진 게 아니기 때문에 그냥 지나다니면서 지리적 공간을 확장한 것일 수도 있습니다. 하여튼! 그래서 저는 제 마음대로 이런 장르를 '동네 SF'라고 이름을 붙였답니다. (아, 그렇다고 제가 부천에 사는 건 아닙니다. 하지만 영화제 때문에 일 년에 한번은 갑니다.)

저는 거슬러 올라가서 『태평양 횡단특급』도 구해서 읽어 보았습니다. 미안하게도 이 소설은 별로 마음에 들지 않았습니다. 그 정도 말은 독자로서 할 수 있잖아요. 솔직히 말하면 저는 『대리전』을 읽자마자 즉시 이 소설이 영화로 만들어질지도 모른다는 생각을 했습니다. 좀더 정확하게는 부천에서, 말하자면 한국에서 한국어로 한국 배우들을 데리고 영화로 만들어질 수 있는 보기 드문 한글 SF 소설이라는 생각을 했습니다. (왜 주연으로는 이나영이 떠올랐을까요? 듀나는 동의할까요?) 적어도 박찬욱이나 김 지운, 봉준호라면 근사하게 만들 수 있을 것이라는 기대를 갖게 되었답니다. (그런데 앙케트에서 박찬욱은 다른 목록을 열거하였습니다. 유감스러운 일입니다.) 사실 그 세 명은 모두 할리우드 영화를 보면서 영화를 사랑하고, 영화를 배우고, 그 장르를 끌어들이면서도 한국에서 그걸 실감나게 만드는 능력이 있잖아요. 저는 듀나와 그들 사이에 어떤 친화성이 있다고 생각했습니다. (반대로 왠지 홍상수나 김기덕과는 잘 안 어울리잖아요.*^^*) 그러나 제 기대는 실현되지 않았습니다. 아직껏 누구도 이걸 영화로 찍겠다는 소식은 들리지 않았습니다. 하지만 듀나의 다음 소설이 궁금했습니다.

말하자면 독후감을 쓰겠노라고 '북스피어'의 제안을 받아들였을 때는 여기까지의 다소 수수께끼 같은 우연과 인연이 브라이언 스테이블포드 스타일로 뒤죽박죽이 된 셈이지요. 말하자면 험프티 덤프티 같은 수다. 그래도 누구보다 기다렸던 작가의 소설을 먼저 읽는다는 것은 신나는 일입니다. 그런 고마운 마음을 안고 『너네 아빠 어딨니?』를 읽기 시작했습니다. 두 편의 단편, 「너네 아빠 어딨니?」와 「거울 너머로 건너가다」, 중편 「천국의 왕」 그리고 장편 「용의 이」로 된 이 소설은 약간 마음을 먹으면 천천히 페이지를 넘겨도 한나절이면 충분히 읽을 수 있는 분량입니다. 저는 이 네 편의 소설을 맛있는 점심을 먹은 다음 '별다방Starbucks'에 와서 앉아 그랜드 컵의 카푸치노와 치즈 케이크를 시켜놓고 다 읽었습니다. 종종 저는 별다방에 앉아 있으면 마치 제가 행성을 여행하는 기분이라도 들거든요. 왜냐하면 별다방을 드나드는 선남선녀들의 우아한 패션(!)을 보고 있노라면 마치 저와 다른 별에 사는 사람들 같은 느낌이 들어서요.

각설하고!

저는 이 네 편의 소설이 정말 한 자리에서 읽을 만큼 재미있었습니다. 읽고 난 다음 즉각적으로 받은 첫 번째 인상. 익살. 그렇습니다. 소녀의 익살. 듀나가 SF를 버리고 판타지문학에로 마치 장애물을 깡충깡충 재치 있게 뛰어넘으면서 남겨놓은 어떤 익살 같은 것이었습니다. 잘 알려진 것처럼 듀나는 창조적이기보다는 조립에서 남다른 재능을 발휘하면서, 남의 소설, 남의 영화, 남의 자료들을 자신의 소설 안에 끌고 들어와서 만찬을 만들어놓는 데 그 재미가 있었습니다.

말하자면 듀나는 퀴즈의 달인입니다. 대부분의 SF 소설가들은 자꾸만 게임을 하려고 듭니다. (아마도 필립 K 딕의 영향이 아닐까요?) 하지만 듀나는 게임 대신 퀴즈를 즐기는 쪽입니다. 그래서 듀나의 소설을 읽으면 힌트를 던져 준 다음 깔깔 웃고 있을 그/녀(들)의 목소리가 마치 들리는 것 같습니다. 물론 듀나의 적들은 그걸 듣고 와서 비난을 하지만 전 그게 그렇게 공격받을 만한 일이라고 생각하지 않습니다. 어차피 SF 소설들도 서로 남의 발명품 위에 서서 자기의 세계를 펼쳐낼 수밖에 없지 않겠습니까? 마치 많은 무협지들이 김용의 무술 용어 안에서 무예를 펼칠 수밖에 없는 것처럼 말입니다.

그렇다면 그런 걸 미루어 둔 채 꼬리에 꼬리를 무는 퀴즈를 내는 듀나의 이번 소설의 심층적인 의미와 역설 사이에 얽힌 즐거움이 도대체 무엇이냐고요? 아이, 참! 저는 지금 비평을 쓰는 게 아니라 인상을 적는 중이라니까요. 이 역시 별다방에서 노트북을 펼쳐놓고 쓰고 있습니다. 물론 저번에 소설을 읽었던 곳과는 다른 행성입니다. 듀나의 작품 해설에 대해서는 저보다 훨씬 훌륭하고 전문적인 다른 분의 글을 읽으시기 바랍니다. 하지만 이런 이야기는 해야겠습니다. 이번에는 그 익살이 훨씬 차갑고, 무심하며, 잔인하고, 귀엽지만, 무자비한데다가 냉소적인 웃음으로 가득 차 있었습니다. 여기서 제일 중요한 단어는 귀엽다, 라는 말입니다. 왜냐하면 유난히도 이번 소설집의 주인공 소녀들은 열두 살, 혹은 그 무렵에서 '일제히' 성장을 멈춰 버렸기 때문입니다. 그게 루이스 캐럴의 영향 때문인지. 아니면 블라디미르 나바호프를 읽은 다음 얻게 된 트라우마인지, 그건 알 수 없습니다. 그래도 전 루이스 캐럴 쪽에 걸고 싶습니다. 이를테면 「용의 이」에서 낯선 행성에 떨어진 소녀 앞에 그녀 또래의 여왕이 등장할 때, 어쩔 수 없이 「이상한 나라의 앨리스」가 떠오를 수밖에 없었으니까요. 그러니까 전 듀나의 이번 소설을 그냥 루이스 캐럴에게 바치는 오마주라고 부르고 싶습니다. 다만 아쉽게도 멋진 삽화 그림들이 없는 것은 유감입니다. (그런데 재판이 나오게 된다면 누가 삽화를 그리면 좋을까요?)

두 번째 인상. 만일 저에게 이 네 편의 소설을 하나로 묶는 말을 허락한다면 '세계 몰락' 프로젝트라고 부르고 싶어요. 이번에는 세 편의 소설이 모두 세계를 멸망시키는 데 정말 전력을 다하고 있군요. 그게 안 된다면 내가 없어져 버리기를 간절하게 소망합니다(「천국의 왕」). 처음에는 잘 몰랐다가 마지막에 「용의 이」를 읽으면서 왜 듀나는 차라리 세계는 그냥 몰락해 버리는 편이 나은 것이라고 상상하는 것일까, 라는 그/녀(들)의 기대의 지평에 약간 스산한 느낌을 받았답니다.

이 귀여운 소녀가 꿈꾸는 세계 전멸의 기대. 아니 차라리 우주의 몰락이라고 부를까요. 이 소설은 마치 대니얼 디포의 『로빈슨 크루소』 이야기처럼 시작합니다. (혹은 미셸 투르니에?) 그런데 이 소녀가 도착한 행성이 하필이면 스타니슬라스 렘의 (타르코프스키가 정말 실망스럽게 각색하고 소더버그가 완전히 망쳐놓은) 소설 『솔라리스』를 연상케 하는 행성이라면 어떻게 될 것인가, 라는 가정에서 무작정의 연상 작용의 도미노 퀴즈 「용의 이」는 약간 징그럽지만 유쾌하게 첫 번째 블록을 쓰러뜨립니다. 블록들은 점점 빨리 쓰러지기 시작했습니다. 그러더니 곧 피터 잭슨의 뉴질랜드 영화 같은 지경으로 돌입합니다. 그리고 결국 가상의 전멸, 기억의 소멸로 끝나 버렸습니다. 스포일러? 어머! 그때 저는 마지막 페이지를 덮으면서 그 결론에 이르러 생성하는 세상에 대한 호기심의 실망이 너무 큰 듀나에게 도대체 당신은 왜 그렇게 세상이 즐겁지 않습니까, 라고 물어보고 싶어질 정도였답니다. 같은 질문의 다른 판본. 듀나의 세계에서는 오로지 동일자에 대한 포옹만이 있을 뿐 타자에 대한 환대가 없었습니다. 그러므로 세계의 몰락에 대한 애도도 없습니다.

듀나의 주인공 소녀는 선물에 인색한 창조주입니다. 자기의 세계 너머에 있는 모든 것은 그저 허상이거나, 그림자이거나, 가상이거나, 공상이거나, 그도 아니면 잉여에 지나지 않는 것처럼 보입니다. 말 그대로 하드보일드 원더랜드의 앨리스라고나 할까요. 그러므로 듀나의 나라에 오신 분들은 이 작고 귀엽지만 미처 생각하지 못한 고양이 눈을 한 소녀에게 사랑을 구걸해야만 합니다. 안 그런다면 그저 잠시 공상을 멈추는 가벼운 동작 하나만으로도 흔적도 없이 사라질 테니까요. 신세계 건설은 여전히 다음 책으로 미뤄진 것 같습니다. 아니면 영원히 세계를 용서하지 않을까요? 그건 알 수 없습니다. 말하자면 이건 취향의 소설입니다. 당신이 이 하드코어적인, 일종의 쇼아에 가까운, 전멸의 프로젝트에 동의한다면, 듀나의 퀴즈가 흥미롭게 받아들여질 것입니다. 반대로 어쩌면 이다지도 새침한데다가 매정하기까지 할까, 라고 불편해진다면, 제발 첫 번째 자리에 놓인 「너네 아빠 어딨니?」만큼은 그냥 건너뛰시길 충고해드립니다.

그리고 마지막으로 세 번째 인상을 말하기 전에 먼저 (내 멋대로) 분류하기. 그 분류에는 보이는 것 같은 소설, 말하는 소설, 만지는 것 같은 소설, 건드리는 소설, 형용사 소설, 듣는 소설, 도서관처럼 이루어진 소설, 읽는 소설, 계산하는 소설, 내가 쓴(것 같은) 소설이 있습니다. (몇 가지 분류가 더 있습니다만…….)

듀나의 이번 소설(집)은 이제까지 읽은 세 편의 모음집 중에 가장 보이는 것 같은, 이라는 인상을 받았습니다. 아니, 차라리 어떤 대목에서는 이미 시나리오를 쓴 다음 콘티까지 짜고 그걸 소설로 옮겨놓은 듯한 느낌마저 들었습니다. 하지만 오해하시면 안 됩니다. 그건 묘사가 생생하다거나 혹은 영화 같다,는 뜻이 아닙니다.

이를테면 「용의 이」의 넷째 장, 분류번호 4의 후반부, 그러니까 지금 당신이 들고 있는 책의 290페이지의 아랫부분, "……여왕은 다시 내 뒤통수를 쳤다"부터 당신이 독자라는 걸 포기하고 그냥 영화관에 온 관객이라 생각하고 읽어나가기 시작해 보시길 권합니다. 신기하게도 여기서부터 글쓰기는 단락을 나누는 대신 갑자기 씬 중심으로 쓰여 나가기 시작합니다. 그래서 그저 이건 소설이기 때문에 건너뛰어도 될 대목들마저 마치 쇼트가 연결이 안 된다고 생각해서 부득불 챙겨 넣은 것 같은 문장들이 등장합니다. 마치 지금 이 거리가 눈에 보이는 것처럼 건물의 모양새와 벽면, 탁자, 골목길, 길바닥을 꼼꼼히 챙기는 데 공을 들이고 있습니다. 심리적인 묘사들은 종종 그 어떤 정신적 상태나 육신의 흔적을 다루는 대신 거의 보이스 오버 내레이션처럼 진행되고 있습니다. 혹은 대화가 시작되면 마치 투 쇼트를 진행하는 것처럼 다른 모든 걸 갑자기 다 무시하고 그저 대사를 주고받는 것만으로 충분하다고 생각합니다.

말하자면 영화를 보는 것처럼 글쓰기. 그래서 저는 듀나의 소설을 읽으면서 아, 이건 영화가 될 거야, 라고 생각한 것인지도 모릅니다.

아, 제가 수다가 길어지고 있습니다. 원래 이 글은 3매를 부탁받았는데 이미 30매를 넘기고 있습니다. 그러므로 저로서는 안타까운 일이지만 문득 여기서 이 글은 중단되어야 할 것 같습니다. 그 대신 듀나의 다음 소설이 나올 때까지 그냥 무작정 기다려보겠습니다. 듀나가 좀더 서둘러 주었으면 참 고맙겠습니다. 그때까지 저는 별다방을 여행하는 히치하이커를 위한 영화 안내서나 작성할까 생각중입니다. 그저 이 우연과 인연으로 가득 찬 우주를 여행하는 이들이 길을 잃지 않기를!

너네 아빠 어딨니?

초판 1쇄 발행 2024년 2월 15일

지은이 듀나

발행편집인 김홍민 · 최내현
책임편집 조미희
편집 김하나
표지디자인 이혜경디자인
마케터 마리
용지 한승
출력(CTP) 블루엔
인쇄 제본 대원문화사
독자교정 김미숙, 문보미, 신영주, 최준석

펴낸곳 도서출판 북스피어
출판등록 2005년 6월 18일 제105-90-91700호
주소 (10595) 경기도 고양시 덕양구 동송로 23-28 305동 2201호
전화 02) 518-0427
팩스 02) 701-0428
홈페이지 https://blog.naver.com/hongminkkk
전자우편 editor@booksfear.com

ISBN 979-11-92313-49-8 (03810)

책값은 뒤표지에 있습니다.
파본은 구입하신 곳에서 교환해 드립니다